2000

제45회
현대문학상 수상소설집

안규철, 「두 개의 빈 의자」, 드로잉

작품에 대하여 · 안규철

책은 양면적인 요소들이 중첩되어 있는 물건이다.
책에는 왼쪽과 오른쪽 페이지가 있고, 보이는 앞면과 보이지 않는 뒷면이 있다.
안과 밖이 있고, 시작과 끝이 있다. 흰 종이와 검은 잉크가 있고,
드러난 것과 숨겨진 것이 있으며, 저자와 독자가 있다.
서로 상반되면서 동시에 상호의존적인 이런 요소들은 책이 닫혀져 있을 때는 드러나지 않는다.
책은 상자와 같아서, 책장이 펼쳐지기 전에 그것은 무뚝뚝한 한 덩이 종이뭉치에 불과하다.
책을 열면 이렇게 하나였던 것이 둘이 된다. 왼쪽과 오른쪽이, 안과 밖이, 저자와 독자가 거기서 생겨난다.
그리고 그 둘 사이에서, 낯선 한 세계의 지평선이 떠오른다.
마술사의 손바닥에서 피어나는 꽃처럼, 작은 책갈피 속에서 세계 하나가 온전한 윤곽을 드러낸다.
문학작품 앞에서 늘 그것이 경이롭다.

제45회 현대문학상 수상소설집

김인숙

개교기념일 외

현대문학

차 례

수상작

개교기념일

●

김 인 숙

수상작가 자선작

바위 위에 눕다

김인숙

개교기념일

1963년 서울 출생. 연세대 신문방송학과 졸업.
1983년 『조선일보』 신춘문예에 「상실의 계절」이 당선되어 데뷔.
소설집 『함께 걷는 길』 『칼날과 사랑』 『유리 구두』
장편소설 『핏줄』 『먼 길』 『그늘, 깊은 곳』 등.

개교기념일

1

　수의 남편이 죽은 것은, 3년 전, 그녀와의 결별을 결정짓기 위해 이혼법정으로 가던 길에서였다. 끔찍한 교통사고였다. 그때 시간이 고작 오전 열한시에 지나지 않았으나, 상대 차 운전자는 만취한 상태로 중앙선을 과속 침범했다. 상대 차의 운전자도 이혼을 하기 위해 법정으로 가던 길이었다. 그는 맨정신으로는 판사 앞에 설 자신이 없었고, 정말로 이혼을 원하는 거냐고 묻는 판사의 질문에 〈네〉라고 대답할 자신도 없었고, 무엇보다도 자기와는 달리 말짱한 얼굴로 판사 앞에 서서 〈네〉라고 대답할 자신의 아내를 바라볼 자신이 없었다. 그는 밤새도록 술을 마셨고 운전을 했고, 갑자기 죽고 싶어졌고, 그래서 과속을 하고 중앙선을 침범했다. 오전 열한시. 법원 정문이 바로 바라다보이는 교차로에서.

법원 정문에서 남편을 기다리고 있던 수는 누구보다 정확히 그 사고의 현장을 목격할 수 있었다. 수는 남편의 낯익은 차가 도로 저편에서 달려오는 것을 보면서, 핸드백 속에 손을 집어넣어 그날의 서류들을 한 장 한 장 챙겨보았다. 그날 아침 남편은 그녀에게 전화를 걸어 빠뜨려서는 안 될 서류들을 일일이 챙겼다. 결혼 중에도 무언가를 챙기는 일은 남편의 몫이었지만, 그러나 아침의 전화는 성격이 달랐다. 남편은 야비하게 굴려고 작정을 하고 있었고, 자신의 그런 행동이 수를 분노하게 만들기를 바라고 있었다. 수는 남편의 전화를 묵묵히 견뎠다. 분노 따위로 위기를 넘길 수 있는 시간들은 이미 지나가버린 게 틀림없었다. 서로를 할퀴고 상처 입힌 후, 다시 그 상처를 핥아주고 싶은 연민이 생겨날 수 있었던 시간은. 남편도 곧 그녀의 기분을 눈치챘을 것이다. 그는 10초쯤의 침묵 뒤, 이따가 보자 하고 전화를 끊었다.

남편의 차가 수의 시야 속으로 좀더 가까이 들어왔을 때, 수는 갑자기 눈이 어두워지는 듯한 기분에 사로잡혔다. 남편의 차 뒤꽁무니에 그녀로서는 도무지 상상할 수가 없는 앞날의 시간들이 매달려 달려오고 있었다. 그것은 어둡고 불길하며 정체를 알아차릴 수 없을 만큼 몽롱한 형체였으나, 속도만큼은 맹렬했다. 곧 차의 트렁크를 밟고 지붕을 밟고 보닛을 힘껏 밟아 도약해, 그녀를 덮치기 위해. 그러나 그 순간에야 어찌 그것이 죽음의 풍경이라고 생각할 수 있었을까. 수가 침침한 듯한 눈을 두 손으로 가리고, 두어 번 심호흡을 하고 다시 눈을 떴을 때, 수는 차창을 뚫고 나와 차창의 파편과 함께 보닛에 얹혀 있는 남편의 상체를 볼 수 있었다. 마치 예고되지 않은 일식이 순식간에 덮친 것처럼, 온 세상이 까맣게 바라보였다. 그 어둠 속에서 모든 풍경이 적멸하고, 단지 보닛 위에 얹힌 남편의 몸뚱이가 보일 뿐이었다. 비명을 질렀던가. 남들이 먼저 질러버린 비명 소리, 그 이후에라도.

"안 돼!"

그러나 무엇이 안 된다는 것이었을까. 정신을 잃었다가 깨어난 병원 침대에서 수는 남편이 사고 현장에서 즉사했다는 사실을 확인했고, 그리고 소리를 질렀다. 안 된다고. 그러나 무엇이…… 남편의 장례식이 치러지고 삼우제가 끝날 때까지도 병원에서 나올 수가 없었던 수는, 하루 두 차례씩의 정신과 진료 중에도 말문을 열지 못하며 자신이 마지막으로 입 밖으로 내질렀던 안 돼,라는 소리의 공명에만 시달렸다. 그건 죽어서는 안 된다는 소리였을까. 이혼 서류에 판사 도장을 받기 전까지는 죽어서는 안 된다고. 절대로 죽어서는 안 되는 거였다고. 자신이 되고자 했던 것은 이혼녀인 것이지, 미망인인 것은 아니지 않았느냐고…… 그렇다면 법원에서 돌아오는 길에 그런 사고가 났더라면, 수는 그렇게 소리지르지 않았을까. 수는 실어증에서 빠져나오지 못했고, 그녀의 말문을 틔워보려는 담당 의사 앞에서 자신의 가슴을 두 손으로 쥐어뜯기만 했다.

수는 세상 밖으로 나오고 싶지 않았으므로 병원에 오래 머물렀다. 수가 준비해놓았던 모든 시간의 계획들, 그러니까 이혼녀가 된 이후에 자신이 대적해야 하리라고 믿었던 모든 적들은 이제 수의 세상에는 존재하지 않았다. 그렇다고 해서 수는 세상이 정해준 바대로의 몫인 슬픈 미망인의 역할을 할 수도 없으리라. 수에게는 이제 다시 돌아갈 자리도, 다시 준비된 자리도 존재하지 않게 된 것이었다. 그러나 그 와중에 수를 가장 괴롭힌 것은, 다시는 어디에도 자신이 설 자리 같은 것은 존재하지 않으리라는 두려운 예감이 아니라 뜻밖에도 죽은 남편에 대한 애가 끓는 사랑이었다. 수는 밤마다 가슴을 움켜쥐고, 다른 그 어느것도 아닌 사랑 때문에 울었다.

그러나 도대체 사랑이라니. 물론 한때는 사랑이었으니 결혼도 했겠지만, 그러나 같이 살고 싶은 욕구보다 따로 떨어지고 싶은 욕구가 더 강해진 이후로는 사랑 같은 건 기억할 수 없었다. 밤마다 연속되던 싸움, 자신과 남편이 번갈아가며 치렀던 외박과 가출, 이를 갈아붙이며 서로를 흠집 내던 일—그 중에 어떤 것은 죽는 한이 있더라도 잊을 수 없을 것 같은 말들도 있었다. 그러나 말 한마디가 사람을 죽일 수 있다는 것을 알고 있었더라도 끝내는 내뱉고 말았어야 했을 말들, 그 말들에 찔린 상처 자국의 찔러대는 듯한 통증들……그런데 남편이 죽었다는 것을 알게 된 뒤, 수는 말을 잃은 것처럼 그 모든 기억을 잊었다. 수는 자신이 무엇 때문에 이혼을 하려고 했었는지 이해할 수가 없었고 기억할 수도 없었다. 그렇다고 해서 사랑했던 순간의 어떤 장면들이 떠오르는 것도 아니었다. 남편의 피투성이 상체가 보닛 위에 얹혀진 것을 목격한 이후, 수에게 남편의 모습은 그것만으로 국한되었다. 아직 사고가 나기 전 운전석에 앉아 있는 그의 모습을 언뜻 본 듯도 싶었는데, 아마 푸른색 줄무늬 셔츠를 입었던 것 같은, 그러나 그 모습도 잘 기억되지 않았다. 이혼으로 가기 위해 맹렬하게 싸우던 나날들의 모습은 물론이고, 결혼식날의 모습도, 연애시절의 모습도 떠오르지 않았다. 수의 기억 속에 남편의 모습은 한 장의 사진으로만 남았다. 우그러진 차 보닛 위에 핏덩어리 상체로 얹혀져 있던 그.

병원에서 퇴원한 뒤, 이혼녀도 못 되고 미망인도 못 되고 처녀도 못 되는 수는, 친정으로 돌아왔다. 친정에는 이미 수보다 먼저 수의 짐이 돌아와 있었다. 수의 시집에서 수의 짐을 친정으로 돌려보냈을 때, 수의 어머니는 아무 말도 할 수가 없었다. 수의 남편이 죽은 곳이 법원 앞이었고, 그의 주머니 속에는 이혼 서류가 들어 있었던 것이다. 남편은 수와 이혼하기 전에 목숨을 놓아버렸지만, 수의 시집 쪽에서는 수를 이혼녀로 취급했다. 보상금은 물론이거니와 이혼하면 남편이 수에게 주기로 했던 스물여덟 평짜리 아파트도 그녀에게 돌아오지 않았다. 그러나 수의 어머니에게, 수는 여전히 슬프고 딱한 청상이었다. 수의 어머니는 수에게 안채 방을 내주고, 수의 아버지와 함께 문방구에 딸린 곁방으로 베개와 이부자리를 옮겼다.

2

컴퓨터 가게 오씨가 수를 발견한 것은, 수가 문방구 여자가 된 이후에도 자그마치 3년이란 세월이 흐르고 나서였다. 그날 아침 오씨는 여느 날처럼 주문 받은 컴퓨터를 조립하고 있었다. 아직 셔터는 올리기 전이었다. 그는 밤보다는 아침 시간에 일을 하는 것을 좋아했으나, 그의 아침 시간은 늘 등교하는 아이들에게 방해를 받아야만했다. 그의 가게 건너편에 있는 문방구 때문이었다.

그의 가게에서는 골목 맞은편의 문방구가 환히 들여다보였다. 매일 아침, 문방구 안에서, 아이들의 등교시간은 전쟁처럼 치러졌다. 아이들이 한꺼번에 들이닥쳐 한꺼번에 손을 내밀고 한꺼번에 연필과 크레파스를, 도화지와 모눈종이 따위를 달라고 악을 써대곤 하는 것 같았다. 그 와중에 어떤 아이는 땋은 머리를 끄들렸다고 울음을 터뜨리고 어떤 아이는 거스름돈을 덜 받았다고, 지읒자 쌍시옷자를 붙여가며 욕설을 내뱉기도 할 것이었다. 문방구의 소음은 그의 가게에까지 들려오기도 했고, 때때로 그의 가게를 컴퓨터 게임방으로 오인하는 아이들의 느닷없는 출입이 생기기도 해서 그는 등교시간을 피해 셔터를 올리지 않을 수가 없었다.

그날은 월요일이었고 개교기념일이었다. 그가 맞은편 초등학교의 개교기념일까지 기억해야 할 까닭은 없었지만 그가 그날을 기억하는 것은, 그날 아침 그가 목격하였던 문방구집 여자의 모습 때문이었다. 그가 컴퓨터 조립 때문에 피곤한 눈을 쉬려고 창가에 다가섰을 때, 수는 문방구의 쇼윈도에 붙어서 있었다. 무언가를 집요하게 바라보고 있는 것 같은 얼굴이었다. 여자의 시선을 좇아 그가 눈을 돌렸을 때, 그가 맨 먼저 본 것은 햇살이었다. 텅 비어 있는 학교 담장 위에 가득 내려앉아 있는 햇살. 그리고 그 담장 너머의 얌전한 철쭉 꽃밭. 그는 다시 눈을 돌려 여자를 바라보았다. 이해할 수 없는 느낌 같은 것이 있었다. 지난 3년, 저 여자의 얼굴이 저토록 선명하게 바라보인 적이 언제 한 번이라도 있었던가.

그는 다시 한번 시선을 돌려 여자의 눈길을 좇아가보았다. 그리고 그는, 그때에야 비로소 텅 빈 운동장을 힘차게 달리고 있는 한 남자를 발견할 수 있었다. 봄볕 더위가 초여름 날씨 같다고는 해도 아직 그럴 만한 때가 아니었음에도 남자는 짧은 조깅 팬티에 스포츠 러닝 하나만을 걸친 채 힘차게 운동장을 돌고 있었다. 여자가 홀린 듯이 바라보고 있는 것은 바로 그 남자였다. 그 남자가 문방구 쪽의 담장 쪽으로 달려올 때마다 그의 허벅지에서 불끈불끈 솟아오르는 근육이 컴퓨터 가게 오씨의 눈에도 바라보이는 듯 싶었다. 검게 그을린 어깻죽지와 단단한 가슴, 군살이라고는 하나도 없어 보이는 배⋯⋯ 농구선수처럼 키가 훌쩍 큰, 억센 검은 머리의 남자.

컴퓨터 가게 오씨의 얼굴이 자신도 모르는 사이에 잠깐 씰룩여졌다. 그건 〈몸〉을 가진 남자에 대한 질투였을까. 여자들을 매혹시킬 수 있을 만한…… 그런 몸. 3년이란 세월이 흐르도록 그가 문방구집 여자 수를 완전히 바라볼 수 없었던 것처럼, 그 여자 역시도 그를 바라본 적이 없었다. 적어도 그가 알기로는 그러했다. 그 골목에 혼자 살고 있는 남자는 그뿐이었고, 혼자 살고 있는 여자 또한 그녀뿐이었으나, 그러나 그들은 서로를 바라본 적이 한 번도 없었다. 어쩌다 시선이 맞닿아도, 그 시선은 투명인간의 몸을 뚫고 지나가는 것처럼 서로의 몸을 쑤욱 뚫고 들어가 그들이 등지고 있는 풍경이나 벽에 가 닿았다. 그러나 이날 아침, 그는 비로소 그 여자를 발견했다. 다른 남자를 바라보고 있을 때에야 비로소 완전하게 나타난 한 여자의 몸을…….

문방구집 여자 수가 그 남자를 바라보는 눈길을 목격하기 이전에도, 그는 자기 가게의 창문을 통해서 그 남자의 모습을 보곤 했었다. 그 남자는 늦은 오전, 이미 햇살이 쨍하게 퍼지기 시작할 무렵이면 학교 담장 옆으로 모습을 드러냈다. 언제나 스포츠 러닝 셔츠에 짧은 조깅 팬츠 차림이었다. 그 남자가 나타나기 전에, 그 골목에서 조깅을 하는 사람은 아무도 없었다. 골목은 초등학교 아이들로 늘 붐볐고 학교 담장이 아이들을 가두어두고 있을 때에는 그 잠깐의 적요의 순간을 아끼기 위해서라도 완벽히 한산했다. 아이들이 아니고서는 달리기는커녕 서둘러 걸어가는 사람조차 보이지 않았다. 서둘러 걸어야 할 필요가 전혀 없을 만큼 안정되었거나, 서둘러 걸어야 할 이유를 완전히 잊어버린 사람들의 골목…… 그것이 바로 그가 가게를 열고 있는 골목 안의 풍경이었다. 그러나 그 남자가 나타난 뒤부터, 골목의 공기는 달라졌다. 그는 그 골목의 모든 사람들이 그 남자를 바라본다는 것을 알았다. 그 남자가 학교 담장 옆을 달려가고 나면, 어디선가 숨어 있던 여자들의 웃음소리가 터져나왔고 심지어는 욕설을 지껄이는 남자들의 목소리도 들려왔다.

—새끼…… 빠지기는 진짜로 기똥차게 빠졌네.

표구점의 젊은 주인 여자, 치킨집의 대머리 주인 남자, 그리고 꽃가게의 아줌마…… 문방구집 여자 수가 그런 것처럼 그들도 그 골목에서 3년 이상 컴퓨터 가게를 열고 있는 그에게는 시선을 던진 적이 없는 사람들이었다. 어느 날 그의 가게가 슬며시, 냉면집이나 노래방쯤으로 바뀐다고 하더라도 그들은 그 전에 거기에 컴퓨터 가게가 있었다는 사실조차 까맣게 모를지도 모를 일이었다. 적어도 그 가게의 주인이 누구였던지는 기억하지 못할 것이 틀림없었다. 물론 아무 상관도 없는 일이었다. 그 역시도 그들을 기억하지 않을 테니까. 그러나 문방구집 여자는 달랐다. 자그마치 3년이란 세월 동안이나 보이지 않았던 그 여자의 모습이 어찌하여 그날 아침에는 그렇게 완전하였던가.

그는 오래 전의 일을 기억한다. 1년이나 2년 전쯤, 여자가 그에게 컴퓨터 수선을 의뢰한 적이 있었다. 여자의 컴퓨터는 그때에도 이미 낡을 대로 낡은, 286 컴퓨터였다. 수리를 할 여지조차 별로 보이지 않아 그가 해줄 수 있는 가장 싼 가격으로 486 노트북을 주려고 했으나, 여자는 가게 문간에 선 채로 고개만 가로저었다. 그는 부팅이 되지 않는 여자의 286 컴퓨터를 어렵게 고쳐주었다. 그리고 그날 그는 여자의 컴퓨터 속에 들어 있는, 여자의 비밀 파일을 읽었다. 여자는 자신의 파일에 정성껏 비밀번호를 입력해놓았지만 버전이 낮은 한글 파일의 암호를 해제하는 것은 식은죽 먹기였다.

고백하건대, 그는 가끔, 아주 간혹 그런 짓을 했다. 그건 그저 습관적인 일로, 관심 때문인 것도 아니었고 누구에게 해가 될 만한 일도 아니었다. 담장 너머 빨랫줄에 걸린 누군가의 속옷을 훔쳐보는 정도의 일, 아니면 인터넷 포르노 사이트에 등장하는 관심도 없는 여자를 향해 정액을 배설하는 따위의, 그저 그런 정도의 일. 그것도 아니라면 수업시간에 교과서 위에 연애소설을 겹쳐놓고 잠깐 잠깐씩 딴전을 피우는 것이나 다를 바가 없는 일이었다.

여자의 비밀 파일에는 예상했던 대로 일기와 낙서 따위들이 입력되어 있었다. 지금에 와서는 그 내용의 거지반을 잊어버렸지만 아직도 기억에 남아 있는 것은 일기와 낙서 속에 반복되어 있던 하나의 문장이었다.

—어느 날 나는 사라져버렸다.

여자는 그렇게 쓰고 있었다. 어느 날, 나는, 사라져버렸다,고.

그가 지난 세월 동안 그 여자를 발견할 수 없었던 이유는, 그래서였던가. 그동안 그가 바라보았던 것은 이미 사라져버린 후의 그 여자의 흔적이거나 몽타주 같은 것이었던가. 그 여자의 비밀 파일을 읽기 전에도, 그는 그 여자를 바라볼 때마다 눈이 어두워지는 듯한 느낌에 사로잡히곤 했었다. 지난 세월 동안 그 여자는 그의 가게 바로 앞에 문방구가 존재하는 것과 똑같은 사실로 그의 창문 너머에 늘 존재했지만, 그러나 실제로 그 여자는 거기에 존재하지 않았던 것일지도 모를 일이었다.

그러나 대체 사라져버린다는 것은 무엇인가. 그로 말하자면, 자신은 언제 한번 존재해본 적조차 없었던 것 같았다. 사라질 만한 그 어떤 일이 있어서 그의 존재가 흐려진 것이 아니라, 아예 존재조차 없었으므로 사라질 만한 그 어떤 일도 만들 수가 없었던…… 그런 삶. 그는, 문방구집 여자가 자신에 비하면 엄청나게 운이 좋은 여자라고 생각했다. 자신으로 말하자면 애시당초 존재하지도 않았는데, 어디로 어떻게 사라질 수가 있단 말인가.

3

대신문방구. 흰색 아크릴판에 푸른색 고딕 글씨로 쓰인, 여자의 문방구의 이름은 그러했다. 초등학교 주변에는 문방구가 세 개나 있지만, 그렇게 구식인 이름을 가진 문방구는 없었다. 다른 한 군데의 문방구에는 팬시점이라는 이름이 붙어 있고, 또 한 군데의 문방구에는 아예 문방구라는 문자도 없이 〈종이와 연필〉이라는 간판만 붙어 있었다. 그러나 그 여자 수가 문방구집 여자가 되기 전에는, 그 간판이 더할 나위 없이 어울렸었다.

환갑이 훨씬 넘은 노인과 분명히 환갑을 넘겼거나 가까이 하고 있는 그의 아내가 같이 하고 있던 문방구. 그 시절, 그는 그 문방구에 자주 들르곤 했었다. 환갑이 가까운 노인네는 여자의 어머니였다. 환갑 정도의 나이에 노인네라는 호칭을 붙일 수밖에 없는 것은, 그 노인네의 자리가 문방구이기 때문이었다. 아이들은 누구나 그들을 할머니 할아버지라고 불렀고, 그들 역시도 누구의 어머니거나 아버지인 자리보다 모든 아이들의 할머니고 할아버지인 그 자리에 익숙해져버린 것 같았다. 가게는 주로 여자의 어머니가 맡아 하고 있었다. 여자가 돌아오기 전에 이미 여자의 아버지는 몸이 좋지 않았기 때문이었다. 그러나 두번째 풍을 맞은 이후로도 여자의 아버지는 가끔 문방구에 나와 앉아 있곤 했다. 그가 나와 앉아 있을 때마다 가게 안으로 들어서려던 아이들까지도 뺑소니를 치듯 도로 돌아나가곤 한다는 것을 모르지 않을 터인데도, 노인과 노인의 아내는 행복해 보였고 그 행복한 눈길로 그들의 노후가 담긴 문방구를 구석구석 돌아보곤 했다. 여자 어머니의 말에 의하면 적어도 그들의 반평생이 여기저기의 문방구에 놓여 있노라고 했다.

그가 가끔 볼펜이나 공책 같은 것을 사러 갈 때, 여자의 어머니는 그가 원하는 것과 함께 가장 오래된 제품을 꺼내놓으며 10년 전에는 이게 값이 얼마였다, 20년 전에는 또 얼마였다,고 즐거운 말투로 수다를 떨곤 했다. 아마 그때 노인은 딸에 대한 이야기도 했었으리라. 다른 건 모르지만 그 아이의 책가방 속만큼은 공주마마도 부럽지 않았을 거라고. 자석 달린 필통을 가장 먼저 가질 수 있었던 딸, 금색 은색의 크레파스도 가장 먼저, 가장 많이 가질 수가 있었던 아이가 바로 자신들의 딸이었노라고.

─그 애가 금색 은색을 얼마나 좋아했는지, 그림을 그려도 온통 금색 은색만 칠해댔어. 그런데 그게 보기가 나쁘지 않아. 그 애가 그림을 참 잘 그렸거든. 우린 그 애가 크면 화가가 될 거라고 했었는데.

노인이 주름 잡힌 눈매를 곱게 접어 웃어보였을 때, 그러면 그 딸은 지금 뭐가 되어 있느냐고 자신이 노인에게 물었던지는 기억이 나지 않는다. 어떻든 그는 노인의 수다가 싫지 않았다. 노인이 그렇게 수다스럽지 않았다면 그는 얼른 값을 치르고 또 얼른 거스름돈을 받아 챙긴 뒤, 곧 문방구의 문을 돌아나와야만 했으리라. 그러나 노인의 수다가 이어지는 동안 그는 느리게 시선을 돌려가며 갖은 모양의 책가방과 신주머니, 온갖 종류의 공책들, 크레파스와 색종이, 여자아이들의 머리끈과 머리핀, 백 원을 집어넣으면 쏟아져나오는 알사탕과 장난감들…… 그리고 또 모형비행기와 수수깡, 멜로디온과 실로폰…… 그런 것들을 바라보았다. 물론 그의 컴퓨터 속에는 그보다 더 많은 것들이 더 많은 모양과 더 많은 색깔들로 존재했다. 적당히 먼지가 내려앉아 있는 그것들보다도 오히려 더욱 현실적인 모양과 실체들로.

문방구에 들를 때마다 그는 자신의 컴퓨터 속이 현실인가, 아니면 문방구의 먼지 내려앉은 진열대 위가 현실인가를 구분할 수가 없었다. 밤마다 들어가는 포르노 사이트에서 만나는, 만질 수 없는 가슴 큰 여자들이 현실인지 아니면 반드시 닦아내 남 안 보이는 곳에 버려야 하는 정액 묻은 휴지 조각이 현실인지를 구분할 수가 없는 것처럼. 한동안은 그 구분할 수 없는 몽롱함에 대한 집착이 있었던가. 그는 한 다스도 더 넘게 남아 있는 볼펜을 두고도 또 한 자루의 볼펜을 더 사기 위해 문방구 문을 열곤 했다. 여자가 돌아오고, 여자의 아버지가 세상을 뜨고, 또 여자의 어머니가 반장님처럼 시력을 잃기 전까지는. 그러니까, 여자가 문방구집 딸에서 문방구집 여자가 되기 전까지는.

여자가 문방구집 딸에서 문방구집 여자가 되기까지의 짧은 기간 동안, 골목 안에서는 문방구집에 대한 소문이 무성했다. 여자는 과부가 되어 돌아온 거라고도 했고, 누군가는 그게 아니라 소박을 맞은 거라고도 했다. 여자가 무슨 못된 짓을 하고 소박을 맞았는지 여자 짐이 돌아오던 날 쫓아왔던 시동생이라는 작자가 여자 아버지의 멱살을 붙잡기까지 하더라고. 여자가 돌아온 후, 여자의 아버지가 그렇게 서둘러 목숨을 놓아버린 것도 실은 그러저러한 탓일 거라고.

그런 소문은 거의 전부 다, 책대여점의 주인 여자가 들려주었다. 골목 안에서 유일하게 그에게 우호적인 인물인 그 여자는, 그에게서 아주 싼 값으로 컴퓨터를 구입한 적이 있었고 허구한 날 그에게 컴퓨터 점검을 요구하는 사람이기도 했다. 문방구집 노인네가 딸 때문에 얼마나 속이 상했으면 반장님이 되어버렸다더라는 말을 전해준 것도 바로 책대여점의 주인 여자였다.

"백 원짜리 오백 원짜리도 구분을 못해. 우리 집 꼬마 녀석이 얼마 전부터 맨날 다니던 문방구 놔두고 꼭 그리로만 가더라구. 어째 그런가 했더니, 천 원짜리 내고 공책 한 권을 사면 천 원돈을 고스란히 다 거슬러준다는 거야. 그러니 요 맹랑한 녀석이 가운데서 짭짤하게 돈을 떼먹은 거지. 알고 봤더니 그런 맹랑한 짓거리를 하는 놈들이 한둘이 아니야. 어째 문방구가 아침마다 시끌벅적하다 했지."

"그 집 딸은…… 아니요?"

"모를 리가 있겠어? 꼬마 녀석들한테 짜르르 소문이 다 퍼진 걸 같이 사는 딸만 모르고 있다고 하면 말이 안 되는 거지. 그런데도, 그 딸, 늙은 에미는 가게에 앉혀두고 하루 한 번도 나와보는 적이 없으니까."

책대여점 주인 여자의 말처럼, 그 얼마 뒤 그도 200원짜리 볼펜을 하나 사고 천 원짜리를 냈는데 백 원짜리와 십 원짜리를 섞은 동전을 거지반 천 원이 다 되게 거스름돈을 받았다. 노인이 워낙에도 시력이 좋지 않아, 여러 번 수술을 받은 것은 그 역시도 알고 있는 사실이었다. 그는 묵묵히 거스름돈을 제대로 셈해 더 온 만큼을 진열대 위에 올려놓았다. 그를 바라보는 노인의 얼굴이 잠깐 씰룩였던가. 그가 내민 십 원짜리 동전을 추스르던 노인의 손등이 문득 떨리는가 싶더니, 십여 개나 되던 동전들이 진열대 바닥으로 요란한 소리를 내며 쏟아져내렸다. 당황하며 주저앉는 노인과 함께 그도 동전을 줍기 위해 쭈그려앉았다.

"제가 할게요."

언제 문방구에 나와 있었던지, 여자의 목소리가 들린 것이 그때였다. 자신의 어머니에게 하는 말인지, 아니면 그에게 하는 말인지 어쨌든 여자는 거의 바닥에 내려앉았던 그의 손을 밀치며 동전들을 줍기 시작했다.

"미안합니다."

그가 말했으나 여자는 대답하지 않았다. 머쓱하게 서 있던 그가 진열대 위에 있던 볼펜을 집어들고 문방구 문을 빠져나오려고 할 때에야, 여자의 목소리가 등뒤에서 들려왔다.

"20년 전에는 그 볼펜 한 자루 값이 20원이었어요. 그럼 삼십 년쯤 전에는 10원이었을지도 모르겠네요. 우리 엄마는 내가 태어나기 전부터 그 볼펜을 팔았어요. 그러니 나는 그 볼펜 값이 얼만지 알 수가 없지요. 아버지가 돌아가셨으니, 엄마말고야 누가 그 볼펜 값을 정확히 알겠어요."

그는 멈칫 멈춰서서 뒤를 돌아보았으나 여자는 그를 쳐다보고 있지도 않았다. 그가 여자의 말뜻을 알아차린 것은 그 후 얼마가 지나지 않아서의 일이었다. 여자의 아버지가 세상을 뜬 후, 여자의 어머니가 잃어버린 것은 시력이 아니라 맑은 정신이었던 것이다. 어떻든 바로 그 얼마 뒤부터 문방구는 여자의 차지가 되었고, 책대여점 주인 여자는 그에게 문방구집 노인이 그리 늙지도 않아 노망기가 생겼다,는 소식을 전해주었다.

노망이 든 노인…… 문방구가 여자의 차지가 된 이후에도 몇 차례쯤, 그는 문방구의 문간에 나와 앉아 있는 노인을 볼 수 있었다. 어느 날 그가 문방구 앞을 지나칠 때, 문간에 쪼그리고 앉아 있던 노인이 그를 불렀다.

"꼬마야."

그는 걸음을 멈춰서서 쪼그려앉은 노인을 내려다보았다. 정신을 잃어가는 속도에 따라 어쩌자고 노인은 점점 더 젊어져가고 있는 것 같았다. 노인의 얼굴에는 살이 붙어 있었고, 뺨에는 불그레하게 혈색이 돌았고, 무엇보다도 천진한 행복이 얼굴 전체를 감싸고 있었다. 노인은 무엇에선가, 완전히, 완벽하게 자유로워진 것 같은 모습이었다. 그런 노인이 천진하게 웃으며 그를 꼬마야,라고 부르고 그리고 말했다.

"우리 수하고 친하게 지내야 한다. 알겠지?"

맑은 정신을 잃어버린 대신 몸은 점점 더 젊어져가는 것 같기만 하던 노인이 자전거에 치이는 사고를 당한 것이 얼마 전쯤의 일이었다. 노인은 그때에도, 문방구 문간에 나와 쪼그려앉아 있었다. 맑은 정신을 잃은 다음부터 노인의 행동반경은 꼭 그만큼이었다. 아직 세상을 구경해보지 못한 어린아이가 자기 세상의 전부인 집을 잃을까봐 두려워하는 것처럼, 노인도 문방구가 바라보이지 않는 곳으로는 걸음을 옮기려고 하지 않았다. 사고는 전적으로 자전거 운전자의 실수였다. 그러나 가만히 앉아 있던 노인을 치어놓고도 운전자는, 노인이 자기 자전거를 피하려는 노력을 전혀 하지 않았다는 것을 탓했고, 이튿날인가는 병문안이랍시고 와서 노인의 눈이 어두운 것을 탓했다. 그리고 그런 노인을 골목에다 방치해둔 문방구집 여자를 또한 탓했다. 여자는 자전거 운전자가 내리 큰 소리로 떠들어대는 동안 입술을 꼬옥 문 채로 서 있기만 했다. 골목 안의 다른 가게 사람들이, 정신이 어두운 노인한테는 그런 정도의 사고도 대단히 심각한 일일 수 있다며 서로 나서서 걱정들을 해댔어도 마찬가지였다.

골목 사람들의 우려는 곧 사실로 나타났다. 한번 쓰러진 후, 노인은 다시 일어나지 못했다. 노인이 곧 세상을 뜨게 될지도 모른다는 이야기들이 골목 안 여기저기에서 들려왔다. 노인의 모습을 통 볼수가 없는 시간들이 길어져갈수록, 가게 창문 너머로 문방구 안을 엿보는 그의 시선도 길어졌다. 이제 와서야 생각하는 것이지만, 그는 아마도 노인을 좋아했던 것 같았다. 노인이 아직 건강할 때, 그는 간혹 노인이 등장하는 꿈을 꾸곤 했었다. 꿈속에서 그는 아직 학생이었는데 노인이 학생인 그의 책가방 속을 임금님도 부럽지 않게 채워주었다. 금색 은색의 크레파스는 물론이고, 기계로 잘 깎은 연필들과, 찰고무지우개, 그리고 한 귀퉁이도 헐지 않은 새 공책들, 그런 것들이 그의 책가방 속에 요술처럼 채워졌다. 그는 가난한 성장기를 보내지는 않았다. 어머니 대신 할머니 밑에서 성장하기는 했지만, 그러나 할머니는 그에게 늘 넉넉했었다. 어쩌면 그는 문방구집 딸보다도 더 먼저 자석 달린 필통을 가졌으리라. 그런데도 그의 꿈속에 등장하는 사람은 그의 친할머니가 아니라 문방구집 노인이었다. 노인은 그의 꿈속에 나타나 그의 책가방 속을 요술처럼 채워주고, 그리고 그의 엉덩이를 툭툭 두들겨주며 말하곤 하는 것이었다.

　—우리 수하고 잘 지내야한다, 알았지?

　노인이 아직 맑은 정신을 잃기 전, 노인의 유일한 소망은 혼자가 된 딸이 다시 좋은 남자를 만나 새로운 삶을 꾸려가는 걸 보는 것이었을 것이다. 딸이 돌아온 후, 그를 바라보는 노인의 눈이 슬퍼졌다는 것을 그도 알고 있었다. 그리고 물론 그 까닭도 그는 알고 있었다. 그러나 그는 그 여자 수에게 관심이 없었던 게 아니라 관계를 만드는 일에 자신이 없었다.

　서른의 중반이 훨씬 넘도록까지 혼자 살면서 그는 가끔, 어린 시절에 그를 두고 다른 남자에게로 재가해 가버렸던 어머니와 또한 그를 두고 다른 남자에게로 떠나갔던 이십대 초반의 여자를 떠올리곤 하는데 시간이 흐를수록 그는 그 일들이 얼마나 다행이었는가를 깨닫게 되곤 했다. 어머니가 그를 버리지 않았다면 그는 평생 어머니의 짐을 지고 살아야 했을 것이다. 애인이 그를 떠나지 않았다면 그는 결혼했을지도 모르고, 그러면 또 그 여자의 짐을 평생 지고 살아야 했을 것이다. 누군가의 짐을 짊어진다는 것이 죽기보다 싫을 만큼 그 자신이 이기적인 성격의 소유자라는 얘기가 아니다. 그보다는 그는 자신의 무능에 대해 생각하는 것이다. 누군가의 인생을 한쪽 어깨에 같이 짊어지고 가는 일이, 그러면서 평생 그 짐과 대화를 나눠야 한다는 사실이, 그에게는 감당할 수 없게 무겁거나, 불가능한 일로만 여겨지는 것이었다. 그리하여 어느 날부터 그에게 있어 관계란, 불능이란 단어 이상으로 생각되지 않았다. 그래도 혹시 허용되는 것이 있다면 그건 그저 아주 조금만 엿보는 것, 소통의 필요를 느끼지 않는 것, 그리고 침묵하는 것…… 단지 그 정도에 지나지 않는 게 아니었을까.

언제던가 혼자 떠났던 여행지에서, 그는 풀숲에 홀로 묶여 있는 염소 한 마리를 본 적이 있었다. 숙소와 멀리 떨어져 있는 식당에서 혼자 술을 마시고 지름길인 듯싶은 길을 짚어 돌아오던 길에서였다. 외진 숲 속에서 매애, 매애 우는 소리가 들려 바라보니 염소 한 마리가 줄에 묶인 채 그를 올려다보고 있었다.

—누가 너를 여기다 혼자 묶어놨니.

그는 중얼거리며 주머니 속에 남아 있던 땅콩 몇 알을 던져주었다. 술을 마시던 식당에다 시계를 풀어놓고 왔다는 것을 깨달은 것은 거의 자정이 가까운 시간이었다. 달빛도 없는 어둠 속의 지름길을 다시 되짚어갈 때, 또다시 매애, 매애 울며 염소가 나타났다. 아마도 술기운 때문이었겠지만, 갑자기 왈칵 눈물이 쏟아졌다. 저 끈이, 저 목을 맨 끈이, 저 풀리지 않는 끈이…… 염소가 아닌 자신의 목을 조이고 있는 것 같았던 것이다. 식당에서 시계를 찾아가지고 돌아오는 길엔, 그는 지름길을 찾지 않았다. 어깨가 기우뚱했던 것이다. 염소 한 마리의 무게만큼…… 그러니, 사람의 짐은 어떻게 질 것인가. 언제부터 시작된 것인지는 알 수 없지만, 아무도 그를 바라보지 않는 삶, 그 역시 누구도 깊게 바라볼 필요를 느끼지 않는 삶…… 그러한 삶에 그는 저항하지 않았다. 물론 때로는 그럴 필요를 느낀 적도 있었으리라. 가게 안에 쌓여 있는 낡은 컴퓨터의 온갖 부품들과 그 부품들을 말끔히 비워버린 빈 껍데기들 사이에서, 그 역시 누가 옮겨주지 않는 한 죽는 날까지 그 자리에 그대로 굳어 있어야 할 것 같은 생각에 문득 공포를 느끼면서, 그는 간혹 외치고 싶었으리라. 제발 누구든 나를 이 자리에서 데려가달라고 말이다. 산다는 것은 결코 이런 것이 아니지 않느냐고. 그러나 그러한 충동은 그저 순간일 뿐이었다.

문방구집 여자의 비밀 파일에서 〈어느 날 나는 사라져버렸다〉라는 반복되는 문장을 훔친 뒤에도, 그는 할 수 있는 일이 아무것도 없었다. 혹시 하고 싶은 일이 있었더라도, 그는 무슨 능력으로 그 일을 해낼 수 있었을까. 사라져버린 그 여자를, 어디에 있는지도 알 수 없는 그 여자에게 돌려주는 일을. 그가 할 수 있는 일이라고는 고작, 그리고 그가 하고 싶은 일이라고는 고작, 뻔질나게 고장을 일으키는 여자의 컴퓨터 안에 늘 문제의 소지를 남겨두고, 그리고 나서는 다시 여자의 파일들을 훔쳐내는 일뿐이었다.

—나는 사라져버렸어. 너, 그걸 아니? 네가 피투성이 몸으로, 태어나서 한 번도 본 적이 없는 낯선 이의 차 보닛 위에 얹히게 될 때, 너

대신 너를 바라본 한 여자가 사라져버려야 했다는 걸. 너로 인해 내가 사라지던 날 이후, 나는 늘 배가 고팠고, 나는 늘 입을 옷이 없었고, 그리고 나는 누구와도 말할 사람이 없었어. 유령처럼 떠돌고 있는 건 네가 아니라 바로 나야. 나는 이렇게 먹을 수 있고 입을 수 있고 말을 할 수도 있는데, 내 몸은 어디에 갔니? 내 정신은 여기에 놓아둔 채, 내 몸이 홀로 나를 빠져나가 대체 어디로 사라져버린 거니. 나는 몸이 되고 싶어. 나는 몸이 되고 싶다. 나는 그 어느것도 아닌 몸이 되고 싶다.

어떤 날의 일기에서 여자는 거의 광기에 사로잡혀 그 여자의 남편에게 독설을 퍼부어대고 있었다. 그 여자의 일기를 읽으며 그는 자신의 팔뚝에 돋는 소름을 쓸어내렸었다. 감히 말해도 된다면, 그는 그 여자의 일기를 이해할 수 있다고 생각했다. 자신의 삶이 언제 한 번 존재해본 적조차 없는 것이라고 여겨지기 시작했을 때, 그 역시도 되고 싶었던 것은 몸이 아니었을까. 위대한 정신이 아니라, 뜨거운 사랑의 소통이 아니라, 그저 살과 피와 호흡만으로 존재하는 몸.
그는 아주 오래 전의 일을 떠올린다. 그가 군대에 입대하자마자 그가 아닌 다른 남자에게로 몸을 옮겨갔던 여자와, 그 여자의 애인에 대한 기억을. 그의 인생에 있어 유일한 여자라고 기억될 만한 키 작은 여자와 그는 3년 이상을 만났었다. 그가 입대하던 날, 너를 기다리겠다며 눈물까지 흘렸던 그 여자는, 그러나 그가 군대에서 보낸 편지들에 한 번도 답장을 하지 않았었다. 그 키 작은 여자에게 새로운 애인이 생겼다는 소식을 그는 다른 친구의 편지를 통해서 알게 되었다. 죽음과 같은 순간이란 게 있다면 바로 그런 순간을 말하는 것일까. 편지를 읽는 순간 귓속에서 벌떼가 한꺼번에 일어나는 것 같은 이명이 들려왔었다. 그 후 밤마다 군용모포를 눈물로 적시면서, 그는 그를 버린 여자와 그 여자의 새로운 애인이 뒤엉켜 있는 상상에 몸부림을 쳤다. 그 덩어리의 몸들…… 땀과 호흡과 욕망으로 친친 뒤엉켜 있는 덩어리의 몸들…… 그때 그는, 아마도 질투 때문에 울었으리라. 그리고 그는 아마 그때, 문방구집 여자가 그런 것처럼 몸이 되고 싶었으리라. 누군가 그를 한 순간도 놓치지 않고 바라봐주는, 버리지 않는, 교접하는…….

그때 그 편지를 받아야만 했던 곳이 군대만 아니었어도 좀더 버틸 수 있는 힘이 있었을까. 그렇게까지 비참해지지는 않을 수도 있지 않았을까. 어떻든 그때 그의 유일한 소망은 오직 군대를 벗어나는 일뿐이었는데, 그 소망이 얼마나 열렬했던 것일까. 귓속에서 한꺼번에 벌떼가 일어나는 듯한 이명은 점점 더 심해졌고, 고참의 말을 제대로 못 알아듣는 순간들이 많아졌고, 그러다가 급기야는 고참에게 뺨 한 대를 얻어맞은 뒤 청력 상실이라는 진단과 함께, 위로보다는 진심 어린 축하를 받으며 그는 의병제대를 하게 되었다.

제대를 하자마자 그가 제일 먼저 한 일은 물론 키 작은 여자를 찾아가는 일이었다. 그러나 여자는 그를 보려고도 하지 않았다. 그가 여자의 창문 앞에 하루 온종일을 서 있었어도 여자는 그를 보지 않았고, 밤이 되자 그의 어깨를 밀치고 여자의 집 초인종을 누른 새로운 남자의 얼굴만을 보려고 들었다.

그때 그 여자의 시선은 얼마나 빛이 나던가. 그에게 머물러 있을 때는 한 번도 볼 수가 없었던, 빛나는 시선이었다. 그런 시선이라면, 여자는 그의 새로운 애인을 야구장 객석 한가운데에서도 찾아낼 수 있으리라. 여자와의 3년 넘은 연애기간 동안, 그들은 늘 어긋났다. 놀이공원에서 만나기로 해서 약속시간에 같이 도착했지만, 수많은 사람들 속에서 그를 찾아낼 수가 없었던 여자는 그와의 만남을 포기하고 그대로 돌아서기도 했었다. 사람이 많지 않은 카페에서도 그랬었다. 그는 정확히 약속 장소에 정확한 약속시간에 앉아 있었으나 그 자리에 나타나지 않았던 여자는, 나중에 그에게 말했었다. 갔었는데 네가 없었어. 분명히 갔었는데 네가 없었다니까. 여자의 말은 거짓말이 아니었다. 여자는 그가 한 시간 동안이나 여자를 기다리고 있었던 카페 여종업원의 옷 색깔까지 알고 있었다.

그는 새로운 애인의 팔짱을 끼고, 자신의 뒤를 쫓는 그의 존재에 대해서는 전혀 신경도 쓰지 않고, 알아챌 생각도 없는 여자의 뒤를 밟았다. 질투와 분노가 그의 온몸에 불을 지폈다. 저 남자의 무엇이 내 애인의 눈에 불을 밝혔나. 견딜 수 없는 질투심과, 감당할 수 없는 분노, 그리고 금방이라도 폭발해버릴 듯한 고통을 견디며 그는 땀을 뻘뻘 흘리며 그들의 뒤를 쫓았다. 그들은 주점에 들어가 소주를 마셨다. 남자는 큰 소리로 떠들어댔고 여자는 술을 마시는 동안 내내 깔깔거리며 소리 높여 웃어댔다. 주위의 사람들이 그들의 소란에 눈치를 주었지만, 그들은 전혀 신경도 쓰지 않았다. 남자는 소주한 병을 더 시켜도 꼭 고함을 질러댔고, 술이 좀 늦게 나오면 탁자를 쾅쾅 내리쳤다. 그리고 여자는 무슨 까닭인지, 그때마다 정신없이 웃음을 터뜨려댔다. 급기야 바로 옆 테이블의 사람이 뭐라고 싫은 소리를 건네는 듯싶었다. 그러자 남자는 테이블을 뒤엎기라도 할 듯이 일어났고, 곧바로 옆의 테이블로 건너가 그 테이블을 내리치기 시작했다. 주인이 달려와 말리고, 시비가 붙었던 사람이 도망을 치듯이 주점을 빠져나갔음에도 남자의 사나운 태도는 달라지지 않았다. 남자는 술병 하나를 벽에 집어던져 박살을 내고서야, 서부영화의 건맨처럼 돈을 뿌리고 그곳에서의 행패를 끝냈다.

남자와 여자가 주점을 나간 뒤에도 그는 오래 그 주점에서 머물렀다. 그 남자의 무엇이 내 애인의 눈에 불을 밝혔나. 늘 조용하고 고상한 척하기만 하던 키 작은 여자를 무엇으로 저토록 들뜨게 만들었나. 그가 보기에 남자는, 형편없는 무뢰배에 영락없는 건달이었다. 그러나 그것이 그를 두렵게 했다. 그는 그 남자를 이길 자신이 없어졌을 뿐만이 아니라, 그와 자신은 몇 마디의 이야기를 나눌 가능성도 없다는 것을 알게 되었다. 견딜 수 없는 질투심과, 감당할 수 없는 분노, 그리고 금방이라도 폭발할 듯싶던 고통이 자신도 모르는 사이에 사라져버린 것을 그는 느꼈다. 3년씩이나 만났던 애인을 포기하는 일이 느닷없이 전혀 어렵지 않게 여겨졌다. 청력을 상실하게 할 정도로 고통스럽고 간절하던 소망도 물거품처럼 사라지고, 남은 것은 흐려진 자신의 존재밖에는 없다는 생각이 들었다. 그렇지 않은들 어쩔 것인가. 여자는 이미 자신과는 완전히 낯선 곳에 있는 것 같았다.

　그러나 무엇이 그 여자를 그렇게 낯선 곳으로 데려간 것일까. 여자를 포기할 수는 있었지만, 여자의 새로운 애인의 모습을 잊어버리는 일은 쉽지가 않았다. 그는 다시 여자의 집 앞에서 여자를 기다렸고 새로운 애인을 만나러 가는 여자의 뒤를 밟았고, 그리고 여자의 새로운 애인이 하는 일을 알게 되었다. 여자의 새로운 애인은 권투선수였다.

　―형씨. 너무 떫게 생각하지 마쇼. 오는 여자 안 막고 가는 여자 안 붙잡는 게 사내라고, 다 그런 거 아니겠소? 난 형씨한테는 아무 감정 없소.

　그가 여자의 새로운 애인이 있는 권투도장을 찾아갔을 때, 그 남자는 샌드백을 치면서 거친 호흡 때문에 마디마디가 툭툭 끊기는 목소리로 그에게 말했다. 그는 그때 그 남자가 치고 있는 것이 샌드백이 아니라, 바로 자신이라는 것을 알았다. 까불지 마, 새꺄. 넌 안 돼. 남자는 아마 그런 말을 하고 싶은 것일 터였다. 지난번 주점에서 그런 행패를 부렸던 것도 실은 그를 의식한 의도적인 폭력이었다는 것도 그는 알게 되었다. 혹시 여자가 말해주었을까. 그를 포기시키기 위해서는 그 방법이 가장 확실한 거라고. 당신의 몸과 당신의 용기와 당신의 그 거센 수성을 보여주는 것…… 그것만으로도 충분한 거라고. 당신이야말로 어디에든 존재하는 남자라는 것을 보여주라고. 만일에 그랬다면 확실히 여자는 옳았다. 그는 이미 여자를 포기했고, 이제 와서 남은 것은 자신이 알았던 여자를 완전히 새로운 곳으로 데려간 저 짐승 같은 남자에 대한 의혹뿐이었다.

세번째 그 남자의 권투도장을 찾아갔을 때, 그 남자는 그를 도장 앞 골목으로 끌고가 주먹을 날렸다. 넌 진짜 치사한 자식이라고. 사내새끼라는 게 할 짓이 이런 짓밖에 없는 거냐고. 그러나 그가 다섯번째로 그 남자의 권투도장을 찾아갔을 때 그 남자는 더 이상 그를 때릴 의욕조차 없다는 듯이 그를 술집으로 데려가 술을 사주었다. 정 그렇게 사랑한다면 도로 가져가라고 했다. 당신만큼 그 여자를 사랑하는 것 같지는 않다고. 까짓거, 자기가 양보해버리고 말겠다고. 그날 밤 키 작은 여자가 헤어진 후 처음으로 그에게 전화를 걸어와 길길이 날뛰며 온갖 악담을 퍼부어댔지만, 그는 그 여자의 모든 악담을 묵묵히 견뎠다. 그때 그 여자가 그에게 뭐라고 했던가. 난 널 사랑한 적이 한 번도 없다고, 평생을 혼자 늙어 죽게 된다고 하더라도 너 같은 자식은 다시 안 만날 거라고…… 내가 널 만났던 건, 단지 그 시간들 속에 너말고는 다른 사람이 없었던 까닭뿐이었다고, 그러나 그때에도 나는 너를 사랑하지 않았다고, 네 손은 축축하고 네 입술은 더럽고 네 가슴은 숨이 막히기만 했다고…….

　그리고 일주일 뒤였을 것이다. 그는 여자와 여자의 새로운 애인인 권투선수가 낡은 여관에 투숙하는 것을 훔쳐보고 있었다. 자신이 무슨 까닭으로 그런 짓까지 하는 건지는 알 수 없었다. 그는 여자와 권투선수가 여관 안으로 사라진 뒤, 잠시 후 이층 끝방에서 불이 켜지는 것을 보았고 그 불이 꺼지기 전에 여자가 홀로 여관을 나오는 것도 보았다. 한 시간도 채 안 되는 시간이었다. 그러나 여관으로 들어설 때의 모습과 돌아나올 때의 여자의 모습은 완전히 달랐다. 그 여자는 점점 더 빠르게, 그로서는 이해할 수도 없고 짐작도 할 수 없는 낯선 곳으로 달려가고 있는 것 같았다. 여자의 뒷모습을 잠깐 바라보고 있었지만 눈 깜짝할 사이에 여자의 모습은 그의 시야 속에서 암전되었다. 여자가 사라진 뒤 그는 여관으로 들어가 이층 끝방의 문고리를 돌렸다. 권투선수가 침대 위에 누워 있었다. 알몸인 채로, 검은 성기를 고스란히 드러낸 채로 정신없이 곯아떨어져 누워 있었다. 알 수 없게 가슴이 뛰기 시작했다. 성기를 드러내고 누워 있는 남자의 몸은 전혀 아름답지 않고 매혹적이지도 않았지만, 그러나 그는 그 몸을 만지고 싶었다. 그 몸에 들어 있는 호흡과 그 몸에 들어 있는 수성과 그 몸에 들어 있는 정액을 만져보고 싶었다. 여자를 사랑할 때에는 한 번도 느껴보지 못했던 전율이 그의 정신을 혼미하게 만들었다. 그는 손을 들어 남자의 배 위로 가져갔다. 배꼽 주변으로 숭숭 돋아오른 털들…… 그는 그 털들을, 거의 죽음과 같은 감정으로 쓸어내렸다.

　—뭐야!

　남자는 순식간에 깨어났다. 그리고는 허겁지겁 시트를 움켜쥐고, 벽 쪽으로 몸을 도사렸다.

―이 새끼, 이거…… 이거!

남자는 공포에 사로잡혀 있었다.

―이제 봤더니 이거…… 더러운 호모 새끼…… 너, 이 새끼…….

권투선수인 남자는 주먹을 날리는 대신에 베개를 집어던졌다. 그
래도 그가 나가지 않자 성냥갑을 집어던졌고 벗어두었던 옷가지들
을 집어던졌다. 그러나 그때에도 그는, 그 남자를 한 번만 안아보고
싶다는 생각뿐이었다. 저 남자의 가슴을 쓸어보고, 저 남자의 성기
를 움켜쥐어보고 싶다는 생각뿐이었다.

친애하는 최형에게.

그날의 일에 대해 나는 뭐라고 형께 말을 해야 할지 모르겠습니
다. 그리고 이제 와서 이런 편지를 띄운다는 것이 반드시 옳은 일인
지도 알지 못하겠습니다. 그러나 어쩐 일인지 나는 그 누구에게도
아닌 형에게 꼭 해야 할 말이 있다는 생각을 합니다. 형에게라면 무
슨 말이든지 할말이 생길 것 같다는 생각도 합니다.

형을 사랑했다고는 말하지 않겠습니다. 그렇게 말하는 것이 형에
게는 모욕이 될 것이며, 또한 나 자신도 그런 식의 감정이나 행동이
딱히 사랑이라고 표현될 수 있는 것인지는 알 수 없기 때문입니다.
그러나 그날 나는, 형의 몸 속에 들어가고 싶었습니다. 저속한 표현
으로 오해하지는 마십시오. 그날 내가 만일 형의 몸 속으로 들어갈
수만 있었다면, 나는 다시 태어나 형의 몸으로 살아갈 수 있으리라
는 생각을 하고 있었을지도 모르겠습니다. 나는 나 자신에 대해서는
아무런 미련도 없습니다. 몸을 버리는 것은 물론이거니와 정신을 버
리는 것 역시 마찬가지입니다. 내 삶은 지리멸렬하고, 내 삶에 자신
의 뿌리를 내려보고자 하는 사람도 없습니다. 실연의 상처라고 생각

하지는 마십시오. 나 역시 이제 와서는 그 여자를 사랑한 적이 없었다는 생각을 합니다. 그 여자가 내게 소중하였던 것은 그나마 나를 자신만의 존재로서 생각해주고 있는 유일한 사람이라고 판단했기 때문이었습니다. 그 여자가 나를 떠나 내가 알지 못하는 낯선 곳으로 떠나버린 순간, 나는 희미해지다 못해 투명해졌습니다. 그런 생각이 듭니다. 바로 그때, 형의 살아 있는 몸이, 정액이 채 마르지 않은 형의 성기가, 얼마나 싱싱한 생명으로 여겨졌는지 형은 상상도 하지 못할 것입니다. 아마도 나는 그때 형과 소통하고 싶었을 것입니다.

나의 이런 거친 표현을 용서하십시오. 어차피 나는 이 편지를 형께 부치지 못하리라는 생각이 듭니다. 내 소통의 욕망은, 그 누추한 여관방에서 형에게 귀를 붙들려 내몰릴 때에, 이미 완전히 끝나버렸을 것이기 때문입니다. 다시 한번 용서하십시오. 그리고 편안하십시오.

4

텅 빈 개교기념일이었다. 숨죽인 적요와 소리 없는 햇살과 바람과 얌전한 철쭉꽃들만의 축제. 한 남자가 그 축제의 마당을 달려갔었던 흔적은 이제 어디에도 없다. 그는 조깅을 하는 남자가 사라지고 그 남자를 바라보던 문방구집 여자가 쇼윈도에서 모습을 감춘 뒤에도 오래 개교기념일의 학교 운동장을 내다보았다. 그리고는 자신의 자리로 돌아와 대낮에도 어둠침침한 자신의 가게에서 또다시 오래 앉아 있었다.

월요일이고 개교기념일이었던 아침, 학교 운동장을 달리던 남자를 그는 생각했다. 골목 안의 사람들 대부분이 그 남자가 누구인지를 모르는 것처럼 그 역시도 그 남자가 누구인지를 알지 못했다. 어쩌면 운동선수이거나 수영강사쯤일지도 모르겠고, 뜻밖에도 얼마 전에 큰길가에 새로 생긴 나이트클럽을 출입하는 제비족쯤일지도 모를 일이었다. 그 남자가 누구인지는 궁금하지 않았다. 다만 무엇이 그날 아침 문방구집 여자의 모습을 완전히 나타나게 하여, 자신으로 하여금 그 여자를 발견할 수 있게 하였는지가 궁금할 뿐이었다.

그러다가 그는 문득 문방구집 여자의 컴퓨터가 너무 오래 고장을 일으키지 않았다는 것을 생각해냈다. 마지막으로 그 여자가 컴퓨터를 고쳐달라고 했던 것이 언제였던가. 기억조차 가물가물했지만, 그 여자의 마지막 일기의 내용만은 떠올릴 수가 있다. 여자는 언제 죽어버릴지 모르는 자신의 286 컴퓨터가 너무나 겁이 나, 키보드에 얹은 손을 떼어낼 수가 없다고 쓰고 있었다. 언제 중단될지 알 수 없는 일기를 늘 마지막인 것처럼 써야만 한다고 그녀는 일기에다 적어놓고 있었는데, 그 여자의 그러한 불안은 날마다 한없이 길어지는 일기의 길이에서도 나타났다. 그 여자가 처음으로 그에게 컴퓨터를 가져왔을 때부터, 그 여자의 일기는 늘 마지막이었다. 마치 임종을 앞에 둔 자에게 하는 고백성사처럼, 그 여자의 일기는 매번 간절했고, 매번 감당할 수 없는 미련과 안타까움에 젖어 있었고, 그리고 참혹했다. 그는 물론 여자의 컴퓨터를 아무런 문제도 없게 고쳐줄 수가 있었다. 이제 와서는 286 컴퓨터에 어울리는 부품들을 신형으로 장만하는 것도 어려운 일이 되어버렸지만, 그가 원하기만 했다면 286 컴퓨터 껍데기 속에 펜티엄의 부품들을 채워넣어줄 수도 있었을 것이다. 그러나 그는 그렇게 하지 않았다. 그에게 동정심이 없어서가 아니었다. 그 여자가 처음으로 컴퓨터 수리를 의뢰했을 때만 해도 그는 그 여자에게 거의 공짜나 다름없는 가격으로 486 노트북을 주려고 한 적이 있었던 것이다. 그 여자에게는 실은 그 정도의 돈도 거액이었다는 것을 알게 된 것은 그 후에 읽은 일기를 통해서였는데, 누군가의 가난이 자신에게는 다행인 일일 수도 있다는 생각을 그는 그때 처음으로 했었다. 그 여자가 그에게 컴퓨터 수리를 의뢰할 수밖에 없는 한, 그 여자의 파일은 언제나 그의 수중에 있게 되는 셈이었다. 그는 그 여자와 말을 나눠본 적도 없고, 그 여자와 눈을 맞춰본 적도 없었다. 인터넷 포르노 사이트 속에 존재하는 수없이 많은 여자들처럼, 그 여자 역시도 만질 수 없는 영역 속에 존재했다. 만일 그가 원한다면 그는 문방구집 여자를 떠올리면서, 혹은 그 여자의 파일을 읽으면서 수음을 할 수도 있을 것이었다. 그러나 그가 무슨 짓을 하든, 그에게는 지불해야 할 대가 같은 것은 없었다. 무책임해서가 아니었다. 그에게 허용되는 관계의 정도가 그뿐이기 때문인 것이다. 지불해야 할 대가가 없는 관계…… 다만, 그 정도.

그나저나, 그 여자에게는 이제 컴퓨터 수리를 의뢰할 정도의 돈도 없게 되어버린 것일까. 아니면 사라져버린 자신을 뜻밖의 어느 곳에서 찾게 된 바람에 이제 더 이상은 마지막의 일기를 쓸 필요도 없게 되어버린 것일까. 낮이 밝아갈수록 어둠이 깊어가는 자신의 가게에서, 주문 받은 컴퓨터의 조립에는 신경도 쓰지 않은 채 꼼짝 않고 앉아 있다가 그는 불현듯이 일어나 자신의 컴퓨터 앞으로 다가갔다.

─고객분들의 성원에 감사하기 위해 무상으로 컴퓨터를 점검해드립니다.

처음에 그는 단지 한 장의 문서를 인쇄했을 뿐이지만, 곧 여러 장을 반복 인쇄했다. 어떤 경우에도 여자는 그에게서 안전해야만 했다. 자신에게 혹시라도 그 여자에게 지불해야 할 대가 같은 것이 있다면, 그것은 안전일 것이었다. 어떤 경우에도 여자는 그가 자신에게 종류가 다른 관심을 갖고 있을지도 모른다는 생각을 해서는 안 되었다. 여자가 확인할 수 있는 근처 몇 군데의 가게에도 전단을 돌려놓으면 여자는 쓸데없는 의심 같은 것을 하지 않을 수 있을 것이다. 그에게는 좀 번거로운 일이 되겠지만 그는 그 정도의 일은 감수하기로 했다.

문방구 문은 닫혀 있었다. 개교기념일인 것이다. 일요일에도 문을 여는 문방구에 유일한 휴일은 개교기념일 뿐이었다. 그는 문방구 문 틈 사이에 전단을 깊숙이 끼워넣고 남은 전단들을 비디오대여점과 약국에 배포하고, 그리고 책대여점으로 들어섰다.

"문방구 문 안 열었지요?"

마치 그의 동선을 내리쫓고 있었던 것처럼 그가 책대여점 안으로 들어서자마자 주인 여자의 질문이었다. 순간 그의 가슴속에서 한번 쿵, 하는 소리가 들렸다. 그건 미처 짐작하지 못했던 반응이었다. 자신이 누군가의 비밀 파일을 몰래 읽는 것처럼 누군가는 또 자신의 일상을 몰래 들여다볼 수도 있는 일이라는 생각이 밑도끝도없이 들었다. 그러나 그는 곧 고개를 가로저었다. 책대여점 여자가 자신에게 그런 짓을 할 까닭이 있을 리가 없었다. 그리고 물론, 문방구집 여자도 그에 대해서는 그렇게 생각할 것이었다.

"노인네가 아주 안 좋은 것 같던데 좀 어떤가 몰라."

그가 아무 대답도 않고 있자 주인 여자가 혼잣말인 듯 말을 이었다.

"약국 여자가 입원을 시키라고 말을 했다던데. 하긴 그런 병에 입원이 무슨 소용이겠어. 몸 아픈 거야 반짝 나을 수 있을지 모르지만 정신이 그 모양인걸. 긴 병에 효자 없다고, 젊디젊은 딸내미가 할 짓이 아니지. 노인도 마찬가진거고."

그는 여전히 아무 대답도 않고, 손에 집히는 대로 만화책 한 권을 집어들었다.

"정신이 그 모양이라고는 해도 아직 세상 등지기에는 이른 연센데…… 자식이 애물단지라고 딸내미 그 꼴 되기 전에는 그렇게 고울 수가 없던 양반이……."

책대여점 주인 여자의 혀 차는 소리를 뒤로 들으며 그는 대여점의 문을 도로 돌아나왔다. 책대여점에 주려고 했던 전단과 제목도 알 수 없는 만화책 한 권을 손에 들고서. 만화책을 쥐고 있는 손에 땀이 미끈하게 배어나는 것이 느껴졌다. 아무래도 뭔가 잘못되어가고 있는 게 있다는 느낌이 들었다. 그런 느낌은 아주 오래 전, 그가 컴퓨터 가게를 처음 열고 처음으로 남의 파일을 읽었을 때 이후로는 한 번도 가져보지 못했던 것이었다. 당신의 뜨거운 가슴이 떠올라 견딜 수 없이 괴로워요. 그에게 수리를 맡겼던 초등학생의 컴퓨터 속에는 그 아이의 어머니의 비밀 편지가 들어 있었다. 밤마다 당신 생각만 해요. 당신의 손과, 당신의 입술과, 당신의 가슴을…… 제발 날 나무라지 마세요. 남편을 사랑하지 않는 게 아니에요. 남편에 대한 사랑과 당신에 대한 사랑은 종류가 다른 거 같아요. 그러니 다시 한번만 날 안아주세요. 당신이 너무나 그리워요…… 그 여자의 아들인 초등학생은 유난히도 눈이 까만 아이였었다. 컴퓨터를 찾으러 온 날, 아이는 엄마가 자꾸 자기 컴퓨터를 만져서 고장을 내놓는다고 불평을 했고 아이의 어머니는, 보통의 어머니나 조금도 다를 바가 없는 애정 어린 얼굴로 아이의 머리통에 꿀밤을 때려주었다.

세상의 모든 아이들은 무죄한가. 그의 어머니가 그를 두고 다른 남자에게로 재가해갔던 것이 꼭 그 아이의 나이만 했을 무렵이었다. 그러나 그는 무죄하지 않았다. 적어도 그의 어머니의 시선 속에서는. 아버지가 세상을 뜬 후, 어머니의 시선은 어린 그의 어깨를 넘어, 작은 그의 머리통을 넘어 늘 대문 바깥의 세상으로만 향해 있었다. 어쩌다 그에게로 눈길이 닿아도, 어머니의 시선에는 너를 보고 싶지 않다,는 원망과 고통만이 일렁였다. 그래서였을 것이다. 어머니는 그에게 단 한마디의 말도 남기지 않고, 그가 학교에 있는 사이를 틈타 집을 나가버렸던 것이다. 그를 보고 싶지 않았을 것이고, 보고 싶지 않았으므로 보이지도 않았을 것이다. 그의 어머니는 그를 두고, 그렇게 사라져버렸었다.

학교는 텅 비어 있었고, 문방구 역시도 텅 비어 있었다. 자신의 가게로 돌아오는 길에 그는 문방구의 닫힌 문 앞에 서 있는 아이 하나를 보았다. 학교가 쉬는 날인데도 아이는 문방구에 무슨 볼일이 있는가. 아이는 한참 동안 문방구 문을 흔들어보고, 그리고 나서는 문방구 앞에 놓여 있는 자동판매기 기구들을 한동안이나 들여다보았다. 동전 하나만 넣으면 무수히 많은 색색의 알사탕들이 쏟아져나오는…… 요술 같은 자동판매기들. 그러나 아이는 동전 하나도 없는지 자동판매기 앞에 정물처럼 굳어 있고, 아이 앞에서 자동판매기 역시 침묵하고 있을 따름이었다.

가게에 돌아와 그는 오늘 중으로 마쳐야 할 주문 받은 컴퓨터의 조립에는 신경도 쓰지 않고, 소파에 길게 드러누워버렸다. 이해할 수 없는 우울이 그의 가슴속을 메슥거리게 하고 있었다. 그는 소파에서 오래 뒤척거리다가 아주 오랜만에 인터넷 포르노 사이트에 접속을 해보았으나, 아무런 관심도 흥미도 일지 않았다. 전화는 자주 걸려왔다. 그가 돌린 전단의 즉각적인 반응들이었다. 그는 그런 전화들을 자동응답기에 맡겨둔 채로 소파에서 뒤척거리며 잠들었다 깨어났다 하기를 반복했다.

잠깐씩 빠져든 꿈속에서 그는 권투선수 최를 보았다. 최는 단단하고 아름다운 몸으로 그를 유혹하고 있었다. 최가 그의 셔츠 단추를 풀면서 그의 목덜미에 젖은 입술을 내려놓으며 그에게 묻곤 했다. 나하고 관계하고 싶니? 그는 꿈속에서 슬픈 성욕 때문에 울었다. 최의 모습이 그의 어머니가 재가해간 의붓아버지의 모습으로 뒤바뀌기도 했다. 열한 살 때 재가해간 어머니를 열세 살 때 수소문해 찾아갔던 적이 있었다. 남의 집 문간방에 세들어 살고 있던 어머니와 그 남자는, 문을 열어놓은 채 성긴 발 하나만을 내려놓고 낮잠에 빠져 있었다. 남자는 웃통을 벗고 있었고 그의 어머니의 배에 털이 숭숭 난 다리를 얹어놓고 있었다. 마치 짐승의 다리 같았다. 그러나 어머니의 잠은 얼마나 깊고 혼곤하던가. 그가 몇 번이나 어머니,라고 입 밖에 소리를 내어보았지만 어머니는 깨어나지 않았다. 설령 그 순간 그의 어머니가 깨어났다고 하더라도 어머니는 그를 알아보지 못했으리라. 여전히 그를 보고 싶지 않았을 테니까. 보고 싶지 않으므로 보이지도 않았을 테니까.

그가 그렇게 왔다갔다하던 꿈에서 깨어난 것은, 응답기가 돌아가는 소리 때문이었다. 여기 문방군데요, 잠깐의 침묵 끝에 문방구집 여자의 목소리가 들려오는 순간 그는 소파에서 벌떡 일어나 땀으로 질척해진 손을 뻗어 수화기를 집어들었다.

"네, 네……."

그는 땀을 흘리고 있었고 또한 떨고 있었다. 어떻든, 그는 이제부터, 이제까지와는 완전히 다른 일을 하려고 하는 것이었다. 남이 맡겨놓은 비밀을 잠깐 빌리는 것이 아니라, 스스로 훔치는 짓을. 그러나 이제는 멈출 수 없었다. 멈추기에는, 그의 기억이 너무 먼 곳까지를 달려갔다 와버린 것이었다.

"전단 봤는데요."

"네…… 네……."

"점검보다……."

여자의 목소리는 느리고, 그리고 가라앉아 있었다. 누군가에게 던지는 말이 아니라 마치 혼자 읊조리는 듯한 목소리.

"노트북을 살 수 있나 해서요. 전에…… 아주 한참 전에 말씀하셨던 거…… 잊으셨겠지만……."

"아, 아닙니다. 잊지 않았습니다."

물론 잊지 않았다. 잊을 리가 있겠는가. 그러나 이제 와서는 그건 그가 원하는 일이 아니었다. 땀이 흐르고 있는 그의 머리가 멍한 가운데에서도 정신없이 돌아갔다.

"그렇지만…… 네, 그건 보상 판매거든요. 그러니까…… 네, 거기 컴퓨터의 가치를 먼저 환산해봐야……."

"……보상 판매라구요."

"일단 컴퓨터를 먼저 살펴봐야지요. 거기 컴퓨터를……."

여자에게서는 곧 대꾸가 없었다. 여자는 망설이고 있는 것 같았다. 그는 조바심 때문에 손가락으로 책상을 정신없이 두드려댔다. 어쩌면 그 소리는 송수화기를 통해 여자의 귀에까지 들렸을지도 모를 일이었다.

"제가 컴퓨터를 가지러 갈까요?"

그는 여자의 대꾸를 기다리지 못한 채 재촉을 하듯이 물었다. 그러나 여자는 한동안을 더 침묵했고, 그리고 나서야 다시 혼자말처럼, 읊조리듯 말했다.

"어머니가 편찮으세요."

"문방구에까지만 내다놓으셔도……."

여자는 또 한번 망설이는 것 같았다. 그러나 잠시 후, 여자의 목소리가 들려왔을 때 여자의 목소리는 더 이상 느리지 않았고 가라앉아 있지도 않았다.

"노트북을 살 수 있을 거예요. 사야겠어요. 제 컴퓨터를 내다놓을 게요."

—내 노트북을 돌려받고 싶어서 장충동에 전화를 걸었다. 내 물건을 돌려받기에는 시간이 너무 흐른 것을 모르는 건 아니지만, 그러나 달리 방법이 없었다. 장충동 어머니에게 내 사정을 이해시키기 위해 나는 할 수 있는 한 최선을 다했다. 다른 걸 원하는 게 아니라고. 절대로 아니라고. 내게 무언가를 원할 자격이 없다는 걸 나도 잘 안다고. 아니, 그보다 더한 것도 나는 알고 있었다. 나는 장충동 식구들에게뿐만이 아니라 내 식구들에게도, 그리고 나를 모르는 어느 누구에게도 말을 건넬 자격이 없는 것이다. 어느 날 나는 사라져버렸고, 세상의 그 어느 누구도 나를 발견할 수는 없게 되어버렸다.

그러나 그랬음에도, 노트북은 돌려받고 싶었다. 이 글을 마칠 때까지만이라도 이 고물 컴퓨터가 살아 있을지 모르겠다. 나는 점점 더 이 컴퓨터의 스위치를 올리는 일에 두려움을 느끼고 있다. 돈이 조금이라도 있었다면 장충동에 전화를 걸 생각 같은 건 하지 않았을 것이다. 조금이라도…… 먹고 자고 입는 것 이외에도 쓸 수 있는 돈이 조금이라도 있었다면…….

내 어머니를 이해시키는 일은 쉽지가 않다. 어머니가 아버지와 단둘이 살 때, 어머니는 한 번도 돈이 모자라다는 생각을 해본 적이 없으셨을 거다. 아버지가 돌아가시고 이제 나와 어머니 단둘의 삶이 되었는데, 어찌하여 갑자기 돈이 모자란다는 소리인가. 나는 문방구가 싫어요, 엄마. 나는 아이들이 싫어요, 엄마. 나는 정말 색종이와 도화지와 크레파스 같은 것들이 싫어요, 엄마.

네 년이 사람이냐,라는 말로 장충동 어머니가 전화를 끊어버렸을 때, 나는 하마터면 안채로 달려가 엄마에게 소리칠 뻔했다. 엄마, 나는 아무 죄가 없어요! 내가 스스로 사라진 게 아니에요. 나도 모든 사람들이 나를 발견해주는 곳에 있고 싶어요. 내게도 머리카락이 있고 열 개의 손가락과 열 개의 발가락이 모두 존재한다는 사실을, 나도 달릴 수 있고 기운찬 생명으로 거친 호흡을 내뿜을 수 있다는 사실을…… 모두가 알아줄 수 있는 곳에 있고 싶어요. 엄마, 제발 날 좀 바라봐주세요. 왜 한 번도 날 바라봐주지 않으시는 거예요. 나는 아무 죄가 없어요.

여자의 파일들을 자신의 컴퓨터에 복사해놓고 그 비밀번호를 또 한번 해제하기에 앞서, 그는 〈문방구〉라는 제목으로 보관되어 있던 플로피 디스켓을 꺼내 그 속의 파일을 열어보았다. 여자가 처음으로 그에게 컴퓨터 수리를 의뢰했을 때의 파일이었다. 여자의 새 파일을 읽기 전에 반드시 예전의 것을 먼저 읽어보아야만 할 이유가 있었던 것은 아니었다. 그는, 아직은 조금쯤 망설이고 있는 중이었던 것이다. 이제라도 멈춰야 하는 것이 아닐까…… 이것은 명백히, 질이 나쁜 도적질이다…… 어쩌면 어떤 식으로든 대가를 치르게 될지도 모르는.

그래서였던가. 여자의 컴퓨터를 자신의 가게로 가지고 왔을 때, 그는 태어나서 지금까지 한 번도 겪어보지 못했던 기이한 감정 속으로 휘말려들어가는 자신을 발견했었다. 그것은 견딜 수 없는 초조함이고, 입에 침이 바싹바싹 마르는 것 같은 불안감이기도 했다. 가게 안에 자신말고는 아무도 없다는 것을 뻔히 알면서도 그는 주위를 정신없이 두리번거렸다. 창문 너머, 책상 아래, 심지어는 무더기로 쌓인 박스들 사이까지를 살폈다. 그리고 나서도 다시 블라인드가 내려져 있는지를 확인하고, 가게 문이 잠겨져 있는지를 확인하고, 전화기를 응답기로 바꾸고, 물을 한 컵 따라다놓고, 그리고 나서야 비로소 자리에 앉을 수가 있었다. 여자의 컴퓨터는 쉽게 부팅이 되었다. 그리고 그의 예상처럼 여자의 컴퓨터에는 예전에 그가 보지 못했던 새로운 파일이 하나 들어 있었다. 그 파일을 복사해 자신의 컴퓨터에 옮겨놓는 데까지는 수분이 걸리지 않아 일사천리로 해낼 수가 있었지만, 그러나 막상 비밀번호를 해제하려고 하자 다시 똑같은 증세가 시작되었다. 그는 주위를 두리번거리고 블라인드가 내려져 있는가를 확인하고 가게 문의 문고리를 직접 돌려보기까지 했다. 그러고 나서도 착수를 하지 못하고 그가 한 일이 바로 여자의 옛 파일을 찾아 읽는 일이었다. 그가 훔치지 않은 것, 다만 빌렸을 뿐인 것……어느 날 나는 사라져버렸다,는 문장이 반복적으로 씌어져 있어, 불현듯 자신의 존재에 대해서까지도 생각하게 만들었던 그 파일을.

언제부터였는지는 모르지만, 문방구집 여자 수의 일기가 그에게 고통의 기억을 일깨웠던 것만큼은 분명한 사실이었다. 그는 아마도 그 고통을 즐겼으리라. 고통을 느끼는 순간에야 비로소 투명했던 몸에 흐릿한 형체가 생기고 성장을 하기도 전에 노화가 시작되었던 것 같은 몸에 비로소 자신의 나이에 온당한 피가 흐르는 것 같기도 했다. 분명히 그랬을 것이다. 그 여자의 일기를 읽고 있으면, 자신에게도 어느 순간의 존재의 기억들이 있었던 것 같은 느낌에 사로잡혔다. 그것은 고통이면서 또한 쾌감이었다. 그런 순간에 그 여자가 그를 바라보았다면, 그가 개교기념일날 아침에 그 여자를 발견하였던 것처럼 그 여자도 그를 발견할 수 있었으리라. 그는 길게 심호흡을 하고, 일어나 다시 한번 가게 문고리를 돌려보고, 그리고 여자의 비밀번호를 해제했다. 순간 그때 그가 느꼈던 것은 아마도 교접의 느낌이 아니었을까.

—엄마의 머리를 빗겨드리다가 검은 머리카락이 새로 자라나는 것을 보았다. 빗 사이에 촘촘히 엉겨 있는 흰 머리칼들을 빼버리고, 겨우 손톱만큼 자라난 검은 머리카락에 빗살을 꽂았다. 거울 속에서 엄마는 행복해 보이는 얼굴이다. 그 얼굴은 아주 오래 전의 내 얼굴을 닮아 있다. 머리를 좀 잘라야겠구나. 내 긴머리를 쫑쫑 땋아내리면서 엄마는 아침마다 그렇게 말씀하셨다. 나는 엄마의 머리를 땋아도 보고 묶어도 본다. 빨간색 머리끈을 묶어도 보고, 나비 모양의 머리핀을 꽂아도 본다. 우리 어디로 놀러갈 건데? 머리를 빗을 때마다 엄마는 외출을 꿈꾼다. 어린 시절의 내가 그랬던 것처럼. 아주 좋은 데로. 엄마, 우리 아주 좋은 데로 놀러가자. 머리를 다 빗겨드린 후, 엄마의 붉은 뺨에 뽀뽀를 해드린다. 예전에 엄마가 내게 그랬던 것처럼. 그러나 나는 알고 있다. 엄마는 이미, 내가 있는 이곳에 계시지 않는 것이다. 엄마는 벌써 아주 좋은 곳으로 놀러가셨다. 나만 놔둔 채…… 여기에, 이렇게 나만 놓아둔 채. 나는 텅 빈 집의 어둠 속에 홀로 앉아 있는 것처럼, 자꾸만 눈물이 나온다.

그러나 곧, 나도 어딘가로 가게 될 것이다. 엄마는 돌아가실 것이고, 그렇게 되면 내게는 돈이 생길 것이다. 문방구의 보증금을 빼서 나는 무엇이든 할 수가 있게 될 것이다. 나는 꽃집을 내거나, 레코드

점을 내거나, 그것도 아니면 대리 약사를 두어 약국을 낼 수도 있다. 무엇이든 상관없다. 아무도 나를 기억하지 않는 곳, 아무도 내게 누구냐고 묻지 않는 곳, 아무도 내게 무슨 일이 있었느냐고 묻지 않는 곳…… 그런 곳에서라면, 문방구 아닌 그 무엇이든 상관이 없다. 그곳에서 나는 다시 새로운 사람을 만나, 감쪽 같은 얼굴로, 아무 일도 없었던 듯이, 그와 차를 마시고, 영화를 보고, 음악을 듣고, 그리고 잠을 잘 것이다. 그때, 처음으로 잠을 잔 남자에게 나는 말할 것이다. 감쪽 같은 얼굴로, 평생 당신만을 기다렸어요,라고.

그는 숨이 멎는 듯한 기분이 들어 더 이상 여자의 파일을 읽을 수가 없었다. 무슨 까닭인지 알 수가 없었다. 무엇이 자신의 숨을 멎게 만드는가. 잠을 잔다는 노골적인 표현 때문인가. 아니면 어머니가 세상을 뜰 날만을 기다린다는 투의 참혹한 고백 때문인가. 그것도 아니면 어머니의 죽음과 함께 어딘가로 떠나버리겠다는 여자의 결심 때문인가.

그러나 불행히도, 숨이 멎는 듯한 기분은, 그런 식의 감상과는 전혀 상관이 없는 것이었다. 그가 본능적으로 고개를 돌렸을 때 그는 그를 바라보고 있는 한 여자의 시선을 목격하게 되었다. 문방구집 여자였다. 무슨 까닭인지 눈물이 번들번들한 얼굴로, 그 여자가 자신을 바라보고 있었다. 그는 거칠게 고개를 저었다. 이것은 실체가 아닌 몽상일 것이다. 여자가 어떻게 그의 등뒤에 서 있을 수 있단 말인가. 그러나 그의 간절한 바람에도 불구하고, 그 여자는 몽상이 아닌 실체였다. 그가 가게 문을 걸어잠그는 것에 실수를 했던 것인지, 아니면 너무 여러 번 확인을 하는 통에 문고리가 고장이 나버렸던 것인지 그 이유는 알 수 없었지만, 어쨌든 여자는 그의 가게 안에 들어와 그의 등뒤에서 그가 자신의 컴퓨터 화면을 통해 읽고 있는 것이 무엇인지를 보아버린 것이었다.

"저, 저……"

그의 입에서 신음 같은 소리가 세어나왔다. 그러나 더 이상 무슨 말을 할 수 있을 것인가. 여자는 입술을 악물고, 눈물이 번질번질한 눈으로 그를 노려보다가 돌아섰다. 여자가 가게를 달려나갈 때까지 그는 여자를 붙들 수가 없었다. 열려져 있던 가게 문이 쾅하고 닫히는 소리를 냈다. 고막이 터질 듯한 이명이 들리기 시작한 것이 바로 그 순간부터였다. 의병제대에 성공을 한 후, 한 번도 재발하지 않았던 그 끔찍한 이명이, 뇌와 두개골과 안구를 전부 다 해체해버릴 것처럼 끔찍한 기세로 몰려들었다. 그는 깨지기 직전의 유리병을 움켜쥐듯이 자신의 머리를 움켜쥐었다. 그러나 이명은 멈추지 않았고, 그것은 곧 박살이 나버리는 소리로 그의 머리와 심장을 때렸다.

5

수가 어머니의 장례를 마치고 돌아왔을 때 컴퓨터 가게의 문은 굳게 닫혀 있었다. 일요일이고 공휴일이고 간에 가게 문을 닫는 적이 없던 남자였다. 하긴 열렸는지 닫혔는지도 잘 알 수가 없던 컴퓨터 가게의 문. 셔터가 내려져 있지 않아도 그 문은 늘 완강해 보였었다. 수는 자신이 처음으로 컴퓨터 가게의 문을 열었던 때를 기억한다. 컴퓨터 가게라고 해서 무슨 별천지의 세상일 줄 알았더니, 해체된 컴퓨터의 내장들과 내장을 말끔히 비워버린 껍데기들과, 여기저기 나뒹굴고 있는 A4용지와 박스들로 가게 안은 한마디로 쓰레기더미 같아 보였다. 남자 역시 그 쓰레기더미 중의 하나로 보였다. 그의 목소리는 작았고, 그는 아주 조금씩만 움직였다. 마치 박제 같아 보이던 남자.

수는 단 한 번도, 진정 단 한 번도 그 남자에게 관심을 가져본 적이 없었다. 그 여자가 관심을 갖고 있는 것은 오직, 어떻게 하면 문방구를 벗어나 이제까지와는 완전히 다른, 완전히 새로운 곳으로 떠날 수 있는가 하는 것뿐이었다. 골목의 사람들 모두가, 자신에게 어떤 일이 있었는지를 알고 있을 거라고 그 여자는 생각했다. 시집 식구들이 그러했고, 그녀의 아버지와 어머니가 그녀를 외면하기 위해 서둘러 목숨을 놓거나 정신을 놓아버린 것처럼, 골목의 사람들도 그녀를 외면한다고 생각했다. 그러나 그들 중의 어느 누구도, 그들이 그녀를 버리기 전에 그녀가 먼저 사라져버렸다는 것은 알지 못할 것이었다.

자전거 사고 이후, 어머니의 건강이 급속도로 악화되면서 그녀는 조금씩 자신의 모습이 살아나는 것을 느꼈다. 어머니가 돌아가시면 그녀는 떠날 수 있을 것이었고, 물론 떠날 것이었다. 그녀는, 사고 이후 완전히 정신을 놓아버린 어머니의 머리맡에 앉아 죄송하다고 중얼거리곤 했다. 그러나 그녀의 목소리는 허망했다. 사과를 받아주어야 할 어머니의 얼굴이 너무나 맑았기 때문이었다. 어머니야말로 어머니를 묶어두었던 모든 끈을 풀고, 이제야말로 완벽히 자유로운 어떤 곳으로 떠날 수 있다는 행복에 잠겨 있는 것 같았다. 어머니와 아버지는 평생을 의좋게 지내셨었다. 먼저 가신 아버지를 만나러 갈 수 있다는 것만으로도 어머니는 충분히 행복할 수 있으실 것이었다. 그리고 어쩌면 그곳에는, 그들이 잃어버리기 전의 딸인 수도 먼저 와 있을지 모를 일이었다. 지금 여기에 불길한 목숨으로 남아 있는, 그들이 잃어버린 후의 딸인 수가 아니라.

어머니는 세상을 뜨는 날짜도 아주 잘 잡으셨다. 개교기념일은 어머니에겐 특별한 날이었다. 어머니의 평생은 학교 담장에 뿌리를 내린 나팔꽃이나 깨꽃과 같은 것이었다. 문방구와 학교, 그리고 아이들을 떠난 어머니의 삶은 상상조차 되지 않는 것이기도 했다. 그날이 문방구를 열어야 할 날이라면, 어머니는 결코 숨을 놓을 수가 없었으리라. 어머니로서는 의도치 않았던 일이었겠지만, 결국 수를 문방구에 묶어놓은 것도 어쩌면 어머니였을 것이다.

수는 어머니가 돌아가시던 날 아침에 텅 빈 학교 운동장을 달리던 한 남자를 떠올린다. 그날이 개교기념일이 아니었다면 그 남자는 언제나 그랬던 것처럼 학교 담장을 지나, 그녀가 알 수 없는 어떤 곳으로 달려가버렸을 것이다. 그러나 그 남자는 그날, 학교 운동장을 맴돌았다. 한 바퀴, 두 바퀴, 세 바퀴…… 시간이 아주 오래 흘러도 남자의 기운찬 호흡은 지치지 않았다. 수는 그 남자에게서 시선을 떼어낼 수가 없었다. 그 남자가 학교 담장 옆, 문방구 쪽으로 맴을 그리며 달려올 때마다 수는 자신의 가슴속에서도 알 수 없는 기운찬 호흡 같은 게 달아오르는 것이 느껴졌다. 그 어느 날의 사건 이후, 자신은 너무 오래 텅 빈 운동장을 맴돌았다. 기운찬 호흡도 없이, 솟아오르는 근육의 뜨거운 느낌도 없이. 그러나 이제 자신도 맴돌기를 끝내고, 저 텅 빈 운동장을 빠져나가, 아무도 알 수 없는 어떤 곳으로 달려갈 수 있게 될지도 모른다. 어머니는 돌아가실 것이었고, 문방구는 문을 닫게 될 것이었다.

컴퓨터 가게 남자, 오씨…… 수는 또한 그 남자를 떠올린다. 수가 어머니의 장례를 마치고 돌아왔을 때, 컴퓨터 가게 문은 닫혀 있었지만 그녀의 컴퓨터는 책대여점에 맡겨져 있었다. 그녀는 컴퓨터를 가져다가 어머니가 돌아가신 안채 방에 놓았다. 이제 수에게 그 컴퓨터는 필요치 않게 되었다. 문방구의 보증금을 빼면 그녀에겐 노트북을 장만할 돈이 생기게 될 것이었다. 어디로 가든 노트북 하나 정도는 가지고 가고 싶었다. 지나간 기억들을 저장하기 위해서가 아니라 새로운 파일들을 만들기 위해.

노트북을 사야 했으므로 수는 컴퓨터 가게 문이 열리기를 기다렸다. 그러면서, 어머니가 돌아가시던 날의 컴퓨터 가게 남자의 모습을 떠올리기도 했다. 그날 그녀가 컴퓨터 가게로 달려갔던 것은, 어머니를 병원으로 옮겨달라고 부탁하기 위해서였다. 그러나 그녀가 컴퓨터 가게에 달려가는 사이, 어머니는 그 틈을 기다려주지 않은 채 숨을 놓아버렸다. 어머니의 시신을 앰뷸런스에 싣고 골목을 떠날 때, 수는 앰뷸런스를 쫓아 달려오던 그 남자의 모습을 보았다. 아주 작은 목소리로만 말하고 아주 조금씩만 움직이던 컴퓨터 가게 남자가 허겁지겁 그녀를 쫓아 달려오고 있었다. 그때 수는, 죽은 어머니의 손을 붙잡고 있었다. 눈물이 자꾸만 흘러내렸다. 이제 완전히 자유롭게 떠날 수 있게 된 마당에, 그녀는 어머니의 손을 꽉 붙잡고 자꾸만 울고 있었다. 그때 누군가 그녀에게 말을 걸었다면, 그녀는 말했을지도 모를 일이었다. 누구든 날 붙잡아줘요. 내가 또 사라지려고 하고 있어요.

어머니의 장례를 마치고 집으로 돌아와, 컴퓨터를 자기 자리에 도로 가져다놓고 그녀는 또 하나의 새 파일을 열어 일기를 썼다.

—해제된 비밀번호. 명백히 부도덕한 짓, 명백히 비열한 남자……
그러나 나는 그를 용서하기로 한다. 어쨌든, 그는 내 안으로 들어왔고, 어쨌든 그는 내가 사라져버린 그 〈어느 날〉 이후 최초로 나를 발견한 남자니까.

수는 컴퓨터 가게 오씨가, 가게 문을 닫아건 뒤 복덕방에 아예 점
포를 내놓아버렸다는 사실을 알지 못했다. 컴퓨터 가게 오씨로서는
그가 치러야 할 대가를 그런 식으로 치러버린 셈이었다. 말하자면
명백히 부도덕하고 비열한 짓에. 그러나 어머니가 돌아가시자마자
떠날 작정이었던 수는, 노트북을 사기 위해 컴퓨터 가게 문이 열리
기만을 기다리고 있었다. 컴퓨터 가게의 문은 하루 종일 닫혀 있었
고, 그녀의 가게 문도 닫혀 있었다. 그녀는 초조하게 골목으로 나섰
다. 골목으로 나서는 순간, 문득 가슴이 더럭 내려앉았다. 닫힌 두
문 사이의 골목에서 재빨리 사라져가는 한 여자의 모습을 본 듯싶었
기 때문이었다. 수는 고개를 가로저었다. 다시는 그런 일은 생기지
않을 것이었다. 수가 골목을 서성거리는 사이, 느닷없이 아이들의
함성소리가 들려왔다. 학교 운동장으로 아이들이 쏟아져나오고 있
었다. 마치 운동회날 터져나오는 팡파르처럼 한꺼번에, 즐겁게 쏟아
져나오는 아이들. 수가 부신 눈을 한번 감았다 떴을 때, 운동장은 다
시 텅 비어 있었다. 함성소리도, 팡파르 소리도 들리지 않았다. 다만
닫힌 두 문 사이의 골목에 홀로 서 있는 자신이 보일 뿐이었다. ■

바위 위에 눕다

　　난 내 상처 구멍이 넓어지는 말 구멍이라고 사
람들에게 가는 말 구멍이라고 생각하기 시작했어
요 그래서 그 구멍을 확성기로 쓴답니다 여어 여
기예요 그래요 나도 많이 아팠어요 삶을 있는 대
로 미련하게 다 쓰느라구요 여어 이리 오세요 우
리 같이 있어요
　　　　　　　　　―김정란의 「새로운 죽음」 중에서

1

　　그날 어떻게 해서 그 이야기가 나왔는지는 모르겠다. 그놈 얘기
를 듣는데 어찌나 분이 나든지,라고 어머니가 먼저 말을 시작했던
것 같기는 하다. 오빠와 올케들이 함께 앉아 있었지만 어머니가 말
하는 〈그놈〉이 누구인가를 묻는 사람은 아무도 없었다. 과일접시로
옮겨지는 큰오빠의 손등이 잠깐 무겁게 여겨진다는 기분은 들었다.
그러나 그뿐이었다.

　　비가 올 듯싶던 아침나절의 하늘이 말짱 개이고, 시퍼런 물이 거
실 창으로 후드득 쏟아져들어올 것처럼 하늘이 파랗던 가을날의 점

심 무렵이었다. 손바닥만한 마당에 심어두었던 감나무가 올해따라 유난히 잘 되어서 한 소쿠리나 될 만큼 감을 딸 수가 있었다고 했다. 그날 아침, 감을 맛보러 오라는 어머니의 전화를 나는 피할 수가 없었다. 갈 수 없는 핑계는 수십 가지라도 댈 수 있었지만 그랬다가는 어머니가 직접 들이닥칠 것이 뻔했기 때문이었다. 물러진 무릎 때문에 잘 걷지도 못하는 몸을 이끌고, 버스를 두 번 세 번 갈아타가며, 잘 익은 홍시감 몇 알을 무슨 보물처럼 끌어안고 어머니는 내 집의 초인종을 누르실 것이다. 때로 어머니의 그런 방문이 내겐 시위처럼 여겨졌다.

"떫은 게 씹혔어…… 그런데 그놈이 대체 누구야?"

떫은 감을 휴지 위에 퉤퉤 내뱉으며, 나는 떫은 목소리로 물었다. 입 안에 더러운 휴지 뭉치가 한 움큼이나 쑤셔박힌 기분이었다. 그런 기분이 아니었다면 오빠들이나 올케들이 그랬던 것처럼 나 역시 어머니의 말을 그저 흘려들어버릴 작정을 했을지도 모를 일이다.

"네 아버지를 죽인 놈 말이다, 그놈"

"누가 누굴 죽여?"

나는 여전히 침을 퉤퉤 내뱉으며, 어머니의 말보다도 감의 떫은 맛에 더 신경을 쓰고 있었다. 아버지는 내가 아주 어렸을 때 병사하셨다. 어디가 어떻게 아프셨는지는 모른다. 그건 어머니나 오빠들도 마찬가지일 것이다. 아버지가 돌아가실 무렵, 우리 집은 가난하였고 그 시절의 가난한 사람들 대개가 그러했던 것처럼 아버지는 그냥 시름시름 앓다가 병명도 모르는 채 어느 날 숨을 놓아버리셨다. 그것이 내가 알고 있는 아버지의 죽음에 관한 전부이다. 아버지가 돌아가실 때 내가 그처럼 어린아이가 아니었다면 뭔가가 다를 것인가. 아닐 것이다. 아버지의 죽음에 대해 아무것도 기억할 수 없을 정도로 당시의 내가 어린아이였다는 사실은, 오히려 내겐 다행스러운 일로 여겨진다. 아직 그 누구의 죽음도 내 뼈를 훑고 지나간 것은 아닌 것이다.

"그럼 그게 죽인 게 아니고 뭐냐? 제 손모가지로 목을 조르지 않았대서 죽인 게 아니야? 아이구우…… 느이 아버지 숨 놓으실 때 생각하면 지금도 살이 벌벌 떨린다."

나는 오빠들을 돌아보았다. 오빠들은 침묵하고 있었지만 불편한 표정들이었다. 올케들의 표정은 아무렇지도 않았다. 그들에겐 이 이야기가 전혀 낯설지 않은 화제인 것처럼 보였다.

"고모, 몰랐어요?"

뒤늦게야 작은 올케가 의아하다는 듯이 나를 쳐다보며 물었다. 몰랐냐니, 뭘? 한 다리 건너의 올케가 내 아버지의 죽음에 대해 이야기하고 있다. 고모, 몰랐어요?라고. 기가 막힌 일이었다. 나는 나이 삼십을 넘겼고 아버지는 내 나이 열 살 전에 돌아가셨다. 그리고 어느 화창한 가을날의 오후, 떫은 감을 퉤퉤 내뱉다 말고 나는 듣고 있는 것이다. 내 아버지는 당신 명에 가셨던 게 아니라고 말이다.

연극 같지만 이런 일도 있을 수가 있다. 아버지가 돌아가실 당시 내 나이 너무 어렸으므로 식구들 중의 어느 누구도 내게 아버지의 죽음에 대해 사실을 이야기할 필요를 느끼지는 않았을 것이다. 그래야 할 이유도 없었고, 설령 그렇게 했다고 하더라도 그 이야기를 들은 이튿날 아침이면, 나는 죽은 아버지보다도 죽은 아버지 때문에 잘 차려진 밥상이 더 신나고 행복한 어린아이로 돌아가 있었을 것이다. 한동안의 시간이 흐른 후 내가 아버지의 얼굴을 씻은듯이 잊어버린 것처럼 아버지의 죽음에 맺힌 사연 역시도 마찬가지가 되었을 것이다. 그러고 보면, 어쩌면, 그 시절에 누군가 한 사람쯤은 내게 사실을 이야기해주었을지도 모른다. 아니, 어쩌면 모두가 이구동성으로 내게 그 이야기를 해주었을지도 모를 일이다. 다만, 말짱히 잊어버린 것은 나였을지도. 어쩌면 그랬기가 쉽겠다. 작은올케가 눈을 동그랗게 뜨고 고모, 몰랐어요?라고 물었던 것처럼 식구들 중의 어느 누구도 내가 그 사실을 모르고 있다는 것을 알지 못하고 있었다. 아무도 내게 의도적으로 그 사실을 숨기려고 한 사람은 없었다. 사실을 말해주었는데 내가 그걸 잊었거나, 그들 쪽에서 사실을 말해주는 걸 잊어버렸을 수도 있었다. 어느쪽의 실수였는가를 따져보기에는 세월이 너무 많이 흘러버렸다. 내가 이제 와서 새삼스럽게 그 사실에 충격을 받아야 하는 건지, 아닌지를 판단하기도 어려울 만큼.

"느이 아버지 누워 계실 때 그놈이 찾아왔니라. 좋은 주사 맞고, 하루빨리 나아야 하지 않겠느냐고, 그것이 지금 생각해보면 영양주사 같은 거였겠지. 딴에는 잘 한다고 간호사까지 하나 붙여가지고 왔더라. 얼마나 고맙겠냐. 친구라고 그만한 신경 써주기도 쉬운 것이 아닌데…… 그런데 그놈한테 죽일 수가 뻗쳤던지, 느이 아버지한테 죽을 수가 뻗쳤던지 주사 꽂고 1분도 안 돼서, 1분이 다 뭐냐, 눈 깜짝할 새도 안 돼서, 느이 아버지가 땀을 동이로 쏟아냄서, 어어, 안 되는데, 이거 안 되는데, 그러더니 소 영각 켜는 소리를 하고는 숨을 놓아버리시더라. 동구 밖에서까지 느이 아버지 비명소리가 들렸더란다. 느이 아버지가 병으로 가신 게 아니라, 그렇게 가셨다. 그런데 그놈이, 그 죽일 놈이 미안하고 잘못됐다는 말 한마디 안 하고, 아버지 장사 치르고 내 한 번 찾아갔더니 나를 문 안에도 안 들여놓고 그러더라. 난 잘못한 거 없소. 나한테 돈 달라고 왔소? 나 잘못한 거 없소!"

세월이 오래 흐른 지금, 어머니에게도 이미 그때의 일은 해묵은 상처이다. 이미 넘겨진 책갈피 속의 이야기인 것이다. 그랬었구나, 라고 나는 중얼거리고 어머니는 떫은 감을 한쪽으로 밀어내며 〈나는 네가 아는 줄 알았지〉라고 말씀하신다. 거짓말처럼, 이런 일도 있을 수 있는 것이다. 나는 내 아버지가 어떻게 돌아가셨는지를 너무 오랜 세월이 흐른 후에야 알았다.

나쁜 피…….

돌아오는 길, 동네 비디오 가게의 쇼윈도 앞을 지나치다가 그런 생각이 들었을까. 단풍나무 아래의 벤치에서 잠깐 걸음을 쉬는데, 느닷없이 진땀이 비 오듯 흘러내리기 시작했다. 왜 그런 생각이, 그런 단어가 떠올랐을까. 아버지는 아무 잘못 없이 돌아가셨다. 아버지의 비명횡사에는 아무 잘못이 없다. 건널목이 아닌 곳에서 성급히 길을 건너려고 했던 만큼의 부주의나 비 오는 날 부실한 축대 아래를 걷는 정도의 쓸데없는 허세도 없었다. 다만 당신은 순한 양처럼 누워 계셨고, 친구의 호의에 고마워했고, 혈관을 찾는 젊고 예쁜 간호사의 부드러운 손길에 잠깐 가슴이 따뜻해지기도 했을 것이다. 잘못 같은 건 아무것도 없었다. 아버지가 젊은 날의 생애를 얼마나 방탕하게 보냈던지, 젊고 예뻤던 아내를 어떻게 외롭게 했던지, 늙은 부모의 가슴에 멍자국을 얼마나 냈던지, 그리고 자식들을 어떻게 배곯게 했던지 간에 적어도 죽음에는 아무 잘못이 없다. 그러므로 나쁜 피, 같은 것은 있을 리가 없었다. 건강진단 신청서를 작성할 때 적어넣어야 하는 유전적인 병력 중에 〈비명횡사〉와 같은 종류의 나쁜 피는 없다. 그건 백혈병도 아니고, 암도 아니고, 더군다나 간질도 아닌 것이다.

그런데도 나는 비 오듯 진땀을 흘리며 누군가의 구둣발에 짓뭉개졌을 단풍잎을, 혈흔의 흔적처럼 내려다보고 있었다. 그러고 보니 떨어진 단풍잎은 한두 잎이 아니었다. 내 발밑 전부가 다 단풍잎이었다. 붉다 못해 검어진 단풍들이, 응고된 핏물처럼 벤치의 다리에 엉겨붙어 있었다.

2

이튿날 새벽, 나는 어디선가 울려오는 소의 울음소리를 듣는다. 눈을 떴을 때 창 밖은 안개뿐이다. 아니, 무언가가 있다. 시뻘건 속살이 턱턱 벌어진 채로 곧 떨어질 지경인 감들, 그리고 나무 한 그루. 그 아래, 붉은 감물에 적셔진 안개 속에 몸집 큰 소가 한 마리 있다. 축 늘어진 고삐를 땅에 끌며 소는 계속해서 한 방향으로만 맴을 돌고 있다. 나는 소의 울음소리를 듣는다.

그 새벽, 나는 추리닝만 챙겨입은 채로 집을 나섰다. 한치 앞을 분간하기가 힘든, 짙은 안개의 새벽이었다. 노란 눈을 밝힌 버스가 안개 속에서 느리게 기어 다가왔다. 버스 안에도 노란 전등이 밝혀져 있었다. 버스는 기듯이, 느린 헤엄을 치듯이 천천히 조심스럽게 안개 속을 헤쳐나갔다.

아버지의 산소는 벽제 근방에 있었다. 내가 살고 있는 곳에서 한 시간 거리도 안 되는 곳이지만 나는 아버지의 산소를 혼자 찾아가본 적이 없었다. 결혼을 한 이후에는 몇 년에 한 번 찾아보는 것이 고작이었고, 게다가 늘 오빠들의 차에 실려 갔었기 때문에 혼자 길을 찾는다는 게 과연 가능할지도 알 수 없었다. 아버지는 공원묘지도 선산도 아닌, 이름없는 야산에 묻히셨다. 그 시절의 가난한 삶을 증거하듯이, 비석 하나 없이 말이다. 그러나 그 야산에도 무덤은 자꾸 늘어 지난번에 찾아갔을 때에는 아버지의 산소 곁으로도 무덤 몇 구가 더 놓여 있었다. 이 신새벽에 식구들에게는 말도 없이 아버지의 산소를 혼자 찾아간다는 게 과연 잘하는 일인지 알 수 없었다. 청승맞고 신산한 일 같아 혼자 가기로 한 거였으면서도 결과적으로는 이게 더 청승맞고 신산한 모양새가 되어버리고 말았다.

신새벽, 안개 속을 헤엄쳐가는 버스 안에는 사람들이 없다. 검은 점퍼를 입고 있는 운전기사의 등이 마치 사자(死者)의 그것처럼 보인다. 혹시, 이 버스는 강을 건너고 있는 것이 아닐까. 삶과 죽음 사이의 강…… 그 흐릿한 물결 속에는 있는 대로 다 쓰지 못한 채 느닷없이 버릴 수밖에 없었던 삶의 잔혼들이 통곡하고 있을지도 모른다. 한때의 내 아버지가 건너갔을 그 강의 흐리고 음습한 물결 속에는 말이다.

죄송해요, 아버지. 자식이라는 것이 되어갖고도 아버지가 어떻게 돌아가셨는지조차 몰랐어요.

흐린 창 밖을 내다보며 나는 홀로 중얼거렸다. 그러나 마치 연극과 같은 대사이다. 내가 그렇듯 고상한 말을 고백하기 위해 이런 신새벽에 무턱대고 집을 나선 것이라고는 아무래도 나부터가 믿을 수가 없는 일이었다. 죽음 앞에서 고백해야 할 수없이 많은 일들을 갖고 있었으면서도 나는 그동안 아버지의 산소를 찾지 않았었다. 늘 핑계가 있었다. 결혼 당시에는 그때대로, 혼자 지내기 시작한 이후로는 또 그때대로.

일부러 만들어낸 핑계들은 아니었다. 나는 다만 내게 돌아가신 아버지가 있다는 것을 잊고 있을 뿐이었다. 가끔씩 그 사실을 상기해내야 할 때마다 그보다 더 중요한 삶의 문제들이 내 앞을 가로막았다. 남편의 출장 짐을 챙겨야 한다거나, 아이가 손가락을 다쳤다거나, 때로는 엊저녁에 절여두었던 배추를 그날 이른 아침에 버무리는 것을 잊고 있었다거나.

—다녀오셨어요?

나는 어머니에게 전화로 묻고, 어머니 또한 전화로 대꾸하셨다.

—그래. 떼가 잘 살았더라. 어찌나 시퍼렇게 살았든지, 저 양반이 흙 속에서 회춘을 하나, 하는 생각까지 들더라. 옆에 새 무덤이 하나 생겼든데, 요절 각시라도 하나 들었든지.

—흉한 소리도 다 하우.

어머니는 하하, 웃고 그 웃음 속에서 아버지는 다시 잊혀졌다.

아버지의 죽음이 예사롭지 않은 것이었다는 걸 몰랐다고 하더라도 내가 이 신새벽에 소의 울음소리를 듣고, 또한 홀로 추리닝 차림으로 집을 나섰을지는 알 수 없는 일이었다. 혼자 살기 시작한 이후로, 나는 아무때에나 잠을 자고 아무때에나 잠을 깼다. 때로는 새벽 세시에 눈을 뜰 때도 있었다. 눈을 뜨자마자 잠옷 위에 추리닝을 겹쳐 입고 무작정 집을 나서, 사위가 훤하게 밝아올 때까지 하염없이 걷는 것이다. 걷다 보면 거기가 어딘지도 알 수가 없었다. 택시를 잡아타고 다시 집으로 돌아오는 거리에는 출근을 하는 무리들이 희고 빳빳한 와이셔츠 깃처럼, 빠삭빠삭한 소리를 내며 길을 메우고 있었다.

한때 나도 그들과 같았던 적이 있었다. 잘나가는 카피라이터였던 시절, 혹은 잊혀져가는 카피라이터였던 시절…… 후자였기가 더 쉽겠다. 연달아 몇 편의 히트작을 낸 적도 있었으나 곧 나보다 더 감각적인 카피를 만들어내는 후배들에게 등을 떠밀리기 시작하면서, 나는 매일같이 초조하고 매일같이 숨이 가빴었다. 출근시간이 조금씩 일러지고 퇴근시간이 조금씩 늦어지고, 그리고 잠자는 시간도 점점 더 적어졌다. 내가 계속해서 유능한 사람이어야만 하는 이유는 천 가지쯤이 되었으나 무능해도 좋을 이유는 한두 가지도 되지 않았다. 아파트 부금의 만기는 아직도 너무 멀리 있었고 저를 충분히 돌봐줄 수 없는 어미를 잊은 채로도 아이는 점점 커가고 있었고 남편은 해외 근무를 신청해놓고 있었다. 나는 다시 한번 성공적인 카피를 써 냄으로써, 다시 한번 성공적으로 내 삶의 존재증명을 해보이고 싶었지만 가능하지 않았다. 아니, 다시 말해야겠다. 그때 내가 원했던 것은 다시 한번 내가 성공적으로, 내 삶의 속도를 쫓아가는 일 따위가 아니었다. 그때 내가 원했던 것은 그저, 아무도 나보다 더 빨리 나아가지 않아주기를 바라는 것뿐이었다. 남들이 그 자리에서 멈춰주던가 아니면 내려가주기를…… 가능하다면 세상이라도 속도를 늦춰주기를…… 누구도 내 다리를 잡고 흔들지 않아주기를…… 그것만이 내 유일하게 희망적인 소망이었던 것이다.

"여기 내리세요."

멀리서 누군가의 목소리가 들려온다 싶더니, 검은 점퍼를 입은 기사의 등이 와락 돌려진다.

"아가씨, 여기서 내려야 한다니까!"

기사는 짜증을 내는 목소리였지만, 나는 미안하기는커녕 웃음이 비져나온다. 이 와중에도 아가씨,라는 소리가 좋은 것이다. 길을 걷다가 느닷없이 알지도 못하는 사내에게 뺨을 맞는다고 하더라도, 그가 〈아가씨, 한번 맞아볼래〉 했다면 훨씬 덜 아플 것이다. 나는 혼자사는 여자였고 지금은 남편도 아이도 없다. 수없이 많은 것에 목숨을 걸었던 오래 전의 시절처럼, 나는 다시 혼자인 것이다. 늦은 밤,

길을 걸으면서 누군가 내 뒤를 쫓아와 차 한잔 같이 하자고 말을 걸어주기를 바랄 수도 있었고, 저쪽에 문제만 없다면 아무하고나 잠을 잘 수도 있다. 새벽에 집을 나갈 수도 있고 새벽에 집에 돌아올 수도 있다. 아무도 깨어 있지 않은 깊은 밤, 목숨을 걸 만한 일들에 대해 다시 한번 뜨거운 열정의 몽상을 해볼 수도 있는 것이다.

버스에서 내렸으나 낯익은 풍경은 보이지 않았다. 버스를 타고 아버지의 산소를 찾아왔던 기억은 너무 오래 전의 일이 되어버렸다. 그사이에 버스 노선도 달라졌고, 정거장의 풍경도 달라졌고, 포장되지 않은 도로도 사라져버렸다. 다만 낯익은 안개가 눈앞에서 슬슬 흩어져가고 있었다. 오래 전, 아직 결혼하기 전의 남편과 함께 안개 속의 이 길을 걸은 적이 있었다. 양쪽 다 똑같이 오래 사귀던 연인들에게서 실연을 당한 경험이 있었고, 그 엄청난 상실을 재빨리 메워줄 수 있는 보다 더 격정적이고 뼈가 저린 약속이 필요했던 두 남녀는 만난 지 수개월이 채 안 되어 여자의 죽은 아버지에게 인사를 가고 있는 것이다. 그때 남자는 여자에게, 자신이 할 수 있는 가장 확실한 약속은 죽는 날까지 그 여자와 함께할 것을 맹세하는 것이라고 말했다. 그것은 실연당한 경험이 있는 남자가 실연당한 경험이 있는 여자에게 줄 수 있는 가장 찬란한 약속이었을 것이다.

같이 공유하는 것이라고는 실연의 경험밖에는 없는 그들이 서로를 이해하고 받아들이기 위해 얼마나 필사적인 노력을 했는지는 그들만이 안다. 여자는 열심히 일했고, 첫번째 생긴 아이를 낳았고 윤이 나게 집 안을 쓸고 닦았으며, 그와 공유하지 않았던 과거를 지우기 위해 노력했다. 그 시절에는 살기 위해서라면 무엇이든 할 수 있을 것 같았다. 그러나 그렇게 결혼한 지 7년 만에 그들은 같이 사는 일 이외에는 무엇이든 할 수 있을 것 같아졌고, 그래서 다시 따로따

로가 되었다. 여자는 이제 남자와 같이 걷던 길을 혼자 걷고 있는 것
이다.

아직 이른 아침이었음에도 길가의 비닐하우스 안에 머릿수건을
쓴 사람들이 보인다. 하우스 안에는 녹색화초가 무성하게 자라 있
다. 스킨다비스…… 내가 유일하게 이름을 알고 있는 화초도 보였
다. 지나치게 웃자라 마치 열대의 숲 속 식물 같은 그것이 커다란 손
바닥 같은 잎에 물방울을 매달고 있었다.

"여기 혹시 금조사라고 아세요?"

나는 하우스 안의 사람에게 소리를 높여 물었다. 아버지의 산소로
가는 길목에 절도 아니고 암자도 아닌, 금조사가 있었다. 중도 아니
고 무당도 아닌 초로의 여인이 그곳을 지키고 있었는데 어머니의 말
에 의하면 그 여인은 내 먼 친척뻘의 아주머니라고 했다. 몇 년 전까
지만 해도 어머니는 그 여인에게서 부적도 해오고, 일 년 신수를 점
쳐오기도 했었다. 남편을 쫓아 외국으로 나가게 되었을 때에도 어머
니는 내게 부적을 내밀었었는데 말은 안 했지만 그것도 어쩌면 금조
사의 것이었을지 모를 일이다. 어머니가 말도 하기 전에 척하고 내
가 외국 나가는 걸 알더라고, 그러면서 내가 아주 좋은 곳엘 가게 되
었다고 말하더라고 어머니는 부적을 내밀면서 몹시 좋아했었다.

"금조사가 어디야?"

하우스 안의 사람은 오히려 내게 묻는다. 글쎄……. 금조사가 어
딜까. 아버지의 산소로 가는 길목에 금조사가 있었는데……. 글쎄,
금조사는 어딜까.

—그런데 한 가지, 이별수가 있다더라. 비싸지도 않길래 부적 하
나 만들어왔으니 잘 챙겨가지고 가. 직장 다니던 마누라 집 안에 들
여앉혀놓으면 그 꼴 못 봐주는 남자도 있다더라. 그저 눈치껏 잘 살

아. 거기 가면 천지사방에 너 혼자뿐인 거야.

어머니의 말이 떠오른다. 그리고 나는 다시 길을 걷는다. 이제, 안개는 완전히 사라졌고 마치 숨어 있던 것이 튕겨져나온 듯 햇살이 쨍하고 밝다.

3

나는 아직도 그곳의 바다를 꿈꾼다. 크고 웅장한 바위들과 넓은 모래사장. 무어라 이름을 붙일 수 없는 빛깔로 깊고 푸르게 출렁이던 바닷물…… 그리고 갈매기떼들. 내가 떠나온 뒤에도 갈매기들은 그 바다 위를 날고 있을까. 그리고 내 햄버거를 도둑질해갔던 그 부리 긴 새도…….

나는 그곳 바닷가 모래사장에 누워 있다. 피부암을 경고할 정도로 투명하고 뜨겁게 내리쪼이던 직사광 아래, 어깨가 환히 드러난 옷차림으로, 비치 타월 한 장만을 깔고 뜨겁게 드러누워 있다. 세상은 평화롭게 느껴진다. 이 지리멸렬한 무료함이 평화일 수 있다면, 적어도 아무 일도 일어나지 않는다는 점에 있어서만큼은 나는 평화롭다고 말할 수 있다.

갈매기떼는 지리멸렬하고 무료하고 평화로운 내 가슴 위로 날아가고 가끔은 내륙에서 불어오는 열풍이 내 배 위에 머물기도 한다. 잠은 오지 않는다. 그곳에 머물렀던 몇 계절 동안 나는 너무 많은 잠을 자버렸다. 남편을 출근시키고 아이를 유치원에 데려다준 후 다시 그들이 집으로 돌아올 시간이 될 때까지, 내가 할 수 있는 일은 오직 잠자는 일밖에는 없었다. 서른 해 넘게 아껴두었던 잠을 그곳에서 머물던 몇 계절 동안 다 써버린 것 같았다. 어쩌면 앞으로 남은 생의 잠 전부를 한꺼번에 대출해 썼던 것일지도.

갈매기 울음소리가 내 귓가를 어지럽힌다. 아니, 울음소리가 아니다. 갈매기 서너 마리가 내가 떨구어놓은 감자튀김을 먼저 차지하기위해 악을 쓰며 싸우고 있다. 높이 나는 새가 멀리 본다는 말 때문에, 조나단 리빙스턴은 그렇게 필사적으로 날아야 했을까. 그러나그곳 바닷가의 갈매기는 절대로 높이 날지 않는다. 높이 날아야 할이유가 무엇이 있는가. 그들의 일용할 양식, 감자튀김과 고기는 늘가장 낮은 곳, 모래사장에 있었다. 만일 아무것도 먹을 것이 없다면그들은 내 살을 물어뜯을 것이다. 내 눈알을 먼저 빼먹기 위해 부리와 날개를 부딪쳐가며 필사적으로 싸워댈 것이다. 그들은 바다를 잃었고 그러므로 더 이상은 바닷새도 무엇도 아니다.

그리고 나…… 나는, 이국의 바닷가 모래사장에 지리멸렬하고 무료하고 평화롭게, 그리고 고깃덩어리처럼 누워 있다.

그곳에서 나는 아무것도 하지 않았다. 아무것도 할 생각이 없었다고 말하는 편이 더 옳겠다. 어느 날 누군가가 내게 왜 아무것도 하지않느냐고 물었을 때, 나는 대답할 수 있었다. 왜, 내가 뭔가를 해야하는 건데?

물론 처음부터 그러려는 작정이었던 것은 아니었다. 문제는 그곳에 도착한 지 이틀 만에 생겨났었다. 그곳의 사무실에 첫 출근을 하면서, 남편은 내게 세탁기를 고쳐놓으라고 했었다. 다른 이삿짐들은아무런 문제도 없었으나 아래층 세탁실에 옮겨놓은 세탁기만 돌아가지 않았었다. 출근을 하던 남편이 세탁기를 고치러 수리공이 올거라는 말을 내게 했을 때, 나는 경악했다. 나는 세탁기가 영어로 무엇인지도 알지 못했다. 내가 이름 있는 대학을 나왔고 내 나이 또래의 사람들이라면 누구나가 기억할 만한 광고의 카피를 만들어낸 적이 있다는 것과 세탁기가 영어로 무엇인지를 아는 것과는 전혀 상관이 없는 일이었다.

남편이 출근하고 두 시간 만에 수리공이 현관 벨을 눌렀다. 웃옷을 입지 않은 반바지 차림의 백인 수리공은 밝고 씩씩한 음성으로 내게 인사를 건넸다. 그러나 나는 그 인사를 받지 못했고 그를 부른 용건도 설명할 수가 없었다. 내가 아는 모든 영어가 머릿속에서 벌떼처럼 웅웅거리며 날아다녔다. 그러나 그 중의 단 하나의 단어도 내가 잡을 수 있는 것은 없었다. 나는 벙어리처럼 그의 손을 잡아끌고 아래층 세탁실로 내려가 그에게 보란 듯이 세탁기 버튼을 눌러보이고, 그 세탁기가 작동되지 않는다는 것을 보여주었을 뿐이었다. 뜻밖에도 수리공은 내 침묵의 모든 말을 다 이해했다. 그는 친절했고, 눈치가 빨랐으며, 그리고 솜씨도 좋았다. 고작 십 분이나 이십 분쯤이었을까. 그가 세탁기의 뚜껑을 탁탁 내리치며 퍼펙트,라고 외치던 순간까지는.

그러나 내게는 그 십 분이나 이십 분의 시간이 그곳에서의 이후 시간의 전부가 되어버렸다. 그날 내가 그에게 했던 말은 오직 한마디, "하우 머치(How much)"뿐이었다. 이후, 그곳에서의 내 삶도 그러했다.

나는 하우 머치, 이외에는 생각하지도 말하지도 않았다. 하우 머치만 갖고도 생존은 얼마든지 가능했다. 남편을 출근시키고 아이를 유치원에 보내고 밥하고 빨래하고 청소하는 것만으로 이루어지는 내 삶은, 하우 머치 이외의 것은 생각하게 하지도 않았다. 그 이외의 모든 말은 다 남편이 했다. 물론 그도 영어가 능통한 사람은 아니었다. 어느 날의 회사 모임 자리에서 그는 그의 외국인 동료에게 저녁을 먹었느냐고 물으면서 "유, 디너 피니쉬?"라고 말해 좌중의 폭소를 자아냈다. 그래도 그는 유쾌했고, 너네 나라에서 대형 참사가 일어났다는 소식을 뉴스에서 보았다,라고 말하는 현지인에게 아주 진지하고 슬픈 표정으로 "개새꺄, 네 나라 일이나 걱정해"라고 뻔뻔스레 한국 말을 중얼거릴 줄도 알았고, 회사에 제출해야 하는 보고서에는 거의 완벽한 영어문장을 구사할 줄도 알았다.

그곳에서 그는 나의 창(窓)이었다. 세상과 통하는 유일한 나의 창이었다. 내가 할 수 있는 일은, 그리고 하고 싶은 일은 그 창을 내가 원하는 시간에 열고 닫는 것뿐이었다. 물론 그는, 그런 나를 견디기가 힘들었으리라. 초등학교만 졸업한 사람도, 나이 오십이 넘은 사람도, 그리고 관광 비자 하나만 달랑 들고 들어와 불법 체류를 하고 있는 사람도 나와 같지는 않았다. 그러나 시간이 흐를수록 점점 더, 나는 도대체 내가 무엇을 해야 하는지, 그 이유를 알 수가 없었다. 처음에는 무엇을 해야 하는 건지 알 수가 없었지만 곧 내가 왜 무엇을 해야 하는지 알 수가 없게 되어버렸던 것이다. 삶은 마치 숨쉬기 운동 같았다. 내겐 경제적인 염려도 없었고, 회사에서 마련해준 임대 아파트는 바닷가에 있었고, 아이는 새로운 환경에 행복을 느끼고 있었고, 내 나라의 신문이나 뉴스도 보지 않을 수 있었고 나를 불안하고 초조하게 만들던 잘나가는 대학 동창이나 직장 동료도 없었다. 내 삶은 아주 편안하게 늘어난 거들의 고무줄 같았다. 감출 수 없게 늘어난 뱃살을 필사적으로 졸라매왔던 거들의 고무줄이 헐렁해지고, 비로소 내 자연의 배가 공기 중으로 튀어나온 것 같았다. 도대체 왜, 내가 무엇을 해야 한단 말인가.

문제는 아무것도 없었다. 다만 남편에게 하루에도 몇 번씩이나 나를 사랑하느냐고 물어야 했던 것만을 제외하고는 말이다. 당신, 날 사랑해? 정말 날 사랑하지? 그렇지? 날 사랑하는 게 틀림없지? 분명히, 진짜로, 정말로 나를 사랑하는 거지? 결정적으로 남편이 나를 견딜 수 없게 되었던 이유가 그 질문들 때문이었는지, 아니면 그 질문 이외에는 아무것도 하지 않으려고 드는 내 태만 때문이었는지는 알 수 없다. 어쨌든 그곳에서의 마지막 시간 얼마 동안, 남편이 사랑의 사, 자만 들어도 진저리를 칠 정도로 나를 못 견뎌 했던 것만큼은 사실이었다.

그런데도 남편에게 나를 사랑하느냐고 묻는 질문을 나는 멈출 수가 없었다. 나는 불안했던 것이다. 나는 내가 왜 무엇을 해야 하는지 알 수 없었으나, 반면에 내 삶이 이러해도 되는 건지를 또한 알 수가 없었던 것이다. 문을 열고 나가면 세상의 모든 눈들이 나를 비난하고 물어뜯을 것만 같았다. 삶은 여전히, 누구에게나, 피를 흘리는 일이어야 하는 거라고 모두가 내게 한꺼번에 돌을 던져댈 것만 같기도 했다. 그러나 내가 머물고 있는 그곳이 내 나라가 아니라는 사실이 내게는 중요했다. 적어도 그곳의 사람들은 나를 알지 못했다. 나에 관해 기억하는 것이 아무것도 없는 것이다. 나는 그들과 소통하지 않았고 다만 〈하우 머치〉만을 말하고 다녔을 뿐이다. 나를 알고 기억하는 사람은 유일하게 남편뿐이었다. 그가 내 삶을 용서해준다면, 그리고 그가 여전히 그러한 나를 사랑해준다면, 나는 그의 창에 몸을 기대고 얼마든지 오래, 그리고 길게 숨쉬기를 할 수도 있을 것 같았다.

어떤 이유에서든 남편이 더 이상은 나를 견디기가 힘들 것 같다고 결정을 내리기 직전, 남편은 내게 일종의 극약 처방을 하고 싶어했던 것 같다. 그곳에 도착한 지 이틀 만에 세탁기를 고쳐놓으라고 말했던 것처럼, 남편은 출근길의 인사처럼 내게 그동안 잘 알고 지내

왔던 교민의 일을 하루 봐주라고 말했다. 그가 곧, 집으로 와서 나를 태우고 갈 거라면서 말이다. 그날 내가 해야 하는 일은 오후 세 시간 동안, 의료기기 사무실을 청소하는 일이었다. 남편의 의도는 뭐였는지 모르지만, 나를 데리러 왔던 그가 내게 정말로 청소를 같이 해달라고 부탁했던 것은 아니었다. 그 사무실의 매니저가 가끔 불시에 들이닥쳐 일하는 사람의 숫자가 정확한가를 조사한다고 했다. 사무실 청소는 부부 두 사람이 같이 하기로 되어 있었는데 그날 그의 아내는 아이를 낳기 위해 병원에 입원을 했다는 것이다. 나는 그저 가만히 앉아 그가 부지런히 이곳저곳을 돌며 진공청소기를 돌리는 것을 구경할 뿐이었다. 두 사람 몫을 정확한 시간에 한 사람이 끝낼 수밖에 없었으므로 그는 내게 말을 걸 틈도 없이 바빴다. 혹시 매니저가 나타나는가를 살피고 있다가 걸레를 집어들고 책상 닦는 시늉이라도 해달라는 것이 그의 유일한 부탁이었다.

업무용 진공청소기의 소리는 크고 요란했다. 그 소리는 단지 쓰레기와 먼지만을 빨아들이는 것이 아니라 그곳에 존재하는 모든 사물과 공기를 한꺼번에 빨아들여, 삽시간에 주변 전부를 진공 상태로 만들어버리는 것 같았다. 청소기 소리가 멀어질 때마다 내 몸은 진공 상태로 붕붕 떠올라 나도 알 수 없는 곳으로 유영해가는 것 같았다. 존재하는 모든 것이 나와 함께 떠올라 나와 함께 떠다녔다.

"여기, 좋지요?"

돌아오는 길에, 그가 물었다. 경치를 말하는 것인가, 이 나라를 말하는 것인가. 병원에 가봐야 할 테니 택시를 불러달라고 말해도 굳이 집까지 데려다주겠다면서, 그는 곧 세번째 아이의 아빠가 될 기쁨을 숨김없이 드러내고 있었다. 아이 아빠가 될 사람에게 나쁘다는 말을 할 수는 없었다. 경치든, 이 나라든. 설령 나쁘다고 할지라도 말이다.

"여긴 일한 만큼의 대가가 있어요. 난 그게 좋아요."

콧노래까지 불러가며 유쾌하게 운전대를 돌리고 있는 그를 나는 눈이 부시게 쳐다보았다. 나는 그를 알고 있었다. 그는 하루 열여섯 시간을 일했다. 하루 온종일을 일하고 밤에도 일을 했다. 그의 부인도 마찬가지였다. 그는 세 아이를 전부 이 나라에서 낳았는데, 큰아이도 둘째아이도 밤마다 야간 일을 하러 가는 부모의 차에 실려 다니며 차 안에서 잠을 자야만 했다. 그래서인지 아이들은 약간의 정서불안 증세가 있었고, 아이들의 정서불안 증세 때문에 부부는 가끔 심각하게 다투기도 했다. 그는 벌써 몇 차례나 이웃 현지인의 고발로 경찰차에 실린 적이 있었는데 그건 그가 거의 주기적으로 무지막지하게 부인을 두들겨팼기 때문이었다.

그러나 지금 그는 얼마나 눈이 부신가. 고무장갑도 끼지 않고 남의 변기 속을 빛나게 닦아댔던 손으로, 세번째 아이를 만나러 가기 위해 핸들을 돌리고 있는 그의 행복은 얼마나 눈이 부신가. 행복과 불행 사이의 그 불가해한 느낌 때문이었을까. 사무실에서 느꼈던 것과 같은 진공 상태가 다시 찾아왔다. 이번에는 그와 나, 그리고 그의 진공청소기가 함께 실려 있는 차가 한꺼번에 공중으로 떠올라 허우적, 허우적 유영하기 시작했다.

이봐, 산다는 건 이런 거라구. 알겠어? 산다는 건 바로 이런 거란 말이야.

그 진공 상태 속에서 어디선가 그런 목소리가 들려오는 것 같았다. 건강한 노동을 끝내고, 이제 막 세상에 태어난 세번째 아이를 만나러 가고 있는 그의 목소리였을까. 아니면 남편의 목소리였을까. 나는 창을 닫고 싶었다. 창을 닫고 그 위에 두꺼운 커튼을 내리고 싶었다. 그러나 소리는 점점 더 거세게 내 귀를 파고들었다. 나는 이를 갈며 그 소리를 향해, 마주 소리쳐주고 싶었다. 누구도 내게 함부로 말하지 마. 내게 그런 말을 할 권리는 아무에게도 없어. 죽은 자가 와서 내게 그렇게 말해준다고 해도 나는 믿지 않을 거야. 나는 이제 아무것도 믿고 싶지가 않단 말이야! 나는 그냥 이대로 멈춰버리고 싶은 거라구!

어쩌면 내가 머물렀던 그곳은 또 다른 이름을 가진 나라가 아니었을지도 모르겠다. 그곳에서 머물렀던 시간은 어쩌면 내겐 구멍 같은 것이었을지도. 누구나의 생에든 마땅히 그런 구멍 같은 게 존재하는 거라면, 내 삶의 구멍은 그 시간들 속에 있었을 것이다. 나는 그 구멍 속에 또아리를 틀고 겨울잠을 잤다.

그런데 그것은 혹시 죽음과 같은 게 아니었을까. 숨을 놓고, 다시 그 숨을 찾는 찰나적인 순간의 사후 체험 같은 것은 아니었을까. 사후 체험 속에서 빛나는 광채로 존재하는 사자(死者)는 어쩌면 내게 말했을지도 모른다. 돌아가라고, 너는 아직 삶을 다 쓰지 않은 자,라고. 어떤 축복도 네 삶을 지금 이 상태에서 송두리째 비워주지는 못하리라고.

"있을 만큼 있다가 와."

남편은 내 귀국 티켓을 끊어주면서, 말했었다.

"뭐든지 하고 싶은 대로 하고. 정 그래야겠으면 연애라도 해. 어쨌든 그렇게 다 살았다, 하는 얼굴로 있지만 말아."

남편이나 나나, 이혼이라든가 별거라는 식의 단어를 입 밖에 낸 적은 한 번도 없었지만, 남편은 더 이상 나와 같이 있을 수는 없다고 생각했을 것이다. 그리고 어쩌면, 그건 나 역시 마찬가지였을 것이다. 공항에서 이별을 하는 순간에도, 나는 그에게 묻고 싶어 안달이 나 있었던 것이다. 여보, 그래도 당신은 날 사랑하지? 정말 날 사랑하는 거지?

그곳에서 그는 내 유일한 창이었고, 내겐 다른 창이 필요치 않았었다. 내 생존의 값은 너무나 작아서 마치 지푸라기처럼 가벼웠다. 그럼에도 불구하고 바람결에 슬몃 날아가버리기는 싫어서, 나는 아마도 물어야 했을 것이다. 여보, 그래도 당신은 날 사랑하는 거지? 그리고 또 아마 말하고 싶었을 것이다. 여보, 난 아무것도 하고 싶은 게 없어. 당신만이라도 그걸 이해해줘야 해. 당신만이라도 날 용서해줘야 하는 거라구. 그러나 그는 이제 다시는 나를 사랑한다고, 거짓말로라도 말해줄 것 같지가 않은 얼굴이었다. 비행기를 타는 순간, 나는 내가 다시는 가벼울 수 없으리라는 걸 알았다. 내가 돌아가야 할 곳은 내가 내 입 밖으로 내뱉었던 수없이 많은 약속들이 기다리고 있는 땅이었던 것이다.

4

아무리 걸어도 아버지의 산소로 가는 길목은 찾을 수가 없었다. 물론 금조사는커녕 절집 하나도 보이지 않았다. 시장기가 돌기 시작했다. 아무데서나 주저앉아 김이 펄펄 솟는 국밥 한 그릇만 먹었으면 싶었다. 혼자 지내기 시작한 이후로 나는 살이 빠지는 게 아니라 찌기 시작했다. 삶의 한 부분을 뭉텅 잘라낸 이후, 그 빈 구석으로 찾아든 것이 엄청난 식욕 같았다. 새벽 세시에 벌떡 일어나 이미 노랗게 변색되어가기 시작하는 전기밥솥의 밥을 푸고, 그 위에 고추장을 뻘겋게 비벼 정신없이 입 속에 처넣곤 했다. 땀을 뻘뻘 흘리며 양푼 가득한 밥을 다 비울 때까지, 나는 내가 좋아하는 돼지갈비나, 비지찌개, 낙지전골, 스키야키 따위들을 생각했다. 그리고 나선 커피한 잔을 달게 마시고, 소화제 두 알을 삼킨 뒤 다시 침대로 들어갔다. 홀로 돌아온 지 1년이 채 안 되어서 나는 5킬로그램이나 살이 쪄 버렸다.

한번 식욕이 돌기 시작하면 그것은 참담할 정도로 맹렬하게 마련이다. 나는 잠시 서서, 어디 물이라도 마실 데가 없나 돌아보지만 그렇다고 알지도 못하는 사람의 집을 불쑥 찾아들어갈 용기는 나지 않는다. 길 저편에서 걸어오고 있던 노인 하나가 나를 유심히 살펴보는 눈치다. 추리닝 차림으로 길 한복판에 서서 맹렬한 시선을 두리번거리고 있는 한 여자가 그에게는 몹시도 수상쩍어 보일 것이다.

"혹시, 금조사라고 아세요?"

혹시, 밥 먹을 데를 아느냐고 묻고 싶었겠지만 나는 그렇게 묻고 노인이 내게 한두 걸음 다가오다가 〈금조사?〉라고 입 안에 소리처럼 중얼거려 보인다.

"점집 말하나?"

글쎄…… 금조사가 점집이던가. 내가 우물거리는 사이 노인이 손을 들어 동네 끝의 어느 집을 가리켰다. 노인이 가리키는 방향으로 얼핏 붉은 색의 쇠금(金) 자 깃발이 보이는가도 싶었다. 그러나 거긴 금조사가 아니었다. 내가 아무리 기억을 못한다고 하더라도 금조사가 이렇게 동네 한복판에 있지는 않았다는 것 정도는 알고 있었다. 더군다나 노인이 가리키는 곳은 그저 평범한 시골집 한 채에 지나지 않았다. 내가 기억하는 금조사는 적어도, 절 모양을 흉내내고는 있었던 것이다. 그래도 하릴없이 노인이 가리켰던 방향으로 걸음을 옮기는 수밖에는 없었다. 곧 붉은색의 깃발이 완전히 시야에 들어왔다. 금조사가 아니라 금주도사라고 써 있는 깃발이었다. 노인이랄 것도 없는 중년의 사내 하나가 마당을 쓸다가 나를 내다보았다.

아무래도 길을 찾는다는 것은 불가능한 일일 것처럼 여겨졌다. 어쩌면 버스에서 내린 정거장부터가 잘못이었는지도 모르겠다. 이미 오래 전에 노선이 바뀐 버스를 타고, 나는 전혀 엉뚱한 곳에 발을 디뎠던 것인지도 모르겠다. 나는 금조사가 아닌 금주도사 집 앞에서 기어코 아버지의 산소를 찾아가는 것을 포기했다. 포기하자마자, 내가 뭐 그리 애를 써 아버지의 산소까지 가야 할 일이 있는가,라는 생각이 금세 들었다. 어느새 그토록이나 맹렬했던 식욕도 사라져버렸다.

—이제 그만큼 쉬었으면 됐잖아. 그만 돌아오지.

어젯밤, 열두시가 넘어 걸려왔던 전화에 대고 남편은 그렇게 말했었다. 아이가 얼른 제 아빠의 전화를 빼앗아들고 〈아이 미스 유, 맘(I miss you, mum)〉이라고 능숙한 영어로 끼여들기도 했다. 남편이나 나나 단 한 번도 이혼에 대해서 이야기한 적이 없었으므로 아직까지 나는 돌아갈 곳이 있는 여자였다.

여전히 돌아갈 곳이 있다는 사실이 내겐 중요했다. 때로 나는 새벽 일찍 남대문시장까지 나가 남편과 아이의 옷을 사기도 하고, 교육방송의 영어회화 프로그램을 빠짐없이 녹화해두기도 하고, 그리고 남편이 좋아하는 시사주간지를 한 주도 거르지 않고 사두었다. 내가 남편과 아이를 떨어뜨려놓고 홀로 돌아와 있는 것을 이혼이나 별거의 불길한 징조로 서슴없이 판단해버리는 수많은 사람들에게, 나는 언제든지 말할 수가 있는 것이다. 나는 곧 돌아갈 거라고. 잘 믿으려고 들지 않는 사람들에게는 불같이 성을 낼 수도 있었다. 그들이 원한다면, 나는 주기적으로 걸려오는 국제전화의 통화 내역서를 뽑아 보여줄 수도 있었고 내 아이가 영어로 써서 보낸 내 생일 카드를 보여줄 수도 있었다.

그러나 보다 중요한 것은, 여전히 내가 돌아가지 않고 있다는 사실이었다. 이 시간이 길어지면 길어질수록, 나를 용서하지 않는 사람들의 비난과 분노가 훨씬 더 명확해지리라는 걸 잘 알면서도 나는 여전히 이 땅에 숨어 있었다. 나는 알고 있는 것이다. 그곳으로 돌아가는 순간, 내게 더 이상의 피신의 땅은 존재하지 않으리라는 걸 말이다. 그곳으로 돌아가는 순간부터 나는 다시는 잠시 잠깐도 잠을 잘 수 없게 될지도 모를 일이었다.

그러나 아직은 돌아갈 곳이 있는 여자는 아무도 자기를 들여다볼 수 없는 자기만의 집을 가진 채, 편안히 친정나들이를 하고, 새벽길을 무작정 걷기도 하고, 그리고 과거의 연인을 만나기도 한다. 다행히 연락은 그쪽에서 왔지만, 고백하건대 나는 그쪽에서 연락이 오기만을 기다리고 있었다. 내가 의도했던 것처럼 그는 내가 혼자 돌아와서 만났던 친구들 중의 하나에게서 내 소식을 들었다고 했다. 그에게 내 소식을 전해주었던 친구와 나는 세 번인가를 만났었다. 첫번째 만났을 때 그 친구는 내가 곧 돌아갈 거라고 믿고 있었고, 그래서 과장되게 내 처지를 부러워하며 차를 사고 술을 사고, 그리고 아이의 선물까지 사서 주었다. 두번째 만났을 때 그녀는, 아직도 안 돌아간 거냐고 묻지는 않았지만 저녁과 차만 산 뒤 술자리는 피하고 싶어하는 눈치였다. 세번째 만났을 때에는 기어코 그녀가 물었었다. 왜 아직도 안 간 거냐고.

나는 그녀가 나를 몇 번째 만났을 때 내 소식을 그에게 전해주었는지 알 수 없었다. 그러나 상관없이 나는 그에게 곧 출국을 할 거라고 말했다. 곧,이 언제냐고 그가 다시 물었을 때에는 이번 달 안이라

고도 대답했고 이번에 출국하면 꽤 오래 못 돌아올지도 모르겠다고
도 대답했다. 전부 다 준비된 대답들이었다.

　내 대답을 완전히 믿진 않았을 텐데도 그는 내가 곧 떠난다는 사
실에 안도했던 모양이었다. 게다가 또다시 아주 오랜 시간 동안 나
를 만날 수 없게 될 거라는 사실까지도 말이다. 그는 내가 스무 살부
터 사귀었던 남자였고, 내가 잘나가던 카피라이터였던 시절에 내 뒤
를 이어 나처럼 광고계에 입문했던 광고감독이었다. 내가 내리막길
을 내려갈 때 그는 한때의 나처럼 히트 광고를 여러 편 연출했고, 내
가 남편을 쫓아 출국해야 한다는 명분으로 더 이상 나를 원치 않던
직장에 사표를 냈을 때 그는 자기보다 일곱 살이나 연하인 여자와
결혼식을 올렸다. 약속을 못 지켰어. 결혼식장에 찾아간 내게 그는
수줍게 웃으며 말했었다. 무슨 약속을? 난 아무것도 모르는데. 그리
고 나는 그에게 그렇게 대꾸했었다.

　그러나 그의 결혼식이 진행되는 동안 나는 내내 그가 내게 했었던
약속을 떠올리고 있었다. 그는 자신이 나를 배반하는 게 아니라, 자
신 스스로가 자신을 배반하는 거라고 말했었다. 결혼 같은 건 하고
싶지가 않다고, 한 여자의 남편이 되고, 새끼들의 아비가 되어 살아
갈 작정을 할 수도 있을 만큼 자신은 자신의 삶에 대한 신뢰가 없다
고. 알겠지만 자신은 형편없이 느린 사람이라고. 이 세계의 숨막히
는 속도를 끝까지 쫓아갈 수 있으리라는 자신이 없다고. 그는 자신
이 곧 속도의 바퀴에 깔려 죽으리라는 것을 안다고 말했었다. 그러
면서 아마 이런 말도 했을 것이다. 아마 형체조차도 남지 않겠지. 그
바퀴 아래에는 검붉은 핏자국과 너덜너덜해진 살점이 몇 조각 남아
있을 뿐일 거야. 너는 그게 나인지도 알아보지 못하겠지. 그게 전부
인 거야. 그러니 간절히 원컨대, 나를 떠나주렴.

나는 너를 이해할 수 있어.

그때 나는 그를 붙들기 위해 간절한 목소리로 말했었다. 네가 그렇게 죽는다고 하더라도 나는 너의 죽음까지 용서할 거야. 널 이해할 거야. 적어도 그 순간 그건 나의 진심이었다. 그는 나와 같은 것이 너무나 많은 사람이라고 나는 믿고 있었다. 나는 그와 이십대의 전부를 같이 보냈고, 같은 계통의 일을 했으며, 엉겁결에 시작한 직장생활에서 엉겁결에 성공을 해버렸다는 점도 같았었다. 더군다나 자본주의의 꽃이라는 광고의 꽃잎들을 남김없이 뭉개버리기 위해서는 열렬히 술을 마시는 방법밖에는 없다고 생각하는 점도 마찬가지였었다. 한때는 사랑 때문에 술을 마셨겠지만 한때는 인생 때문에 술을 마셨던 것이다. 내가 나를 혐오하는 것처럼 그 역시도 그 자신을 혐오했다. 그는 언젠가 그 자신이 속도의 바퀴에 깔려 죽게 되리라고 말했지만, 그 생각은 나의 것이기도 했다. 어쩌면 그 멋있는 문장을 먼저 만들어냈던 것은 나였을지도 모른다. 그러니 우리는 필사적으로, 목숨을 걸고 같이 살아야 하는 것이었다. 적어도 내 생각은 그러했다.

"너 사람이 죽는 걸 본 적이 있니?"

그를 다시 만났을 때 그는 내게 그렇게 물었다. 몇 년 만에 만나, 과거의 연인에게 물을 말이 고작 그런 것이었을까. 뜻밖에도 그는 초췌하고 황폐해 보였다. 일곱 살 연하의 여자와 결혼한 지 몇 해가 되지 않았고, 그 몇 해 사이 연년생으로 아이를 둘이나 낳았다는, 그리고 아직은 그 어느 곳에서도 도태되지 않은 삼십대 중반의 남자의 얼굴이 어찌하여 그리 황폐해졌는가.

"촬영 때문에 산에 간 적이 있었어. 희망을 잃지 말자, 어쩌구저쩌구 하는 공익광고였는데 하필이면 내가 카메라를 보고 있을 때, 저쪽 절벽에서 한 놈이 뛰어내리더라구."

"죽었어?"

"몰라."

그는 우울한 표정의 얼굴을 손으로 쓸어내렸다.

"사람 심리라는 게 참 묘하더라. 그 인간 떨어져내리는 거 보자마자 카메라 방향을 쓱 돌려놓고, 담배 한 대 피우고, 그리고는 모르는 체 해버렸어."

나는 그에게 아무 말도 할 수가 없었다. 무슨 말이든 해야 할 것 같았지만, 그 순간에 내 입에서 나가는 모든 말은 다 거짓말이 되어버릴 것만 같았다. 그의 말도 어쩌면 사실이 아닐지도 모른다. 그는 어쩌면 자신의 희망을 이야기한 것이 아닐까. 적어도 겉으로는 아무 문제도 발견할 수 없는 한 정상적인 남자의 얼굴이 저렇게 황폐해졌을 때에는 아무도 읽어낼 수 없는, 때로는 본인 스스로도 읽어낼 수 없는 구멍 같은 게 존재하는 것이다. 그의 직장은 어쩌면 부도위기에 놓여 있을지도 모르고, 그는 어쩌면 명퇴 일보직전에 있을지도 모를 일이고, 또 어쩌면 그의 아내가 다른 남자와 사랑에 빠져버린 것일지도 모르고, 혹은 그의 아이들 중의 하나가 심장병에 걸려 있는 것일지도 모를 일이다. 그 중의 어떤 하나, 혹은 그 모든 것이 한꺼번에 다가와버린 것일 수도 있다. 그리고 그는 죽고 싶은 것일 수도.

"거긴 어떠니?"

분위기를 바꾸려는 듯 그가 내게 다시 물었다. 그처럼 몰라,라고 대답하고 싶었지만 나는 웃으며 좋다,고 대답을 해주었다.

"가끔 나도 외국에 나가고 싶을 때가 있더라. 얼마 전까지만 해도 늙으면 시골에 내려가서 텃밭이나 일구며 살아야지 했었는데, 요즘엔 시골 갖고는 성에 안 차나봐."

"무슨 일 있어?"

나는 기어코 그에게 묻고 말았다. 그러나 그는 대답하지 않고 그저 설핏 웃어보일 뿐이었다.

"널 한 번 보고 싶었어. 너한테라면 무슨 얘기든지 할 수 있을 것 같은 기분이 들었는데…… 막상 보고 있으니까 할말이 다 사라져버렸어."

"힘들어 보여."

"그래."

그는 부정하지 않았다.

"그런데 문제는, 어디에다가도 내가 힘들다는 걸 호소할 수가 없어. 엄살도 떨 데가 없고. 어쩌다가 엄살 한번 떨어보려고 주위를 두리번거려 보면, 모두가 다 나보다 훨씬 더 피투성이인 것처럼 보이거든. 그날 산에서…… 어쩌면 죽고 싶은 건 나였을지도 모르는데 그 새끼가 먼저 뛰어내려버렸어. 그런 식인 거야."

그 말 끝에 그는 다시 웃었지만, 그러나 웃음이 다 걷히기도 전에 그는 급히 술을 시켰고 내가 말리기도 전에 맥주 한 잔을 말끔히 비워버렸다. 그는 빨리 취했다. 아마도 취하려고 작정을 한 것일 터였다. 고작 오후 세시의 시간에, 환한 카페의 넓은 창가에서 만취해가는 과거의 연인을 바라보며, 나는 말하고 싶었다. 네가 같이 살았어야 할 여자는 바로 나였던 거야. 그랬다면 나는 너를 이해했을 텐데. 그리고 너는 나를 이해했을 텐데. 나는 너와 같이 긴긴 겨울잠을 자면서도, 단 한 순간도 배고픔을 느끼지 못했을 텐데. 우리가 앞당겨서 다 써버렸던 삶의 그 미련한 기억들만 갖고도 얼마든지 허기를 떼울 수 있었을 텐데. 나는 너를 용서하고, 너는 나를 용서했을 텐데.

　"나는 곧 떠나. 어쩌면 난 아주 거기서 살게 될지도 모르겠어. 남편이 아주 그쪽에 정착해버릴 생각을 하는 것 같거든. 요즘 같은 세상에, 운이 좋은 거지."

　그러나 헤어지기 직전, 나는 그렇게 말했을 뿐이었다. 물론 내 말은 헛되다. 내가 하고 싶었던 말은 그런 말이 아닌 것이다. 그가 내게 말했던 것처럼 그를 보기만 하면 무엇이든 말할 수 있게 될 것 같던 내 안의 말들은 그런 것이 아니었다. 아마도 나는 그에게 세탁기 이야기를 하고 싶었을 것이다.

　나는 그곳에 도착한 지 이틀 만에 말 한마디 하지 않고 세탁기를 고쳤단다. 너, 아니? 그때 내 배가 거들의 고무줄을 풀고 공기 중으로 튀어나왔단다. 그러나 실은 세탁기가 문제였던 건 아닐 거야. 네가 내가 아닌 여자와 결혼식을 하던 날 나는 알았지. 내가 너와 헤어져 살아내기 위해 필사적으로 기를 써왔던 시간들, 그 속에서 그래도 내가 믿었던 건 너와의 약속이었다는 걸. 네가 내게 해주었던 약속을 말하는 게 아니야. 내 청춘에 걸었던 약속, 내가 죽는 날까지 내 삶을 증거해줄 약속…… 삶이란 마땅히 그래야 한다는 것, 속도를 놓쳐서는 안 된다는, 그러한 것들 말이야. 그러나 나는 이미 그 전부터 묻고 있었겠지. 왜 그래야 하는 건데? 왜 내 삶은 느슨한 복식호흡을 허용할 수가 없는 건데?

　어쩌면 세탁기가 문제가 아니라, 그리고 아무도 나를 기억하지 않는 나라에 어느 날 내가 갑자기 던져졌다는 것도 문제가 아니라, 너의 결혼식이 문제였을 거야. 새삼스럽게 실연의 기억을 상기했던 건 아니야. 너 아니? 그때, 내가 느꼈던 자유로움을. 네가 너 자신과의 약속을 해지해버리는 것을 목격하면서 나 역시 그러했던 거야. 나는 해지되어버렸어. 아니, 내가 해지해버린 거야. 내 삶의 계좌번호, 내 삶의 비밀번호, 내 삶의 자동이체번호, 그 모든 것들을.

부디 행복하렴. 나는 네가 잘사는 걸 보고 싶다. 어디를 돌아보아도 너보다 더 피투성이인 것처럼 보이는 사람들 속에 둘러싸여 있다는, 그러나 어쩌면 그들보다 더 피투성이일지도 모를 네 삶을 용서하렴. 삶이 펄떡이는 생선몸통의 은빛 비늘처럼 찬란하고 비리던 때, 그것만이 전부였던 때…… 그 기억만으로도 용서하렴. 네가 그렇게 하는 걸 보고 싶다. 너의 행복이 나를 얼마나 위로하겠니.

눈물이 핑 도는 것 같은 느낌을 지우며 금주도사 집 앞길에 서서, 나는 논 저편의 낮은 야산을 바라보고 있다. 어쩌면 저 야산 어딘가에 아버지가 묻혀 계실지도 모르는데, 이미 아버지의 산소를 찾는 일은 완전히 포기해버린 채로 말이다.

어린 시절, 아버지가 묻힌 야산은 내겐 거대하고 높은 산으로 여겨졌었다. 오빠들의 큰 보폭을 따라잡느라고 숨을 헉헉 몰아쉬며 거의 달리듯 산을 오르다 보면, 매번 내 생애 본 것 중에 가장 거대한 것으로 여겨지는 바위가 나타났었다. 내 어린 몸을 눕히기에 딱 알맞았던 그 바위 위에 등을 대고 누워, 나는 하늘을 바라보곤 했다. 바위는 뜨겁고 그 뜨거운 바위 위의 하늘은 낮게 바라보였다. 나는 하아, 하아, 숨을 몰아쉬며 〈여기가 산꼭대기야〉 외치곤 했다. 어쩌면 야호, 소리를 질렀을지도. 그런 나를 오빠들은 웃음띤 얼굴로 내려다보곤 했다. 요 꼬맹아, 아직도 한참 더 가야 된다구. 오빠들이 내 손을 잡아 일으킬 때에야 나는 더 높은 곳의 나무를 보고, 그 나무들 사이의 더 크고 더 높은 바위를 보고, 그리고 산의 정상을 보았다. 남산은 이 산보다 더 높지? 나는 오빠에게 묻고, 그럼 한라산은? 백두산은? 그렇게도 물었을 것이다.

그 어린 나이에 바위 위에 누워, 어쩌면 나는 아주 잠깐 삶이라는 것에 대해 생각하기도 했었을까. 어린 나이의 나로서는 도무지 불가해하기만 했을 죽음이란 것이 내 생의 어느 곳에 잠복해 있을지를 궁금히 여겨보기도 했었을까. 그때에 만일 내 아버지가 비명에 가셨던 거라는 걸 알았더라도 나는 그렇게 편안히 바위 위에 누워 있을 수 있었을까.

나는 한때의 내 연인이 촬영지였던 산에서 보았다는, 한 남자의 추락과 죽음을 생각해본다. 나라면 어떻게 했을까. 나 역시 카메라의 방향을 슬쩍 돌려놓고 큰 숨 한 번 길게 쉰 뒤, 모르는 체해버렸을까. 아니면 그가 떨어지는 순간 비명을 지르고 그를 향해 달려가면서 있는 힘껏 욕을 해댔을까. 죽지 말라고. 아직도 살아갈 수밖에 없는 사람들을 위해서라도, 당신은 그렇게 해서는 안 되는 거라고.

그러나 누가 누구에게 그런 말을 할 수 있겠는가. 누구도 누구에게 삶이나 죽음을 요구할 수는 없는 것이다. 삶을 있는 대로 다 써버린 자는, 죽는 것이다. 죽음이란 그런 것이다. 나쁜 피, 같은 것은 없다. 어쩌면 아버지도, 당신도 모르는 사이에 당신의 삶을 다 써버렸을지도 모를 일이다. 그건 누구도 알 수 없는 일인 것이다.

아버지······.

산소를 찾는 것을 포기하고 돌아오는 길에 나는 그 어딘가에 그가 묻혀 있을 야산을 다시 한번 바라보며, 조용히 그를 불러보았다. 언젠가 나는 굳이 애를 쓰지 않더라도 그가 있는 곳을 찾게 될 것이다. 나를 그가 있는 곳으로 데려가는 것은 죽음이 아니라 삶일지도 모르겠다. 내가 가진 것을 있는 대로 다 쓴 뒤에야, 비로소 텅 비어 평화로워질 그 삶에 대고, 나는 아버지의 이름을 불러보았다. 햇살이 쨍, 하고 야산의 어딘가를 밝게 비춘다. 내가 어린 시절에 자주 누웠던 바위, 그 바위의 등을 뜨겁게 달구기 위해 햇살이 저리 부지런할지도 모르겠다. 그리고 어쩌면 지금 나는 바위 위에 누워 있는 것일지도 모르겠다. 그 속을 다 비워내기 위해서라면 억겁의 세월도 모자랄, 저 바위 위에…… 침묵처럼, 말이다. ■

수상후보작

홀로어멈
공 선 옥

●

평실이 익을 무렵
민 경 현

●

첫날
이 승 우

●

해질녘에 개들은 어떤 기분일까
한　강

●

그대, 저문 바닷가에서 우는
한 창 훈

공선옥

홀로어멈

1963년 전남 곡성 출생. 전남대 국문과 졸업.
1991년 『창작과비평』에 「씨앗불」을 발표하여 데뷔. 소설집 『피어라 수선화』
『내 생의 알리바이』 장편소설 『오지리에 두고 온 서른 살』 『시절들』

홀로어멈

며칠째 비가 오고 있다. 온 세상이 그저 빗물에 젖어 있을 뿐이다. 온 세상이 비에 젖어 꼼짝을 안 한다. 닭들한테 비 피할 집을 마련해 주지 못했다. 닭들은 한 방울의 비라도 덜 맞기 위해 자꾸 살구나무 밑으로, 밑으로만 꼬여든다. 아, 저 살구나무. 정옥은 처음에, 그러니까 나무에 꽃이 피고 파란 열매가 맺힐 때까지, 그 열매를 따서 〈매실주〉를 담글 때까지도 저 나무가 살구나무라는 것을 몰랐다. 파란 매실로 술 담그는 것은 알고 있었으므로 파란 열매를 따서 소주를 부어 〈매실주〉를 담그려고 했다. 그것이 어떤 열매든 파란 열매 따서 술을 담그면 다 매실주인 줄 알았다. 정옥이 〈매실〉을 한 광주리 가득 따놓고 소주를 사려고 읍에 나간 사이 친구 순아가 제 신랑하고 정옥의 집에 와 보고는 배꼽을 잡고 웃어댔다고 했다. 사흘들이 소주 세 병 사고 아이들 여름옷 한 벌씩 사고 긴 머리가 눈을 가려서 눈을 자꾸 이상하게 치뜨는 버릇이 생겨버린 둘째딸의 머리띠를 사고 자두 천 원 어치 사서 하루에 한 번 있는 버스를 타고 집에 와보니 둘째가 일러줬다.

"엄마, 주리 엄마가 그러는데 이 매실이 매실이 아니라네요."

일단 머리띠부터 건넸다. 둘째는 엄마가 사온 머리띠가 자기가 원하던 분홍색이 아니고 검정색인 것이 마음에 안 들어서 더는 말을 하지 않으려 했다.

"그럼 무엇이라더냐?"

붕어입같이 입을 내밀고 아이는 아무 소리를 안 했다. 이것을 담그려고 소주를 세 병이나 사왔는데. 무엇보다 순아 부부한테 매실이 아닌 것으로 매실주를 담그려고 한 자신의 무지가 우세스러워 얼굴이 발긋발긋 달아오르는데 딸이 입을 봉해버리자 득달같이 달려들어 머리띠를 빼앗고 말았다. 머리띠를 빼앗으며,

"그럼 무엇이라고 하드냐고오?"

"안 가르쳐줘요."

"너까지 엄마를 무시하는 거냐?"

"머리띠 분홍색으로 바꿔다주세요. 그럼 가르쳐줄게요."

"관둬라. 머리띠? 아나, 머리띠."

머리띠를, 돈 천 원을 그 자리에서 작살내버렸다. 둘째 눈에 금세 눈물이 고이는 것을 못 본 체하고 그 길로 언덕빼기 순아네 집으로 세 살바기를 업은 채로 달려갔다.

"야, 순아야, 왜 우리 딸 앞에서 내 무색을 주고 그러냐?"

순아 부부는 천성이 착한 사람들이라 고릴라같이 푸푸거리는 정옥을 그저 순한 얼굴로 바라볼 뿐이었다. 순아 신랑이 자기 집에 담가둔 매실주병을 꺼내와 정옥이 앞에 놓고 차분히 앉으며,

"자아, 그 집이 담그려고 한 매실과 이 집 매실이 어떻게 다른가, 직접 눈으로 확인하시길 부탁하는 바입니다."

보고 있으려니 괜히 부아가 치밀어올라 한 잔씩 홀짝거린 것이 취해버렸다. 어미가 술에 취해 비틀거리며 집에 돌아오자 새끼들이 울며불며 난리를 쳤다. 첫째는 뒤로 돌아서서 에미 얼굴 한 번을 안 쳐다보고 억장이 무너져라 한숨을 몰아쉬고 있고 둘째는 에미 오목가슴을 콩콩 찧어대며 엄마가 이러면 자기들은 누굴 믿고 어떻게 살아가야 하느냐며 악다구니를 써댔던 것이다. 그날을 생각하면 괜히 진저리가 쳐지며 입술 끝이 실룩거린다. 이건 순전히 그날 이후 생긴 증상이다.

바람이 한 번씩 불 때마다 살구나무가 진저리를 쳐서 후드득 빗방울들이 가여운 닭들의 정수리며 날개 위로 떨어져내린다. 저 노릇을 과연 어찌할 것인가. 팔짱을 끼고 닭장 앞에 서서 하염없이 연구에 연구를 거듭하긴 했다. 하지만 비가 온다. 비가 와서 꼼짝을 안 하고 싶다. 비 맞고 해야 할 짓은 다 했다. 부러진 고춧대 세웠지, 옥상에 올라가 방수비닐 쳤지, 물 안 나가는 하수구 뚫었지, 숨이 턱에 차도록 뛰어다녔다. 이제 정말 지긋지긋하다. 하지만 걱정이 된다. 비 맞는 닭들 생각에 잠도 편히 못 잔다. 심지어는 꿈속에서 닭들이 다 죽어나가는 꿈을 꾸고 소스라쳐 일어났다. 그랬으면서도 또 밖에 비오는 것을 보고 교실바닥에 맥없이 퍼질러 앉아버렸다. 기실, 이제 교실은 교실이 아니다. 교실이 교실로서의 용도로 사용 안 되고 있는 지도 일 년이 넘어간다. 한 칸짜리 교실 벽면에 이불장과 아이들 책상과 옷걸이가 주욱 늘어섰다.

이곳은 폐교다. 작년까지 분교였다가 마지막까지 남은 두 학생, 순아네 아이들이 십 리 떨어진 본교로 옮겨 다니게 된 뒤, 학교는 도시에서 이사 온 정옥이네 살림집이 되었다. 마룻장 사이를 뚫고 자꾸 습기가 올라온다. 발바닥에 눅눅한 습기가 들러붙는다. 파충류 계통의 동물을 밟은 것처럼 기분이 영 불쾌하다. 선풍기를 틀어본다. 작동이 안 된다. 하여간 말 안 듣는 족속들은 기계든 사람새끼든 한 대 쥐어박아줘야 정신을 차릴 것이다, 하고서 선풍기를 내리치려는 찰나 히터 생각이 떠오른다. 그 물건이 아직까지 무사한지는 잘 모르겠다. 도시 살 때도 삐걱거리던 물건인지라 꺼내기가 영 부담스럽다. 하지만 습기도 싫고 찬바람도 안 나오는 마당에 대안은 그것뿐이다. 녹이 탱탱 슨 히터를 끄집어내는 일도 보통은 아니다. 땀이 삐질삐질 난다. 전기 코드를 꽂고 작동 버튼을 누른다. 그럴 줄 알았다. 점화가 안 된다. 작동 안 되는 히터를 이리저리 두들겨도 보고 발로 내질러도 본다. 녹이 부슬부슬 마룻바닥으로 떨어져내린다. 그러다가 정옥은 녹슨 히터 때리던 손으로 이녁 머리를 쳤다. 전기가 안 들어온다는 사실을 깜빡한 제 머리를 히터 때리던 것보다 더 매옵게 한 대 쳐주고 말았다.

이렇게 춥고 눅눅할 때는 술이라도 한잔 먹으면 그래도 좀 나을까 싶다. 전기 안 들어와서이건 어쨌건 작동도 안 되는 게 눈앞에 버티고 있는 것이 볼썽사납다. 말 안 듣는 히터를 들어내는 일 또한 사람 힘을 빼리란 걸 끄집어낼 때 알아봤으므로 힘 뺄 일이 겁나서라도 술을 한잔 하고 볼 일이다. 술이 일단 몸 속으로 들어가면 제정신이 아니라서 힘든 일도 힘든 줄 모르고 하게 된다.

그것이 무슨 큰 비밀이라고 학교 바로 윗집 사는 할멈이 속닥속닥 가르쳐주었다. 주름살투성이 얼굴에 우는지 웃는지 분간 못할 표정을 가진 할멈이 속곳 속에 대롱대롱 꼼쳐가지고 온 것은 다름아닌 〈집이하고 나하고 암도 모르게 노나묵을〉 술이었다.

"그렇게, 내 말이 뭣이냐 허믄, 젊은 과수댁 새겨들어보더라고이. 요것이 뭔 요술을 부리냐 허믄 말이여. 귀 좀 대보랑게……."

아무것도 아닌 소린데도 귀까지 대게 하는 심보란 또 무엇인가. 참 별스런 방법으로 사람 웃기는 재주를 가진 할멈 덕분에 지난 일 년 그런대로 잘 견뎌내며 살았다.

하여간 힘들 땐 술이 보약이다. 순아는 그런 정옥을 늘 근심한다. 오늘 같은 날 순아가 또 들를 것이다. 비가 오면 햇빛 나는 날보다 할 일이 현저하게 없게 마련인 순아는 자기 식구들 먹을 것 더하기 정옥이 식구들 먹을 것을 준비하여 오라는 전갈을 보낸다. 전화를 하고 그래도 안 가면 제 아이를 보낸다. 그래도 안 가면 이제 제가 스스로 음식을 싸들고 온다. 순아는 불시에 들이닥친다. 문을 드르륵 열고 뭐 하냐고 묻는다. 정옥은 술병을 후닥닥 치운다. 담배도 비벼끈다. 순아는 근심한다.

"담배 먹지 말고 음식을 먹어야지. 촌에서 여자가 혼자 살려면 몸 가짐을 조심해야 한다구. 괜히 입초시에 오를 짓은 아예 하지 말았으면 좋겠다."

순아가 해온 음식은 맛이 있다. 아이들이 생쥐들처럼 고물고물 엄마 친구가 해온 음식 주위에 모여든다. 삽시간에 방안은 고소한 음식 냄새, 행복한 냄새로 가득 찬다. 순아는 그것이 만족스럽다. 제 손 조금 조물거려서 이토록 한 식구들을 행복하게 해주다니. 그녀는 그런 맛에 산다. 정옥이 새끼들을 바라보는 그녀의 흡족한 미소. 그리고 정옥에게 넘어오는 근심스런 시선. 그럴 때마다 변명처럼, 아니 진심으로,

"이제 차츰 나도 너처럼 되어갈 거야."

순아는 그 말을 믿지 않는다. 음식을 다 〈파먹은〉 아이들이 텔레비

전이 있는 교실로 가고 나면 그래서 이제 말귀를 못 알아듣는 세 살바기만 남게 될 때,

"아무래도 아이들하고만 살면 밥 먹는 것도 그렇고 사는 것이 사는 것이 아니야. 결혼을 해야지. 남자가 있어야 하지 않겠니? 더군다나 촌에서는 말이야."

"걱정 말래도. 아이가 셋이야. 그것만으로도 벅차."

"촌에서 여자가 혼자 산다는 게 말처럼 쉬운 게 아니다. 동네 사람들 눈초리 봐봐. 싸늘하잖니. 촌에서 산다는 건 장난이 아니라구."

"누가 혼자 살아? 아이들하고 벌써 네 식구잖아. 그리고 나 장난으로 시골 내려온 거 아니야. 너도 알다시피 발바닥에 불나게 살고 있잖아."

"그러니까 하는 소리야. 왜 발바닥에 불나게 살아? 편하게 좀 살아. 너 소원하는 글도 쓰고. 그러자면 벌어다주는 서방이 있어얄 거 아냐, 서방이."

"글써서 먹고살 거야. 그리고 닭도 키우고 개도 키우고 있잖아. 텃밭도 있고. 요새 우리 돈 하나도 안 들어. 물론 니 덕을 좀 보고 있긴 하지만 말야."

순아는 제 충고가 관철되지 않아 쓴 입맛만 다신다. 그래도 그 친구가 있어서 홀어미 정옥이 촌바닥에 짐을 부릴 수 있었다. 아이가 셋 딸린 여자, 그것도 갓난이가 딸린 여자가 홀로 산골에 와 살다니. 마을은 서로 다르지만 순아와 정옥이는 이곳에서 멀지 않은 초등학교를 함께 다녔다. 초등학교 졸업하고 같이 부산으로 가 신발공장 다니면서 산업체 부설 야간중고등학교를 또 같이 다녔다. 이곳은 순아가 공장 다닐 때 미팅으로 만나 결혼한 신랑의 고향이다. 객지서 고향 사람 만나기도 쉽지 않은 법인데 이쪽 살 때 모르고 살다가 객지

서 만나 결혼하여 다시 고향으로 돌아왔다. 그들은 이곳에 와서 애기 둘 낳고 잘산다, 지금.

그들이 그렇게 사는 동안 정옥은 부산 남자와 결혼했다. 부산에서 태어나 부산에서 학교 다닌 도시 남자다. 남편의 어머니는 자갈치시 장 상인들을 상대로 하는 식당에서 종업원으로 이십 년째 일하고 있고, 아버지는 트럭운전을 하다가 운전해서 버는 돈보다 지입료니 보험료로 나가는 돈이 더 많아 결국 빚을 지고 트럭을 팔아 빚을 갚고 난 뒤로 이십 년째 실업자로 늙어가는 중이었다. 남편은 그런 부모의 맏이이자 여섯 동생의 형이자 오빠였지만, 이건 순전히 정옥의 판단 이긴 하지만, 손에 흙 한 번 묻히고 살아본 적 없는 도시 남자였는지라 끝없이 자기 부모 원망하면서 성장하였다. 머리가 커지자 부모를 향한 원망이 이제 사회를 향한 원한으로, 적의로 변질되어갔다. 그와 헤어진 이유라면 그것이 이유다. 성실하게 일해서 먹고살 생각보다는 크게 한탕 해서 일확천금을 노리는 곳으로 시선이 옮아갔다.

스무 살 때 순아랑 똑같이 한 장소에서 미팅을 한 남자 중에 순아는 촌 남자와 짝이 되었고 정옥은 도시 남자와 짝이 된 것이 지금 이토록 서로의 인생이 달라진 원인이 되었다고 정옥은 믿고 있다. 스무 살의 〈공돌이〉는 삼십이 될 때까지는 아직은 옆에서 살아줄 만했다. 삼십이 넘자 뭔가 남편의 눈빛이 변했다. 삶을 대하는 태도가 불성실해졌다. 저녁에 술 먹고 늦게 들어오고 아침에 늦게 일어나 지각을 하고 결근을 했다. 그러다가 해고를 당했다. 남편의 해고는 정옥이 이혼한 직접적인 원인이 되었다. 해고를 당한 남편이, 이제 갓 셋째 아이를 낳은 정옥을 두들겨팼다. 사회에서 실패한 남자한테 가장 만만한 것이 자기 마누라인 것은 공식이고, 정옥은 자기가 그런 만만한 마누라들 중의 한 사람이 되어 살아간다는 것이 소름끼쳤다. 해서 순아와 순아의 남편을 보증인으로 해서 이혼을 하고 말았다. 남편은 자신이 책임져야 할 가족이 스스로 떨어져나가는 것에 홀가분한 미소까지 흘렸다. 속으로 이혼을 안 해주면 어쩌나 걱정했던 정옥은 남편의 가증스런 미소가 차라리 고맙기도 하였다. 생각해보면 불쌍한 인생들끼리 뭉쳐도 시원찮을 판국에 또 불쌍한 인생들끼리 싸움박질을 해대는 게 이 세상이다. 남편과 이혼을 하고 나서야 정옥은 남편이 불쌍해서 눈물을 조금 흘렸다.

이 마을에도 도시 살다 들어온 집이 정옥이네말고 두 집이 있다. 제비새끼같이 조그만 새끼 둘 데리고 들어온 순아네 윗집 남자는 직장을 잃자 마누라가 집을 나가버렸다고 했다. 그리고 또 한 집은 정옥이 이사 오기 전 가출한 마누라 찾아 남편도 집을 나가서 비어 있던, 마을에서 좀 떨어진 외딴 움막집에 언제부턴가 조칸지 아들인지를 데리고 살고 있는 젊은 남자다. 그리고 보면 세상은 온통 실업자 남편과 집 나간 마누라들 천지인 것도 같다. 지난주 토요일에도 텔레비전에서 그런 프로를 보았다. 서세원의 좋은 세상 만들기라나, 뭐라나. 어디를 가나 꼭 그런 집이 하나씩 있기는 있는 모양이다. 엄마 빨리 돌아오세요, 며늘아, 새끼들이 너무 불쌍타, 이 프로를 보는 즉시 연락이라도 좀 주려무나. 새끼들 떼어두고 집 나간 며느리를 애타게 부르는 노인의 눈에 달라붙은 꾸적꾸적한 눈물. 그 장면만 나오면 왠지 짜증이 난다. 그 프로를 보고 있으면, 하여간 집 나간 년들은 무조건 나쁜년들이다,란 생각이 절로 들기 때문이다. 새끼 떼어두고 집 나간 여자 심정 헤아려줄 생각 같은 건 아예 없다. 무조건 돌아오는 것이 최선이다. 돌아오면, 무엇이 달라지나. 새끼들 데리고 노인들 데리고 여자 혼자 이 시골바닥에서 뭘 해 먹고살아가나. 뭘 해 먹고 살든 일단 늙은 시부모와 아이들 있는 시골로 돌아온다면, 그 여자는 또 시골 사람들 매서운 눈초리를 어떻게 견디나.

폐교에서 산 하나 너머에 정옥이 고향집이 있다. 그곳에 가면 돌아가신 부모님이 살았던 집도 있다. 하지만 고향으로 돌아간다는 건 보통 용기 가지고는 힘들다. 고향이 좋다지만 그건 성공한 사람들 얘기다. 정옥이 아직 고향에 살고 있는 큰집 큰어머니한테 고향에 내려와 살고 싶다는 의향을 전했을 때 큰어머니가 단박에 그러셨던 것이다.

"소박맞고 친정 동네에 와 산다고? 아이고, 우세스럽다, 우세스러워. 암두 모르는 곳에 가 살아라. 새끼만 없다믄 혀 깨물고 자진을 할 일이다"라고. 그리하여 결국 고향마을로 들어가지 못하고 친구 순아가 살고 있는 이곳 산골로 들어오게 되었던 것이다. 정옥은 남편 모르게 지방신문 신춘문예에 응모하여 〈합격〉을 했다. 그것이 정옥이 삶의 근거지를 도시에서 시골로 옮기게 되는 결정적인 이유가 됐다. 남편하고 이혼을 하고 온 날 저녁 정옥은 불현듯, 하지만 가슴에 오래 묵혀두었던 그 생각이 들었다. 정옥의 눈앞이 갑자기 환해졌다. 글쓰는 사람이 되어야지. 그걸로 먹고사는 사람, 말이다. 그러자면 생활비가 적게 드는 시골에 가서 살아야지. 그 생각은 무슨 계시처럼 정옥의 눈앞을 갑자기 환하게 했다. 물론 가장 큰 응원자는 순아였다. 정옥은 버릴 것 버리고 남은 최소한의 짐을 싸서 순아가 주선해준 이곳 폐교로 이사를 오게 된 것이다. 글을 써서 먹고산다는 막연하지만 그럴듯한 그것, 그것은 말하자면 정옥이 지닌 마지막 카드였다. 이제 정옥은 그 카드 하나로 배수의 진을 쳤다. 그랬던 것이 작년 여름의 일이다. 그 일 년 동안 정옥에게 무슨 일이 일어났나. 애초에 글을 써서 생계를 잇고자 했던 정옥의 야무진 포부에 가장 강력한 지지자였던 순아가 맨 먼저 돌아섰다. 순아가 정옥의 집에 들어서며 버릇처럼 묻는 말이, "오늘 어디서 청탁 온 거 있느냐"였다. 청탁 온 곳은 없었다. 청탁이 안 와서였겠지만 정옥은 "청탁받아 글 안 쓴다"고 했다. 순아가 "어디서 니 글을 사겠다는 사람이 있느냐"고 물었다. "아직 그런 사람 없다"고 했다. 순아가 "그러면 청탁 오는 데도 없고 니 글 사겠다는 사람도 없는데 뭘 해 먹고살 거냐"고 물었다. 정옥이 "그냥, 당분간 이대로 살다가 다른 일자리를 알아보겠다"고 했다. 순아가 "그러면 다른 일자리를 알아보려면 다시 도시로 가야 하지 않겠느냐"고 했다. 정옥은 "그러기는 싫다"고 했다.

그날 이후부터였을 것이다. 순아가 은근히 정옥의 결혼 말을 내놓기 시작한 것이. 정옥은 그러나 순아가 결혼 운운하는 것을 내버려두었다. 뭔가를 말하고는 싶었지만 아껴두기로 했다. 순아가 옆에서 뭐라고 뭐라고 할 때 제 속에서는 또 그것이, 그 뜨겁고 등등한 것이 이윽이 차오르고 있다는 것을 함부로 말하고 싶지는 않았다. 내 외로움이, 내 가난함이, 사실은 내 힘이라는 사실을. 그 힘이 자기를 이곳에 오게 했다는 사실을.

그런데 어쩌자고 어제 부른 보일러수리공은 아직까지 감감무소식인지 모르겠다. 참 책임감 없는 인간이다. 이 보일러집은 얼마 안 가 파산할 것이다. 이따위로 영업을 해서야 원, 그 장사가 오래갈 것인가. 전기수리공은 산 아래 마을까지 왔다가 되돌아간다는 연락이 왔다. 아랫한배미와 정옥이 살고 있는 윗한배미 사이에 산사태가 나서 길이 막혔다는 것이다. 영업하는 사람이 이 정도는 돼야지 말이야, 크읔. 일상이 뒤숭숭하니 정신도 갈피가 없어 괜히 혼자말이 많아졌다. 길이 막혔다고? 크읔. 그러면 어디에다가 신고를 해야 하나. 군청에다 해야 하나, 군청 어디? 재해대책반이라나, 뭐라나, 그쪽으로 해야 하나? 전화통을 든다.

"여보세요? 거기 군청 재해대책반 좀 부탁합니다. 저는 섬진강 옆

윗한배미라고 하는 마을에 사는, 거기 폐교된 분교에 사는 사람인데
요. 신고 하나 하겠습니다, 크윽. 윗한배미 마을하고 아랫한배미 마
을 사이에 시방 산사태가 나서 교통두절된 상태에 있습니다. 뭐라구
요? 언제 났냐구요? 글쎄요, 잘은 모르겠지만서도 어젯밤에 났지 싶
은데요. 새벽 한시쯤에 으르릉 쾅 할 때 우리 집 전기제품들이 일제
히 스톱 모션을 취해버렸지 않습니까, 나 원 참. 수리공들이 왔다가
되돌아가는 형편입니다. 빨리 복구를 해주셔야지 안 그러면 이거 우
리 집 식구들 전부 얼어죽게 생겼습니다요."

"금일 공한시라. 알겠습니다. 민원 접수하겠습니다. 기다려주시면
후속조치가 나갈 겁니다."

"아, 예 감사합니다. 그럼 전화 받으신 분 말씀만 믿고 기다리겠습
니다, 크윽."

폐교는 정옥이네가 살림집으로 쓰는 관사와 도시 살 때 쓰던 온갖
살림살이가 들어와 있는 교실, 그리고 정옥이네가 살구나무 밑 한귀
퉁이에 닭장을 만들어놓은 손바닥만한 운동장으로 구성되어 있다.
지금, 숙소로 쓰는 관사, 부엌이 있고 장판 깔린 보일러방이 두 개 있
는 그 관사의 전기가 나간 지 이틀째다. 아, 깜빡했다. 어젯밤이기는
어젯밤이지만 새벽 한시였으니 이틀은 아니다. 정정할 것은 정확히
정정하면서 살아야지 안 그러면 큰코다칠 일이 틀림없이 생기고야
말 테니까. 흐응, 갑자기 코웃음이 떠오를 게 뭐람. 말이든 마음이든
고칠 때는 후딱후딱 고쳐야 한다. 그러지 않으면 지난번 〈감 사건〉 같
은 일이 또 생길 수도 있으니까. 그 생각을 하면 지금도 오싹 긴장이
되면서 뒤미처 재채기가 나오려고 한다.

지난해 가을, 가을도 깊어 겨울의 문턱에 있었던 일인데, 아이들을
데리고 산으로 소풍을 갔다. 목적이 있는 소풍길이었다. 그 전날, 정

옥이 큰 아이들 학교 보내놓고 셋째 업고 산에 갔다오다가 그 감나무를 발견한 거였다. 한 차례 진눈깨비도 내렸는데 아직 감이 달려 있는 감나무가 산골짝 여기저기 산재해 있었다. 웬 감이냐, 하고 일요일인 다음날 포대자루 하나씩 아이들 손에 들려서 본격적으로 감을 따러 간 거였다. 저렇게 비탈진 곳에, 수풀이 우거진 곳에 있는 감나무가, 더군다나 겨울 문턱인 지금까지도 감이 달려 있는 감나무가 임자 있는 거라고는 생각하지 않았다. 포대자루는 금방 찼다. 감은 한차례 눈을 맞아서인지 태반이 짓물러 있었다. 그래도 이거면 아이들 간식거리만 하기에는 그 양이 떡을 치고도 남을 만했다. 갑자기 부자가 된 듯한 기분으로, 마치 전리품을 획득한 병사들처럼 씩씩하게 산길을 내려왔는데, 그날 밤 순아가 정옥이집에 자박자박 내려와서는 산에 가서 혹시 감 땄더냐고 물었다. 그렇다고 했다. 순아 표정이 일그러지며 당장 가서 감 임자한테 용서를 빌라고 했다. 감 임자가 정옥이 얼굴 한 번 쳐다보지도 않고 몸을 외로 꼬고는 이러구러, 여차저차, 장광설을 늘어놓는데 정옥이 나름대로 종합해서 내용을 요점 정리 해보니, 이 영감이 지금 하는 소리가 자식들까지 데려가서 남의 물건에 손댄, 언뜻 듣기에도 도둑년 취급을 하고 있지 않은가, 하는 결론이 나왔다. 이왕 일이 이렇게 된 것, 솔직히 감값을 달라고 하면 피차에 얼마나 깨끗할 것인가. 조금만 더 듣고 있다가는 속이 뒤집힐 것 같기도 했지만 이 영감이 지금 돈 달라는 소리를 저렇게 빙빙 돌려서 하는지도 모른다는 판단을 내린 정옥이 대뜸 자루 하나에 얼마냐고 물었다. 아니나다를까, 여태 점잖은 체 질질 장광설을 늘어놓던 영감이 갑자기 태도를 바꿔 바싹 마른 뺨을 파르르 떨며 "집이가 정 그렇게 나온다면, 거두절미하고 오만 원을 내라"는 것 아닌가. 다 짓물러터진 감 한 부대에 오만 원이라니. 그 돈이면 사실 정옥이네 네 식구 한 달을 살 수 있는 돈인데. 눈물이 쏙 나왔다. 감 임자가 오만 원이나 달래서 눈물이 난 게 아니라 오만 원으로 자기 식구들이 한 달을 산다는 생각이 새삼 목울대를 아프게 했던 것이다. 순아한테 가서 감 한 자루에 오만 원이 정상 가격이냐고 물었다. 순아 말이 그렇지는 않지만 감 임자가 입은 정신적 피해를 생각하면 그 정도 가격이 나올 수 있을 거라고 했다. 감 임자가 정신적 피해를 입을 만한 건덕지가 어디 있느냐고, 감 임자 앞에서는 꼼짝도 못하다가 애먼 순아한테 분노를 터뜨렸다. 순아는 냉정하게, 외지인이 지역에 뿌리내리는 데 드는 비용이 그 정도면 싼 것 아니냐고 되려 눈을 치떴다. 덧붙여 말하기를 이런 경우는 공정이니, 정상이니 돈을 따질 수 없는 일이라고 했다. 감 임자가 십만 원을 불렀다 한들 어차피 주인 허락도 없이 감을 딴 입장인 네가 어쩔 것이냐고, 지가 무슨 감 임자 딸이나 된 것처럼 따지고 드는 데는 친구고 뭐고 만정이 떨어졌다. 그래도 순아 말 중의 한 대목에 힌트를 얻어 다시 감 임자한테 갔다. "감 한 부대에 오만 원을 달라시니, 제 입장에서는 거짓말이 아니라 솔직히 그 돈을 내놓기가 곤란합니다. 그러니 어르신께서 너그러이 용서를 해 주신다면 다시는 이런 일이 없도록 주의하겠습니다."

일명 〈감 사건〉은 그렇게 막을 내렸다. 말 한마디 잘못하여 큰코다칠 뻔하다가 또 그 말 한마디에 만사형통한 일이 어디 감 사건뿐이랴. 어찌 됐든 군청 직원의 표현대로 어젯밤 공한시에 전기가 나가서 기름보일러도 돌릴 수 없다. 보일러는 전기가 나가기 전 이미 고장난 상태에 있었다. 천둥벽락이 내리치자 집 안의 많은 전자제품들, 전기기기들이 한꺼번에 고장나버렸다. 쿵 소리를 내며 보일러가 먼저 돌아가기를 멈추었다. 컴퓨터가 안 되고 세탁기가 안 되고 텔레비전이 차례로 작동을 멈추었다. 전자제품들이 자의든 타의든 총파업을 일으킨 것이다. 일상이 곤죽이 되어버렸다. 실내에 거미줄같이 쳐놓은 빨랫줄에서는 손으로 한 빨래들이 이상한 냄새를 풍기며 이틀째인데도 다 마르지를 않고 있다. 저놈의 히터라도 작동한다면 빨래들을 어떻게 해볼 수도 있을 텐데. 또 아차, 싶다. 이번에도 제 머리를 때릴 수밖에. 일상을 원천봉쇄하는 것은 전기인 것을. 한 가지 사실을 두 번씩이나 깜빡깜빡해대는 것이 아무래도 심상치 않다. 순아 신랑이 두꺼비집이랑 누전차단기랑을 뙤작뙤작해보더니 자기 기술로는 안 되겠다고 물러났으니 이제 하염없이 전기수리공 오기만 기다리고 있을 수밖에 없다. 자박자박하는 걸음소리가 나는 걸 보니 순아가 오는가 보다. 순아 오는 소리가 나니 갑자기 술이 깨며 정신이 번쩍 든다. 그런 정옥이 속을 아는지 모르는지 순아는 너울너울하는 빨래며, 딴에는 긴장하고 쭈그려앉은 정옥을 일별한 뒤에,

"관사에서 교실로 아예 이사를 했구나, 이사를."

심란한 표정과 착 가라앉은 목소리가 또 그 수작임을 알겠다. 듣기 싫은 소리 외면도 할 겸 나도 너만큼은 하고 사는 엄마라는 걸 보여줄 필요도 있을 것 같아 저녁 반찬거리를 미리 다듬을 요량으로 윗집 할멈이 갖다놓고 간 감자와 고구마대를 가져다 껍질을 깐다.

"다름이 아니고, 우리 윗집에 애기 둘 데리고 온 남자 있잖니."

고구마대 껍질이 한 번에 벗겨지면 기분이 아주 좋다. 하지만 한 번에 벗겨지는 것은 열에 하나. 거개가 중간에서 똑똑 부러져버린다. 온 정신을 고구마대에다 집중해서 벗겨도 제대로 벗길까 말까 하는데, 다른 날과 달리 착 가라앉은 순아 목소리가 자꾸 신경에 거슬린다.

"고구마대를 그렇게 벗기면 안 된다니까, 자꾸 그렇게 벗기네. 자, 나 하는 것 봐라. 이파리를 먼저 꺾는 거야, 그래서는 힘주지 말고 부

드럽게 벗기면…… 봐라, 안 부러지잖아. 그건 그렇고."

"야, 예술이다, 예술. 어디서 고구마대 벗기기 대회 같은 거 안 하냐? 그런 거 있으면 니가 일등할 텐데."

"자꾸 딴죽 걸지 말고 내 말 들어봐. 그 남자가 말이다. 다른 건 몰라도 빨래 하나는 기막히게 하더라. 그 집 처마밑에 주르르 걸린 빤스들이 어찌나 하얀지 내가 감탄을 했다, 감탄을 했어."

"빨래만 잘하는 줄 알어? 밥도 잘하고 청소도 잘하더라."

"너도 봤구나. 시골 남자들이 얼마나 더럽게 하고 다니냐? 우리 주리 아빠도 도시 살 때는 그런대로 깨끗했는데 시골 오니까 야만인도 그런 야만인이 없다."

"너희 윗집 남자도 이사 온 지 일 년도 안 되서 그렇지, 마찬가질 걸."

"그건 아닌 것 같애. 집구석이 얼마나 깔끔한지, 그 집 변소 한번 가봐라. 세상에나, 시골에서 그렇게 깨끗한 변소는 내 생전 처음 봤다."

"너희 집 것 놔두고 왜 그 집 변솔 써?"

"그러게 말이다. 홀아비집이라 어려워서 통 들여다보지도 못하고 산 것이 이웃된 도리로 안 될 일이다 싶어 갔다가 변소 구경까지 했지 뭐야. 그런데 그 집 변소가 우리 집 안방보다 더 편하더라고, 세상에. 깨끗한 것이 편하다는 걸 그 집 변소에서 알았네, 그냥. 그 뒤로는 일보고 싶을 때마다 그 집 변소 생각이 나싸서 고민이네."

정옥이 웃을 걸 기대하고 순아 딴에는 우스운 얘기 한답시고 이런저런 잡다한 소리 늘어놓는 눈치건만 정옥은 닳아진 숟가락 더 닳아져라, 감자껍질만 벅벅 긁어대고 있다.

"애, 너는 어쩜 그렇게 고집이 세냐, 그래. 우리 집에 내동 감자 깎는 칼 있다고, 하나 가져다 쓰랬잖아, 내가."

"나도 감자껍질 벗기는 칼이 있는 줄은 알아. 하지만 힘들긴 해도 숟가락으로 긁는 게 더 재밌어서 그래."

"니가 아직 감자껍질 전용칼 맛을 제대로 몰라서 그래. 너 사는 것도 마찬가지 아니야?"

"사람마다 다 생각이 다르니까."

"하여간, 그 남자가 서울에서 전기 계통 일을 했다고 하거든. 그래서 말인데, 지금 한번 불러올까 말까, 너한테 아무래도 허락을 받아야 할 것 같은 기분이 들어서 말이야. 그래서 왔어."

마지막 말을 유난히 새침하게 마감한다.

"니가 언제 무슨 일이 있어야 오니? 그 아저씨가 전기 고치는 일 잘 아는 사람 같으면 잘되었네. 지금 모셔와라."

순아는 아줌마 품에 어울리지 않게 팔랑거리며 간다. 머지않아 순아 윗집 홀아비가 〈눈부시게 깔끔한〉 모습을 하고 순아를 따라왔다. 전기 계통의 일을 한 사람의 손치고는 지나치게 허옇고 손가락이 길쭉하다. 웬일인지 남자의 허연 손을 보자 소름이 쫘악 끼친다. 순아는 무엇이 좋은지 내력없이 경중경중, 시시덕거린다.

"어디서 누전이 돼나 봐요. 비 안 오는 날 수리공을 한번 불러서 전기선을 새로 설치해야겠네요."

홀아비가 전기를 못 고친 게 자기 죄나 된 것처럼 손을 싹싹 비벼대며 겸연쩍게 웃는다.

"그렇잖아도 수리공을 불렀는데 산사태 때문에 그냥 돌아갔어요."

"그럼 저는 이만……."

순아가 홀아비 뒤에서 그냥 가지 말라 하라고 정옥이한테 신호를 보낸다. 그냥 보내면 가만두지 않겠다는 격렬한 몸짓이다. 할 수 없

이,

"이왕 오셨으니 누추하지만 들어오실래요?"

넉살도 좋아라, 주저하는 기색도 없이,

"그러지요."

순아 자기가 주인인 것처럼 부리나케 방석을 내놓는다.

"대접할 건 없고 술이나 한잔 드시지요."

홀아비가 손사래를 친다.

·"술 못합니다. 아니 술 안 할랍니다."

"술하고 무슨 원수라도……."

"맞습니다. 저희 일가가 술 때문에 망한 집안이 되어놔서."

정옥이 내놓으려고 하던 술병을 그것 봐라,는 식으로 순아가 치우고 있다. 홀아비는 뒤도 돌아보지 않고 제집으로 돌아갔다.

순아 뜻대로 돌아가지 못하고 상황은 끝이 났다. 이제 더 이상 결혼 운운하지는 못하겠지. 그러나,

"그렇다며언!"

"이번에는 또 누구야? 내 앞에 갖다만 줘. 얼마든지 상대해줄 테니까."

"저쪽 축사 있는 외딴집 말야, 그쪽에 술 기막히게 잘하는 젊은 남자……."

"그래."

스멀스멀 웃음이 나오기 시작한다. 그 젊은치 나이가 어떻게 되나, 싶다.

"요즘 세상에 나이가 무슨 상관이니. 남자 여자 만나 살면 그만이지."

순아도 그 젊은치 나이가 의식이 되긴 되는 모양이다.

"일부러 불러줄 건 없어. 그러잖아도 내일 그 친구 만나서 읍내 나갈 생각이다."

"그래? 야, 잘되었다. 일이 벌써 그렇게 돌아갔던 것을 왜 나한테 진작 말해주지 않고서는."

순아가 음흉하게 눈을 흘긴다.

"일 때문이야. 교육청에 갈 일이 있어서. 너희 집 애들은 교통비를 지급받는데 우리 집 아이들하고 그 친구 아들, 아니다 조카라더라, 그 아이한테는 왜 지급을 안 해주는지 좀 알아볼려고."

"학교에다 문의 안 했어?"

"왜 안 해. 수차례 전화하고 찾아가도 자기들은 모르는 일이라고 하는걸."

"야, 교통비가 얼마나 된다고 그러냐? 돈 없는 사람 티 날까 우세스럽구만."

순아가 저런 식일 때는 반응을 보이지 않으면 그만이다. 생각이 다른 사람한테 화를 내봐야 무슨 소용이 있겠는가.

낮에 가면 사람이 없을까봐 내일 시간을 낼 수 있는지를 알아볼 필요가 있겠다 싶어 저녁밥 먹고 움막집으로 가본다. 멀리서 봐도 불이 깜박이는 게 사람이 있는 모양이다. 기척을 내니 젊은 남자가 조카하고 낄낄대고 있다가 부스스한 몰골로 움막 출입문을 연다. 언뜻 들어오는 움막 안 풍경이 말할 수도 없이 심란한 것 같아 안으로 들어가는 건 자제한다. 그것이 없이 사는 사람 자존심을 건드리지 않으려는 배려, 혹은 최소한의 예의가 아니겠는가. 남자도 굳이 안으로 들어오라는 소리는 안 한다. 가까이 살면서도 지난 봄에 한 번 보고 이번이 두번째 만남이다. 일부러 축사 쪽을 바라보며 용건을 말한다.

"그동안 누차에 걸쳐서 학교 쪽에 문의를 해봤습니다만 계속 무책임한 소리만 들었잖습니까. 곧 있으면 여름방학인데 방학 되기 전에 어떻게든 아이들 교통비 문제를 해결하고 싶어서 그래요. 그래서 내일이 장날이기도 하고 겸사겸사 해서 같이 교육청엘 가서……."

무슨 일로인지는 정확히 모르지만 이 청년이 학교 교감선생하고 대판 싸움을 했다는 소식을 제 아이들을 통해서 들은 바가 있던 터라 학교 말을 꺼내기가 여간 조심스럽지 않다.

"그러잖아도 한번 같이 갈 생각을 하고는 있었습니다. 그동안 여러가지 일로 좀 바빠서요."

"그래요. 마침 내일이 장날이기도 하네요. 그럼 내일 아침 아이들 학교 갈 때 같이 나서기로 합시다."

"그러지요."

집에 와보니 두 딸들이 전기 대신 켜놓은 카바이드 등불 밑에 주저앉아서 꺼억꺽, 서럽게 울고 있다.

"무슨 일이니?"

"주리 엄마가 그러는데 엄마 시집가게 생겼다며? 그럼 우린 어떻게 되는 거야? 어어엉."

"헛소리 말고들 자자."

우는 아이들 때려줄 수도 없는 노릇이고 마음이 심란할 때면 자버리는 게 상책이다.

다음날 어디선가 쨍쨍하는 소리가 나서 눈을 떠보니 아닌게아니라 아침부터 해가 쨍쨍하다. 여러 날 비를 맞고 살구나무 밑에서 옹색하게 떨고 있던 닭들이 멋모르고 환호작약하고 있다. 빗속에서도 살아남은 그놈 중 몇 놈을 오늘 읍내 장에 가서 팔 것을 생각하니 미안한 일이긴 하지만, 사람이 살려니 할 수 없는 노릇이다. 통통하게 살찐

세 마리를 잡아 종이상자 속에 야무지게 처넣어놓고 아이들을 단장시키고 그런 다음에 자기는 세수만 할까 하다가, 로션이라도 바르고 가야지, 이거 원 꺼칠해서, 괜히 혼자소리가 나오는 것이 무안해서 결국 로션 바른 위에 약간의 분칠까지 하게 되었다. 분칠을 하고 나니 이번에는 또 입술만 유독 허염한 게 꼭 환자 인상 같아 둘째가 요망한 짓 하려고 훔쳐간 루주를 좋은 말로 달라고 했는데 그래도 안 내놓아서 본의 아니게 등짝 후려쳐 다시 뺏어냈다. 눈을 서 발이나 흘기며 훌쩍거리는 둘째를 흘끔거리며, 니 엄마 어디 도망 안 갈 테니 걱정 말아 이년아, 말은 하면서도 손은 부지런히 입술에 붉은 칠을 했다.

그러느라고 시간이 많이 지체된 것 같아 마음이 급해져서 아직도 훌쩍이는 둘째더러 뛰어가면 바람에 눈물이 마를 거라고 첫째, 둘째 앞서 뛰어가게 해놓고 자기는 셋째를 등허리에 질끈 동여매고 마지막으로 머리에 닭상자를 인 뒤 드디어 홀로어멈, 정옥이 산길을 내려가기 시작한다. 비 온 뒤끝에 솟아오른 해맑은 아침해가 그들 네 식구를 눈부시게 비추고 있다.

산사태 난 곳쯤에 이르렀을 때 동네 사람들이 삽을 들고 나와 있다. 울력 나오라는 소리를 못 들었는데, 그러면 아침에 쩽쩽하던 그 소리가 바로 여기 나오라는 징소리였나? 분칠한 얼굴이 좀 부끄럽고 마을 사람들은 다 울력을 나왔는데 자기는 외출을 하는 것이 미안하기도 하여 물어보지도 않았건만 이장님 앞으로 다가간다.

"저기요, 제가 분명히 어제 군청 재해대책반에 신고를 했거들랑요. 그러니까 굳이 동네 사람들이 안 나와도 군에서 나오게 되어 있을 건데요."

"그렇잖아도 군에서 연락이 왔습디다. 웬 여자가 술에 취해서 전화를 했다더니 바로 그 집이구만요이. 맨정신으로 신고를 해도 시원찮을 판국에 여자가 술을 마시고 왜 그렇게 동네 우세를 사게 허요. 우리 마을이 어떤 마을인지나 알고 그래요? 지금까지 우리는 우리 마을에서 일어난 일을 남한테 맡기고 살지 않았소."

"아니, 어떻게 군이 남입니까? 여기 고치는 일도 군청 사람들 돈으로 하는 게 아니고 우리가 낸 세금으로⋯⋯."

"아이고 동네 사람들 한나절 봉사하면 끝날 일을 가지고 무슨 신고를 허고 그래요. 뭘 모르면 가만히나 있지 뭐 잘났다고 시키지도 않은 일을 나서고 그러냔 말이요, 여자가. 우리는 그렇게는 안 사요. 도시 사람들은 뻑하면 관을 욕허고 허는 버릇들이 있등만. 시골 사람들은 안 그래요. 촌에서 살라면 그 버릇부터 고치든지, 어쩌든지⋯⋯."

얼굴이 확확 달아오른다. 지난번 감 사건으로 생긴 안 좋은 감정은 다 잊어버렸는데 감 임자 영감이 실실 이장 옆으로 다가와서는 찌르는 소리를 한마디 더 보탠다.

"고쳐야 헐 것이 그것뿐이간디. 뭣이든지 돈으로 해결허려는 버르쟁머리도 고쳐야제. 좌우간 고쳐야 할 것이 많애부러."

조금만 더 서 있다간 눈에서 눈물이 다 솟을 판이다. 순아가 결혼 운운했던 것이 다 헛말이 아님을 이제야 확실히 알 것도 같다.

"울력하라는 말은 안 할 텡게 대신 오는 길에 막걸리나 두어 되 받아다 줏쇼. 사람이 한 마을 삶스로 그 정도는 허고 살아야 헐 것 아니요?"

그러겠노라고 고개를 주억거리며 그 자리를 벗어나는데 설상가상으로 잘 내려가고 있던 어린것들 찌그덕찌그덕 다투는 소리가 거기까지 들리고 있다.

"니 엄마가 어떻게 살고 있는데 엄마를 도와주지는 못할망정 동네 우세를 사고 만들어 이년들아!"

딸들이 엄마를 피해 화르르 달아나고 있다. 그렇게저렇게 해서 마을 입구까지 왔다. 섬진강사랑 슈퍼 앞에 움막집 총각이 자기 조카를 데리고 먼저 나와 있다. 가겟집 여자 순임이 정옥을 보고 인사를 보낸다.

"장에 갈란가 보요? 히잉."

그 여자는 꼭 말하기 전이나 말끝에 말처럼 웃는 버릇이 있다. 그 웃음소리가 어느 땐 다정하게 느껴지다가도 어느 땐 그냥 콱 쥐어박아주고 싶을 정도로 듣기 싫을 때도 있다.

"장에도 가고 오늘은 또 다른 볼일도 있어서요."

"뭔 일이다요?"

정말 못 말리는 왕성한 호기심이다.

"꼭 알고 싶으세요?"

"히잉."

"저 총각하고 교육청에 좀 갈려고요."

"갑철 씨허고요?"

순임이 어쩐지 갑철이라는 움막집 총각하고 다정해 보이는 것이, 그럴 이유도 없건만 정옥이 심사를 뒤틀리게 했는지도 모른다. 갑철이라는 총각 옆에 얼씬거리는 여자들을 순임이 어쩐지 경계하고 있다는 느낌이 들어서였는지도 모르겠다. 말하자면 굳이 갑철이라는 총각을 들먹인 것은 그러잖아도 마을 사람들 때문에 심기가 불편한 정옥의 막가는 심사가 그렇게 악마적으로 작용한 것인지도 모른다. 아니나다를까 순임이 뭔가 심상찮은 눈길로 정옥의 화장한 얼굴을 일별한다.

"오늘 화장을 이쁘게도 했네요이, 히잉."

"아, 화장이요? 교육청에 가려면 아무래도 촌사람 행색으로 갈 수는 없어서 좀 했는데 덥기만 오살나게 덥네요."

"그렇지라. 촌사람 행색으로 가면 공무원들이 쉬이보지라우. 갑철 씨도 세수라도 허고 뭣이라도 바르고 가제, 그것이 뭔 꼴이다요? 가만 있어 봐라, 그 옷 벗고 내가 지난번에 갑철 씨 줄라고 사다논 남방이 어디 있을 것인디 좀만 기다려요."

순임이 옷을 가지러 안으로 들어간 새에 읍내 가는 버스가 저만큼서 오고 있다. 버스는 이미 떠나는데 순임이 알록달록한 남방을 흔들며 안타깝게 달려온다

"순임 씨가 사준 남방으로 갈아입고 오시지 그랬어요?"

"신경 쓰지 마십시오."

"그래도 사람 성의가 있는데."

갑철은 더 이상 아무 말이 없다. 정옥도 입을 다물 수밖에. 아이들을 학교 앞에 내려주고 읍내로 들어간다.

닭상자를 어떻게 할까 고민을 좀 하다가 할 수 없이 그냥 보듬고 사무실 안으로 쭈뼛쭈뼛 들어간다. 바깥 날씨는 찜통 속인데 사무실 안은 선풍기 서너 대가 맹렬하게 돌아가고 있어 그런대로 시원하다. 폐교된 학교를 관리하기 위해 이따금 정옥이집을 방문한 적이 있는 주사 앞으로 공손히 다가간다.

"워메, 그렇잖아도 오늘 본교 교장선생님허고 그쪽에 나가볼라고 했더니 나오셨구만이라우."

주사가 무슨 판때기를 들어보인다.

〈학교장의 허락 없이 일체의 출입을 금함. 만약 허락 없이 출입하

여 학교 기물에 손상이 있을 시 손해배상과 처벌을 받을 것임.〉

"아니, 이것을 우리 집 앞에다 붙이려고 한단 말예요?"

"위에서 시키는 것이라 할 수 없구만이라."

"그러면 저도 날마다 학교장의 허락을 받아야 우리 집에 출입할수 있겠네요?"

"우리는 위에서 시키는 대로만 헐 뿐잉게 뭐라고 말은 못허겄습니다. 그건 그렇고 뭔 일로 여그까지 오셨습니까?"

정옥은 용건을 말한다. 주사가 무슨무슨 과장 앞으로 그들을 데려간다. 과장이 일이 바쁘다고 소파 쪽을 가리킨다. 하릴없이 소파에 앉아 있는데 어딘가를 바쁘게 갔다온 과장이 대뜸,

"이렇게 교육청까지 직접 오실 일이 아닌 것을 가지고 왜 이런 수고를 하십니까?"

"학교에 누차 문의를 해도 자기들은 모르는 바라고 교육청에 가서 알아보라고 해서요."

"이런 식으로 무슨 민원이 있을 때마다 교육청이 학부모 개개인을 상대할 수는 없잖습니까? 어찌 됐든 이왕 여기까지 오셨으니 말씀을 드리기는 합니다만, 저희 교육청은 폐교된 이후 들어온 학생들에 대한 교통비 지급 건에 해당하는 상부 지침을 아직 받지 못한 관계로 저로서도 어떻게 달리 드릴 말씀이 없습니다."

"교통비 문의를 한 지가 벌써 한 학기가 다 되어가는데도요?"

"어차피 교통비든 뭐든 저희 교육청 예산도 이미 책정되어 있는 상태라서요. 다음 학기 때 어떻게 올려보겠습니다. 이사 올 학생들 교통비까지 예상해서 예산을 책정할 수는 없는 일 아니겠습니까? 막말로 자식 학교 보내는 차비 정도는 조달하는 게 부모의 의무 아닙니까? 기왕에 다니던 학생들이야 강제로 학교가 문을 닫게 되어 할 수

없이 교통비를 보조해주고는 있지만 이후의 학생들이야 폐교된 지역임을 알고도 자의로 이사를 온 것이고 거기까지 교육청보고 책임을 지라는 건 좀 억지가 있지 않은가 싶습니다만. 솔직히 아이들이 먼길을 통학하며 학교 다니는 고생을 하는 건 폐교된 지역으로 이사 온 부모 잘못이지 교육청 잘못이 아니잖습니까."

"아저씨, 정말 말 함부로 하시네요? 그러면, 부모 노릇 제대로 하려면 말이지요, 대한민국의 모든 폐교된 지역에는 아예 이사를 들어와서는 안 되겠네요? 아저씨 말 가만히 듣고 있자니까 아저씨는 꼭 저희가 이곳으로 이사 와서 골치 아픈 일이 하나 더 느는 게 귀찮아 죽겠다는 그 말씀으로 들리네요마는."

"이 아줌마가 근데……."

"그것이 아니고 뭐예요? 관내에 아이가 하나라도 더 늘어나면 일이 하나 더 늘어난 것만 생각하지 아이들 교육에는 도통 관심이 없다는 태도지요, 지금. 그리고도 교육공무원이라고 밥을 벌어먹고 살아요? 아이들 하나라도 더 늘어난 것을 고맙고 기쁘게 생각할 줄도 모르는 교육공무원이 무슨 교육공무원……."

"아줌마야말로 말이면 단 줄 알아? 정말 듣자듣자 하니까."

"당신하고는 더 이상 말하고 싶지 않고 교육장님하고 직접 하겠소."

그런데 이 총각은 왜 이렇게 아까부터 꿀 먹은 벙어린지 모르겠다.

"왜 그래요?"

"저는 말을 잘 못해요."

"조금만 더 살아봐요. 없는 사람이 살아갈려면 나같이 되고 말 테니까."

교육장실은 이층에 있다. 닭상자를 거기까지는 차마 들고 가서는 안 될 것 같아 문앞에다 두고 교육장실 문을 왈칵 열어젖혔다. 여기는 사무실처럼 시원한 게 아니고 서늘하다. 교육장이 일단 사무원 아가씨를 시켜 차를 내오게 하고 정옥과 갑철을 소파에 앉힌다. 소파는 짐짓 푹신하다.

"민원은 해결해드리지요. 우선 거기 녹차나 드시고 마음 진정하십시오."

교육장은 적어도 과장 같지는 않다. 녹차는 뜨겁다. 뜨거운 여름날, 시원한 실내에서 마시는 뜨거운 녹차라. 그 맛도 괜찮은 것 같다. 교육장의 친절한 언사와 행동에 마음이 많이 누그러져서 정옥의 목소리가 차분하게 가라앉았다. 녹차 대접까지 받고 나니 아까 아래 사무실에서 큰소리쳤던 것이 미안하기까지 하다. 교육장이 과장을 불러올린다. 과장은 아직도 씩씩대고 있다.

"어이 김 과장, 학부모님께 사과드려요. 그런데 어떻게 이런 시골까지 이사를 오시게 됐는지요?"

"아, 그러니까, 그것이, 음, 말을 하자면 글을 쓰려고요."

"아, 그래요? 무슨 글입니까?"

"소설이요."

교육장은 새삼 놀란다. 아직까지 사과를 안 하는 과장에게,

"어이, 작가님께 얼른 사과하소. 저도 젊었을 때 글을 좀 썼었지요. 장르는 수필 분얀데, 저기 어디 있을 텐데, 잠깐 기다려보십시오. 졸고지만 한번 보여드리겠습니다."

자신의 〈작품〉을 찾기 위해 책장을 뒤적이는 교육장을 내버려두고 자리에서 일어선다.

"작품은 다음에 보지요. 어쨌든 다음 학기부터 저희 아이들에게도 교통비가 지급되는 걸로 알고 저희는 이만."

교육장실 문을 열고 나와서 교육장의 깨끗한 매너에 기분이 좋아진 정옥이 이왕 기분 좋은 김에 닭이나 한 마리 선사해야지 싶어 닭 상자를 열고 있는데,

　"김 과장, 저 양반 사는 곳 계약이 언제 끝나지? 만료되면 계약하지 마시오. 학교를 안 빌려줬으면 이런 일도 없을 거 아냐? 임대를 하려거든 사람 봐가면서 하라구. 괜히 일 만들지 말구."

　"알겠습니다."

　교육장실 안으로 다시 쳐들어갈 것인가, 말 것인가, 입술 끝만 괜히 씰룩거리는데 지금까지 가만 있어서 불만이었던 갑철이 총각이 말릴 새도 없이 교육장실 유리문을 와장창 박살내버렸다.

　"말 안 들으면 말로 할 게 아니라 행동으로 보여줘야죠. 그것이 바로 제가 사는 방법입니다요."

　그 서슬에 정옥이 안고 있던 닭이 공중으로 푸드덕 솟구쳐오르더니 쏜살같이 도망을 간다.

　정옥과 갑철이 닭을 잡으러 뛰어가고 교육청 공무원들은 유리창 깨놓고 도망가는 인간들을 잡으러 뛰어오고 있다. 햇빛은 쫓겨가는 닭과 쫓아가는 인간과 쫓아오는 인간들 머리 위로 사정없이 쏟아진다. ■

민경현

평실이 익을 무렵

1966년 충북 청주 출생. 홍익대 독문과 졸업.
1998년 『문학사상』 신인상에 「오버 더 레인보우」가 당선되어 데뷔.
소설집 『청동거울을 보여주마』

평실(萍實)이 익을 무렵

　옛날옛날 옛적 멀리 남해바닷가에 가난한 어부 부부가 살고 있었습니다. 그네들 이름은 아무도 몰랐습니다. 원래 없는 놈은 남들 다 가진 이름도 성도 없기 마련이지요. 도둑이 들었다가 적선하고 갈 살림살이였지만 그래도 부부는 별걱정이 없었습니다. 바다가 있었으니까요. 비록 뒤뚱이는 마상이〔獨木船〕 한 척에 코 가는〔細〕 걸그물뿐이었지만 밀물 때 맞춰 그물을 부려두면 썰물지고 나서 펄떡이는 망둥이며 집게발 딱딱 꽃게에 알록달록 쥐노래미 따위로 그날그날 굶지는 않았지요. 그렇게 욕심도 바람도 없이 하루하루 오복소복 나잇살이나 먹는 재미로 살아가는 부부였답니다.

　하지만 세상살이가 그렇게 밋밋할 리만은 없지요. 어느 날 갑자기 그만 어부의 아내가 덜컥 득병하여 자리를 깔고 눕게 되었습니다. 아무때고 물찌똥을 찍찍 지리고 밤이면 신열이 솥단지도 끓게 펄펄 오르다가 까무룩 혼절하곤 하는 것이었지요. 심상한 병이 아니었지요. 멀리서 모셔온 의원도 고개만 짤짤 흔들다 병이름도 못 대고 가버렸으니까요. 어부는 고기잡이를 작파하고 산으로 들로 다니며 갖은 약초에 오만잡초까지 구해다 달여먹였고 누군가 그런 병엔 소쩍새 똥집이 즉효라 하기에 어부는 제 똥집이 다 타도록 소쩍샐 잡으러 다니기도 했지요. 하지만 그래봐야 백약이 무효한 병이 있지 않던가요. 병자는 병자대로 앓는 소리가 상엿소릴 닮아가고 성한 사람은 성한 대로 약수발에 죽을 매골을 썼지요. 그런 와중에 하루는 아내가 찬바람 쐰 모기새끼 같은 목소리로 이르길, 죽기 전에 소금에 구운 조기 한 마리만 발라먹었음 저승길에 배는 곯지 않겠소, 하는 게 아니겠습니까. 죽에 넣은 불린 심쌀도 넘겼다 하면 되토하기 일쑤인 아내의 마지막 소원이라는데 어부가 가만있었을 턱이 없지요. 하지만 것도 만만한 일이 아니었습니다. 바야흐로 엄동설한이요, 조기떼가 알 슬러 오려면 아직도 수삭은 실히 남았으니까요.

좌우간 어부는 날이 밝기도 전에 그물을 둘러메고 물길을 나섰습니다. 명색이 비린내로 절어온 일생인데 먼바다로 나가면 까짓 조기 한 마리 못 잡아오랴는 보짱이었지요. 이왕이면 부세나 수조기가 아니라 번쩍번쩍 금물 오른 참조기 실한 놈으로다 몇 놈 잡아와야 마음을 먹었지요. 핫통이로 미어지게 껴입고 이틀을 놋좆을 삐걱여 난생 처음 멀고 먼 바다까지 나왔더랬습니다. 허나 아무리 대나무 대롱을 귀에 대고 기다려도 조기 우는 소리는 들리지 않았습니다. 동지에 개딸기 찾는 꼴이 남 두고 한 소리가 아니로고! 그렇게 혀를 찼을 땐 이미 늦고 말았습니다. 북녘 하늘이 뭉게뭉게 검어진다 싶더니 와르릉꽈르릉 천둥지둥 무너지는 소리와 함께 노도광풍이 들끓는 것이었습니다.

눈을 떴을 때 어부는 조각널에 의지하여 망망대해를 떠다니는 꼬락서니였습니다. 물에 젖은 솜옷은 얼음갑옷처럼 몸을 죄어왔고 물주머니고 밥주머니고 오간 데가 없었습니다. 동서남북 어느 부주 용왕님께 살려주십사 빌어바쳐얄지도 모르는 상태로 어부는 기진맥진 황천길을 더듬는 꼴이 되고 말았습니다.

얼마나 그렇게 떠돌았을까요. 소금기가 부옇게 앉은 어부의 눈에 무언가 괴상한 것이 보였습니다. 어떻게 보면 잘 익은 호박덩이 같고 어떻게 보면 마악 물을 차고 오른 날샐녘의 햇덩이도 같은, 하여간 둥글고 붉은 열매 하나였지요. 헛것이 보이는 걸로 보아 저승 문턱에 다 왔구나 싶으면서도 어부는 허위적허위적 물을 저어가 그놈을 움켜잡았습니다. 그러고는 조갈과 허기에 지칠 대로 지친 나머지 앞뒤 가릴 것 없이 덥석 한 입을 베어물었지요. 씹을 것도 없이 열매는 졸금졸금 입 속으로 녹아들어갔습니다. 달고 시원하기가 틀림없이 세상에 없는 과실이었습니다. 이러구러 어부는 족히 한 말은 되었을 그 커다란 열매를 남김없이 먹어치우고 말았습니다. 신기한 건 그래도 전혀 배가 부르지 않았다는 것이지요. 더더욱 신기한 건 그 뒤로 며칠을 바다를 떠돌아도 목이 마르지도 허기가 지지도 않을 뿐더러 조금도 춥도 덥도 않았으니 신통방통할밖에요. 다만 내도록 어부는 저가 먹어치운 것이 무슨 열매인질 알지 못하였습니다.

다행히도 어부는 지나는 배가 있어 목숨을 건졌습니다. 그 배는 멀리 서쪽 나라와 물산을 주고받던 큰 배로 마침 유명짜한 현자 한 분이 더불어 타고 있었습니다. 어부는 틈을 보아 현자를 찾아가 너부죽 절을 올리고 자신이 겪은 바를 소상히 아뢰었습니다. 자초지종을 듣고 난 현자가 무릎을 탁 치고 하는 말이, 〈그대가 먹은 것은 평실(萍實)이란 열매로다. 평(萍)이란 바다에 사는 커다란 개구리밥으로 세상에 오로지 암그루 하나와 숫그루 하나만이 있나니 그 암수 한 쌍이 각기 바다를 떠돌다 천 년에 한 번 만나 교접을 하여 꽃이 핀다. 천 년을 가는 그 꽃에서 오직 한 알의 열매가 맺혀 익기를 다시 천 년이 지나야 하나니, 까닭에 평실이란 삼천 년에 한 번 익는 열매인저. 가히 신공(神功)의 영과(靈果)라 할지니 그 덕은 왕후(王侯)가 얻으면 천하를 아우를 것이요, 그 효험은 죽은 자의 몸에도 숨이 돌게 하는도다. 천신과 수신을 아울러 감복시킬 정성이 아니면 감히 얻지 못할 것이로되 이제 그대가 지은 복과 바다용왕의 조화에 따라 그를 취하였다 하니, 살아서 장생불로요 죽지 않고 우화등선(羽化登仙)하리로다〉 하는 것입니다. 남한테 들은 이야기만 같으면 무슨 새 까먹은 소리냐고 코피리를 불었겠으나 저가 몸소 그 신효를 겪은 바였으니까 믿지 않을 턱이 없었지요.

여하튼 어부는 며칠 뒤 다시 고향 바닷가로 무사히 되돌아왔습니다. 그런데 동네 어귀를 돌아드는 그를 보자마자 이웃 하나가 덥석 두 손을 부여잡더니 〈이 무심한 사람아! 이 무심한 사람아!〉 애고대고 곡을 놓는 것이 아니겠습니까. 알고 보니 고 며칠 사이 어부의 아내가 그만 숨을 거두고 만 것이었습니다. 벌써 상제도 없이 마을 사람들끼리 죽은 아내를 초장(草葬)치러버린 뒤였습니다. 어부는 한달음에 뒷산으로 뛰어올라갔지만 짚무덤에 묻힌 아내가 반겨 일어날 리가 없었지요. 꺼으꺼으 울어젖히다 마침내 어부는 아내의 초분을 덮은 짚이엉을 올라타고 괴춤을 풀어 뽀얀 엉덩이를 까내렸습니다. 미련한 생각에도 저가 먹은 열매가 영험하기를 죽은 사람도 살린다 했으니 그 똥물이라도 혹시 무슨 효험이 없을까 싶었겠지요. 하지만 아무리 뱃구레에 끙끙 힘을 줘도 똥은 나오지 않았습니다. 애초에 너무나도 신효한 나머지 그 열매는 똥으로 될 것이 아니요, 열매말고는 그동안 아무것도 먹지 않았으니 똥이 나올 턱이 없었지요. 그렇다고 다른 것을 먹어 억지로 똥을 만든들 무슨 소용이 있겠습니까.

그래도 어부는 끝내 아내의 무덤자리를 떠나지 않았습니다. 똥이 나올 그날까지 버티고 견딜 생각이었지요. 이미 영생불사의 몸이니 갱신도 않고 영원히 그 자리를 지킬 수 있겠지요. *끄응끄응*…… 때문에 지금도 멀리 남해바다 잇대인 어느 산골짝에 가면 어부의 뒤웅스런 안간힘 소리가 들려온다고 합니다.

*

저 들녘이 펄럭이는 걸까, 내 마음이 펄럭이는 걸까? 이도저도 아니면 햇발을 출렁이게 하는 바람 탓일까? 세상이 소슬한 걸까, 내가 설레는 걸까?

막 고갯마루를 넘어서자 오불고불 흘러가는 구릉의 윤곽 위로 구름 사이 볕뉘가 소복이 쌓이고 있었다. 산세가 내리막지며 졸아드는 등고선의 주름이 펴지며 멀리 휠찐한 펀더기가 곱게 다려놓은 무명베와 한가지였다. 그 들판의 끝자리를 두른 푸나무서리 해송숲을 넘어서면 아마도 남쪽 바다가 기다리고 있을 터였다. 남실바람이 부는 오후에 바다는 은결 위로 현(絃)을 타듯 파도를 울렁일 것이다. 사르랑사르랑.

노인은 무언가 적절한 탄사(歎辭)를 떠올리려 애를 써봤지만, 심장을 벌렁이게 하는 부푼 속마음은 선뜻 말을 이뤄 튀어나오질 않았다. 노인은 여짓여짓 입시울만 씰룩였을 뿐, 마음의 돛이 잔뜩 수수러진 기분을 알맞게 풀어내지 못하고 있었다. 굳이 표현하자면 전생에 삼신할미의 점지를 받아 이생에 던져질 때, 반드시 한 번은 감아 돌도록 정해진 반환점 앞에 비로소 다다른 느낌이라고나 할까. 하지만 반환점이라고 친다면 그는 너무도 늦어버린 셈이다. 이미 칠순 세월을 센 머리에 고스란히 이고 있는 나이에 반환점이라니! 인생칠십이 고래희(古來稀)라면 문자 그대로 여생(餘生)일밖에.

아닌게아니라 집을 나설 때 드난살이하는 충주댁이, 그러잖아도 뼛속에 강쇠바람 일 나이에 여적지 낚시타령이냐고 퉁을 놓은 바였다. 농익은 홍시감 터지듯 피식, 한번 웃어주고는 신발끈을 동인 게 벌써 사날 전. 하지만 기세도 좋게 둘러멘 낚시가방과는 달리 나절가웃이나마 착실하게 물가에 앉아 있는 것도 정말이지 이젠 만만찮은 일이 돼가고 있다는 걸 절감하고 있었다. 아무리 노둔해졌다손 치더라도 찌놀음을 보고도 챔질할 순간을 놓칠 만큼은 아니라고 자위하고 있었지만 두어 시간 쪼그리고 앉았으면 시근시근 근력이 패는 느낌은 어쩔 수 없었다. 그러면 괜스레 바람에 물결이 일어 찌가 얌전치 못하다는 핑계나 주워섬기며 주섬주섬 낚싯대를 걷곤 하였다. 하긴 바람이 많은 계절이었고 그렇게 혼령처럼 너울지는 남녘땅 새밭이나 헤쳐가며 이리저리 손타지 않은 은근한 낚시터나 둘러보자는 여행이었다.

그렇게 지난밤을 지낸 소읍의 차부에서 되는 대로 먼저 오는 차편을 집어타고 한나절이 넘게 달린 뜨내기걸음이었다. 버스가 비포장길로 접어들어 덜컹이는 차창 밖으로 눈길을 풀어두고 있을 무렵, 문득 이삭 거둬내고 말라비틀어진 수숫대 위에 쏟아지는 햇살이 스산하게 가슴을 저미고 드는 것이었다. 흙먼지를 남기고 사라지는 차편을 앞세워 보내고 마른 황톳길을 따라 걷기 시작한 나라진 발품. 희끄무레한 잿빛 구름 사이를 비집고 내리쬐는 햇빛줄기가 감히 서기(瑞氣)라고까지는 하지 못할지라도 그런대로 발씨 서툰 노인에게 낯선 타곳의 이정표가 되어준 셈이었다.

어느덧 이 영마루에 이르렀고 만만찮은 고갯길 가풀막 탓에 차에서 뛰어내린 객기를 후회도 해가며 간신히 숨을 달래 산고개를 넘어선 찰나 노인은 어떤 드라마틱한 감정에 휘말리고 말았다. 경명(傾命)이라더니! 아스라이 산굽이를 휘감아내린 비탈길이 기울어가는 인생굽이를 절감케 했고 고개 너머로 펼쳐진 창창한 풍광을 보자 스스로 어떤 인생의 한 장막을 걷어낸 듯싶어진 것이었다. 흡사 자신이 주연으로 출연했어야 할 무대에 정작 뒤늦게 도착하는 바람에 조연이며 관객들이 모조리 빠져나가버리고 자신은 텅 빈 객석을 마주하여 신청부 같은 한숨만 뱉어내는 심정이라고나 할까. 탁 트인 전경이었지만 그 그림 속엔 왠지 예견치 못했던 인생의 마지막 단막극한 토막쯤이 감춰져 있을 것도 같았다. 황토바람이 일었다. 남해의 파도결을 몰아온 해풍이었다. 노인은 황토먼지 속 벼룻길을 향해 마저 걸음을 놓았다. 계절은 이미 찬바람머리를 지나고 있었다.

이미 가을걷이가 끝난 내걸배미에는 묵은 볏가리 하나 남아 있지 않았다. 노인은 마른 논 사이를 관류하는 조붓한 수로를 따라 갈대처럼 허전거리며 걸었다. 낚시할 자리를 보아둘 셈이었다. 저만치 정자나무가 솟구친 아래로 오순도순 마을의 지붕이 보였다.

저녁참에 잠깐 낚싯대를 드리우기 전에 먼저 숙소를 정해두려고 마을에 들어섰을 땐 이미 노을이 서녘을 물들이고 있었다. 잠포록한 날씨에 맞춰 저녁답을 맞은 마을은 그러잖아도 다리쉼을 하고프게 푸근한 정경을 자아내고 있었고 노인은 그 그림 한 귀퉁이에 슬그머니 끼여들어 한동안 마을을 거들떠보았다. 잔밉게도 예쁘게 쌓아올린 돌각담을 따라 조붓한 골목을 이루며 옹기종기 모여 있는 촌집들. 그 중 한 집 철대문에는 불꺼진 조등(弔燈)이 철새 떠난 새집처럼 웅크리고 있었다. 떠나는 이로 하여금 아름다운 이승의 종착역으로 간직해두기에 마치맞게 마을의 저녁은 아늑하게 저물어가고 있었다. 바야흐로 사진첩 속에 끼워지는 한 장의 흑백사진 같은 광경이었다.

〈담배〉라고 씌어진 양철간판이 삐걱삐걱 바람그네를 타고 있었다. 가겟방 쪽유리문은 흙먼지가 뽀얗게 앉아 김이 서린 듯 보였다. 이가 맞지 않는 문짝을 버걱이는 소리가 나도록 열고 들어섰지만 누구하나 나와보는 이도 없었다. 철제 앵글로 짜맞춘 진열대 위에는 허섭스레기 같은 잡살뱅이 상품이 듬성듬성 널려 있을 뿐 매기(買氣) 없는 촌점방엔 파리조차 날지 않았다. 살 마음도 없이 이것저것 들었다 놓았다 하는 새 안쪽 내실의 문이 빠끔히 열리더니, 늘어진 낮잠에 한쪽 머릿결이 누운 채로 주인인 듯싶은 여인네가 잠기 어린 눈을 비비며 뭘 찾느냐고 물었다.

"하룻밤 자고 갔음 싶소만, 민박도 치시오?"

"민박이랠 것두 읎고 안채에 문간방이 하나 있고만여라."

여인네는 시큰둥 하품 섞인 대꾸를 뱉었다.

"헌디 내도록 비워둬설랑……."

아무려나 하룻밤만 묵었다 가면 된다는 노인의 대답에 여인네는 볼품 사납게 통바지를 추켜올리며 안채로 앞장을 섰다.

천장 없는 더그매에 군데군데 거미줄이 올라 있고 구석자리로 조곡 포대 따위가 쌓여 있긴 했지만 그럭저럭 하룻밤은 지낼 만한 방이었다. 노인을 토마루에 앉혀놓고 서둘러 걸레질을 하면서 여인네가 물었다.

"낚시 오셨는게비요이?"

"입질이 좀 있소? 아까 보니까 더러 물가에 사람들이 앉았긴 하던데."

"풍이 아니라 철 되면 물보덤도 괴기가 더 많다고덜 안헙디요. 허지만서도 폴쎄 찬바람이 불어쌓는디……."

먼지 섞인 쥐똥을 걸레로 쓸어모으며 여인네가 언구럭을 떨었다. 한로 지나 대소한이 낼 모랜데 철도 모르고 낚시가방이나 둘러메고 다니는 한량 풍신을 넌지시 피새놓는 줄 왜 모를까. 노인은 여인네의 푼더분한 엉덩이가 뒤뚱이는 꼴에 대고 빙싯 웃어주었다.

"시방 군불을 넣어도 따숴질라믄 한참은 걸릴 끄인디……."

"그럼 잠깐 가서 물내나 맡고 오리다."

"그라믄 저녁 진지도 차려야겠지라이? 으쩌까, 물가로 개져다드릴까라?"

"내가 오지 않으면 그리 하시오."

"야, 그러제라. 크단 놈으로 한 수 하시쑈. 쏙이 자지라지게 매운 탕이루 맹글어드릴랑께."

그렇게 말하며 여인네는 먼지구럭이 된 걸레로 제 손을 쓱쓱 문질렀다.

노인이 그렇게 점방 문을 나섰을 때, 건너편 초상집에서 한 소녀가 대문간으로 걸어나오는 것이 보였다. 소녀는 떨어지는 붉은 노을에 더욱 시름겨워 보이는 소복을 둘러 입고 있었다. 한 손에는 불켜진 초를 들고 다른 손으론 불꽃이 꺼질세라 조심스레 심지께를 보듬듯 하여 서뿐서뿐 걷는 소녀의 함초롬한 모습에 노인은 저도 몰래 눈길을 빼앗겼다. 순간 노인은 놀란 듯 두어 번 눈을 깜박였다.

'허어! 참으로…….'

노인의 마음 깊숙한 곳에 장탄식이 흐를 때, 소녀는 대문간에 걸어둔 조등 속에 살며시 촛불을 품어놓았다. 불이 켜지자 조등은 비로소 하나의 영혼이 떠나는 항구의 등대처럼 아스라하게 익어가기 시작했다. 소녀가 그 아련한 불빛에 바짝 얼굴을 가져다 붙이자 그 아이의 얼굴마저 발그랗게 착색되어갔다. 〈謹弔〉라고 씌어진 먹글씨가 한동안 소녀의 볼에 그림자를 드리웠다. 큰 눈을 섬벅이며 얼마 동안 등롱 속 촛불을 들여다보던 소녀는 다시금 대문간으로 들어가고 말았다.

노인은 그리 멀지 않은 거리를 두고 소녀의 모든 동작을 낱낱이 망막에 새기고 있었다. 소녀가 사라진 뒤에도 그 아이의 뒷모습은 해읍스름한 궤적으로 길게 남아 있었다. 그 궤적은 아주 오래 전, 그러니까 노인의 청춘시절까지 거슬러올라가는 아뜩한 지돌잇길을 따라 여울져 흐르는 것이었다.

쟁쟁쟁쟁쟁—

꽹과리소리가 울렸다. 꽹과리소리에 맞춰 등불이 출렁였다. 등불은 하나 둘이 아니었다. 사방이 온통 연등의 물결이었다. 오래 전 스러진 옛 절터였건만 오늘밤만큼은 온갖 불빛으로 소도록이 되살아나고 있었다. 불길처럼 솟구치는 사물(四物)소리에 맞춰 형형색색의 등불들이 일제히 춤을 추고 있었다. 여트막한 산자락을 타고 길고 긴 연꽃등의 물결이 흘러내렸다. 개성 시내가 온통 벌겋게 달궈져 있었다.

영등(影燈)놀이가 열리는 남산(용수산) 자락의 이 쓸쓸한 폐사지는 모처럼 모여든 사람들의 손에 손에 들린 제등(提燈)으로 수백 년 만에 활짝 피어났다. 어떤 고목이 되살아난들 이렇게 화들짝 만개할 수 있을까.

만등회(萬燈會). 예전 실로 일만 개의 등을 불밝혔다는 연등의 도시 개성에 이렇게 다시금 등불꽃이 피어오른 건 진정 오랜만이었다. 전쟁 말기 일제에 의해 일체의 제등행렬과 연등장엄이 금지된 이래 해방 전, 작년의 초파일까지 얼마나 어두운 봄을 보냈던가. 춘래불사춘(春來不似春). 초파일 연등을 밝히고서야 비로소 겨울옷을 벗고 봄옷으로 갈아입는다는 개성 사람들에게 그 추웠던 봄의 기억은 유별난 냉기로 얼음이 되어 박혀 있었다. 그렇게 얼어붙었던 마음이 오늘, 해방 후 첫 석탄일을 맞아 봇물 터지듯 헤아릴 수 없는 연등이 되어 이 밤 일제히 온 천지를 밝히며 지펴진 것이었다.

거리마다 깃발을 올린 등대(燈臺)가 세워졌고 불자(佛子)건 비불자건 가리지 않고 모든 개성의 남녀노소가 하나씩 둘씩 등불을 만들어 거리로 쏟아져나왔다. 등불도 각양각색이었다. 연꽃등을 위시해서 일월등 · 말머리등 · 학등 · 거북등 · 잉어등 · 사자등 · 오리등 · 호박등 · 수박등…… 말 그대로 불이 번지듯 연등의 행렬은 도시의 구석구석으로 퍼져나갔다. 사람들은 벌겋게 달떴고 세상이 이렇게만 밝았으면 싶었다.

쟁쟁쟁쟁쟁—

다시 한번 꽹과리가 울었다. 카랑카랑한 꽹과리소리는 때맞춰 일기도 청명한 밤하늘로 쟁연하게 퍼져올랐다. 꽹과리소리를 따라 연등의 너울이 뭇별이 되어 검은 하늘로 흩어지기 시작했다.

윤후는 고개를 돌려 은명을 바라보았다. 오늘 오후까지 속에 맺힌 우울을 떨쳐내지 못하던 그녀는 이제 연등의 불꽃심처럼 열이 올라 있었다. 윤후는 그녀의 얼굴께에 대고 장난스레 초롱을 흔들어 보였다. 그녀의 옅은 미소가 보기 좋게 달궈졌고 그녀 역시 질세라 윤후의 눈앞에 대고 둥실둥실 종이등을 흔들어댔다. 둘은 마주보고 웃었다. 이제 그녀의 웃음은 우울을 떨어낸 데서 그친 것이 아니라 조금은 도발적으로까지 보였다. 오랜만이었다. 오늘 밤은 모든 것이 그런 느낌으로 되살아나는 것 같았다. 윤후는 자신이 너무 긴 시간을 두고 그리움만 키워왔다는 걸 비로소 깨달았다.

은명이 그를 찾아온 것은 어제 오후였다. 여자의 몸으로, 그것도 길잡이 하나 없이 단신으로 삼팔선을 넘어온 그녀가 비로소 약혼자인 그의 앞에 섰을 때는 가을걷이도 끝난 들판에 습습히 부는 늦바람을 견디고 섰는 허수아비를 연상케 했다.

'정말 보고픈 사람을 만날 땐 빈털터리여야 한다면서요.'

황해도 신막에서 쌀섬깨나 거둬들인다는 그녀의 집안은 지난 삼월초 이북 땅에서 일제히 실시된 토지개혁의 날벼락에 쑥대밭이 돼버리고 말았다. 무상몰수 무상분배의 원칙이었지만 불로(不勞)지주라는 성분 때문에 따비밭 한 뙈기 남지 않고 몰수되었음은 물론이려니와 기르던 축우까지 싹쓸이되었다니 그 박탈감을 무엇에 견줄 수 있을까. 그녀 집안의 몰락은 윤후의 처남 될 그녀의 오라비가 정치바람을 타고 조만식계의 조선민주당원으로 활동하다 작년 말, 탁치(託治)반대의 건으로 곤경에 처했을 때부터 이미 예견된 것이나 마찬가지였다.

작년, 해방을 얼마 앞두고 헤어진 두 사람이었다. 서울에서 윤후는 전문학교 상과 졸업년으로, 은명은 여자청년연성소(女子靑年鍊成所)를 나와 유치원 교사로 만나 교제해오다가 조촐한 약혼식까지 올린 사이였지만, 그는 졸업과 함께 고향 개성의 식산(殖産)금융조합에 취직했고 그녀 역시 고향집으로 되돌아갔다가 덜컥 해방을 맞게 되었다. 따라서 해방은 조국의 부활이었지만 동시에 두 사람에겐 예

기치 못한 별리의 서곡이기도 했던 것이다. 전혀 내왕이 불가능했던 것도 아니었건만, 일간 한번 다녀가리라, 틈틈이 오가는 인편에 소식만 전하고 있다가 넋없이 지켜보게 된 부지하세월. 작년 말부터 탁치 찬반을 둘러싸고 정세가 흉흉해지며 강화되기 시작한 삼팔선의 경계가 올해 들어 미소공동위원회의 난항으로 그 정도가 더욱 심해지더니 마침내 며칠 전, 군정 당국은 무허가 월경을 전면적으로 금지한다고 발표하기에 이르렀다. 그렇게 휴일이면 윤후는 맥없이 송악산에 올라 북녘 땅만 바라보아야 했다. 은명의 집이 있는 신막은 예전 같으면 개성역에서 기차를 집어타고 반나절이면 닿을 거리였으니만큼 부자지 값도 못하는 놈이란 소리가 꼭 저를 두고 이르는 말만 같았다.

그러던 차에 난데없이 어제 오후 은명이 사무실로 그를 찾아온 것이었다. 놀람서껀 반가움은 둘째치고 하소연도 제대로 못하고 어깨만 들먹이는 그녀를 어떻게 보듬어주어야 할지 시름이 앞섰다. 견디기 힘든 그간의 세월 탓에 부쩍 야위어 보이는 은명을 앞에 두고 서머서머 눈까풀만 깜박일밖에.

어젯밤부터 은명은 넋이 나간 얼굴로 그의 방 귀퉁이에서 움직이려 들지 않았다. 눈물이 마른 그녀는 마치 하나의 음울한 정물화처럼 방안의 어둠 속에 침윤되어버렸다. 그런 그녀의 모습을 오도카니 바라보다 보니 정작 윤후 저가 더 시름에 휩싸일 것 같았다. 달래주어야겠다는 측은한 마음이 일다가도, 그래서 날더러 어쩌란 말이요! 버럭 신경질을 부리고 싶어지기도 하는 종잡을 수 없는 심경이 엎치락뒤치락 마음을 흔들었다. 이런 칠난팔고(七難八苦)의 시절을 살고 있는 게 죄라면 죄겠지, 역사가 무대라면 사소한 단역일지언정 우리도 출연진이 아니었겠소,라고 씹어뱉고 싶다가도 그녀의 창백한 무표정을 물끄럼 바라보고 있노라면 어디에 대고 억하심정을 풀어야 하나 한숨이 이는 것이었다.

윤후는 은명의 손목을 잡아끌듯 해서 밖으로 나왔다. 무언가 잠시라도 정신을 팔아버릴 대상을 찾아 헤매다 무작정 개성좌(開城座) 안으로 들어섰다. 그렇지만 영화는 시답잖은 소극(笑劇)이었고, 애초 두 사람의 마음을 달래줄 거리는 되지 못했다. 상영시간 내내 그녀는 실밥 터진 봉제인형 같은 얼굴을 하고서는 스크린 너머 어디 먼데를 바라보는 표정이었다. 두 사람이 썰렁한 극장을 빠져나왔을 때 거리는 벌써 모색(暮色)에 물들어가고 있었다.

그때 거리 모퉁이에서 둥둥 북소리가 울렸다. 제등행렬이었다. 달구지 위에 올려놓은 커다란 법고(法鼓) 앞에 풍채부터 헌거로운 젊은 스님네 하나가 소맷자락을 펄럭펄럭, 타고(打鼓)소리부터 신명지게 행진을 이끌고 있었고 그 뒤로 열 지은 용고(龍鼓)소리가 뒷박을 이었다. 오랜만이었다. 북소리에 맞춰 수많은 사람들이 각양각색의 등불을 손에 들고 두 사람 앞을 지나쳐가고 있었다.

느닷없이 윤후는 은명을 이끌고 행렬 속으로 뛰어들었다. 얼떨결에 사람들과 발걸음을 맞추고 있을 때, 누군가 그녀의 손에 꽃등 하나를 건네주었다. 어느결에 윤후도 손법고를 쥐어잡고 되도 않는 박자로 덩더꿍이 장단을 메기기 시작했다. 고법(鼓法) 따윌 배운 적은 없었지만, 그저 앞장선 달구지 위로 덩두렷이 달덩이처럼 떠오른 스님네가 휘모는 대로 떠쿵떠쿵 북채를 두들기다 보니 제풀에 흥김이 솟는 것이었다. 덩실덩실 어깨가 흔들렸고 걸음새가 덩달아 출렁였다. 두 팔을 한껏 벌려 가위질 춤사위를 젖는 그를 보고 비로소 은명이 피식 웃음을 흘렸다. 그걸 보자 윤후는 더욱 신명을 내 경중경중 그녀 주위를 맴돌았다. 서억가모니부울(釋迦牟尼佛)— 서억가모니

부울─ 서억가모니부울…… 이윽고 두 사람은 석가모니 부처가 귀머거리라도 됐다는 양 열 지은 사람들과 함께 소리 높여 부처를 불러젖히며 시가를 행진해나갔다.

출렁출렁 연등의 물결은 그렇게 이곳 폐사지로 흘러들었다. 한때 태조 왕건의 원찰(願刹)로 사방 삼십 리가 모두 절집 땅이었다는 이곳. 조선조 들어 땅밑으로 꺼져버린 듯 언제 어떻게 스러졌는지도 모르게 쇠락하여 사람들의 뇌리에서 지워지고 만 이 옛 절터에는 고루거각(高樓巨閣) 대신 주춧돌 몇 개만 점점이 남아 있었고, 그 한켠에 귀퉁이 깨진 옥개석(屋蓋石)을 처량맞게 이고 있는 삼층석탑만이 남산의 산그림자에 파묻힌 채 세월을 버티고 있었다.

누가 시킨 것도 아닌데 사람들은 하나씩 둘씩 저마다 가지고 온 등롱에서 촛불을 꺼내 돌탑에 올려놓았다. 삼층으로 된 석탑의 지붕돌마다 빼곡이 촛불로 장엄되었고 그러자 어느새 돌탑은 타오르는 궁전이 되었다.

딱, 따그락, 딱딱딱딱…… 회주승(會主僧)의 목탁이 울리자 사람들은 등꽃을 내려놓고 탑돌이를 시작했다. 쟁쟁하게 울리던 사물소리도 일제히 멈췄고 훤소(喧騷)를 그친 사람들은 묵묵히 합장을 한 채 탑 주위를 맴돌았다. 그와 그녀도 사람들과 어울려 탑을 돌았다. 돌탑의 지붕 위에서 환하게 타오르는 등촉만이 갑작스런 고요 속에 기를 쓰고 피어올랐다. 돌탑을 싸고 사람들의 그림자가 연꽃무늬처럼 가지런히 늘어섰다. 누구도 말이 없었고 윤후와 은명, 두 사람 역시 입을 열지 않았다. 모두가 간곡히 비원(悲願)을 빌고 있었겠지만 그건 누구도 들어서는 안 되는 마음의 속삭임이어야 했다. 탑을 두고 맴돌면서 사람들은 각자의 마음의 한 점을 향해 소용돌이가 되어 빨려들어가고 있었다.

윤후는 곁눈질로 은명을 바라보았다. 아무 말도 해선 안 되는 만큼 되려 많은 것을 묻고 싶은 시간이었다. 하지만 은명은 가라앉은 눈길로 앞사람의 발꿈치만 내려다보며 걷고 있었다. 촛불빛을 받아 그녀의 속눈썹이 젖어 있는 것을 보았다. 해도 윤후는 섣불리 그녀의 눈물을 닦아줄 염을 내지 못했다. 울고 있는 것은 그녀만이 아니었다. 돌탑도 울고 있었다. 탑의 갑석 위에서 녹아내린 촛농이 뚜욱 뚝 떨어지고 있었다. 천년을 묵은 돌마저 저렇게 징징 울고 싶은 밤이던가!

쟁쟁쟁쟁쟁—

가라앉은 가슴에 고였던 울기(鬱氣)를 놀래 쫓아버리는 갑작스런 꽹과리소리. 탑돌이가 끝나자 망석중놀이가 시작됨을 알리는 신호였다. 이제 바야흐로 개성 초파일 행사 중에 가장 흥미진진한 대목이 벌어질 순간이었다.

놀이판을 벌일 자리를 따라 여러 개의 장대를 세워놓고 그 꼭지마다 줄을 매어두었다. 줄에는 망석중이라는 꼭두각시를 중심으로 지등(紙燈)으로 만든 갖가지 짐승과 물고기 인형을 매달아놓았다. 탑돌이를 마친 사람들이 줄대를 중심으로 둥그렇게 모여들자 자연스레 무대가 이루어졌다. 그네들의 손마다에 들린 꽃등이 아록다록 무대의 조명이 되어주었다.

으어어어라—오어어어야—

곡소리도 아니고 신음소리도 아닌 괴상한 놀량목소리와 함께 작달막한 곱사등이 노인네 하나가 볼쏙 가운데로 나섰다. 노인은 망석중놀이의 명물이었다. 말하자면 노인의 역할은 꼭두각시의 대잡이였다. 누구도 저 늙은 곱사등이의 이름도, 사는 곳도 몰랐지만 개성 사람치고 그를 모르는 이는 없었다. 그렇긴 해도 실로 노인을 다시

보게 된 건 오랜만의 일이었다.

곱사등이 노인이 망석중 인형의 줄을 잡자 사물소리가 잠시 숨을 죽였다. 홉뜬 눈으로 찌긋이 좌중을 흘겨보던 노인이 마른기침 한번 털어내고 이리저리 줄을 잡아당기자 드디어 높이 매달린 망석중이 까댁까댁 흔들리기 시작했다. 어린아이 크기만한 나무인형은 차츰 동작을 크게 하면서 갖은 몸짓을 지어냈다. 바가지로 만든 커다란 제 머리를 슬금슬금 쓰다듬기도 하고 사타구니를 갉작갉작 긁어대기도 하는 양이 영락없이 살아 있는 사람의 몸짓이었다. 곱사등이 노인은 자랑 삼아 그렇게 인형의 온갖 마디를 한 번씩 움직여 보이고는 이윽고 나무인형으로 하여금 둘러선 좌중을 향해 일일이 삿대질을 시켜 보이는 것이었다. 그 동작이 구부정한 노인의 그것과 너무도 닮았기에 사람들은 참았던 웃음보를 터뜨리며 한바탕 박장대소를 했다. 그리고 다시금 장단을 살려 북이며 장구, 꽹과리가 울렸고 마침내 노인의 동작을 흉내내어 인형이 덩실덩실 춤을 추기 시작했다. 인형과 함께 줄에 매달린 여러 짐승 모양의 등불이 덩달아 너울거렸다.

노인은 놀이에서 산받이를 겸하는 셈이었지만 본래 망석중놀이에는 이렇다 할 대사가 없었다. 그저 수도(修道)를 망친 망석중이 온갖 짐승들과 어울려 이렇게 저렇게 춤을 추며 놀아제끼는 것이 그 전부였다. 노인은 땡중인형과 더불어 갖은 우스꽝스런 동작을 주고받다가는 으어어어라— 오어어어야— 특유의 황소 영각하는 소리나 질러대는 게 고작이었다. 그러면 둘러선 사람들 역시 제멋대로 각자가 들고 있는 꽃등을 둥실당실 흔들며 장단을 맞춰주었다. 그렇게 모두가 출연진이 되어 신명지게 얽히고설키는 것이 바로 망석중놀이였다.

장구채 장단이 정신없이 빨라졌다. 제 흥을 가누지 못한 날라리는 아예 자리를 털고 일어나 사람과 등불의 물결 사이를 헤집고 다니며 깨방정을 떨었다.

윤후와 은명, 두 사람은 곱사등이 노인이 잡아끄는 대로 각자 등대자루 하나씩을 떠맡았다. 윤후의 등대 꼭지에는 용등(龍燈)이 올라 있었고 은명의 것에는 인어등이 매달려 있었다. 그리고 두 개의 등대에 매달린 줄에는 미릿한 달덩이 같은 노란 지등이 대롱거리고 있었다. 여의주였다. 그러니까 용이 된 윤후와 인어가 된 은명이 서로 줄의 양끝단을 당겨라 놓아라, 여의주를 주거니받거니, 희롱을 떠는 셈이었다. 여의주가 한켠으로 쏠릴 때마다 꽹과리가 부서질 듯 자지러졌다. 그때마다 두 사람은 서로의 얼굴이 발긋발긋 피어나는 것을 확인했다. 여의주는 두 사람의 속심에서 오래도록 뭉쳐진 뭉클한 어떤 것인지도 몰랐다. 한번 몸 밖으로 토해놓은 그것은 좀처럼 되삼킬 수 있는 것이 아니었다. 윤후는 정말 구름과 뒤엉킨 한 마리 황룡이 된 기분이었다. 은명은 여전히 하염없는 눈물을 흘리고 있었다. 옛이야기에 나오는 인어처럼 그녀의 눈물은 알알이 구슬이 될 것이었다. 오지 않는 낭군을 기다리며 끝도 없이 베틀을 놀리고 또 놀리며 출렁출렁 서러움의 베를 짜 파도에 띄워보내야 했던 애모쁜 물고기처럼……

마침내 그는 등대자루를 집어던지고 뛰어가 그녀의 손목을 잡아끌었다. 이 밤만 같으면 처음으로 그녀를 안아볼 용기가 넘쳐날 것 같았다. 두 사람이 군중을 헤치고 산마루 소나무 숲 속으로 사라지도록 옛 절터를 그득 메운 만등의 열기는 식을 기미를 보이지 않았다. 산 아래 개성 시내가 한껏 자지러지고 있었고 그녀의 입술은 촛불보다 뜨거웠다.

*

    수로에 도착한 노인은 잠시 당황스러웠다. 아까 눈여겨보아두었
던 포인트에 벌써 누군가 자릴 잡아버렸기 때문이었다. 수로의 가운
데께, 수초가 북더기진 곳을 향해 새부리 모양으로 비죽 튀어나온
자리였다. 물풀 있는 곳부리자리는 아비한테도 양보하지 않는다고
했는데…… 게다가 마땅히 낚싯대를 드리울 만한 다른 자리가 눈에
띄지도 않았다. 비탈진 냇둑이라 앉을 자리를 마련하려면 야전삽 따
위로 한참이나 부산을 피워야 할 테지만 노인이 언제 그렇게까지 극
성스런 〈꾼〉이었던가. 다만 한쪽 물가에 도도록 둔덕진 자갈밭이 있
긴 했지만 썩 입질이 좋아 보일 것 같지도 않을 뿐더러 거기에도 벌
써 누군가 아예 때아닌 텐트까지 쳐놓고 대대적인 살림을 살고 있었
다. 사람은 보이지 않았지만 네댓 개의 낚싯대가 부챗살처럼 펼쳐져
있었고 텐트 주위로 음식찌끼가 그대로 담긴 코펠이니 버너 따위가
너저분하게 널려 있는 꼴이 모르긴 몰라도 제대로 낚시를 배운 사람
은 아닌 듯싶었다. 그런 경위 없는 사람 곁에는 처음부터 자릴 잡지
않는 게 상책이었다. 하다 보니 노인은 이러지도 저러지도 못하고
우두커니 물가에 서 있어야 했다.

    고새 먼저 와서 노인이 점찍어둔 자릴 차지하고 있는 건 올망졸망
한 두 꼬마 녀석들이었다. 형제지간인 듯 보였고 그 중 큰녀석이래
봐야 이제 열두어 살 정도로밖에는 보이질 않았다. 낚싯대 하나를
가운데 놓고 두 녀석이 궁둥짝을 맞붙이고 나란히 앉아 있는 꼴이
자깝스레 보이긴 해도 어딘지 맹랑한 구석이 없는 것도 아니었다.
그도 그럴 것이 한참 나부댈 나이답지 않게 꿈지럭거리지도 않고 진

득하게 찌를 노려보는 품이 제법 조사연(釣士然)한 것이었다.

차분히 기다려보기로 했다. 어차피 이제 해가 서산마루로 넘어갈 시간이니 어린 녀석들이 저녁끼니도 거른 채 마냥 낚시질이나 하고 있을 것 같지도 않은데다가 잠시 두 소년 조사들의 맹랑한 낚시 솜씨를 구경하는 것도 그런대로 흥미로울 듯싶었다.

숙지근해진 선들바람이 봉숭한 갈대꽃을 뒤흔들고 가자 조붓한 수로는 자잘히 금물결을 뒤챘다. 떨리는 금빛을 배경으로 아이들이 던져놓은 찌가 거무스레 실루엣으로 보였다. 찌란 놈은 오똑하면 오똑할수록 외로워 보이게 마련이었다. 외로움이란 또 시선을 멀찍이 물리게 만드는 법이려니. 아이들 낚싯대야 고작 두 칸짜리였지만 고 끝에 매인 가는 찌눈금이 노인의 눈엔 가마득한 좌표로 퇴영되고 있었다. 맞은바람을 타고 사위가 가물가물해지는 것을 꼭 노안(老眼) 탓으로만 돌릴 일도 아니었다.

"성아, 왔다!"

작은놈의 일침에 맞춰 찌가 까딱였고 큰녀석의 손은 벌써 대끝을 움켜쥐고 있었다. 옴쏙 물결에 파묻히는가 싶던 찌꼭지가 다시금 솟구치더니 비스듬히 누울 찰나 소년이 낚싯대를 챘다. 늦지도 않고 빠르지도 않은 나무랄 데 없는 동작이 여간 여물어 보이는 게 아니었다.

"옳거니!"

노인은 저도 모르게 아이들의 어깨 너머로 끼여들었다. 파드득! 수면을 차고 자지러지는 것이 제법 씨알이 있어 보였다. 큰녀석이 서둘지 않고 낚싯대가 낭창거리는 대로 손맛을 즐기고 있는 새 작은 녀석은 올 성근 채반을 뜰채 삼아 물 속으로 들이밀었다. 팔딱팔딱 날뛰는 것이 족히 뼘치는 넘어 보이는 놈이었다. 때깔부터가 노르게 하고 몸집이 때글때글한 태가 이곳 바닥붕어가 틀림없었다. 씨알부터 맘에 차는데다가 힘도 제법 겨루는 맛이 있을 것 같은 게 그만한 놈으로 예닐곱 수만 나와준다면 새벽까지 버텨봄직도 한 노릇이었다.

그때 저쪽 텐트에서 비죽이 사람머리가 튀어나왔다. 기름때 흐르는 머릿결이 멋대로 뻗쳐 있고 때 절은 오리털 파카 속으로 켜켜이 껴입은 덧옷 때문에 몹시도 추레한 인상을 풍기는 사내였다. 사내는 떠드는 소리 때문에 곤한 잠을 깼다는 듯 심술궂은 표정으로 잠시 이쪽을 흘겨보더니 이윽고 절걱절걱 등산화발로 자갈바닥을 짓누르며 다가왔다.

"니들 또 왔네?"

첫마디부터 잔뜩 신경질이 섞인 목소리였다.

"요 조막탱이만한 녀석덜이 아침저녁으로 성가시게 구누만. 알아들을 소리로 할 적에 당장 낚싯대 걷어라, 응?"

그러나 무엇보다 노인에게 귀설게 느껴지는 것은 사내의 말투에서 풍기는 서북(西北)사투리 억양이었다.

"헹, 갈 템 아제버텀 가셔라. 괜스레 자다 나와설랑 또……."

"요 행신머리 더런 게 좀 보아! 어른 말씀하시는 데 따박따박 말시비질일까. 야 이놈들아, 여기 어르신 오셔서 기다리시는 게 안 뵈냐? 어르신이 오셨으면 발딱 일어나 자릴 비켜드려야지, 밍그적밍그적 이게 뭐 하는 짓들이야!"

사내의 느닷없는 간사위를 받자 노인은 어쩔 줄을 몰랐다. 경위 없는 사내의 말본새에 눈살이 찌푸러들 판이었는데 정작 그가 노인을 생각해주는 꼴이 오히려 난감하기만 한 것이었다.

"아니오. 되었소. 낚시 자리야 당연히 선래자(先來者)가 임잔

데……."

"그래도 그런 것이 아니지요. 애들이 웃어른 공경하는 것부터 배워야지요. 아, 재우 못 인나!"

사내는 서슴없이 큰녀석의 머리통에 알밤을 먹였다.

"씨이……."

얻어맞은 녀석이 대번에 발끈 일어섰다.

"어랍쇼. 욘석 눈깔 치뜨는 것 좀 보라. 어디 어른한테 골부림이네……."

사내가 다시 주먹을 치켜들었을 때 노인은 황황히 사내의 팔을 붙들었다. 공연히 자신을 핑계로 애먼 아이들에게 언턱거릴 피우는 그자의 꼴이 민망스럽기도 했지만 그보다 저만치 둑길 위에서 이쪽을 내려다보는 누군가를 보았기 때문이었다. 다름아니라 아까 초상집에서 보았던 그 소복 입은 소녀였다. 순간적으로 노인은 들켜선 안되는 장면을 들켜버린 개구쟁이처럼 쩔쩔매는 꼴이 되었다. 꼭 짝사랑하는 사람 앞에서 치신 사나운 꼴을 보이고 만 것 같은 어설픈 설렘이기도 했다.

노인은 재깔재깔 욕말을 주워섬기는 사내를 말려가며 그를 다시 텐트 앞까지 밀고 왔다. 아이들은 사내의 심술 따위는 금방 잊어버리고 다시 물가에 쪼그리고 앉았다. 사내의 행짜 따위엔 이제 익숙해졌다는 듯 이쪽으론 눈길 한 번 돌리지 않는 것이었다.

노인이 뒤돌아보았을 때 둑 위의 소녀도 이쪽을 바라보고 있었다. 노인과 눈길이 마주친 아이는 잠시 물끄럼 이쪽을 바라보다가 이내 몸을 돌려 갈숲 사이로 스적스적 사라져갔다. 노인은 소녀를 좇아가고 싶었다. 가서 실없는 대로 아무런 말이나 한두 마디 나눠보고 싶었다. 그러다 보면 소녀의 얼굴에서 떠오르는 이상한 느낌, 그러니까 노인의 삶의 한 자락과 어긋막힌 자리에 희미하게 서성이는 그 환영의 정체를 확인할 수 있을 것 같은 생각이 들었던 것이다.

그러나 막 걸음을 놓으려는 순간 사내가 그의 낚시가방을 잡아채는 것이었다. 뒤돌아보는 노인의 얼굴에 대고 그는 누런 이를 드러내며 빙글빙글 웃어 보이고 있었다. 좀 전까지 터무니없는 해찰을 떨던 표정과는 사뭇 다른 얼굴이었다.

"여기다 대를 펴시지요. 딴 데 가보셔야 마깟은 자리도 없을 겝네다."

그러면서 사내는 노인의 낚시가방에 매어둔 접의자를 풀어 손수 물가에 자릴 잡아주고 나서는 것이었다.

"저 녀석들 자리만은 못해도 그럭저럭 여기도 미끼를 던질 만합지요. 물 속 사정이야 누가 알겠습네까? 물 속 가는 길이야 물고기 맘이지요, 안 그렇습네까?"

넙데데 웃어 보이는 그의 얼굴에 좀 전의 밉상은 오간 데가 없었다. 이상한 사내였다. 노인은 소녀가 사라진 방천길을 아쉬운 듯 바라보며 엉거주춤 사내가 권하는 자리에 앉아야 했다.

노인이 늘그막에 접어들어 묵혀두었던 낚싯대를 다시 꺼내 잡은 것은 재작년, 그러니까 반생을 같이 살다시피 했던 엄동술 사장이 세상을 버린 뒤였다. 그야말로 뒤를 보는 시간을 제하곤 그림자처럼 붙어 지내던 두 사람이었지만 노인은 엄 사장이 남기고 간 휑뎅그렁한 자리를 마주하기 전까진 남겨진 자로서 떠맡아야 하는 공허를 짐작조차 하지 못했다. 외려 저 죽은 뒤 뒷갈망 치러줄 인사라도 있으니 늘마에 그만도 복이라고 항상 되뇌고 있었거늘.

두 사람이 처음 만난 것은 그가 젊어서 유학하던 시절 서울 하숙

집에서였다. 평남 강동이 고향인 동술은 일찍이 죽술연명도 어려웠다던 빈농의 고향집을 떠나 한뎃잠을 자며 떠돌며 살았다. 애옥살이 가난뱅이의 씨답지 않게 본래 덩치가 헌걸찬데다가 절구공이 푼수는 족히 되는 주먹으로 한창 시절엔 유명한 평양 서성리 바닥에서도 엄동술 이름 석자면 남들이 고개를 짤짤 흔들어댔노라 떠벌릴 만큼 가히 장골(壯骨)이었다. 철들 나이가 되어서 자릴 잡은 것이 동대문 부근의 철물공작소였고 그 공장의 주인이 윤후의 하숙집 주인이라 두 사람은 자연스레 한지붕살이를 하게 되었다. 하지만 전쟁 말기에 이르러 철공소의 기계붙이까지 모두 공출되어 이렇다 할 일도 없어 나중엔 고작 근방의 숭인동 우시장에서 차인꾼으로 소일하던 동술 덕에 윤후는 가끔 고깃점이나 얻어먹기도 했고 그 값으로 까막눈인 그를 대신해 강동의 고향집에 띄울 편지 따월 대필해주곤 했다.

"이자 헤어지면 윤동짓달 초하룻날에나 보갔구만!"

해방되던 해 졸업과 함께 고향 개성으로 발령을 받아 떠날 때, 그는 윤후에게 그렇게 실없는 농으로 석별의 아쉬움을 감췄다. 정말로 그렇게 헤어져 다시는 못 만날 줄 알았건만.

두 사람이 다시 만난 건 휴전 직후 윤후가 피난지 부산에서 상경한 뒤였다. 서울이라고 해봐야 가까운 푸네기 하나 없긴 마찬가지였지만 그래도 학창시절 한때를 보낸 낯설지 않은 곳이었고 개성에 돌아가지 못할 바엔 실낱 같은 희망이었지만 그래도 헤어진 은명을 만날 가능성이 그중 많다고 여긴 까닭이었다. 하지만 서울은 조금도 그의 허망함을 위안해주지 못했다. 위안은커녕 차라리 서울에 대한 기억이 없느니만 못하였다. 형해만 남은 도시는 앙상한 그의 현재와 다를 바가 없었다. 은명과의 추억이 서렸던 장소들은 물론이고 한동안 몸을 의탁하리라 생각했던 지인들의 집들도 모조리 전흔으로만 남았고 일껏 판잣집으로나마 되지었다 싶은 곳에도 모두 생면부지들만이 살고 있었다.

그렇게 의지가지없이 떠돌던 그가 마침내 허기와 피로에 지쳐 주저앉은 곳이 남대문로의 시장통. 아무런 일자리나 잡아 뜨물내라도 맡아야겠노라 찾아왔건만 무양무양한 성격에 어디 한군데 청 한 번 제대로 넣어보지도 못했을 뿐더러, 본래가 마른논에 꽂아놓은 꼬창모처럼 볼품없는 몸피에다 난리통에 단벌로 버티느라 굴왕신 찜쪄먹게 꾀죄죄한 차림의 그를 보고 품을 사줄 사람도 없었다. 허기에다 실의까지 겹쳐 아무렇게나 날바닥에 주저앉아 날 잡아잡수, 한숨이나 쉬고 있을 때 문득 왕사발 깨지는 언성이 들려왔다.

"이거이 뉘라? 자네 윤후 맞디?"

힘없이 치떠보니 다름아니라 수년 전에 헤어졌던 엄동술이었다. 워낙 감정을 발하는 데 격의가 없던 동술은 그 자리에서 으스러져라 그를 껴안고 반가움을 표했다.

"그래, 요 꼬락서니가 어케 된 일이야?"

시장통 술국집에 앉아 허겁지겁 비운 뚝배기에 자기 몫의 국물을 더 부어주며 동술은 전후사정을 캐물었다.

"귀신도 굶는다는 난리통 아닌가……."

적당히 얼버무리고 넘어가려 했지만 동술은 멱씨름이라도 하듯 코를 디밀고 다그쳐 저간의 이야기를 모조리 들그서내고 말았다. 워낙이 무람없는 사람이었다.

"제엔장칠!"

자초지종을 다 듣고 난 뒤 동술은 술청의 때 낀 천장을 향해 푸우, 담배연기를 뿜었다. 그가 내미는 럭키스트라이크 한 대를 물자 새삼

눈시울이 매콤해지는 탓에 윤후는 외로 고개를 돌렸다.

"그라면 자네 낼 도와서리 가티 일 좀 안해볼텐?"

한동안 담배연기만 맴돌던 술상 위를 가로질러 동술이 새로운 제의를 해왔다. 이야기인즉슨, 휴전 후 군 수송대에서 제대한 동술이 경력을 살려 얼마 전부터 미군부대에서 적정연한이 지난 트럭을 불하받아 운수사업을 시작했는데, 그 일에 윤후의 도움이 필요하다는 것이었다.

"내가 사업에 대해 뭘 알겠나. 공연히 자네한테 짐스럽게……"

안감망(安敢望), 점직스런 마음에 사양부터 하고 봤지만 동술 역시 면치레로 한 소리만은 아니었다.

"사업이랍시고 벌여놓으니 델로 먼첨 걸리는 거이 사모 쓴 도적눔덜이야. 간나덜이 내레 면무식도 못한 처지란 걸 알고는 지레 사사건건이 딴지를 걸고 나오는데 열불이 꼭지에 올라도 뭣이래 알아야 대거릴 칠 거이 아닙네. 자네부텀 잘 알디만서두 내레 숫자 나부랭이만 보믄 한숨부터 나오딜 안네? 어케도 자네야 전문학교서 상과깨지 나와설라문 은행원이루 주판알 놀음은 해보디 않았네? 그러디 말고 낼 좀 도와돌라야. 난리통에 명부지성부지(名不知姓不知) 개져다 쓰는 거이보담야 내한테 훨 실답디 않갔네."

결국엔 전표나 묶어주고 피천이나 얻어 쓰자는 심산에 고개를 끄덕이게 되었다. 사업이야 수완 좋은 엄 사장이 모두 알아서 했고 그가 하는 일이라야 장부 정리에 도장 관리뿐이었지만 엄 사장은 착실히 동업자 대우를 해주었다. 그렇게 슬그머니 암질러 얹혔다가 어여부여 반생을 같이하게 된 것이었다.

홀앗이 살림이긴 엄 사장도 마찬가지였다. 그 역시 사변통에 가족과 이산한 처지였다. 해방 직후 마찬가지로 귀향하여 본향 처녀와 결혼해서 어엿한 만상주까지 두었지만 일자릴 찾는다고 다시 남하한 것이 영 되돌아갈 수 없는 땅으로 발을 디딘 셈이었다.

　마주보는 얼굴에서 세월여류(歲月如流)를 확인해가며 두 홀아비는 더 늙기 전에 달첩자리라도 보라고 서로간에 농지거릴 주고받기도 했지만 윤후는 그렇다 치고 엄사장은 "내 버는 돈이면 내로라 하는 명화일륜(名花一輪) 기생덜이 세모시 고쟁이 바람으로 줄을 설텐데 뭣이가 아쉬버서 새 장가를 가네" 너스레를 떨었다. 그러면서도 그는 정작 유녀들과 어울린 술자리가 불콰하게 익을 때쯤이면 벌게진 눈으로 술병 모가지를 잡고 벌물을 켜듯 들이켠 술로 억병이되게 취해버리곤 하였다. 순진하게도 여자만 품으면 홀어머니 모시고 간난을 겪고 있을 이북의 아내를 떠올리는 엄 사장의 고질이었다. 그 누가 술을 일컬어 망우물(忘憂物)이라 했던가. 이튿날 아침속풀이 술국을 마시며 윤후가, "자네 혹시 그새 살방망이가 솜방망이 돼버려 그런 거 아닌가?" 슬쩍 농을 걸면 대뜸 주먹 쥔 팔뚝을 털레털레 흔들어 보이며, "기따위 객쩍은 소리 하디 말라. 내레 구들장 깨지는 거이 접시나 방아질 못 찧는 기야, 알기나 한?" 하고 큰소리쳤다. 그러다 씩둑거리는 농담서껀 해장술에 다시 취기가 오르면 "오살할 세상, 통일만 되라우야. 내레 기날로 한달음에 달려가서 에미네 끌어안고 땀벌창 난 몸뚱이루 첨버덩 강물에 뛰어들어 대동강물을 온통 쌀뜨물로 만들어놓가서." 쓸쓸한 흰소릴 쳐댔다. 그런 날이면 으레 내박친 소주병으로 탁자 위에 유리조각이 퍼렇게 널리곤하였지만 윤후는 나서서 말릴 생각을 하지 않았다. 그렇지만 강물보다 도도한 세월이라, 엄 사장의 비릿한 농담도 차츰 황혼연설이 되어갈밖에.

　그렇게 면면이 어울리지 않을 듯하면서도 한데 뒤얽혀 한 세상살

일 더불어 해낸 두 사람이었건만 한 가지 취미만은 함께하지 못했으니 그것이 곧 낚시였다. 한창 사업에 불이 붙었을 때를 빼놓곤 윤후는 여가가 있을라 치면 으레 낚싯대를 둘러메고 나서곤 했지만 엄 사장은 같이 나서자는 제의를 무 토막 자르듯 거절했다.

"내레 어려서 딱 한 번 낚시딜이란 거이 해본 적이 있디만, 세상 없어두 못할 짓이 그거이야. 뭐이가 돟다고 그짓거릴 떠네? 둥덩산 같은 대장부가 오죽잖이 할 지랄이 없어 오그랑쪽박 시늉으로 물가에 쪼글트리고 앉아서리 수수깡찌나 멀거니 텨다보고 있네? 우리 고향선 낚시딜 같은 거이 애쎄 하는 이가 없었서야. 자네도 알디? 내 고향 강동이 대동강 동쪽에 있대서 강동 아님."

엄 사장의 너스레가 다시 고향타령으로 이어졌다.

"수정처럼 맑다 해서 이름 붙은 수정천이 대동강으로 흘러들기 전에 거치는 강이 고향집 앞을 흐르는 서강이었대서. 그 맑은 강물이 넘늘넘늘 흐르는 넓죽한 강변에 벼락가티 천길 절벽을 이루며 불쑥 솟은 커단 바위가 하나 있는데 그거이 거북바위라 불렸어야. 경치? 그거이 말로 해서 설명이 되간네? 좌우단간 여름 한철이면 산지사방서 몰려든 뱃놀이객으로 닥시글댔지. 해도 뉘 하나 낚시딜은 안 해서야. 가을 늦무렵 강물에 얼음이 얼락녹을락 할 때면 떡메 하나 든든한 눔으로 울러메고 바위기슭 물가로 내려가는 기야. 그래개지군 간힘을 모아 떡메로 바위를 쿵, 내리치디. 허면 막 겨울잠에 들려던 물고기덜이 하얗게 배때지를 까뒤집고 둥둥 떠오르는 기야. 기절해서 말이디. 붕어랑 잉어랑 꺽지며 황쏘가리…… 야아 말도 마라야. 그대로 주워담기만 하믄 그날로 온동네 저녁상엔 비린내가 확 풍겼더래서. 쿵쿵, 떡메를 칠 때마다 바위에 허다하게 뚫린 동굴 속에 잠자던 겨울새덜이 화드득 놀라 하얗게 날아오르는 거이, 하아! 그런

장관이 없어서야. 참말 보고 싶구나야. 봄날 거북바위 휘어진 능선을 타고 흐벅지게 핀 개살구꽃구름, 움켜쥐면 뭉클 터질 듯한 고 연분홍 깔색이 눈앞에 썬하다야."

그래, 순박했던 시절. 고향 이야기야 제아무리 꽝포면 또 어떠랴. 여하튼 윤후는 껄껄 웃음소리로 대꾸를 하고 혼자 묵묵히 낚시터를 찾아다니곤 했다. 속마음 한구석에야 그렇게 물에 뜬 개구리밥처럼 표박하다 보면 혹시나 어디메쯤서 헤어진 그녀의 소문 한 자락 걸려들기도 싶으려니 하던 꿍꿍이였지만 그런 미련맞은 시름 속을 어떻게 털어놓을 수 있었겠는가.

그러나 한 번, 일생을 두고 딱 한 번 엄 사장이 낚시터에 따라온 적이 있었다. 엄밀히 말해 동행이 아니라 그를 찾아온 걸음이긴 했지만 말이다.

갤 듯 말 듯한 장맛비로 빗밑이 무겁게 늘어지던 어느 휴일 오후였다. 추적이는 비를 무릅쓰고 나선 길이었지만 윤후는 정작 찌를 주시하고 있지 않았다. 맥없이 풀린 그의 눈에는 빗방울이 강물 위로 떨어지며 이루는 자디잔 파문만이 무수히 들어올 뿐이었다. 강물을 타고 흐르는 시간 속에 얼마나 그렇게 넋없이 앉아 있었는지 모르지만, 비옷 위로 떨어지는 빗방울 장단을 타고 머릿속을 출렁이는 갖은 상념 속에 그는 옆에 누군가 다가오는 발소리도 듣지 못하고 있었다.

"올라개자우."

고갤 들어 보았을 때 거기엔 뜻밖에도 엄 사장이 우산도 받쳐쓰지 않고 서 있었다.

"예 있는 줄 어떻게 알고……."

"이녁이 헤어진 제수씨 생각하며 올 데가 여기밖에 더 있네?"

강 건너 저 멀리가 바로 윤후가 난리통에 은명을 놓친 생이별지였다. 이산가족찾기 방송을 보다 말고 불쑥 자릴 차고 일어섰으니 동술이 어림짐작으로 찾아올 만도 했다. 흘끗 그를 올려다본 윤후는 다시금 비 내리는 김포벌의 널따란 조망을 향해 눈길을 맞추었다. 두 사람 다 그렇게 먼산바라기만 한 채 한동안 말이 없었다. 멀리 북으로 이어진 들녘이 안개 속으로 물러앉고 있었고 둘의 시선은 빨려들듯 그 가망 없는 불투명 속으로 끌려갔다.

"올라개자우. 당장 개서 적극적으루 나서보자우."

"……."

"도대체 뭐일 망설이네? 씨나이가 에미넬 찾는 데 뭐이 걸리는 기 그리도 많네? 찾아보자우. 이런 기회가 또 하세월에 오갔네? 찾아보고 나서래야 둑었는지 살았는지 가늠이 될 거이 아닙네?"

흐음. 윤후는 속으로 한숨을 삼키고 엄 사장의 말을 받았다.

"……해서? 죽었다면?"

"제수씨래 둑었다면 님자래 메밥이라두 지어올려야 되지 안칸?"

"살아 있다면…… 그래서 만나게 된다면…… 이렇게 버젓이 살아서도 찾지 못한 죄를 어떻게 빌라고…… 저 혼자 살겠다고 제 처도 잊어버린 놈이……."

"그거이 어드렇게 님자 잘못이네? 이보라, 그거이 세상이 잘못됐고 역사가 잘못된 거이야. 어캐서 님자가 그 죄를 덤터기 쓰네? 보라, 저 안개들녘 너머 감춰진 철조망을 네가 쳤네, 아님 내가 쳤네? 우린 피해자야 피해자……."

피해자? 그 소릴 곱씹으며 윤후는 잘래잘래 고갤 저었다. 그는 왜 피해자란 말을 용납할 수 없었을까…… 그런 질문이야말로 오래도록 그를 묶어둔 채 목놓아 울지도 못하게 한 녹슨 차꼬가 아니었을까?

"보라, 이러는 게두 죄다 님자가 호사 부리는 게야. 낼 보라우. 오마니가 살아 있는 둘 번연히 알믄서두 만낼 꿈두 못 꾸는 갭갭한 이 가슴을 좀 디다보라."

"……."

"개자우. 개서 방송에두 나가고 넘들처럼 울고짜고 청승도 떨어보자우. 하다못해 그런 지랄이라두 치구 나면 잠시잠깐 숨통은 트이디 않갔네!"

하고 엄 사장은 강가의 젖은 명개를 한 움큼 집어들어 북쪽 하늘을 향해 냅다 치뜨렸다.

이튿날도 날은 개지 않았다. 여전히 세상은 젖어 있었다. 방송국을 벗어나기 직전 윤후는 마지막으로 한번 더 뒤를 돌아보았다. 열지어 선 행렬의 꼬리가 실내를 벗어나 바깥 계단까지 이어지고 있었다. 지루한 장맛비보다 더 지쳐 보이는 사람들. 가슴패기마다 몌별(袂別)의 사연을 적은 알림판을 하나씩 받쳐들고 혹시나 하는 기대를 끝끝내 버리지 못하는 미련한 행렬. 추적추적 빗줄기는 이어졌고 그들이 겪어온 사연과 견뎌온 세월이 그렇게 빗물에 불어 헤실바실 눅늘어지고 있었다. 보시오, 이런 식의 기다림이 얼마나 하염없는 것인지 삼십 년을 견디고도 깨닫지 못하셨소, 이 못난 인사들아! 윤후는 그렇게 수얼수얼 넋두리 하면서 주머니 속에 구기박질러 넣어두었던 종잇장을 꺼내 좍좍 찢어발겼다. 김윤후란 이름 석 자가 적힌 〈이산가족찾기 방송 참가신청서〉는 끝내 그렇게 찢날려 흩어지고 말았다.

그렇게 〈잊어야지!〉 한마디를 곱씹으며 정문을 나섰건만 방송국과 멀어질수록 오금이 접힐 듯 무겁게 얹히는 허탈감에 끝내 그는 비에 젖은 인도턱에 쪼그려앉고 말았다. 혈육을 찾는 이산가족들의 아우성으로 인성만성 복대기는 틈바구니를 비집고 나오느라 진땀을 흘렸기 때문일까. 아니면 추억보다 더 먼 곳에 존재하면서도, 생시보다 더 생생하게 낙인찍혀버린 영혼의 상처 같은 고통이 채찍처럼 오금팽이를 후려쳤기 때문일까. 쇠하여가는 걸음새로 이제 더는 감당할 수 없는 무거운 차꼬 따위가 둔하게 매달려 있는 것 같은 착각. 이 철그덩거리는 족쇄소리는 내 삶의 어디까지 뒤따를 것인가. 방송국에선 아직도 역사책 속으로 스며들지 못한 삶들이 목놓아 곡을 하고 있었고 젖은 성냥으로 담뱃불을 붙이려 헛손질만 하면서 윤후는 빗물로 눈물을 감춰야 했다.

*

온전히 해가 넘어가고 천변이 컴컴지경에 휩싸여 아예 찌끝이 보이지 않을 무렵이 되었다.

"철구야아— 홍구야아—"

마을 어귀 정자나무 아래께에서 애들을 불러대는 아낙네의 아련한 저녁밥 채근에 맞춰 아이들이 낚싯대를 걷고 가버리자 이제 물가에는 노인과 예의 그 사내만이 남게 되었다. 좀 전까지 낚시보다는 서털구털 쓸데없는 이야기로 귀찮게 굴던 사내는 노인의 대꾸가 시원치 않자 마을에서 길어온 물로 라면을 삶기 시작했다. 때맞춰 가겟방 안주인이 날라온 식사를, 마다하는 사내를 불러 함께 라면 국물에 말아 나눠먹자 뱃구레까지 두둑해지는 것이 비로소 물가에 나온 기분이 살아났다.

세 마리째 가을날 감나무 잎파리만한 붕어로 손맛을 본 노인이 좀
더 버텨볼 요량으로 야광촉을 손톱끝으로 똑똑 분질러 찌 끄트머리
에 매달 때쯤 사내는 여기저기 돌아다니며 나뭇가지와 마른 검불을
그러모아 노인의 뒤쪽에 화톳불을 피워주었다. 탁탁 튀는 불티와 옆
구리에 와닿는 따스운 기운이 기분 좋게 느껴졌고 허공으로 퍼지는
매운내에서 새삼스런 정취까지 느껴지는 것이었다. 검은 하늘에 박
힌 별처럼 물 위에는 초록빛 야광찌가 떴고 노인과 사내는 뭉근하게
타오르는 불김을 사이에 두고 나란히 찌를 바라보았다.

　밤이 깊어지며 부쩍 입질이 활발해졌다. 한번 입질이 붙었다 싶자
떡밥을 달아 바늘을 담그기가 무섭게 야광찌가 옴쏙옴쏙 빨려드는
것이 주체할 수 없을 지경이었다. 그렇게 노인은 준척급은 못 돼도
실하게 고무신짝만큼은 될 만한 놈들로 예닐곱 수를 건져올렸고 나
중에는 한 자 반에서 조금 빠지지 싶은 발갱이로 톡톡히 손맛까지
보았다. 그러나 노인과 고작 서너 걸음 상거(相距)를 두고 앉아서 부
챗살처럼 대를 펴고 있는 사내는 그 활황의 기회에도 불구하고 이렇
다 할 조과(釣果)를 거두지 못했다. 영히 입질이 오지 않는 것은 아
니되 입질이 와도 대를 채는 순간의 완급을 조절하지 못하는 바람에
번번이 사내는 빈 바늘끝만 쳐다보는 꼴이었다. 틀림없는 초짜 꾼일
테지만 노인이 보기엔 사내가 애당초 낚시엔 별반 관심이 없는 것
같았다. 그도 그럴 것이 담가놓은 지 한참이 지나 떡밥이 모두 풀어
졌을 것이 뻔한데도 사내는 미끼를 갈아줄 생각도 안 했기 때문이었
다.

　짬도 없이 들끓던 입질이 어느 순간 칼로 자른 듯 끊어졌다. 으레
그러려니 싶지만 당할 때마다 참 알 수 없는 물 속 심사였다. 더불어
부쩍 물가의 분위기가 어둑신 잠적(潛寂)되자 화톳불에서 삭정이 갈

라터지는 소리가 소슬하게 들려왔다. 그제야 노인은 자기가 한포국 재미를 보는 동안 헛손질만 연발한 사내에게 미안스런 감정이 들었다. 불빛에 더욱 때꾼하게 파인 사내의 눈자위가 웅숭깊게도 보여 노인은 슬그머니 말을 건네붙였다.

"그런데 아까 아이들한테는 왜 그리 심하게 굴었소?"

몇 시간이나마 같이 지내보니 그렇게 심통맞은 사람은 아닌 듯싶었다. 시무룩 맞은편 둔덕만 바라보던 사내가 해반주그레 웃어 보이며 말했다.

"새암이 났지요. 꼼짝 않고 죽치고 있는 저보다 잠깐 반나절에 녀석들이 올리는 마릿수가 훨 많았거든요. 보름째 꼬박 그랬지요."

"아니, 그럼 보름 동안이나 여서 낚시만 했단 말이오?"

사내는, 그게 뭐 대수냐는 듯 천연덕스레 고개를 끄덕여 보였다. 노인은 혀끝을 찼다.

"솔직히 보아하니 그닥 낚실 탐하는 것도 아닌 듯싶은데 그래 무슨 까닭에 보름씩이나 사서 고생을 하시우?"

사내는 공연한 것을 묻는다는 투로 억지웃음으로 대답을 때우고는 슬그머니 텐트 속으로 기어들어가 소주병 두 개를 꿰차고 나왔다. 오래 전 술 담배를 끊었기에 노인은 마다하는 손사래를 쳐 보였지만 사내가 하도 물이 못나게 조르는 바람에, 그럼 딱 한 잔만! 하고 받아 마셨다. 오랜만에 목젖을 타고넘는 화끈한 기운이 밤기운에 식은 몸을 타고 순식간에 사지로 퍼졌다. 나쁘지 않았다. 이번엔 노인이 내민 잔을 사내가 받아들고 고개를 돌리는가 싶자 단숨에 비워버렸다. 그때 멀리서 풍장 치는 소리가 들려왔다. 내일 아침 출상을 앞둔 마을 초상집에서 다시래기를 놀 모양이었다.

"상여놀음을 시작하는가 보네요."

묵지근한 징소리가 저엉저엉 이곳까지 흘러왔다. 사내는 비운 잔을 노인에게 되내밀었다. 노인은 슬그머니 잔을 받았다. 정말로 딱 한 잔만 받고 그만둘 생각이었지만 빈 상여 노는 소릴 듣자 문득 먼저 간 엄 사장 생각이 치밀어오른 때문이었다.

관셈보살 관셈보살 에이—이—이 언제 또다시 고향을 오실끄나…….

도무지 앞장서 북망산을 넘을 사람이 아니었다. 엄장 거한(巨漢)의 체구가 칠순이 넘도록 말짱했고 앉은자리에서 평양냉면 사리 세 그릇을 육수째 비우고도 입맛을 다시는 먹성도 여전했건만…… 그런 작자가 혈압이 솟구쳐 쓰러진 지 만 하룻밤을 못 넘기고 가노라는 한마디 남기지 못했다니. 죽기 이태 전에 전해진 마지막 소식에도 고향땅 강동엔 그때껏 망백(望百)에 든 노모를 모시고 처와 외동아들이 생때같이 살아 있다는 전갈에 또다시 목놓아 터뜨린 울음에 꺼으꺼으 자지러지던 그였다. 오랜 고심 끝에 윤후는 엄 사장의 유골을 연변의 조선동포를 통해 은밀히 그의 고향에 보내기로 결정했다. 맘 같아서야 어떻게든 가까이 두고 자주 살펴보고 싶었지만 남쪽땅에서야 세상에 없는 길지를 골라 왕릉 부럽잖게 꾸민들 고향의 고 자만 들어도 콧날을 붉게 물들이던 그의 넋이 편안했을까.

빈 상여를 울러멘 다시래기 놀이패가 온 마을을 돌아다니는지 마을 쪽에서 들리는 풍물소리는 점점 크게, 점점 신명지게 들려왔다.

"이 고장에선 그런 모양입네다."

권커니 작커니 번차례로 비운 술잔 덕에 불콰해진 얼굴을 화톳불 잉걸에 이글거리며 사내가 말했다.

"망자가 외롭던 사람이었을수록 상여놀음에 온 동리가 모여든다지요. 그리고 갖은 수를 써서 상주를 웃게 하면 상주는 불경한 줄도 모르고 껄껄껄 비로소 흉사를 잊는다더군요. 상주를 웃겨야 잘한 문상이라지만 없는 처지엔 입 하나 덜었다고 좋아하는 사람들도 없진 않지요……."

아닌게아니라 풍장에 맞춰 육자배기에 아리랑에 갖은 남도 잡가가 구성지게도 들려왔다.

야월공산 깊은 밤에 저 두견새 울음 운다. 이리로 가면 귀촉도 우— 저리로 가면 귀촉도 우— 어어어 어어어 좌우로 다니며 울음 운다…….

새타령 소리가 호적소리처럼 고막을 뚫고 가슴속을 파고드는 순간이었다. 언뜻 노인의 눈에 사내의 낚싯대 끝에서 찌가 덩달아 춤을 추는 것이 들어왔다.

"보슈, 왔어 왔어!"

취중이라선지 노인의 목소리는 전에 없이 새되게 갈라졌다. 하지만 정작 사내의 반응은 시큰둥했다. 뒤돌아 힐끔 찌를 바라보고는 사내는 움직일 생각도 하지 않았다.

"놔두시라요. 저러다 또 달아나갔지요."

"무슨 소리요. 찌 노는 걸로 봐서 여간한 놈이 아니겠는걸?"

그래도 사내는 요지부동이었다. 흥분한 노인이 벌떡 일떠섰을 때 낚싯대도 덜컥 받침대에서 떨어지는 것이었다. 고기란 놈이 잡아끈 탓이었다. 여차하면 그대로 대를 끌고 달아날 것 같았다. 어어! 노인의 손가락이 부르르 떨렸다. 그제야 사내는 덮칠 듯 달려들었지만 이미 낚싯대는 수심을 향해 흐르고 있었다. 사내는 내친김에 아예 풍덩 물 속에 뛰어들어 가까스로 낚싯대를 꼬나잡을 수 있었다.

"세워! 세우라고!"

노인은 아랫도리를 물 속에 담근 채 쩔쩔매고 있는 사내를 향해 마냥 낚싯대를 세우라고 호령했지만 정작 말처럼 쉬운 일이 아닌 모양이었다. 이만저만한 대물이 아닌 듯했고 그럴수록 노인과 사내는 덩달아 흥분해갔다.

"옳지, 그렇게 낚싯대를 세우고…… 아냐, 아냐 억지로 끌어당기지 말고 그냥 그대로 놀게 놔둬. 그렇지!"

사내는 한껏 허리를 젖히고 용을 써댔지만 좀처럼 고기는 모습을 드러내지 않았다. 아치형으로 급하게 휜 낚싯대 끝은 심하게 요동을 쳤고 줄에선 이른바 꾼들이 말하는 〈피아노 소리〉가 띵띵 울렸다. 노인은 자신이 더 흥분한 나머지 손에 든 랜턴 불빛이 덜덜 떨릴 지경이었다. 어느 순간 마침내 푸더덕 철벙! 소리와 함께 놈이 수면을 박차고 튀어올랐다. 언뜻 보았지만 한눈에 빨래판 저리 가라 데억진 것이 붕어라면 월척을 지나서 이른바 〈넉짜〉짜리가 틀림없었다.

"옳거니! 조금만 더 버텨, 조금만!"

치신사납게 넋이야 신이야 떠들어대는 노인에 반해 사내는 이를 악물고 용을 쓰는 탓에 대답도 제대로 못하고 있었다. 처음에 사내 쪽이 째는 듯하던 힘겨루기는 시간이 갈수록 역전되는 것처럼 보였다. 차츰 대물이 일으키는 물보라가 심해졌고 그럴수록 노인은 기대와 흥분이 뒤섞인 목소리로 사내를 응원했다. 경험으로 미루어 이제 한두 차례만 더 공기를 먹이면 황소 코뚜레 끌듯 수월해질 터였다.

대물의 몸틀임이 극성스러워지는 걸로 봐서 고빗사위에 이른 순간이었다. 갑자기 사내의 몸이 출렁 휘는가 싶더니 그대로 뒤로 엉덩방아를 찧는 것이었다. 놀라 휘둥그래진 노인의 눈에 대끝에서 빈 낚싯줄이 털렁이는 게 들어왔다. 겨루는 힘을 이기지 못하고 기어이

목줄이 터져나간 것이었다. 물 속에 자빠져 있는 사내나 선 자리에
서 방아만 찧던 노인이나 망연자실 넋이 달아나버리긴 마찬가지였
다.

　헐복한 년 봉놋방에 누워도 고자 옆이라더니…… 한참 지나서 노
인이 혀를 차며 사내를 잡아끌어 불가에 앉혔다. 사내는 물이 뚝뚝
듣는 옷을 벗을 생각도 않고 동그마니 몸을 말고 무릎 새에 얼굴을
묻었다. 사내가 채신머리없이 울고 있는 걸 알았지만 노인은 마땅히
달랠 말을 떠올리지 못하고 바라보고만 있어야 했다. 바람머리가 바
뀌는가 싶더니 물가의 마른 부들을 쓸고가는 횡횡 소리가 조금씩 드
세지기 시작했다. 사위어가는 화톳불이 호록호록 사내를 향해 너울
졌다.

　"아이들이 보고싶네다."

　한참 만에 고개를 치켜든 사내가 멍한 눈으로 불꽃을 응시한 채
시르죽은 목소릴 내뱉었다. 노인이 먹다 남은 술잔을 그의 손에 쥐
어주며 물었다.

　"고향이 아마……."

　쪼로록, 술잔에 닿은 입시울에서 쓴소리만 울린 채 침묵하던 사내
의 나지막한 대답.

　"옳게 보셨네다. 북쪽이지요."

　"그렇다면…… 탈북?"

　사내는 고개를 끄덕여 보였다. 벌목공으로 시베리아서 탈출해 이
곳에 온 뒤 배운 게 도둑질이라고 막노동판을 전전하며 살지만 그래
도 저는 밥은 굶지 않는다며 눈물을 훔치는 것이었다.

　"이북에 가족이 남아 있겠구만……."

　"아들내미 둘이 있었지요. 아까 낚시하던 고 녀석들하고 참말 락

자없이 닮았디요."

노인은 이번에도 위로의 말을 찾지 못하고 다시금 술잔을 채워주며 사내의 등을 토닥이기만 했다.

"영히 소식도 못 듣고 있겠구료."

"뜬소문 한 조각 들리지 않았다면 차라리 낫겠지요…… 다른 가족은 모르겠고…… 어케어케 몇 다리 건너 오마니 돌아가셨다는 소식을 보름 전에 들었습네다."

끄응…… 노인은 저도 몰래 신음을 발했다. 그랬구나!

"청개구리 꼴이 따로 없습네다. 노모의 부음을 듣고 당장 북녘으로 달려가야 하는 걸음이 얼토당토않게도 정반대 남쪽 끄트머리로 흘러버렸으니……."

결국 사내는 부여잡은 노인의 손등에 젖은 뺨을 비볐다.

"저눔의 헛상여 노는 소리가 염통에 불을 지릅네다, 선생님!"

바람이 불어 출렁이기 시작한 물결에 더 이상 낚싯대를 드리울 순 없었지만 노인은 그대로 자릴 지키고 앉아 있었다. 한동안 병나발로 비운 소주병을 차례로 불가에 쓰러뜨린 사내는 비척비척 일어서더니 불붙은 솔가지 하나를 집어들고 방천의 검불에 불씨를 옮겨놓기 시작했다. 아직도 마을을 감돌고 있는 상엿소리와 더불어 야울야울 불길이 둑을 타고 번져가기 시작했다.

＊

남부여대(男負女戴)한 피란민 무리를 따라 윤후와 은명, 두 사람이 임진강 하구에 도착한 것은 개전 후 사흘이나 지난 뒤였다. 인민군의 주력은 이미 서울로 진공하고 있었지만 임진강 이북에는 아직도 철수하지 못한 국군이 남아 있었기에 전선은 뒤죽박죽 얽혀 있었고 그 난리통을 피해 이리 달아났다 저리 도망쳤다 우왕좌왕하는 새 피란행렬은 엉뚱하게 주전선을 뒤따르는 꼴이 되고 말았다. 건너편 멀리 김포가 바라다보이는 개풍땅 정곳 강안에는 피란민과 퇴각하는 국군 패잔병이 뒤섞여 북새통을 이루고 있었다. 강을 건널 방법이라곤 몇 척의 나룻배뿐이었고 그나마도 군인들이 선점한 판이었기에 사람들은 초조하게 발만 굴렀다. 되돌아온 배가 강변에 닿기도 전에 강물로 뛰어들어 뱃전에 매달리는 사람들로 아우성을 이룰 무렵, 저 멀리 남쪽 하늘에서 비행기 소리가 매섭게 다가왔다. 일순 찬물을 끼얹은 듯 적요가 감돌았고 두려움에 찬 뭇시선이 일제히 비행기에 몰려들었다. "아군이다! 아군!" 미공군기 표식을 확인한 국군 장교 한 사람이 사람들을 진정시키며 비행기를 향해 두 팔을 흔들어 보였다. 그에 안심한 사람들이 다시금 뱃전에 올라설 때였다. 북쪽으로 향하던 비행편대가 다급한 호를 그리며 되돌아선다고 느낀 순간 급강하하는 엔진소리와 함께 굉음이 천지를 갈랐다. 콰콰콰쾅— 한쪽에선 물보라가 솟구쳤고 한쪽에선 불보라가 휘몰아쳤다. 사람들이 내지르는 비명 따윈 그 속에 파묻혀 흔적도 없이 지워지고 있었다. 비명은 여러 번 이어지지 않았다. 단말마를 끝으로 강변에 남은 건 피륙으로 나뉜 처참한 형적뿐이었다. 누가 뭐라 해도 그건 명백한 오폭이었지만 안달발광을 들어주는 건 빈 하늘에 흐르는 조각구름뿐이었다.

그는 손을 씻었다. 그녀를 찾기 위해 강변에 널린 폭살된 시신을 낱낱이 들춰보느라 그의 손엔 피떡이 엉겨붙어 있었다. 그렇지만 아무리 헤집고 다녀도 어디에도 은명의 주검은 보이지 않았다. 그렇다면 요행히 어딘가로 살아 피했단 말인가? 아니면 끝내 형체도 없이 찢겨 은모래 백사장에 붉게 스며들었단 말인가?

씻어도 씻어도 손은 깨끗해지기는커녕 점점 어혈이 엉긴 것처럼 불그데데 검자줏빛으로 죽어가고 있었다. 분노도 아니요 원통도 아닌 형언할 수 없는 억하심정이 손끝에 들러붙어 피돌기를 멈춘 것만 같았다. 흐르는 강물에 찰박찰박 씻다가 씻다가 결국은 끝내 씻기지 않는 핏빛 두 손으로 얼굴을 감싸안고 그는 철철 울부짖을 수밖에 없었다. 늦도록 희번덕이는 황도광으로 서녘을 불태우고 있는 노을빛을 받아 강물은 그의 울음처럼 시뻘겋게 물들어갔다.

강변을 떠나기 전 마지막으로 그는 그때껏 미련스레 둘러메고 있던 고리짝을 벗어 강물에 띄워 보냈다. 되돌아선 그의 등뒤로 임자 없는 피란짐 고리짝이 붉은 물결을 타고 서쪽으로 서쪽으로 부질없이 흘러가고 있었다.

*

사내는 아직까지 불을 놓고 있었다. 밤도와 수로를 따라 휘우듬한 둑방길을 모두 태워놓고도 무엇이 그렇게 성에 차지 않는지 아직도 들불을 놓아가며 들판을 헤집고 다녔다. 그러다 마침내 사내는 늦사리도 끝난 논둑 위에다 대보름날 달집처럼 우부룩이 짚북데기를 그러모아 불을 지피려 하고 있었다. 하지만 새벽이슬이 덜 마른 짚뭇에선 생연기만 피어오를 뿐 좀처럼 불길이 일지는 않았다. 맵싸한 짚불내가 구수하게 퍼져나갔다. 노인은 사내가 홀랑 태워먹어 시커매진 봇둑길 위에 서서 너른 벌판을 타고 번지는 비추(悲秋)의 스산함을 가슴으로 맞고 있었다.

맞은바래기 냇둑에선 이른 아침 발인을 마친 상여가 느릿느릿 장지를 향해 흐르고 있었다. 아침뜸을 지나 해풍으로 바뀐 바람머릴 타고 사내가 피운 자오록한 연기가 운구행렬을 휘감고 돌았다. 밤새도록 시끌벅적하던 다시래기와는 달리 장례행렬은 더없이 조촐했다. 산역을 치를 일꾼들은 벌써 앞서갔고 아마도 겨우 짝을 채웠을 젊은 축들이 딸그랑딸그랑 요령소리에 발을 맞춰 상두꾼 노릇을 하고 있을 뿐 상주로 보이는 식구래야 서넛에 지나지 않았다. 그 중에서 노인은 어제 보았던 어린 소녀를 다시 볼 수 있었다. 짚불연기 사이를 뚫고 비치는 아침햇살에 수로 저편 건너 보이는 소녀는 실루엣으로만 존재하는 환영처럼 여겨졌다. 그래도 노인은 새삼 감탄을 금치 못했다.

'참으로 닮았구나……!'

그녀가 손녀를 보았다면 저 무렵은 되었지 싶었다. 아니, 차라리 노추(老醜)를 건너뛰고 보송보송 환생했다 해야겠지. 그러나 끝끝내 노인은 그녀의 이름을 소리내어 부르진 않았다. 불러서 만날 이름이었다면야…….

앞소리꾼이 선창을 메겼다. 너호 너호 에에 넘자 너호야— 상두꾼들이 뒷소리를 받았다. 에에 넘자 너호야— 저승길이 멀다 해도 널쪽 너머가 저승이라 에에 넘자 너호야— 살은 썩어 물이 되고 뼈만 남아 흙이 되고 에에 넘자 너호야— 임이 오나 벗이 오나 한심허기 짝이 없네 에에 넘자 너호야—

검게 그은 재티길을 따라 상여는 그렇게 흘렀다. 붉은 명정(銘旌)만이 들바람에 펄렁펄렁 수심을 불러낼 때쯤 노인은 낚시가방을 고쳐 메고 건너편 상여행렬과 어긋난 쪽으로 발길을 돌렸다. 명정에 나부끼는 이름 석 자는 뉘해였을까. 물 건너 둑 건너 마른 벌판 아스

라이 훨훨 타오르는 짚불만이 바람만바람만 상엿길을 배웅하고 있었다. ■

이승우

첫날

1959년 전남 장흥 출생. 서울신학대 졸업.
1981년 『한국문학』 신인상에 「에리직톤의 초상」이 당선되어 데뷔.
소설집 『구평목 씨의 바퀴벌레』 『미궁에 대한 추측』 『목련공원』
장편소설 『가시나무 그늘』 『생의 이면』 등.

첫날

1

여섯번째 태양이 떠오른다고 한 날, 식구들을 깨운 것은 어머니였다. 아니, 깨운 것은 아니었다. 오히려 어머니는 식구들을 깨우지 않으려고 발소리가 나지 않게 살금살금 걸어다녔다. 식구들이 그 소리에 잠이 깬 것처럼 자리를 털고 일어났을 뿐이었다. 사실은 아예 잠을 자지 않은 사람도 있었다. 예컨대 아버지와 삼촌이 그랬다. 이것은 순전히 내 상상이지만, 아버지는 가장의 책임감 때문에 잠을 이루지 못했을 것이고, 삼촌은 새 날에 일어날(혹은 일어나기를 바라는) 특별한 일에 대한 기대 때문에 잠들지 못했을 것이다. 지난밤에 삼촌은 이 옷 저 옷 갈아입으며 거울에 전신을 비춰보았다. 솔잎 냄새가 나는 샴푸를 몇 번이나 머리에 뿌려가며 샤워를 하고 난 다음이었다. 머리카락이 헝클어질까봐 삼촌은 머리를 눕히지도 못했을 것이다. 이 참에 삼촌도 여자를 하나 건져야지요, 하고 마치 무도회 장에라도 가는 것처럼 말한 사람은 어머니였다. 어머니는 웃지도 않은 채 결혼 적령기를 훌쩍 넘겨버린 시동생의 얼굴을 빤히 쳐다보며 말했고, 그 때문에 전혀 농담처럼 들리지 않았고, 삼촌은 멋쩍게 웃으며 뒤통수를 긁었다. 저녁 식탁 앞에서였다. 어떤 눈 뻔 여자가 삼촌한테 붙어? 하고 누이동생이 비아냥거렸지만, 어머니는 못 들은 체했다. 아버지는 흘끗 쳐다보기만 했다. 딸의 경솔한 언사를 나무라지 않는 아버지가 이해되지 않았지만 나는 끼여들지 않았다. 삼촌은 뭐가 좋은지 히힛, 하고 바보처럼 웃었다. 웃는 모습을 보니까 그에게 붙은 칠푼이라는 별명이 그럴 수 없이 잘 어울리는 것 같았다. 웃지 마, 제발…… 하고 나는 속으로만 외쳤다. 나는 삼촌에게 여자가 생기지 않는 것은 순전히 때와 장소를 가리지 않는 그 헤픈 웃음 때문이라고 단정지었다.

하기야 새 날이 밝아오기를 기다린 것은 삼촌만이 아니었다. 정도의 차이가 있긴 했지만 다들 조금씩 들뜨고 흥분해 있었다. 감정을 드러내거나 숨기는 데 있어 삼촌이 다른 사람보다 조금 덜 능숙하다는 건 삼촌의 허물이 아니었다. 삼촌은 제대로 된 직장을 가져보지 못했다. 아버지는 천성이 게으른 탓이라고 했지만 자기는 운이 없어서 그렇다고 말했다. 삼촌이 아직 결혼을 하지 못한 데 대한 해석도 두 사람은 달랐다. 삼촌은 운이 없어서였고 아버지는 게을러서였다. 그러나 삼촌에게만 결점이 있는 것은 아니었다. 잘못 살아왔거나 잘못 살고 있지 않은 사람은 아무도 없었다. 그다지 큰 허물 없이 인생을 살아온 것 같은 아버지도 술에 취하면 자주 실패한 인생이라고 자조 섞인 목소리를 냈다. 아버지는 자신의 생애 가운데 새로운 태양을 맞이하게 된 사실을 큰 축복으로 여기고 있었다.

　새벽이었다. 하늘은 검고 허공을 떠다니는 공기는 눅눅했다. 뜨려면 아직 시간이 많이 남아 있었다. 아니, 이제 막 어제를 넘긴 시간이었다. 그리고 그것은 당연한 일이었다. 해가 뜨기 전에 도착해야 한다는 걸 다들 알고 있었다. 잠들었거나 혹은 밤새 잠들지 못하고 뒤척이고만 있던 각자의 방에서 밖으로 나왔을 때, 식구들 모두는, 삼촌만이 아니라, 근사한 정장들을 갖춰 입고 있었다. 모르긴 해도 자기가 가지고 있는 옷 중에서 가장 좋은 것을 골라 입었음에 틀림없었다. 아버지는 몇 년 전에 유행한, 단추가 세 개 달린 밤색 양복을 입었다. 양복 안에는 흰색 와이셔츠와 각종 도형이 그려진 황토색 넥타이를 맸다. 양복 위에는 양복 색보다 조금 더 진한 밤색 코트를 입었다. 어머니는 연보라색 투피스와 털실로 짠 남색 스웨터를 입었다. 투피스는 2년 전 결혼 기념일에 아버지가 선물한 것이고, 스웨터는 겨울 내내 자기 손으로 손수 짠 것이다. 목에는 흰 점이 박힌 주황색 스카프를 둘렀는데, 그것은 작년 생신에 내가 선물한 것이었다. 삼촌은 깃이 넓고 바짓단이 좁은 검은 양복을 입었다. 내가 알기로 그것은 아버지가 물려주신 옷이었다. 결혼할 때 어머니가 예물로 사온 아버지의 그 양복은, 결혼 후 아버지의 몸이 급격하게 불어나는 바람에 입을 수 없게 되었다. 아버지는 금방이라도 총각 때와 같은 몸매를 만들 수 있다며 옷을 버리지 못하게 했다. 실제로 운동을 하고 다이어트를 하는 등 의욕이 대단했었다. 그러나 한번 불어난 아버지의 몸은, 시간이 흐르면서 조금씩 더 불어나기만 할 뿐 좀처럼 빠질 생각을 하지 않았다. 아버지가 총각 때의 체형에 대한 미련을 버린 것은 결혼한 지 20년이 지나서였다. 한번 불어난 몸을 원상태로 돌리기가 다시 태어나기보다 어렵다는 사실을 그제야 겨우 인정하게 된 아버

지는 마침내 자기가 젊었을 때 입었던 옷들에 대한 집착을 버리기에
이르렀고, 어머니는 그것들을 모조리 삼촌에게 떠안겼다. 아버지의
옛날 옷들이 삼촌의 몸에 맞은 것은 삼촌에게는 다행한 일이었다. 옷
이 거저 생겼기 때문이 아니라 몸에 맞지 않은 옷을 억지로 입어야
하는 괴로움을 겪지 않아도 되었기 때문이다. 새벽에 삼촌이 입고 나
온 옷은 그가 졸지에 떠안은 아버지의 많은 낡은 옷들 가운데 상태가
가장 좋은 것이었다. 지나치게 넓은 깃과 지나치게 좁은 바짓단이 한
물간 유행임을 광고하고 있긴 했지만 해진 데도 없고 색깔도 제법 고
상해서 형편없이 나쁘게는 보이지 않았다. 양복 속에 받쳐 입은 체크
남방도 아버지로부터 물려받은 것이었다. 반들반들 윤이 나는 구두
는 삼촌의 것이었다. 삼촌이 그 구두를 얼마나 좋아하는지는 외출을
할 때 거의 30분씩 구두에 광을 내는 걸 보면 알 수 있었다. 헝겊에
침을 묻혀가며 구두를 닦아내는 솜씨도 대단하거니와 무엇보다 단
한 차례도 거르지 않고 매번 그 일을 해내는 정성이야말로 사람을 감
동시키기에 충분했다. 수줍음을 많이 타고, 노는 걸 좋아해서 돈을
모으지 못했고, 말을 할 때 다른 사람보다 조금 더 안면 근육을 심하
게 움직인다는 것은 삼촌의 큰 약점이었다. 그러나 그 반질반질한 구
두를 볼 때면 나는 그것이 삼촌의 약점들을 상쇄하고도 남는다는 생
각을 하곤 했다. 누이동생은 꽃무늬가 크고 화려한 원피스를 입었다.
그 원피스는 키가 크고 다리가 긴 누이동생을 공주처럼 보이게 했다.
비교적 몸에 착 달라붙는 옷이어서 그런지 그녀의 몸매가 그대로 드
러났다. 눈처럼 흰 부츠는 그녀의 짧은 치마가 미처 가리지 못한 허
벅지를 덮고 있었다. 거기다가 배꼽까지 늘어진 머플러와 삐딱하게
눌러쓴 회색의 중절모자도 잘 어울렸다. 누이동생은 어렸을 때부터
치장하는 걸 좋아했다. 크든 작든 몸에 붙일 장식품을 사나르는 데

자기 용돈의 대부분을 썼다. 어릴 때부터 그랬다. 그래서 그런지 내가 보기에도 옷을 차려 입는 감각이 꽤 뛰어난 편이었다. 동생에 대해 그런 생각을 한다는 것이 어쩐지 염치없긴 하지만 나는 그녀가 꽤 육감적인 몸을 가지고 있다는 생각을 했다. 우리 식구들 가운데 다른 사람의 시선을 받을 수 있는 유일한 사람이 그 애일 거라는 생각도 했다. 삼촌에게는 안됐지만 그것은 어쩔 수 없는 사실이었다. 어머니의 바람대로 삼촌이 괜찮은 여자를 한 명 꿰차려면 꽤 애를 써야 할 것 같았다.

"뭘 봐?" 누이가 눈을 샐쭉하게 치켜뜨고 주의를 줄 때까지 나는 넋 나간 듯한 시선으로 그 애를 바라보고 있었다는 사실도 인식하지 못했다. 내가 뭘, 하고 얼버무리긴 했지만 속은 뜨끔했다. 누이는 엉큼하긴, 하고 토라진 표정을 지었지만 기분은 그다지 나쁘지 않은 듯 내 앞으로 가슴을 쑥 내밀었다. 나는 그녀가 자신이 어엿한 성인임을 인정받고 싶어한다는 사실을 눈치챘고, 나의 눈빛이, 그녀가 겉으로 보인 반응과는 별개로 그녀의 자부심이거나 허영심을 어느 정도는 만족시켜주었다는 사실도 깨달았다. 내가 입은 옷은 청색 남방과 짙은 회색의 양복이었다. 물론 내가 가장 좋아하는 옷이었다. 새벽 공기가 차가웠지만 그 위에 더 무슨 옷을 걸치고 싶지는 않았다. 산길을 걷다보면 땀이 날지도 모를 일이었다. 장갑을 끼어라, 하고 어머니가 말했으므로 나는 장갑을 찾아 끼었다. 아버지도 장갑을 끼고 삼촌도 장갑을 끼었다. 누이동생도 손등에 장미 그림이 그려진 가죽장갑을 끼었다.

어머니는 도시락과 물통을 배낭에 넣고 돗자리를 챙겼다. 삼촌은 술과 랜턴을 챙겼다. 누이동생은 카세트 라디오와 이어폰과 과일을 챙겼다. 그녀는 벌써 이어폰을 귀에 꽂은 채 고개를 끄덕끄덕해가며 무슨 노래인가를 흥얼거리고 있었다. 나는 몇 만 년 만의 우주 갱신이라는 대사건을 찍을 생각을 하고 있었으므로 카메라와 필름을 챙겼다. 카메라에 필름을 집어넣고 있는데 어머니가 식구들을 둘러보며 준비들 다 했나? 하고 물었다. 그런 것 같은데요, 하고 말한 사람은 삼촌이었고, 아버지는요? 하고 물은 사람은 나였다. 곧 오실 거다, 하고 말하며 어머니는 마당으로 내려갔다. 어머니가 뒤란을 향해 걸어가는 모습을 보면서, 나는 아하! 하고 가볍게 이마를 쳤다. 아버지가 축사에서 염소를 잡고 있을 거라는 생각이 들었다. 내 생각에 동조라도 하듯 그 순간 염소들의 요란한 울음소리가 뒤란으로부터 들려왔다. "염소는 태어난 지 일 년이 채 되지 않은 놈이 제일 좋다. 물론 암놈이라야 하고, 당연히 새끼를 낳은 적이 없는 놈이라야 하지. 대개 1년쯤 되면 임신을 시키거든. 그러니까 미리 상태 좋은 놈을 찍어봐야 되는 거야." 삼촌은 술과 도시락과 물통이 든 배낭을 등에 메면서 중얼거렸다. 누이동생은 이어폰을 끼고서 템포가 빠른 노래를 듣고 있었으므로(이어폰을 끼고 있었음에도 불구하고 그녀가 듣는 노랫소리가 밖으로 빠져나왔다) 삼촌이 하는 말을 알아듣지 못했고, 어머니는 이미 축사가 있는 쪽으로 걸어가버린 다음이었다. 그렇다고 나에게 말을 건넨 것도 아니었다. 나는 삼촌이 혼잣말을 하고 있다는 걸 알아차렸다. 삼촌의 혼잣말은, 특별한 취미와 버릇이 없는 그가 가지고 있는 거의 유일한 취미고 버릇이었다. 새끼를 낳은 적이 없는, 생후 1년이 채 안 된 암컷 염소를 골라야 한다는 사실은 나도 알고 있었다. 그러나 왜 그래야 하는지는 알지 못했다. 언젠가 내가 그 까닭을 물었을 때 아버지는, 그래야 하니까 그러는 거지, 하고 알 듯 모를 듯한 말을 했었다. "아버지로부터 전해진 것이다. 아버지는 아버지의 아버지로부터 전해받았지." 정해진 것이고 유전된 것이라는 아버지의 설명은 충분하지 않았지만 그러나 나는 더 묻지 않았다. 그의 입에서 만족스런 다른 대답이 나올 거라는 기대감이 생기지 않은 까닭이었다. 어쩌면 그 문제에 대한 나의 궁금증이 그다지 대단하지 않았기 때문일 수도 있었다.

삼촌은 내가 알아들을 수 없는 소리를 웅얼거리며 어머니를 따라 염소들이 앙칼지게 울어대는 축사를 향해 걸어갔다. 나는 누이동생을 흘끗 뒤돌아보고, 그녀가 염소 따위에는 아무 관심도 없다는 듯 눈까지 지그시 감고 마루에 걸터앉아 있는 모습을 확인한 후 삼촌을 따라나섰다. 공중에서 간댕거리는 그녀의 다리를 바라보다가 나는 그녀가 염소의 울음소리를 듣지 않으려고 일부러 이어폰을 끼고 있는지 모르겠다는 생각을 했다. 그러나 이어폰을 끼고 노래를 듣는다고 해서 염소가 울지 않는 것은 아니었다. 듣든 안 듣든 어쨌든 염소는 운다. 점점 크고 더욱 처절하게 들리는 염소의 울음소리는 내 귀를 멍멍하게 만들었고, 얼굴을 찌푸리게 만들었고, 도대체 저 성질이 고약한 짐승을 뭣 땜에 끌고 가야 한다는 것인지 모르겠다는 생각을 다시금 짜증스럽게 하게 했고, 그러나 여전히 뾰족한 답이 떠오르지 않았고, 그래서 정신이 얼얼했다. 잡아라, 하고 외치는 소리를 듣지 못한 것은 아마도 내가 그렇듯 멍멍하고 짜증스럽고 얼얼한 상태에 잠겨 있었기 때문이었을 것이다. 잡아라, 하고 외친 사람은 아버지였다. 아버지에 뒤이어 어머니는 아버지보다 약간 더 호들갑스럽게 조심해라, 하고 소리쳤다. 그러나 어머니의 호들갑스런 외침보다 염소의 달음질이 조금 빨랐다. 화닥닥 소리를 내면서 모퉁이를 돌아온 염소는 활 모양으로 휜 뿔을 앞으로 쑥 내밀고 흡사 적진을 향해 뛰어드는 돌격대처럼 맹렬한 기세로 달려들었다. 염소의 뿔에 허벅지를 찔린 나는 어어, 말도 제대로 하지 못한 채 땅바닥에 넘어졌고, 염소는 내 몸을 밟으며 지나갔다. 순식간의 일이었다. 그놈은 무엇 때문인지 화가 잔뜩 난 것 같았다. 그렇지만 그것은 사실이 아닐 수도 있었다. 염소란 놈들은 원래가 그렇게 생겨먹었는지 모르는 일이고(나는 한 번도 고분고분 말을 잘 듣는 염소를 본 적이 없다. 양에 대해서는 잘 모르겠지만 염소라는 놈들은 거의 1만 년이나 되는 그 길고 긴 사육의 역사에도 불구하고 도무지 순화되지 않는 종자들이다), 만일 그렇다면 염소란 늘 화가 나 있는 것이나 마찬가지이므로 특별히 그 염소가 화가 났다고 할 순 없었다. 하지만 나는 이 생각이든 저 생각이든 오래 붙잡고 있을 수가 없었다. 염소의 딱딱하고 날카로운 뿔에 받힌 허벅지의 통증이 견딜 수 없이 심했다. 아버지와 삼촌은 쓰러져 있는 내 몸을 훌쩍 뛰어넘어 부리나케 좇아갔다. 어머니는 염소를 좇아가는 대신 내 바지를 걷어올리고 두 손바닥을 펴서 처음에는 천천히, 그러다가 점차 조금씩 빠르게 염소 뿔에 받힌 허벅지를 문지르기 시작했다. 그녀가 옷을 걷어올릴 때 나는 허벅지 부위의 바지가 3센티 정도 찢어진 사실을 알았고, 어머니가 그 부위를 문지르자 상처 부위에 붉은 피가 맺히는 것을 보았다. 상처 부위의 핏자국보다 내 마음을 쓰라리게 만든 것은 찢어진 양복이었다. 그 순간 나는 어떤 옷으로 갈아입을 것인가를 궁리하기 시작했다. 이상하게도 내 방 옷장에 걸려 있는, 꽤 많은 옷들이 하나도 떠오르지 않았다. 나는, 상처 때문이 아니라 입을 옷이 없어서 몇 만 년 만에 낡은 우주가 새롭게 갱신하는 그 역사적인 현장에 참석하지 못하게 될까봐 불안해졌다. 새 날을 밝힐 크고 둥글고 붉은 해가 바다의 몸을 뚫고 솟아오르는 광경을 보지 못한다는 것은 있을 수 없는 일이었다. 해는 언제나 뜨지만 그러나 오늘의 해는 여느 날과 같은 해가 아니었다. 나는 아버지를 통해, 아버지는 아버지의 아버지를 통해 우리가 사는 세상이 다섯번째 태양의 시기를 지나고 있다는 지식을 전수받았다. 첫번째 태양은 40,020년 동안 세상을 비추다가 죽었다. 대홍수가 첫번째 해를 삼켰다고 아버지와 아버지의 아버지는 우리에게 전했다. 두번째 태양은 45,050년 동안 세상을 비추었고, 세번째 태양은 48,070년, 네번째 태양은 50,260년을 살고 사라졌다. 아버지와 아버지의 아버지들로부터 전수된 계산법에 따르면, 다섯번째 태양의 수명은 어제까지였다. 다섯번째 태양은 충분히 낡았고 너무나 때가 묻었고 말할 수 없이 진부해졌다. 세상의 모든 것들이 그랬고, 세상에 사는 모든 인간들의 삶도 그랬다. 낡은 우주는 갱신되어야 했다. 해는 다시 태어나야 했다. 사람들도 거듭 태어나야 했다. 태초에 대한 기억을 복원한 채 존재의 심연 깊은 곳으로부터 떠오르는 그 신생의 해를 품에 안음으로써 새롭게 시작해야 했다. 오늘이 그날이었다.

"안 되겠다. 들어가서 약을 발라야겠다." 생각보다 상처가 심하다고 판단했는지 어머니는 심란한 표정을 지으며 내 몸을 부축해 안았다. 나는 어머니에게 한쪽 어깨를 의지한 채 집 안으로 걸어들어갔다. 마루에 걸터앉은 누이는 눈을 감은 채 무슨 노래인가를 흥얼거리고 있었다. 그녀는 아무 말도 하지 않았고 아무 행동도 하지 않았는데, 그것은 그녀가 눈을 감고 있어서 내가 어머니의 부축을 받으며 걸어오는 모습을 보지 못했기 때문이 아니었다. 눈을 뜨고 있었다고 하더라도 멀뚱멀뚱 쳐다보기만 했을 거라고 나는 생각했다. 그녀에게는 자기말고는 중요한 것이 없었고, 그 점은 나라고 크게 다르지는 않지만, 그러나 나는 그녀가 나와는 달리 자기가 타인의 일부라는 사실을 이해하지 못하고 있는 것 같다는 생각을 하고 있었다. 그런 사소한 차이가, 좀 어이없는 일이긴 하지만, 우월감의 이유가 되기도 하고 경멸의 동기로 작용하기도 했다. 어머니는 약상자를 열고 소독제를 꺼냈다. 흰 병에 든 투명한 액체를 내 허벅지에 부으면서 어머니는 푸푸 입으로 바람을 일으켰다. 어머니의 입김에도 불구하고 상처 부위의 통증이 참을 수 없이 심했으므로 나는 이빨 사이로 신음을 뱉어냈다. 좀 아플 거다, 하고 어머니는 말했고, 좀이 뭐예요? 칼로 후비는 것 같은데, 하고 나는 엄살을 떨었다. "쓰라린 건 금방 가실 거다, 좀 누워 있어라." 어머니는 상처 자리에 연고를 바르고 붕대를 감으며 말했다. "그놈의 염소가 왜 그렇게 발광을 하는 거예요?" 나는 서둘러 방을 나가려는 그녀에게 물었다. 어머니가 내 허벅지의 상처보다는 내 허벅지에 상처를 내고 달아난 염소에게 더 정신이 팔려 있다는 사실을 눈치채기는 어렵지 않았다. "짐승인들 제 운명을 예감하지 못하겠느냐? 운명에 유독 민감한 것들이 저놈들 아니냐? 아니, 저놈들이 예감하는 것이 어디 제놈들 운명만이겠느냐?" 어머니의 말은 알 것도 같고 모를 것도 같았다. 하지만 나는 더 묻지는 않았다. 무언지 그래야 할 것 같았고, 또 그것으로 충분하다는 생각도 들어서였다. 그 대신 어머니를 따라 밖으로 나가기로 했다. 염소 뿔에 받힌 곳이 얼얼하기는 했지만 걷지 못할 정도는 아니었다.

내가 한쪽 다리를 절며 방에서 나왔을 때 누이동생은 마루에 벌렁 드러누워 있었고, 한쪽 다리 위에 포개진 그녀의 다른 쪽 다리가 허공에서 간댕거리고 있었고, 그 때문에 그녀의 짧은 꽃무늬 원피스는 더욱 짧아져 허벅지 살이 거의 전부 들여다보였고, 그러자 더 이상 공주처럼 보이지 않았고, 그러나 아까보다 훨씬 더 성숙해 보였고, 관능적으로 보였다. 그녀가 취한 자세가 꼭 같지는 않은데도 나는 그 순간 문득 서양 화가 마네가 그린 「올랭피아」라는 제목의 그림 한 점을 떠올렸고, 그 그림의 주인공인 올랭피아가 바로 옷을 벗은 창녀라는 사실을 상기하고는 낯이 뜨거워졌다. 나에게는 화집이 한 권 있었다. 물론 마네의 그림만 있는 화집은 아니었다. 르네상스 이후의 서양 화가들이 대부분 그 두툼한 화집 속에 들어 있었다. 내가 그 책을 구한 것은 되지도 않는 공부를 하느라고 3년이란 세월을 허송했던 인근 도시의 헌 책방에서였다. 표지가 반쯤 뜯겨져나간 그 낡은 화집의 한 페이지에서 "올랭피아"를 보는 순간 나는 그 책을 사야겠다고 마음먹었는데 그것은 그림 속의 여자가 창녀라는 해설 때문이었다. 창녀라는 단어만큼 비밀스럽고 저속하고 욕정을 끓게 하는 단어도 없었다. 나는 틈만 나면 그 그림을 들여다보며 은밀한 상상을 즐겼다. 그 창녀는 가련한 사춘기 시절, 내 유일한 성적 환상의 출구이기도 했다. 창녀라니? 내가 무슨 상상을 한 것인가? 그녀가 나를 보고 있지 않은 것이 다행이라고 안도하며 얼른 마당으로 내려섰는데도, 이상했다. 한번 머릿속을 뜨겁게 한 그 상상은 쉽게 빠져나갈 기세가 아니었다. 오히려 더 뜨거워지고 집요해지는 듯한 느낌이 들었다. 불빛이 미치지 않은 지점에 이르렀을 때 내 생각은 벌거벗은 올랭피아의 목을 감고 있는, 한 줄의 가느다란 검은 끈을 향해 줄달음치고 있었다. 어쩌면 가죽인지도 모르지만 아마도 천일 것이다. 여자의 목을 묶고 있는 그 가느다란 검은 천은 그녀의 뾰족한 턱 아래 너무나 단정하게 매듭이 지어져 있었다. 「올랭피아」에서 찾을 수 있는 단정함이란 그 매듭밖에 없었다. 그리고 그 매듭이 그녀를 배달된 선물꾸러미처럼 보이게 했다. 이것은 그대에게 배달된 선물이다. 자, 풀어보라. 이 매듭을 풀 사람은 그대이다…… 하고 말하는 것 같았다. 만인을 향해 제공되지만 그러나 기회를 부여받은 한 사람을 향해서만 바쳐지는 완전한 희생, 그것이 창녀다, 하고 나는 생각했다. 그런 이미지가 도무지 풍만하거나 우아하거나 선정적인 것 같지 않은 그녀의 육체에 관능을 부여했다. 그녀의 육체를 참으로 관능적으로 만든 것은 유방이나 허벅지나 몸매, 혹은 머리에 달고 있는 꽃이 아니라 그녀의 벗은 목을 감고 있는 그 가느다랗고 검은 매듭이다, 하고 나는 생각했다. 나는 그 그림 앞에서 얼마나 자주 그 매듭을 풀어버리고 싶어했는지 모른다. 사실을 말하면 그 충동을 이기지 못하고 자주 마네의 화집을 펴보곤 했었다. 그런데 의외의 순간에 찾아온 이 돌발적인 충동은 무엇일까? 나는 내 누이동생의 벗은 목에 실뱀처럼 가느다란 검은색 천을 묶어주고 싶어졌다. 이 무슨 어처구니없는 상상이란 말인가? 나는 머리카락에 붙은 징그러운 벌레를 털어내듯 세차게 머리를 흔들었다. 하지만 그 징그러운 벌레는 내 머리벽에 붙어서 떨어지려고 하지 않았다. 머리를 흔들면 흔들수록 더 견고하게 달라붙는 것만 같았다.

나는 불온한 상상이 야기시킨 두려움과 야릇한 쾌감으로 몸을 떨며 절뚝절뚝 달려갔다. "잡았어요, 염소?" 과장되게 큰 소리를 지른 것은 내 안의 그 불온한 상상을 은폐하려는 무의식적인 시도였는데, 가쁜 숨을 몰아쉬는 듯한 내 안정감 없는 목소리가 오히려 내 안의 두려움과 쾌감을 폭로하는 것처럼 여겨졌다. 쉿! 삼촌이 어둠 속에서 내 입을 막았다. 어머니가 나를 돌아보며 왜 나왔냐, 좀 쉬라니까, 하고 말했다. 그들은 집 앞의 넓은 공터에 서 있었다. 뒤에는 낮은 언덕이 있었고, 언덕 위로 올라가면 풀밭이었다. 날이 좋은 날 우리 집 염소들은 그곳에서 풀을 뜯었다. 언덕 밑에는 키가 크고 몸이 굵은 떡갈나무가 한 그루 서 있었다. "어떻게 된 거예요?" 내가 식구들을 둘러보며 물었다. 그러나 대답을 기다릴 필요는 없었다. 그 순간 나는 메헤헤헹 울부짖는 염소의 목소리를 들었다. 염소의 울음소리는 하늘에서 들려오고 있었다. 정말로 하늘에서 우는 것 같았다. 나는 소리가 들려오는 쪽으로 고개를 들었고, 그제야 식구들의 시선이 모두 떡갈나무 가지 위로 향해 있는 까닭을 눈치챘다. 떡갈나무는 나이가 많았다. 나보다 많았고 아버지보다 많았다. 우리 식구 가운데 떡갈나무보다 나이가 많은 사람은 없었다. 떡갈나무는 아버지의 어린 시절을 알고 있었고, 아버지의 아버지의 어린 시절도 알고 있었다. 그 때문인지 떡갈나무 줄기의 거칠고 두꺼운 표면은 노인의 피부를 연상시켰고, 여느 나무와는 다른, 예컨대 연륜에서 우러나오는 독특한 분위기를 풍겼고, 그 분위기는 신성한 기운에 둘러싸인 것처럼 여겨졌다. 나는 떡갈나무에 대고 오줌을 눠본 적이 없으며 가지를 부러뜨린 적도 없으며 그 위에 올라간 적도 없었다. 왜 그런지 그러면 안 될 것 같았다. 그런데 태어난 지 1년이 채 안 된, 새끼를 밴 적도 없는 염소가 그 나뭇가지 위에 올라가 있는 것이었다. 나는 아찔한 현기증을 느꼈다. 그건 물론 떡갈나무의 키가 너무 커서는 아니었다. 떡갈나무가 아니라 염소였다. 떡갈나무 위에 올라가 있는 한 마리의 염소였다. 그놈은 나에게 일종의 불경스러운 상상력을 불러일으켰다. "나원 참, 어떻게 해야 해요, 형님?" 삼촌이 오래 살지도 않았는데 별일을 다 본다는 의중을 나원 참,이라는 군말을 반복하는 것으로 드러냈다. 염소가 올라가 있는 떡갈나무를 올려다보는 아버지나 어머니의 표정에도 오래 살지도 않았는데 별일을 다 본다는 기색이 역력했다. "어이가 없어 말이 안 나오네." 어머니는 머리를 설레설레 저었다. 어이가 없기는 아버지도 마찬가지인 모양이었다. 그는 떡갈나무의 밑동을 손바닥으로 툭툭 쳐보고 있었다. 나뭇가지 위에 자리를 잡은 짐승은 메헤헤헹 메헤헤헹 요란하게 울어댐으로써 나무 아래 서 있는 식구들의 심사를 복잡하게 만들었다. 그렇게 생각해서 그랬는지 염소를 올려다보고 있는 우리 집 식구들이 한없이 작고 초라하게 보였다. 그러자 염소의 울음소리도 더 이상 처절하게 들리지 않았다. 아버지는 삼촌을 돌아보고 나를 돌아보았다.

"재석이가 해라." 재석이는 내 이름이었다. 그러나 나는 아버지가 나에게 무얼 요구하는지 얼른 알아차리지 못했다. 나무 위에 올라가서 염소를 잡아오라는 뜻인가 싶었지만, 곧 그 나무에 대한 꺼림칙한 정서를 모를 리 없는 아버지가 나에게 나무에 올라가라고 시킬 까닭이 없다는 생각이 들었다. 하지만 아무리 생각해보아도 그것말고는 그가 나에게 원하는 다른 내용이 떠오르지 않았고, 그러므로 나는 아버지가 나에게 떡갈나무에 올라가기를 바라고 있다는 사실을 인정하지 않을 수 없었다. 하지만 그 요청은 좀 뜻밖이었고 받아들이기가 쉽지 않았으므로 나는, 절더러 저 위엘 올라가라고요? 하고, 터무니없는 요청을 받은 사람의 표정으로 물었다. 내 감정을 효과적으로 보여주기 위해 한 발짝 뒤로 물러나기까지 했다. 그것은 아무래도 좀 연극적으로 보일 수 있는 태도였지만, 그런 것을 고려할 계제가 아니었다. 아버지는 내 질문에 아무 대답도 하지 않음으로써 내 역할을 기정사실화했다. 그가 어떤 표정을 짓고 있을지 궁금했지만 주변이 너무 어두워서 확인할 수가 없었다. 나는 어머니를 돌아보았다. 그녀가 무슨 말인가를 해주기를 바랐다. 내 기억은 그녀가 언제나 내 편이었다고 속삭였다. 그것은 사실이 아닌지도 몰랐다. 모성에 대한 낡고 오래되고 관용화된 편견이 그런 생각을 하게 하는지도 몰랐다. 사실이 어떻든 상관없었다. 그녀가 내 편을 들어주기를 간절히 바라는 상황 속에 빠져 있었다는 것, 그것이 진실이었다. 그러나 그녀 역시 아무 말도 하지 않았다. 내 쪽으로 고개를 돌리지도 않았다. 삼촌도 마찬가지였다. 그들의 완강하고 무거운 침묵이 나를 압박했다. 나는 거의 질식할 것만 같았다. 혹시 하는 기대감이 누이가 누워 있는 집 안을 돌아보게 했지만, 그녀가 나타날 가능성은 없었고, 설령 나타난다고 하더라도 그녀가 나를 위해 어떤 역할을 해줄 가능성은 더욱 없었다. 내가 아는 한 그렇게 이타적인 아이가 아니었고, 또 나에게 호감을 가지고 있는 것도 아니었다. 마땅한 것처럼 어떤 예감이 찾아왔다. 결국 떡갈나무 위에 올라갈 사람은 나밖에 없다는 예감이었다. 저길 올라가야 해요? 하고 다시 질문을 던지긴 했지만 내 목소리는 현저하게 자신감을 잃고 있었다. 나는 내키는 일만 하면서 살아온 건 아니라고 자위하면서 나무 위를 올려다보았다. 어둠 속이라 그런지 떡갈나무는 까마득히 높아 보였다. 옆으로 뻗어나간 자잘한 가지들이 육안에 들어오지 않았기 때문인지 그 순간까지도 맹렬하게 울어대는 염소의 목소리가 하늘에서 들리는 것만 같았다. 하늘은 어디일까? 나는 하늘이 어디 있는지 알지 못했다. 그렇지만 하늘을 부정할 수도 없었다. 아버지와 어머니와 삼촌은 조용했다. 누군가 긴 숨을 내쉬었다. 그들이 내 동작을 면밀하게 주시하고 있다는 사실을 나는 그들의 침묵과 누군가의 긴 숨을 통해 전달받았다. 그렇다고 기분이 형편없이 구겨지거나 하지는 않았다. 나는 굵고 딱딱한 떡갈나무의 껍질을 손으로 만져보았다. 까끌까끌한 감촉이 손바닥에 느껴졌다. 나는 신발을 벗고(왜냐하면 그래야 할 것 같았으니까) 까끌까끌한 떡갈나무 줄기를 타고 올라갔다. 나무를 타는 일은 그다지 어렵지 않았다. 산이 우리 집을 둘러싸고 있었다. 어린 시절부터 산과 나무는 나에게 꽤 친근했다. 나무 위에 올라가 책을 읽기도 했고, 노래를 부르기도 했고, 잠을 자기도 했고, 그러다가 땅바닥으로 떨어진 적도 있었다. 그러나 떡갈나무는 아니었다. 떡갈나무는 연륜과 풍채로 나를 압도했다. 나는 떡갈나무 근처에는 얼씬도 안 했다.

내가 가까이 다가가자 염소는 더욱 거칠게 울어대었다. 굵은 몸통을 끌어안고 오르는 내 몸이 움찔해질 정도였다. 정수리 근처에서 시작된 차가운 기운이 온몸을 관통해서 발뒤꿈치를 향해 줄달음치는 게 느껴졌다. 꼭 염소의 울음소리 때문이라고 할 수는 없었다. 그보다 나는 떡갈나무의 감정을 더 의식하고 있었다. 나는 떡갈나무의 저주의 대상이 되기는 싫었다. 염소는 맨 위 가지에 한 발을 걸치고 앉아 있었다. 그놈이 밟고 있는 가지는 별로 튼튼해 보이지 않았다. 놈의 체중을 지탱하고 있다는 사실이 믿어지지 않을 정도였다. 나는 아래를 보았다. 어둠 속에 움직이지 않고 서 있는 식구들의 모습이 유령처럼 보였다. 지금이라도 그냥 내려오라고 하면 내려갈 마음이 있었다. 내가 원하는 바였고, 어쩌면 아버지가 그런 지시를 할지 모른다는 기대도 없지 않았다. 하지만 아버지는 끝내 입을 열지 않았고, 나는 하는 수 없이 꼭대기를 향해 발을 올려 딛어야 했다.

손을 뻗치면 염소의 뒷다리를 잡을 수 있을 정도로 접근했을 때 염소는 더욱 세차게 울어대었다. 그 울음은 내가 들은 것 가운데 가장 그악스러운 것이었고, 나는 귀를 막고 싶은 충동을 느꼈다. 그것은 놈의 그악스러운 울음 속에서 내가 그의 고통을 느꼈기 때문이었고, 그러나 양손으로 가지를 움켜쥐고 있었기 때문에 귀를 막을 수 없었고, 그러나 한쪽 귀라도 막지 않고는 도저히 견딜 수 없을 것 같았으므로 왼쪽 손을 나뭇가지에서 떼어내 왼쪽 귀를 틀어막았고, 그럼에도 불구하고 상황은 조금도 호전되지 않았고, 그래서 짜증이 났고, 나중에는 거의 미칠 것 같은 심정이 되어버렸다. 어떻게든 빨리 상황을 종결지어야겠다는 조급증이 손을 뻗어 염소의 뒷다리를 붙잡게 했다. 그러나 그것이 끝이 아니었다. 나는 상황이 종결되기를 바랐지만 그러나 염소는 그걸 바라지 않았다. 그 순간 염소가 불에 덴 것처럼 요란하게, 그러면서도 어딘지 위협적으로 외마디 비명을 지르는가 싶었는데, 갑자기 내 머리 위로 굵은 물줄기가 후드득 소리를 내며 떨어져내렸다. 진작부터 금방이라도 비를 쏟을 것처럼 눅눅한 하늘이긴 했지만, 그러나 그것을 빗줄기라고 착각할 정도로 둔한 내가 아니었다. 비 대신 눈이 와야 한다는 뜻이 아니었다. 요 근래에는 겨울에도 눈이 잘 오지 않았다. 그 대신 추적추적 비가 자주 내렸다. 내 머리를 적시고 어깨선을 타고 내려 등 속으로 파고든 물줄기의 감촉이 뜨뜻했다. 고약한 냄새도 났다. 아무리 겨울 날씨 같지 않다고 해도 하늘에서 뜨뜻한 비가 내릴 까닭이 없었다. 아무리 경황이 없었다고 해도 그 냄새 나는 물줄기를 빗줄기로 착각할 수는 없는 일이었다. 비는 오지 않았다. 그렇다면 그것이 무슨 물인지도 자명했다. 나는 깜짝 놀라 손을 놓았고, 하마터면 나무에서 떨어질 뻔했다. 염소에게는 오줌을 갈기는 것이 그 상황에서 자신이 취할 수 있는 최고의 모독의 수단이었을 것이다. 나는 그 점을 이해했다. 그리고 나는 또, 내가 함부로 떡갈나무를 범한 데 대한 징벌이라는 점도 같이 이해했다. 그러자 아찔해졌다. 오줌줄기로 나를 모독한 염소는 한 발 더 높이 올라가서 맹렬한 기세로 울어대기 시작했다. 염소는 세상의 끝이 다가왔다고 마을회관 지붕에 올라가 외쳤던 어떤 정신병자를 연상시켰다. 그런 사람이 있었다. 자기 옷을 벗어던지고 완전한 나체가 되어 그는 아무것도 먹지 않고 열이틀 동안 지붕 위에서 목이 터져라 외쳤다. 세상이 끝난다. 다섯번째 태양이 죽으면 더 이상의 태양은 없다. 새로운 태양은 떠오르지 않는다. 갱신이 아니라 종말이다. 세상은 얼어붙을 것이고 그대들의 피도 얼어붙을 것이다. 나처럼 옷을 벗고 모두들 지붕으로 올라와라. 그래야 산다…… 마을 사람들이 모두 올라가기에는 지붕은 너무 비좁았고, 또 위험하기도 했다. 그의 말을 따른 사람은 아무도 없었다. 사람들은 다섯번째 태양의 죽음은 믿었지만, 그것이 곧 종말이라고는 생각하지 않았다. 그들은 다섯번째 태양의 죽음을 믿은 것처럼 여섯번째 태양의 신생도 믿었다. 그것이 지붕 위의 사람과 다른 점이었고, 그것이 지붕 위의 사람을 미치광이로 몰아붙인 근거였다. 그는 미치광이 취급을 받았고, 실제로 미치광이였다. 그리고 그는 열사흘째 되는 날 아침에 정말로 목이 터져서 죽었다. 사람들이 그의 시체를 끌고 내려와서 화장을 하던 날은 공교롭게도 날씨가 험악했다. 장대비가 내렸고 천둥이 쳤고 주먹만한 우박이 떨어졌다. 몇 개월 전의 일이었다. 그 미치광이가 다시 살아난 것 같았다는 식의 염소에 대한 의인화는 필시 감정이 지나치게 민감하게 반응을 일으킨 탓이겠지만, 그 여파는 제법 심각한 것이어서 거기서 나는 그만 내 역할을 중단하고 나무에서 내려가버리고 싶어졌다. 내려갈래요, 하고 말할 때 나는 거의 울먹이고 있었는데, 듣기에 따라서는 비명처럼 들릴 수도 있으며, 따라서 어떤 사람에게는 염소의 울음소리와 거의 구분이 되지 않을 수도 있겠다는 생각이 들었다. 유쾌한 생각은 아니었지만, 저절로 떠오르는 그런 생각을 어쩔 수가 없었다. 나무 밑의 식구들은 대답이 없었다. 하지만 어차피 누군가의 승낙을 기대하고 그런 말을 한 것은 아니었다. 나는 말을 끝내기 전에 벌써 발을 내려 딛고 있었다. 승낙을 하진 않았지만, 그렇다고 나무라지도 않았다.

나는 나무에서 내려오자마자 옷부터 벗었다. 이번에는 윗도리까지 버렸다. 정말로 옷 때문에 산에 오르지 못하는 것이 아닌가 하는 걱정이 몸을 떨게 했다. "들어가서 옷을 갈아입어라." 어머니가 다가와서 입을 열었다. 아버지와 삼촌은 가까이 오지 않았다. 나는 몸을 덜덜 떨었다. 할 수 없군, 하고 말하는 아버지의 목소리를 들은 것 같다. 아버지는 아무 말도 하지 않았는지 모른다. 그의 몸 동작이 그런 말을 하는 것처럼 느껴졌는지도. 아버지는 나무에서 10미터쯤 떨어진 텃밭에 쌓여 있는 짚더미를 나무 밑에 깔았다. 아버지의 의중을 헤아린 삼촌은 묻지도 않고 아버지를 따라했다. 어머니도 마찬가지였다. 나는 집 안으로 들어가서 옷을 갈아입을까 하다가 아버지를 돕는 것이 내 실패를 만회하는 길이라는 생각을 하며 짚더미 나르는 일에 동참했다. 염소도 나무 위에서 아버지의 의중을 눈치챈 듯 더욱더 요란하게 울어댔다. 염소가 눈치챈 것을 사람인 내가 눈치채지 못하고 있다는 것은 부끄러운 일이었으므로 나는 물어보지 않았다. 염소를 붙잡는 일에 실패한 위축감이 의외로 컸다. 얼마 지나지 않아 떡갈나무 밑에 짚더미가 수북이 쌓였다. 이불처럼 푹신해 보였다. 아버지는 그 짚무더기가 정말로 이불처럼 푹신한지를 확인하려는 듯 제자리에서 펄쩍 뛰어 주저앉았다. 그의 몸이 두어 번 출렁였다. 아버지는 이만하면 되었다, 하고 말했다. 아버지가 삼촌에게 뒤란에 세워져 있던 장대를 들고 오라고 시켰다. 삼촌은 기다렸다는 듯 뒤란으로 달려갔다. 그때쯤에는 나도 아버지가 무얼 하려는 것인지 짐작이 갔다. 염소를 잡되 다치지 않게 잡으려는 것이었다.

아버지가 장대를 높이 들고 휘두르자 염소가 처절하게 울부짖으며 추락했다. 삼촌이 떨어지는 염소의 뒷다리를 잡았다. 앞발을 잡아라, 어서, 하고 어머니가 다급하게 말하며 내 등을 떠밀었다. 나는 엉겁결에 염소의 앞다리를 잡았다. 염소는 필사적으로 몸부림을 쳤다. 어찌나 힘이 세던지 중심을 잡기가 어려울 지경이었다. 하지만 곧 아버지가 가세했기 때문에 염소는 더 반항을 하지 못했다. 언제 준비했는지 아버지가 염소의 목에 고삐를 채웠다. "됐다." 아버지는 염소가 우리 식구들을 피해 올라가 있던 떡갈나무 줄기에 줄을 맸다. 아버지는 싸움터에 나가 큰 공을 세운 장수처럼 어깨를 으쓱해 보이며 탁탁 손을 털고 얼른 떠날 준비를 해라, 하고 말했다. 어머니는 나를 돌아보았다. 염소의 오줌 냄새가 다시 맡아졌다. 나는 옷을 갈아입어야 한다는 걸 알고 있었다. 입고 있는 것말고 마땅한 외출복이 있는지 생각이 나지 않았지만 그대로 길을 떠날 수는 없는 일이었다. 나는 집을 향해 걸어갔다.

누이동생은 여태 마룻바닥에 누워 있었다. 치마가 아까보다 훨씬 더 높이 올라가서 허벅지 안쪽의 흰 살이 다 드러나 보였다. 그녀가 입고 있는 꽃무늬 팬티도 조금 보였다. 나는 낯이 뜨거워서 다른 곳 으로 얼른 고개를 돌렸지만 그러나 내 시선은 곧 다시 그녀에게로 돌 아왔다. 그녀의 다리가 간댕거리지 않는 걸로 보아 그사이에 잠이 든 모양이었다. 나는 그녀의 치마를 들쳐보는 따위 짓궂은 상상을 하며 그녀의 무방비 상태의 흰 속살을 한참 동안 바라보았다. 그녀의 벗은 목에 실뱀처럼 가느다란 검은 천을 묶어주고 싶다는 충동이 불쑥, 어 디 숨어 있다가 튀어나오는지 모르게 튀어나왔다. 나는 고개를 가로 로 젓는 대신 누이의 목에 검은 매듭을 매달면 참 잘 어울릴 것 같다 는 생각을 했다.

2

집을 나선 것은 새벽 4시 10분이었다. 해가 뜨려면 세 시간 가량 남 아 있었다. 목적지까지는 약 두 시간 30분 가량 소요될 거라고 아버 지는 말했다. 자동차로 한 시간 50분, 그리고 비탈길을 걸어서 40분 을 가야 한다는 것이었다. "서둘러야겠다." 짐칸이 딸린 6인승 자동 차에 시동을 걸면서 아버지가 한 말이었다. 운전석 옆에는 삼촌이 타 고 어머니와 누이동생과 나는 뒷좌석에 탔다. 염소는 짐칸에 묶어두 었다. 울음소리가 들리지 않은 것은 그의 입에 재갈을 물렸기 때문이었다. 이러고 싶지는 않았다만, 하고 말하면서 아버지는 염소의 주둥이에 수건을 집어넣고 노끈으로 묶었다. 마치 자기가 목청껏 지르는 울음을 통해 저항할 힘을 공급받기라도 했던 것처럼 입이 막히자 순식간에 잠잠해진 염소는 바닥에 짐짝처럼 쭈그리고 앉아 있었다. 신기한 생각이 들 정도였다. 나는 내가 가진 가장 좋은 양복을 벗고 스웨터 차림에 반코트를 걸쳤다. 염소 뿔에 받힌 자리가 얼얼하긴 했지만, 혼자 집에 남을 수는 없는 일이었다. 다른 식구들도 생각이 같은지 차에 올라타는 나를 제지하지 않았다. 어머니는 괜찮니? 하고 물었지만 내 대답을 기다리지는 않았다. 누이동생은 차에 올라타자마자 귀에 이어폰을 꽂았다. 그녀는 가운데 앉았다. 나는 그녀의 오른쪽에 앉았다. 그녀의 오른쪽 귀에 꽂힌 이어폰에서 음악소리가 새어나왔다. 짐작대로 빠른 템포의 춤곡이었다. 그녀의 어깨가 저절로 들썩거렸다. 그녀가 어깨를 들썩거릴 때마다 그녀의 팔이 내 팔을 스쳤다. 차가 코너를 돌기 위해 기우뚱거릴 때는 그녀의 체중이 영락없이 내 쪽으로 실렸다. 나는 그런 순간마다 어떤 향내를 맡았고, 그것은 거짓 없이 여자의 냄새였고, 나는 현기증과도 같은 아찔한 기분을 느꼈다. 그녀의 냄새를 맡기 위해 온 신경을 후각에 집중하기도 했다. 누이동생을 향한 내 음욕은 누구의 이해도 바랄 수 없는 것이었다. 우선 내 자신부터 그랬다. 그런데도 그런 내 자신을 향해 솟구치는 가련한 연민을 나는 눈을 부릅뜨고 내쫓았다. 어쩐지 뻔뻔스러워진 내가 혐오스러웠지만, 그런 마음의 한쪽에서는 들끓는 욕망이야말로 인간성을 가장 확실하고 정직하게 드러내는 지표라는 식의 얄궂은 논리가 만들어져 나를 방어하고 있었다. 그런 논리의 방어벽 안에서 나는 문득 그녀를 향해 걷잡을 길 없는 식욕을 느꼈다. 나는 침을 꿀꺽 삼켰다. 떳떳하지는 않지만 사실이었다. 나는 꽃무늬 드레스 밑으로 드러난 누이동생의 희고 성숙한 살갗에 내 이빨을 박고 싶다는 충동으로 몸서리를 쳤다. 아무래도 지나쳤던가? 어느 순간 누이동생은 경멸에 가득 찬 시선으로 흘겨보며 한 소리를 내질렀다. "어유! 저 눈빛 좀 봐. 도대체 그런 눈으로 어딜 보는 거야?" 나는 손을 내저으며 내 눈빛이 어쨌다고 그래, 이 계집애가, 하고 되받았지만, 당황한 것은 사실이었고, 눈을 어디다 두어야 할지 몰라 우왕좌왕했다. 다행히 어머니는 차가 출발하고 얼마 지나지 않아서부터 등받이에 머리를 대고 잠들어 있었다. 제법 잠이 깊이 들었는지 어머니는 누이동생의 투덜거림에도 깨어나지 않았다. 다 듣고 있으면서도 못 들은 체하는지 모르지만 나는 아직 잠에서 깨지 않은 것이라고 편하게 생각하기로 했다. 앞자리의 아버지와 삼촌도 참견을 하지 않았다. 나는 속으로 안도의 숨을 내쉬었다. 그녀가 내 눈빛에서 어떻게 그렇게 귀신같이 음침한 기운을 포착한 것인지 처음에는 잘 믿어지지 않았지만, 그러나 내 눈빛이나 감정이 그만큼 서툴었으리라는 점을 염두에 두면 그다지 놀랄 것도 없는 일이긴 했다. 말은 그렇게 했으면서도 누이동생은 자신의 몸이나 옷차림이나 냄새가 남자인 나를 자극할 수도 있다는 사실을 전혀 염두에 두지 않은 것처럼 행동했다. 여전히 어깨를 들썩거렸고 발을 간댕거렸고 차가 기우뚱거릴 때마다 체중을 나에게 실어보냈고, 가끔씩 자세를 고쳐 앉음으로써 치마를 조금 더 위로 끌어올리기까지 했다. 의도적으로 그렇게 했다고 생각하지는 않지만 어쨌든 그녀의 태도는 전혀 신중하지 않았다. 나는 그것말고는 다른 방법이 없었기 때문에 눈을 감았다. 하지만 오래 눈을 감고 있을 수는 없었다.

"태어난 지 일주일쯤 됐을 때 뿔을 없애버렸어야 하는데, 염소 말이다." 삼촌이 뒤쪽으로 반쯤 몸을 돌리고 말했다. 어머니는 잠을 자고 누이는 노래 속에 파묻혀 있었다. 그가 그들에게 말을 걸지 않고 있다는 건 자명했다. 나는 눈을 떴다. "뿔이 돋을 자리의 털을 깎은 다음 불에 달군 인두로 지지는 거야. 내가 염소 목장에서 일하지 않았냐. 그때 넓은 초지에 5천 마리쯤 풀어놓고 키웠는데, 이놈들 성질이 더럽거든. 지들끼리 싸우기도 하고 사람들한테 대들기도 하고, 보통 골치 아픈 게 아냐. 힘은 또 어찌나 센지. 그래 어릴 때 아예 녀석들 뿔 나올 자리를 뭉개버리는 거지." 삼촌은 내 눈을 빤히 쳐다보며 이야기를 계속했다. 그의 목소리는 진지했고 자신에 차 있었으며 약간 흥분해 있는 것처럼 들렸다. 그는, 염소에 대해서는 자기가 박사라고 말했다. 그는, 염소가 나뭇잎을 잘 먹는다고 말했다. 그러나 비나 이슬에 젖은 풀을 잘못 먹으면 고창증에 걸리기 때문에 주의해야 한다고 말했다. 염소의 번식기가 가을이라고 말했다. 태어난 지 6개월쯤 되면 암컷은 발정을 한다고 말했다. 암컷이 발정할 때는 요상한 소리를 내며 울고 꼬리를 흔든다고 말했다. 임신 기간은 약 150일 정도고 이른봄에 새끼를 낳는다고 말했다. 보통은 한 마리를 낳지만 두세 마리를 낳는 경우도 있다고 말했다. 그는 또 염소의 발굽은 2개월에 한 번 정도로 깎아주어야 한다는 말도 했다. 그러지 않으면 걸음걸이가 나빠지고 병에 걸릴 수도 있다는 것이었다. 그는, 대단한 생명력이야, 염소만큼 끈질긴 짐승도 없을걸, 하고 말했다. 그는 언제나 처럼 진지하고 자신만만하게, 그리고 약간 흥분한 목소리로 말했다. 그렇지만 그것들은 이미 충분히 많이 설명된 것들이었다. 삼촌이 남들 앞에서 자신 있게 할 수 있는 유일한 화제가 염소에 대한 것이었다. 그도 그럴 것이 그가 해본 거의 유일한 일거리가 염소를 치는 일이었다. 그는 진득한 편이 아니었고 아등바등하는 성격도 아니어서 한곳에 6개월 이상 붙어 있는 법이 없었다. 빈둥거리기가 지겨워지면 소일거리를 찾듯 또 찾아가는 곳이 염소 목장이었다. 이미 여러 번 들어서 거의 욀 정도인 염소 이야기를 삼촌은 마치 미리 작성한 원고를 보고 읽는 것처럼 토씨 하나 바꾸지 않고 그대로 재연했다. 그렇다고 그의 말을 막을 수는 없었다. 나는 최소한의 예의를 갖춘 관객의 포즈를 취하고 그의 이야기를 끈질기게 들었다,라기보다는 들리도록 내버려두었다. 정작 핀잔을 준 사람은 내가 아니라 아버지 였다. "또 그 소리…… 뭐 새로 주워들은 거 없냐? 다 아는 거말고 말 이야." 아버지는 앞을 똑바로 보고 운전하면서 큰 소리로 말했다. 나 는 속으로 웃었고, 삼촌은 입을 다물어버렸다. "야, 누가 노래나 불러 라. 졸리지 않게……." 이번에도 아버지였다. 그는 이번에는 고개를 돌려 뒷좌석을 둘러보고는 벌써 머리가 기역자로 꺾여 있는 어머니 를 향해서인지 이어폰을 끼고 눈을 지그시 감은 채 간댕거리는 누이 를 향해서인지 쯧쯧 혀를 찼다. 나는 누이동생을 바라보고 아버지에 게로 눈을 돌렸다. 룸미러 속에서 아버지의 눈길과 마주친 순간 나는 아버지가 나에게 노래를 시키고 있다는 걸 깨달았고, 염소를 붙잡기 위해 떡갈나무에 올라가라는 지시를 거부할 수 없었듯이 이번의 요 구 역시 거부할 수 없다는 예감을 받았다. 깊이 생각해보진 않았지만 지금까지 아버지가 시키거나 요구하거나 부탁한 일을(부탁? 이건 빼 야겠다. 그가 나에게 어떤 말을 할 때 부탁의 형식을 취했던 기억이 나지 않는다) 거부해본 적이 한 번도 없는 것 같았다. 내가 착하다거 나 효자이기 때문이 아니었다. 누구도 나를 그렇게 평가하지 않았고 내 스스로도 그렇게 판단하지 않았다. 난봉꾼이라는 뜻은 아니지만 나는 착하지도 않고 효자도 아니었다. 그런데도 이상하게 아버지를 거역하기가 어려웠다. 아버지는 말했고, 나는 따랐다. 습관적이었고, 기계적이기도 했다. 아버지도 나도 습관과 기계로부터 자유롭지 못했다. 나는 헛기침을 두 번 하고 노래를 부르기 시작했다. 꽃은 피고, 피었다가 지고, 해는 뜨고, 떴다가 진다. 새는 날아오고, 날아왔다 날아가고, 파도는 밀려오고, 밀려왔다 밀려가고, 시간은 흐르고, 흐르기만 할 뿐 멈추지 않는다…… 내 노래는 오수처럼 늘어졌다. 노래를 부르면서 나는 아버지가 내 노래를 싫어할지도 모르겠다고 생각했다. 불행하게도 내 예상은 빗나가지 않았다. 불길한 예상일수록 비켜 가는 법이 없는 법이었다. 아버지는, 장송곡 같다며 손을 내저었다. "좀 신나는 걸로 없냐?" 나는 누이동생을 바라보았고, 아버지는 삼촌을 향해 고개를 돌렸다. 누이동생은 차 안에서 이루어지는 일에는 관심도 없다는 듯 고개를 들지 않았고, 나는 그런 그녀의 무성의와 무신경이 신기하고 부러웠다. "그것도 노래라고 부르냐? 형님도 참, 진작에 나더러 부르라고 해야죠. 노래에 감정이 끼여들어야 하는데, 저 나이에 무슨 삶의 애환을 알겠어요?" 삼촌은 입을 벌리고 헤헤거리며 웃었다. 아버지는 가소롭다는 듯 코방귀를 뀌었다. 삼촌은 내가 그런 것처럼 큼큼, 두어 번 헛기침을 하고는 노래를 부르기 시작했다. 아닌게아니라 삼촌의 노래에는 무언지 모를 감정이 기름기처럼 덕지덕지 달라붙어 있었다. 아버지는 노래 중간에 좋다, 하고 추임새를 넣었다. 손바닥으로 핸들을 치기도 했다. 아버지의 입맛에 맞는 노래임에는 틀림없었지만 내 입맛은 아니었고, 잘 부르는 노래라는 생각도 들지 않았다. 하지만 내 입맛 같은 건 중요한 게 아니었고, 또 노래를 잘 불러야 하는 것도 아니었다. 중요한 것은 흥이었고, 아버지는 그걸 기대했었고, 내 노래에는 없었던 그 흥이 삼촌의 노래에는 있었다. 삼촌도 신이 나는지 손뼉을 부딪치며 점점 크게 노래를 불렀다. 조금 후에는 아버지도 목소리를 보탰다. 두 사람은 무언지 모를 감정이 기름기처럼 덕지덕지 달라붙은 예의 목소리로 합창을 했다. 한 곡이 끝나자 누가 먼저랄 것 없이 다른 곡을 불러냈고, 누구 목소린지 분간하지 못할 정도로 큰 소리를 질러댔다. 소리를 지르면서 박수를 쳤고, 몸을 흔들었고, 그래서 차 안은 가설 무대처럼 변해 갔다. 나중에는 나를 향해서도 같이 부르라고 요구했다. 나는 그 요구를 거절하지 못하고 따라했다. 그러나 내 목소리나 몸동작이나 감정은 아버지나 삼촌의 그것들에 비하면 정말 보잘것없는 것에 지나지 않았다. 그렇지만 서툰 채로나마 나까지 가세함으로써 가설 무대 분위기는 더욱 고조되어갔다. 누이동생은 가끔씩 얼굴을 찡그리며 자세를 바꾸었다. 그럴 때마다 나는 그녀의 숙성한 몸의 안쪽을 힐끔거렸다. 어머니는 그 소란 속에서도 잠을 깨지 않았고, 나는 그런 어머니가 존경스러웠다. 그 어느 순간 나는 염소가 궁금해졌고, 그래서 뒤를 돌아보았고, 입에 재갈이 물린 염소는 짐짝처럼 찍소리도 못한 채 주저앉아 있었고, 그 모습은 얼마 전에 그렇게 그악스럽게 울어대던 놈인가 의심스러울 정도로 측은해 보였고, 그 순간 갑자기, 이유는 잘 모르겠지만 그놈에게 미안하다는 생각이 들었고, 그러자 더 이상 노래를 부르고 싶지 않아졌다. 부르면 안 될 것 같았다. 나는 입을 다물었다. 아버지와 삼촌은 노래를 쉬지 않았다. 그들은 가끔씩 고개를 돌려 왜 합창을 하지 않느냐고 눈짓으로 추궁하긴 했지만, 심하게 강요하지는 않았다.

"뭐야, 저새끼, 죽을라고 환장을 했나?" 갑자기 차체가 기우뚱거리는가 싶더니 옆으로 획 꺾이며 도로변의 가로수를 들이받았다. 아버지의 외마디소리가 먼저였는지 자동차가 가로수를 들이받은 것이 먼저였는지는 분명하지 않았다. 차에 타고 있던 사람들의 몸이 이쪽 저쪽으로 쏠렸다. 삼촌은 앞유리창에 머리를 박았고, 잠에 취해 있던 어머니는 어이쿠, 소리를 내며 바닥으로 떨어졌다. 누이동생의 몸은 중심을 잃고 오른쪽으로 쓰러졌다. 그녀의 오른쪽에는 내가 앉아 있었는데, 나 역시 몸의 중심을 잡기가 어려웠으므로 결국 그녀의 무방비 상태의 몸을 덥석 안고 함께 쓰러지는 형국이 되고 말았다. 동생의 가슴이 내 얼굴을 눌렀다. 그녀의 가슴은 생각보다 컸고 푹신푹신했으며 내 기분은 당연히 아득하고 야릇했다. 나는 그녀의 가슴속에 박힌 코를 꺼내기 위해 낑낑거리느라 처음 한동안은 도대체 무슨 일이 일어난 것인지도 알아차리지 못했다. "이게 무슨 일이야?" 입에 재갈이 물린 염소를 빼고는 다들 한마디씩 했지만, 그 중에서도 가장 큰 목소리로 졸지에 닥친 재난에 대해 불만과 항의를 터뜨린 사람은 누이동생이었다. 그녀는 끝이 갈라지고 길게 뻗어나가는 특유의 앙칼진 음성으로 으악, 하고 비명을 질렀고, 그 와중에도 바닥에 떨어진 카세트부터 주워들면서, 내 카세트 망가지면 어떡해, 하고 소리지름으로써 철저한 이기주의자로서의 면모를 과시했다. "미친년, 지금 카세트가 문제냐?" 내가 해주고 싶은 말이었지만, 실제로 그 말을 한 사람은 바닥에서 힘겹게 몸을 일으켜세우며 주변을 두리번거리던 어머니였다. 어머니는 아버지가 창문을 열며 당신, 뭐야? 하고 길 한복판에 서 있는 누군가를 향해 험악하게 인상을 쓰는 모습을 보았다. 삼촌도 보았고 나도 보았다. 누이동생은 보지 않았다. 그녀는 카세트를 들여다보느라 정신이 하나도 없었다.

　도로 한가운데 코밑과 턱을 수염으로 덮은 남자가 서 있었다. 머리에는 머리카락이 없었지만, 얼굴의 절반 정도를 가리고 있는 많은 털로 미루어보아 대머리는 아니지 싶었다. 물론 내 추측은 빗나간 것일 가능성이 있었다. 나는 대머리가 머리털만 아니라 신체의 다른 부위에 나는 털까지 빠져나가는 것인지 확신할 수 없었다. 양복을 차려입었지만 어딘지 그 옷이 사람과 겉도는 느낌을 주었다. 볕에 그을린 듯한 새까만 피부와 공구함인 듯싶은, 손에 들고 있는 사각의 제법 큰 가방이 그런 느낌을 부추겼다. 앞뒤 없이 흥분해 있는 아버지에게 그 사람은 매우 침착하게 무슨 말인가를 했다. 확실하진 않지만, 염소를 준비했느냐고 묻는 것 같았다. 처음에 나는(아버지도 그랬겠지만) 온전한 정신을 가진 자가 아닐 거라고 막연하게 추측했었는데, 말투로 보아 그런 것 같진 않았다. 아버지는 당신이 상관할 바가 아니라고 잘라 말했다. 그 사람은 똑같은 자세로 서서 변함없는 톤으로 같은 질문을 던졌다. 아버지는 마지못해 염소를 준비했다고 대답했다. 아버지는 하마터면 큰 사고를 일으킬 뻔한 작자의 무분별하고 위험하기 짝이 없는 행동에 대해 무언가 호된 질책을 해주고 가야겠다는 생각을 하고 있었던 것 같다. 그렇지 않으면 바쁜 시간에 낯선 길에서 낯선 사람과 대화를 나눌 이유가 없었다. 하지만 상황은 아버지의 의향대로 풀려나가는 눈치가 아니었다. 무엇보다 그 사람이 사과를 할 분위기가 아니었다. 사과를 하거나 해명을 해야 할 필요를 전혀 느끼지 못하고 있는 것이 분명했다. 그가 사과를 하지 않는다면 아버지의 화가 풀리지 않을 것이고, 그렇다면 무슨 일이 전개될지 아무도 장담할 수 없는 노릇이었다. 아버지는 자동차의 문을 벌컥 열고 밖으로 나갔다. 길거리에 마주선 채로 두 사람은 대화를 나누었다. 대화가 시작되고 얼마 지나지 않아 금방 주먹이라도 날릴 것 같던 아버지의 기세가 현저하게 꺾인 사실을 눈치챘다. 그것은 좀 뜻밖의 광경이었다. "무슨 이야기를 저렇게 오래 한대? 그냥 가지 않고……." 아버지로부터 눈을 떼지 않고 있던 어머니가 걱정스러운 듯 한마디 했다. "무슨 말씀이세요, 저런 놈들은 혼쭐을 내놓아야 한다고요, 어디서 건방지게……." 이상스럽게 흥분한 삼촌은 자신의 오른쪽 주먹을 왼쪽 손바닥에 툭툭 쳐가면서 앙잘거렸다. 옆에 그 사람이 있으면 정말로 한 대 칠 기세였지만 왜 그런지 그런 삼촌이 광대처럼 여겨졌다. 누이동생도 그렇게 느꼈는지 가소롭다는 듯 입술을 비틀어서 피식피식 웃었다. 누이동생은 도무지 어른에 대한 존경심이 없었다. 삼촌은 물론 어머니나 아버지에 대해서도 마찬가지였다. 그녀가 어머니나 아버지의 말을 고분고분 따르거나 애교를 부리는 걸 본 기억이 없었다. 부모님들이 그런 그녀를 야단치지 않는 게 이상했다. 그녀는 꼭 성질 더러운 염소 같았다. 두려워하거나 어려워하는 대상이 한 명도 없다는 것은 내가 보기에 대단한 일이었다. 어떻게 그럴 수 있는지 신기했고, 가끔은 부러웠다. 그녀에게서 발산되는 매력의 절반이 거기서 나왔고, 그녀를 향한 염오의 절반 역시 거기서 말미암은 것이었다. 아버지가 낯선 남자와 이야기를 하는 동안 삼촌과 나는 밖으로 나와 차를 살폈다. 옆구리가 찌그러지고 한쪽 라이트가 깨졌지만 생각만큼 심하지는 않았다.

아버지가 그 낯선 사람을 데리고 우리 차로 돌아온 것은 적지 않은 시간이 흐른 다음이었다. 우리는 그들 사이에 무슨 대화가 오가고 어떤 협의가 이루어졌는지 알지 못했다. 낯선 사람은 마치 자기 자동차의 문을 열듯이 짐칸을 열고 바닥에 주저앉아 있는 염소를 눈으로 어루만졌다. 아버지는 그 옆에 서서 저놈이에요, 우리 집에서 제일 실한 놈이지요, 하고 얼마간의 자부심을 드러내며, 그러나 곧 어쩐지 꼬리를 사리는 것 같은 겸손한 몸짓에 그 보잘것없는 자부심을 감추며 말했다. 낯선 남자는 우리 집 염소의 둥근 뿔을 잡고 흔들었다. "암컷이로군. 한 일 년 큰 것 같고, 처녀고, 혈색이 좋군." 그는 염소의 몸을 어루만지며 혼잣말처럼 중얼거렸다. 어쩐지 오만하게 들리는 목소리였다. 그가 오만한 목소리를 낼 수 있는 상황인지 의심스러웠다. 그런데도 아버지는 이의를 제기하지 않았다. 더욱 이상한 것은 염소의 반응이었다. 입에 재갈이 물린 탓에 진작부터 소리를 내지 못하고 있긴 했지만 그자의 손길이 닿자마자 염소의 눈동자가 허공에서 불안하게 떠돈다 싶더니 다음 순간 의자 밑으로 기어들어가 버리는 것이었다. "왜 저래, 저놈이……." 삼촌이 눈을 동그랗게 뜨고 아버지와 낯선 남자를 번갈아 쳐다보았다. 낯선 남자는 무표정했고, 아버지는 만족스러운 듯 고개를 끄덕거렸다. 그때 삼촌과 나는 도로 차에 올라타 있었는데, 아버지는 재석이가 자리를 비켜줘라, 하고는 자동차의 문을 열었다. 재석이는 내 이름이었다. 나는, 자리를 비켜주라니요? 하고 묻지 않았다. 남자를 우리 차에 태우려 한다는 사실을 깨달았지만 간섭할 사안이 아니었다. 그런 문제를 결정할 수 있는 권한은 아버지에게 있었다. 나는 문 밖으로 나왔다. "타세요." 아버지는 그 남자에게 내가 앉아 있던 자리를 권했다. 그 사람은 당연하다는 듯 아무런 감정도 드러내지 않고 차에 올라탔다. 어머니는 아버지의 조치를 이해하지 못하겠다는 듯 멀뚱멀뚱 쳐다보기만 했고, 그사이에 카세트가 멀쩡하다는 걸 확인했는지 이어폰을 귀에 꽂고 음악 감상에 돌입한 누이동생은 세상이 뒤집혀도 상관없다는 식의 무신경을 살짝 내려 감은 눈과 간댕거리는 다리와 으쓱거리는 어깨로 드러냈다. 나는, 나는요? 하고 물었다. "뒤에 타라." 아버지의 대답은 간단했다. 나는 뒤를 돌아보았다. 염소가 의자 밑에 몸을 웅크린 채 벌벌 떨고 있었다. 그새 똥이나 오줌을 싸지 않았다고 장담할 수도 없는 상황이었다. 그런데 나더러 그 더러운 짐칸에 염소와 함께 타라고? 아버지는 내 기분을 아는지 모르는지 다른 말을 덧붙이지 않았고, 나는 이번에도 아버지의 요구를 거절하지 못했다.

악취가 났다. 염소나 나나 별로 다를 것도 없는 신세라는 생각이 염소 옆에 쭈그리고 앉자 들었다. 어머니가 자신의 발 밑에 있던 배낭을 내게 던져주며 깔고 앉으라고 했다. 나는 그렇게 했다. 비참한 기분이었다. 세상은 아직 깜깜했다. 아버지는 시동을 걸었다. 서둘러야겠는걸, 하고 아버지가 말하는 소리가 들렸다. 아무도 그 말을 받지 않았다. 한동안 자동차 안에 정적이 감돌았다. 좀 불편한 정적이었다. 그것 때문이었는지 자동차 안이 관 속 같다는 생각이 문득 들었다. 우리가 모두 송장 같다는 생각, 혹은 누군가의 무덤에 딸려 들어온 사람들일 수도 있다는 생각은 내 의식을 뿌옇게 만들었다. 낯선 남자는 허리를 등받이에 붙인 채 곧은 자세로 앉아 있었다. 사각의 큰 가방이 남자의 무릎 위에 올려져 있었다. 나는 그 안에 무엇이 들어 있는지 궁금했다. 하지만 물어보고 싶지는 않았다. 나는 그 사람이 누군지 궁금했다. 하지만 물어보지는 않았다. 관 속에 들어앉아 있는 것 같다는 느낌이 그런 질문을 하지 못하게 막았다. 사실은 아버지가 낯선 사람과 새로운 상황에 대해 무슨 설명인가를 해줘야 했다. 나는 그렇게 생각했다. 하지만 요구하지는 못했다.

"아저씨, 누구예요? 그 가방에 뭐 들었어요?" 나는 내 입에서 그 말이 나온 줄 알고 깜짝 놀랐다. 하지만 내가 아니었다. 누이동생이 고개를 비스듬히 돌려서 수염이 가득한 남자의 얼굴과 그 남자의 무릎 위에 올려져 있는 가방을 흘겨보면서 그렇게 툭 질문을 던졌다. 남자는 궁금하냐? 하고 물었다. 남자의 목소리는 굵고 위엄이 있었다. 동생은 그렇다는 뜻으로 고개를 끄덕였다. 그녀의 고갯짓은 약간 불손해 보였다. 그러나 그것을 지적하는 사람은 없었다. 가볍게 한마디할 것 같은 어머니도 잠잠했다. 그녀 역시, 내가 그런 것처럼, 동생이 질문을 하기 전부터 그것을 알고 싶어했던 때문이라고 나는 짐작했다. 아버지는 운전만 했다. 룸미러를 통해 뒤쪽의 동정을 살피긴 했지만 끼여들 마음은 없는 듯했다. 이거 말이지, 하고 그는 손바닥으로 자기 가방을 툭툭 쳤다. 크고 두껍고 자주색이 도는 그 사람의 손등을 물끄러미 바라보는데 무엇 때문이었을까, 순간적으로 오싹한 느낌이 들었다. 설명할 수는 없지만 내 정신의 깊은 곳에 얼음조각을 갖다댄 것 같은 전율이 스치고 지나갔다. 나는 얼른 다른 데로 눈길을 돌렸다. "크고 작은 칼이 일곱 개, 크고 작은 도끼가 일곱 개, 가위가 세 개, 그리고 날을 예리하게 세우는 데 쓰는 숫돌이 두 개." 남자는 주문받은 물건의 갯수를 헤아리는 상인처럼 태연하게 말했다. 한 번 더 오싹한 한기가 스치고 지나갔다. 그 기운이 자동차 안의 공기를 서늘하게 만들고 있다는 사실이 깨달아졌다. 관 속에 들어앉아 있는 것 같다는 느낌이 어째서 들었는지 그제야 알 것 같기도 했다.

아버지는 뒤를 돌아보지 않은 채 저 양반이 도살자다, 하고 말했다. 도살자라니요? 하고 물은 것은 동생이었다. 동생은 낯선 남자와 아버지를 번갈아 바라보았다. 누구든 대답을 해달라는 뜻이 그 눈빛에 담겨 있었다. 저분이 우리 염소를 잡을 거다, 하고 말한 사람은 아버지였고, 도살은 아무나 할 수 있는 게 아니다, 숙련이 필요하지, 하고 말한 사람은 그 남자였다. "해가 그냥 떠오르는 게 아니다. 우리 식구들을 위해, 우리 식구들 대신 염소를 잡을 거다. 그 일은 신성하고 까다롭고 어려운 일이지." 아버지가 설명을 덧붙였다. "하지만 꼭 그래야 하는 건 아니잖아요? 가장인 당신이 하셔도 되잖아요?" 이의를 제기한 사람은 어머니였다. 아버지는, 그건 그렇지, 하고 어머니의 이의를 받아들인 다음 뒤에 앉은 도살자의 눈치를 살피는 듯 잠깐 말을 멈췄다가 그건 도살자가 없을 때 이야기지, 하고 말했다. "도살자가 있는 데야 아무리 가장이라도 내가 그 일을 할 수 있나? 그럴 필요도 없고 그럴 권한도 없지. 부정을 타면 어떻게 하나. 저 양반이야 그게 직업인걸. 길에서 저 양반을 만난 게 우리 식구들한테는 꿩

장한 행운이지." 아버지의 말이 이어지는 동안 도살자는 허리를 꼿꼿이 세운 자세 그대로 가만히 있었다. 그 모습은 위엄이 있어 보이기까지 했고, 보통 사람과는 어딘지 다르다는 생각을 하게 했다.

누이동생이 아저씨, 진짜 저 가방에 칼이랑 도끼가 들었어요? 일곱 개씩? 하고 물은 것은 그 순간이었다. 그때 나는 그녀의 눈이 반짝 빛을 내는 걸 보았다. 이어서 나는 그녀가 어떤 일에 눈동자를 반짝거리며 대드는 걸 본 적이 없다는 사실을 상기했고, 이건 뭔가 불길한 징후일지 모른다는 예감에 사로잡혔다. 도살자가 빙그레 웃기만 하자 그녀는 보여달라고 조르기 시작했다. 그녀는 가방을 감싸안고 있는 도살자의 팔을 잡고 흔들었다. 하지만 흔들리는 것은 그녀의 몸이었다. 도살자의 꼿꼿한 몸은 움직이지 않았다. 아저씨, 하고 말할 때 그녀는 말꼬리를 길게 끌었고, 그 때문에 내 귀에는 그녀가 교태를 부리는 것처럼 들렸다. 나는 그녀가 걱정스러웠다. 하지만 사실을 말하면 걱정스러운 것은 나였다. 그녀의 목소리와 몸짓에 의해 내 몸 속의 야릇한 충동이 기지개를 켜려고 하는 참이었다. 눈앞에 벌거벗은 올랭피아의 모습이 그려졌다. 누이동생의 얼굴을 한 올랭피아였다. 올랭피아는 옷을 벗은 창녀. 나는 옷을 벗은 올랭피아의 얼굴이 누이동생인 것에 놀라고 그 누이동생의 몸이 너무나 관능적인데 놀란다. 옷을 벗은 창녀 올랭피아의 목에 선물 포장지의 리본과 같은 검은 끈이 매달려 있다. 나는 선물 포장지를 뜯는 심정으로 그 끈을 잡아당긴다…… 내 신경들은 폭발할 것처럼 부풀어올랐다. 참으로 민망스러운 일이었다. 나는 머리를 저었다. 염소가 의자 밑에서 내 눈을 빤히 쳐다보고 있었다. 그 짐승이 내 속을 꿰뚫어보며 비웃는 것 같았다. 나는 수치심으로 얼굴이 벌게져서 염소의 시선을 피했다. 그래도 눈앞의 그림은 지워지지 않았다. "아저씨, 보여줘요. 보여주세요. 제발요, 제발 좀 보여줘요." 어쩌자는 갑작스런 집착일까. 그녀는 거의 사정을 하고 있었다. 그녀의 몸은 도살자의 몸에 찰싹 달라붙어 있었다. 말려올라가 허벅지를 거의 다 드러낸 그녀의 흰 다리가 남자의 다리 위에 반쯤 기어올라 있었다. 언제 벗었는지 흰색 부츠는 보이지 않았다. 그녀의 손은 남자의 가방을 빼앗아 열려고 애를 쓰고 있었다. 나는 그녀가 성적으로 흥분해 있는 것이 아닌가 의심스러웠다. 그 상상은, 사실 여부와 상관없이, 나의 신경들을 더욱 흥분시켰고 그래서 나는 이중으로 괴로웠다. 그녀의 그런 엉뚱한 집착과 열정이 나에게만 뜻밖이었던 것은 아니었다. 어머니나 삼촌이나 아버지에게도 그건 마찬가지였다. 그녀를 제지하지 않고 내버려둔 까닭이 아마도 그 때문일 거라고 나는 판단했다. 아니라면 그들 모두 남자의 가방 속에 들어 있는 흉기들이 궁금했던 것일까. "봐서 좋을 게 없다. 함부로 보여줄 수가 없어." 도살자의 입에서 나온 말은 냉담했다. 그리고 나는 그의 냉담한 반응이 누이동생을 더욱 뜨겁게 달굴 거라고 짐작했다. 내 짐작은 틀리지 않았다. 누이동생은 한층 안으로 말려들어가는 목소리를 냈고 더욱 대담하게 남자의 손에서 가방을 빼앗으려고 했다. 그러나 남자는 꿈쩍도 하지 않았고, 그럴수록 그녀의 몸은 남자에게 매달렸다. 얼마 지나지 않아 그녀는 남자의 무릎 위에 올라탔다. 보여줘요, 보여달라니까요, 하고 외치는 그녀의 목소리는 거의 애원에 가까웠고, 남자의 무릎 위에 올라앉아 상체를 앞으로 구부린 채 가방의 잠금 장치를 풀려고 애쓰는 그녀의 몸동작은 교태에 다름아니었다. 위태롭고 창피했다. 그만둬, 하고 나는 말했다. 그분을 귀찮게 하지 마, 하고 타일렀고, 부끄러운 줄을 알아야지, 하고 야단쳤다. 그러나 누이동생은 애원과 교태를 멈추지 않았고, 누구도 나에게 반응을 보이지 않았고, 나는 내가 한 말이 아무에게도 전

달되지 않은 사실을 알았다. 내 말은 내 귀에만 들렸다. 실제로는 내가 아무 말도 하지 않았기 때문이었다. 나는 남자의 손이 누이동생의 가슴을 움켜쥐는 걸 보았다. 그러나 내가 하지 않은 말을 했다고 생각한 것처럼 보지 않은 것을 보았다고 주장하는지도 모른다. 나는 남자의 크고 두꺼운 손이 조그맣고 부드러운 누이동생의 가슴을 움켜쥘 때 그녀가 비명을 지르는 소리를 들었다. 그러나 내가 하지 않은 말을 했다고 생각한 것처럼 듣지 않은 것을 들었다고 주장하는지도 모른다. 나는 남자가 누이동생의 치마를 허리까지 걷어올리고 더듬는 걸 보았다. 그러나 환상이었는지 모른다. 나는 남자가 누이동생의 몸을 더듬을 때 그녀가 황홀경에 빠진 사람의 들척지근한 신음소리를 내는 걸 들었다. 그러나 환청이었는지 모른다.

3

자동차도로가 끝나는 곳에 이르렀을 때 빗방울이 떨어지기 시작했다. "일출을 볼 수 있을까?" 차에서 내리면서 아버지가 말했다. 식구들은 일제히 하늘을 올려다보았다. 하늘은 아직 어두웠다. 아직 동이 틀 시간이 아니기도 했지만 구름이 하늘을 잔뜩 덮고 있기 때문이기도 했다. 먹구름이 쉽게 벗겨질 것 같지 않았다. 언제 빗줄기가 굵어질지 장담할 수 없는 노릇이었다. 날씨가 계속 이 모양이라면 해가 떠오르는 광경을 보지 못할 것은 불을 보듯 뻔했다. 그렇다면 굳이 산길을 걸어 올라갈 필요가 없는 일이 아닌가. 우리들의 새벽 여행은 일출을 만나기 위해서였다. 세상을 갱신시키고 새로운 시대를 열 여섯번째의 태양. 그러므로 일출을 만날 수 없다면 여행은 헛것일 수밖에 없었다. 삼촌이 일출을 볼 수 있을까? 하고 걱정스럽게 말했을 때,

나는 그가 그 점을 염려하고 있다고 생각했다. 날씨가 이런데 가야 돼요? 하고 물은 것은 그런 내 의중이 자연스럽게 표출된 것이었다. 더 솔직하게 말하면 도살자가 우리 차에 탄 이후 내 기분은 완전히 시궁창처럼 변해 있었다. 차 안의 분위기는 터무니없이 무거웠고 떠도는 공기는 한없이 불안했다. 식구들은 입을 꼭 다물고 창 밖만 주시했다. 숨조차 쉬지 않는 것 같았다. 누이동생은 칼을 가지고 놀았다. 도살자의 가방 속에는 손가락만한 것부터 팔뚝만한 것까지, 반달 모양으로 휘어진 것부터 끝이 뭉툭한 것까지, 두 겹 세 겹으로 접히는 것부터 칼집에 들어가 있는 것까지 여러 종류의 다양한 칼들이 들어 있었다. 누이동생은 꺄악꺄악 이상스런 소리를 내며 감탄했다. 나는 그녀가 왜 그렇게 흥분하는지 알 것도 같고 모를 것도 같았다. 그러나 쉽게 용납하고 싶은 마음은 아니었다. 공연히 과장을 하고 있는 것이 아니라면 자신의 추잡한 속내를 너무 노골적으로 까발리고 있는 게 아닌가 싶어 울컥 짜증이 났다. 나는 그것말고는 다른 방법이 없다고 생각했으므로 그녀가 분별력을 찾아주기를 바랐지만, 그녀에게 되찾을 분별력 같은 것이 있었던가 하는 질문 앞에서는 말이 막혔다. 그녀는 신기한 듯 칼등과 칼날을 만져보고 문질러보고 했다. 가방이 열린 후 도살자는 갑자기 너그러워져서 그녀의 방만한 천방지축에 제동을 걸지 않았다. 그녀는 남자의 무릎 위에 올라앉아서 턱 밑 수염을 밀었다. 그리고는 재밌어 죽겠다는 듯 까르륵까르륵 숨넘어가는 소리를 내며 웃었다. "염소의 숨을 끊을 때 어떻게 해요?" 숨이 넘어갈 듯한 이상한 웃음 사이로 그런 질문을 던지기도 했다. 남자가 대답을 하지 않자 이렇게 해요, 아니면 이렇게? 하고 금방 그어버릴 것처럼 남자의 목에 칼날을 들이댔다가 곧 이어서 심장을 향해 찌를 듯 칼을 세웠다. 그러면서 연신 까르륵거렸다. 옆에서 보기에는 무례하고 위험천만한 행동이었으나 도살자는 눈 하나 꿈쩍하지 않았고, 차 안에 타고 있는 다른 사람들은 무엇 때문인지 간섭을 하지 못했다. 입 안에서는 침이 말랐지만 입 밖으로는 아무것도 내뱉을 수 없었다. 다들 숨도 제대로 내쉬지 못했다. 자동차 안의 분위기가 관속이나 딸려 죽은 무덤 속 같다는 연상은 결코 과장이 아니었다. 그럴 리가 없는데도 그 남자와 누이동생은 우리와 전혀 다른 차원에서 놀고 있는 것처럼 여겨졌다. 그들은 우리와 같은 자동차를 타고 있었지만, 그러나 우리와 그들 사이에는 통과할 수 없는, 우리 눈에는 보이지 않는 신비스런 막 같은 것이 가로놓여 있다는 생각이 들었다. 만화 같은 상상이었지만 그 안에서 벌어지고 있는 일이 이미 만화나 다름없었으므로 적어도 그 상황에서의 만화적 상상력은 결코 허물이 아니었다. 만화는 언제나 사람이 상상할 수 있는 것 이상의 것을 꿈꾼다. 만화는 사람이 멈추기를 기대하는 자리 이상의 자리로 우리를 데리고 간다. 만화는 멈추지 않는다. 멈추지 않는 것이 만화의 만화다움이고 만화의 숙명이다. 그녀는 칼로 자기 드레스를 잘랐다. 남자는 손 하나 까딱하지 않았다. 그녀의 꽃무늬 드레스를 자른 것은 그녀의 손이었고, 그녀의 손에 들린 칼이었다. 그런데도 내 의식은 그녀의 꽃무늬 드레스를 자른 것은 그녀가 아니라 그라고 단정했다. 그가 손 하나 까딱 하지 않은 것은 사실이었고, 나는 그 사실을 모르지 않았다. 하지만 그 사실을 알고 인정한다고 하더라도 내 생각이 달라져야 하는 것은 아니었다. 그가 손 하나 까딱 하지 않고도 그녀의 꽃무늬 드레스를 잘라냈다는 쪽으로 내 생각은 이동했다. 그는 손 하나 까딱 하지 않고도 그녀의 꽃무늬 드레스를 자를 수 있는 능력을 가지고 있는 사람이다. 그러니까 그는 그녀의 꽃무늬 드레스를 자르기 위해 굳이 자신의 손을 까딱 할 필요가 없었다……. 내 생각은 만화적으로 심화되어가갔다. 여기저기가 찢겨져나간 그녀의 드레스는 넝마처럼 너덜너덜해졌다. 한쪽 어깨가 그대로 드러났고 젖가슴도 절반 이상 튀어나왔다. 속옷이 다 보였다. 오른쪽 팔목에서는 피가 났다. 망측하다고, 아니면 위험하다고 제지하고 나설 것 같은 상황인데도 어머니가 아무 행동도 하지 않는 까닭을 이해할 수 없었다. 어머니도 나를 이해할 수 없었을까? 아버지도? 우리 식구들은 서로 어떤 행동인가를 해주기 바라면서, 어떤 행동도 하지 않는 다른 식구들을 이해할 수 없어 하면서 그 관 속 같은 시간을 견디고 있었던 것일까? 길이 끝나지 않았다면 무슨 일이 더 일어났을지 예측할 수 없었다.

아버지는 하늘을 쳐다보고, 손바닥을 펴서 빗방울이 떨어지는지 확인했다. "해를 보긴 어렵겠는데요." 삼촌이 거들었다. "그러니까 말예요, 어차피 해를 보지 못할 건데, 또 가다가 비를 만날 것이 뻔한데 굳이 가야 해요?" 나는 그 틈을 놓치지 않고 얼른 끼여들었다. 아버지는 도살자의 눈치를 살폈다. 도살자는 누이동생이 가지고 놀던 크고 작은 칼들을 가방에 집어넣고 있었다. 동생은 자동차 시트 위에 벌렁 누워 있었다. 어쩐 일인지 그녀는 몹시 힘든 노역이라도 치러낸 사람처럼 지치고 탈진해 보였다. 시종 까르륵거리며 이해할 수 없는 행동을 해 보이던 그녀가 그렇게 널브러져 있는 모습은 이해하기가 어려웠다. 민망해서 일으켜세울까 하다가 그만두었다. 내 안에서 무엇인가가 제지했다. 그것을 권한이라고 말하든 책임이라고 말하든 그 일을 할 사람은 내가 아니라 도살자라는 생각이 밑도끝도없이 솟아났다. 나는 입술을 깨물었다. 도살자는 말없이 가방을 챙겨들고 짐칸에서 염소를 끌어냈다. 염소는 온순했다. 그것이 저항을 포기한 때문인지 아니면 탈진한 때문인지는 확실하게 알 수 없었다. 직접 말은 하지 않았지만 도살자는 그 행동으로 자기 의사를 분명히 표시하고 있었다. 그의 행동은 직접 말한 것보다 더 직접적이었다. "그래도 가야지." 아버지가 결론을 내리듯 말하고 차 안에서 배낭을 꺼냈다. 그 결론이 도살자의 눈치를 살피는 데서 도출되었다고 하는 사실을, 아버지는 이야기하지 않았지만 나머지 식구들은 알아차렸다.

몇 대의 자동차가 우리 뒤에 멈춰 섰다. 우리보다 먼저 온 차들이 그 일대에 가득했다. 산속으로 난 길에는 불을 밝히고 걸어가는 사람들의 울긋불긋한 행렬이 보였다. 노인도 있었고 어린아이도 있었다. 도란도란 속삭이는 사람들의 말소리와 걸음을 재촉하는 발짝소리와 짐승들의 울음소리가 들렸다. 짐승들은 스스로 걷기도 하고 묶인 채 끌려가기도 했다. 많진 않았지만 짐승을 배낭처럼 어깨에 메고 가는 사람도 있었다. 짐승들이 어쩌나 시끄럽게 울어대는지 귀가 따가울 지경이었다. 삼촌은 배낭을 멨다. 아버지는 염소의 목에 걸린 끈을 붙잡았다. "어쩌지? 애 머리가 불덩이 같네." 어머니가 의자 위에 축 늘어져 있는 누이동생의 이마와 얼굴을 어루만지며 말했다. 동생의 얼굴은 창백했다. 조금 전까지 상기되어 있던 얼굴이 아니었다. 귀밑으로 눈물과도 같은 땀방울이 흘러내리고 있었다. 독한 술에 취한 것 같은 숨가쁜 열기는 사라지고 없었다. 나는 탈진해 누운 그녀의 몸 속에서 빠져나가는 독소가 식은땀으로 흐르고 있는 것일지 모른다는 한가한 생각을 했다. "이를 어째? 시트가 다 젖었어." 누이동생의 몸을 돌려 눕히며 어머니는 안절부절못했다. 아닌게아니라 그녀의 몸이 닿았던 자리가 흥건했다. 넝마나 다름없는 그녀의 꽃무늬 드레스는 땀에 절어서 몸에 달라붙었다. 그녀의 몸은 거의 나체나 다름없었다. 손만 머리 뒤로 돌린다면 그대로 올랭피아의 포즈였다. 그녀는 의식이 없었다. 그녀는 만인을 위해 준비한, 그러나 유일한 한 사람에 의해 풀려지기를 기다리는 선물처럼 보였다. 그녀는 자신이 살아 있는 생명체라는 사실을 증명이라도 하려는 듯 가끔씩 숨을 헐떡였다. 그 순간에 그녀는 곧 태워 없애지기 위해 산 채로 제단 위에 올려진 제물처럼 보였다. 상황이 그런데도 선뜻 어떻게 해야 한다는 판단이 서지 않았다. 판단이 서지 않았으므로 몸이 움직여지지 않을 것은 너무나 당연했다. 아버지는 엉거주춤 서서 어머니가 하는 양을 바라보고 있었다. 마치 남의 일을 구경하는 태도였다. 나는 아버지가 그렇게 무력해 보인 적이 없었다고 속으로 생각했다. 내가 한 번도 거역해본 적이 없는, 거역할 수 없었던 아버지가 바로 저 사람이란 말인가. 아버지에 대한 실망이 약간의 용기를 북돋았다. 그냥 돌아가야 하는 거 아니에요? 하고 말을 꺼낸 것은 그 덕택이었고, 또 그만큼 마음이 불안한 덕택이기도 했다. 사태가 종잡을 길 없는 쪽으로 미끄러져 들어간다는 기왕의 짐작은 조금도 수그러들지 않고 오히려 심화되어가고 있는 터였다. 하기야 마음의 평정을 잃은 것은 오래 전이었다. 그리고 그것의 원인은 도살자였다. 그 사람이 우리 차에 올라탄 후로 모든 것이 헝클어지고 혼란스러워졌다. 그 사람에게는 무언가 설명할 수 없는 마력, 일종의 검은 힘 같은 것이 있었다. 그 검은 힘이 우리 식구들의 머리 위에 그물처럼 드리워져 있다는 기분으로부터 벗어날 수가 없었다. 그자와 동행하는 한 자유로워질 가능성은 없었다. 그자를 떨어낼 수 없다면 우리가 떨어져나와야 했다. 그는 가게 하고 우리는 가지 않으면 되는 일이었다. 몇 만 년 만의 우주 갱신이니 하는 게 다 뭐란 말인가, 싶어졌다. 그렇지만 다른 식구들의 생각은 나와 같지 않은 것 같았다. 아버지는 무표정했고 삼촌은 나를 멀뚱멀뚱 쳐다보기만 했고 어머니는 누이동생의 얼굴에서 땀을 닦아내기만 했다. 누이동생은 의식을 놓아버린 상태였다. 그녀는 다른 세상에 가 있는 것이나 마찬가지였다. 식구들 가운데 자율적으로 사고 하는 사람이 한 명도 없었다. 어째서 그렇게 되었는지 모르게 그렇게 되어 있었다.

어쨌든 가야지, 하고 말한 사람은 아버지였다. 아버지는 여기가 흐리다고 저 위도 흐릴 거라고 생각하지 말아라, 하고 무거운 목소리로 말했다. 나는 아버지의 말을 부정하고 싶었지만 그러지 못했다. 약간의 침묵이 흐른 후에 삼촌이 이 애를 어떻게 할까요? 하고 말하며 도살자의 얼굴을 쳐다보았다. 그는 누이동생에 대한 의견을 묻고 있었다. 나는 삼촌이 그 사람의 눈치를 보는 게 기분 나빴지만, 속마음과는 달리 나의 눈길 역시 별수없이 그 사람에게로 향하고 있었다. 도살자는 이렇다 저렇다 말을 하지 않았다. 그 대신 성큼성큼 걸어와서 그 자줏빛이 도는 두껍고 큰 손을 누이동생의 양쪽 겨드랑이에 집어넣었다. 누이동생의 몸이 헝겊데기마냥 훌쩍 들어올려졌다. 순식간의 일이었다. 그렇지 않아도 건장한 그의 체격이 위압감이 들 정도로 커 보였다. 그는 누이를 들쳐업고 산길로 접어듦으로써 우리의 행동을 통제했다. 그는 한 손으로 누이의 다리를 모아 쥐고, 다른 손으로는 머리를 잡아 자기 목에 목도리처럼 둘렀다. 망설임과 우왕좌왕은 끝이 났다. 더 이상 망설임도 우왕좌왕도 허용될 수 없었다. 마치 그가 결단을 내려주기를 기다리고 있기라도 했던 것처럼 우리 식구들은 말없이 그를 따라갔다. 아버지는 염소의 고삐를 잡았다. 그러나 염소가 뒷발에 힘을 주고 앞으로 나가려 하지 않았기 때문에 곧 삼촌이 힘을 보태지 않으면 안 되었다. 아버지와 삼촌은 둘이서 염소를 끌었다. 너는 가방을 들어라, 하고 도살자가 말했다. 나는 내키지 않았지만 시키는 대로 했다. 일곱 개의 도끼와 일곱 개의 칼과 세 개의 가위와 두 개의 숫돌이 들어 있을 가방은 묵직했다. 축 늘어진 누이동생을 들쳐업고 앞장을 선 도살자는 뒤를 돌아보지 않았다.

빗방울은 굵어지지 않았다. 하늘을 덮고 있는 구름이 쉽게 벗겨질 것 같진 않았지만 그렇다고 큰비가 내릴 것 같지도 않았다. 이렇든 저렇든 일출을 기대하긴 어려운 날씨였다. 그런데도 사람들은 산을 향해 올라갔다. 아버지가 그런 것처럼, 모두들 여기가 흐리다고 저 위까지 흐린 것은 아니라는 믿음에 사로잡혀 있었다. 흐린 정도가 아니라 설령 폭우가 쏟아진다고 해도 세상을 갱신시킬 신생의 해는 떠오를 것이고, 떠오르지 않을 수 없을 거라는 믿음, 나는 그 믿음을 이해했다. 몇 만 년 만의 우주 갱신의 사건이 벌어질 장소는 구별된 공간이어야 했다. 이곳과 그곳은 질적으로 다를 수밖에 없었다. 차원이 다르고 법이 다르고 원리가 달랐다. 이곳을 지배하는 힘이 그곳에서도 힘을 쓰리라고 기대할 수 없었다. 이곳의 날씨가 그곳의 날씨와 같을 순 없었고 같아서도 안 되었다. 아니면 구별된 것은 공간이 아니라 시간인지 모른다. 여섯번째 태양이 탄생하는 시간이 구별된 시간이어야 하는 것은 너무나 당연하다. 지금과 그때는 다르지 않을 수 없었다. 차원이 다르고 법이 다르고 원리가 다르다. 이 시간을 지배하는 힘이 그 시간에도 힘을 쓰리라고 기대할 수 없다. 이 시간의 날씨가 그 시간의 날씨와 같을 수 없고, 같아서도 안 된다. 그 믿음을 빼놓고는 사람들의 행동을 이해할 수 없다. 그런 믿음을 빼놓고는 식구들과 내 행동도 이해할 수 없다. 온 세상을 덮고 있던 어둠이 조금씩 옅어졌다. 시간이 되어가고 있다는 증거였다. 사람들의 발걸음이 빨라지는 게 느껴졌다. 무슨 생각에 잠겨 있는지 식구들은 말이 없었다. 앞장선 도살자를 바라보며 말없이 걷기만 했다. 도살자는 우리를 이끌었다. 그는 우리의 걸음을 이끌었고 우리의 생각을 이끌었고 우리의 분위기를 이끌었고 우리의 침묵까지도 이끌었다.

그가 아무 말도 하지 않았으므로 식구들 역시 아무 말도 하지 않았다. 아버지와 삼촌은 고집 센 염소와 실랑이를 하느라고 뒤처졌다가 빠른 걸음으로 뒤쫓아오곤 했지만, 그는 들쳐 멘 누이동생의 몸을 한 번 추스르는 법도 없이 일정한 보폭을 유지했다. 나는 내가 들고 있는 가방 속의 연모들이 자꾸만 신경 쓰였다. 칼로 염소의 목을 찌르고 껍질을 벗기는 끔찍한 그림이 떠올랐다. 도끼로 뼈를 부수는 그림은 조금 더 끔찍했다. 나는 그 끔찍스런 상상의 원천인 흉기가 든 가방을 어디 적당한 데 버리고 갈까도 생각했다. 그러나 그러지 못했다.

목적지에 도착한 것은 아직 해가 뜨기 전이었다. 사물들의 윤곽을 분별할 정도이긴 했지만 아직 충분히 밝지는 않았다. 해가 뜰지 안 뜰지도 장담하기 힘들었다. 비는 그쳐 있었지만 하늘엔 구름이 가득했다. 사람들은 동쪽을 향해 앉아 있거나 서 있었다. 누구를 부르는 듯 고함을 치기도 했고 대화를 나누기도 했다. 어떤 이는 무릎을 꿇고 중얼중얼 기도문을 외웠고, 어떤 이는 하늘을 향해 두 팔을 들어 올리고 노래를 불렀다. 어떤 이들은 씨름을 했고, 어떤 이들은 춤을 추었다. 나는 숨을 고를 여유도 없이 사람들을 뚫고 앞으로 나아갔다. 바다, 새로운 해를 잉태하고 있는 우주의 위대한 자궁인 바다를 보기 위해서였다. 우주가 새로 깨어나는 신생의 아침에 그 바다 앞에 서서 누군들 할말이 없겠는가. 할말이 없다면 새벽을 달려 여기까지 올라올 까닭이 어디 있겠는가? 우리는 절벽 가까이 다가갔다. 뭐야? 하고 소리를 지른 사람은 나였다. 바다가 보이지 않았다. 어두워서는 아니었다. 출렁이는 바다를 분별하지 못할 정도로 어둡지는 않았다. 눈앞에 펼쳐진 것은 바다가 아니라 사막이었다. 눈을 감았다가 뜨고, 다시 보았지만 물은 어디에도 보이지 않았다. 절벽 아래 땅은 바짝 말라 있었다. 나무는 물론 풀도 없었다. 집채만한 돌덩어리들이 군데 군데 황량하게 서 있었다. 모래바람이 이쪽 끝에서 저쪽 끝으로 불어 갔다. 회오리가 일기도 했다. 새로운 해를 잉태하고 있는 바다는 어디 있을까? 해가 어디서 뜬다는 것일까? "바다가 없어." 내가 식구들을 돌아보며 소리쳤다. 저곳이 바다다, 하고 마치 입단속을 시키듯 나지막하게 말한 사람은 어깨 위에서 누이동생을 한 번도 내려놓지 않고 똑같은 보폭으로 산길을 걸어온 도살자였다. 나는 그의 초인적인 힘에 기가 질려 있었지만 입을 다물고 있을 수는 없었다. "저곳은 사막인데요." 도살자는 누이동생을 어깨에서 내려놓았다. 누이동생은 자기의 의식이 돌아와 있다는 것을 몸을 가볍게 흔들어 보이는 것으로 증거했다. 드레스가 잘게 찢겨져나간 그녀의 몸을 가리고 있는 것은 거의 없었다. 그녀는 알몸이나 다름없었다. 그런데도 그런 것에는 개의치 않는 표정이었다. 깊은 잠에서 막 깨어난 사람 같은 얼굴을 하고 그녀는 사방을 둘러보았다. "지금은 사막이지만 처음에는 바다였다. 첫번째 해가 만들어졌을 때 이곳은 바다였다. 이 바닷속에서 우주의 첫 해가 떠올랐다. 두번째 해도 그랬고, 세번째, 네번째, 다섯번째 해도 그랬다. 그리고 오늘, 새로운 시대의 첫 해를 뜨게 하기 위해 그때처럼 바닷물이 밀려올 것이다. 우주의 첫 시간에 그랬던 것처럼 바닷물이 밀려오고, 해가 뜰 것이다." 도살자가 말했다. 그의 목소리와 표정에 스며 있는 색다른 분위기가 의심의 여지를 몰아냈으므로 나는 그의 말에 이의를 제기하지 못했다. 사막이 바다로 바뀐다는 말은 흐린 날 아침에 일출을 볼 수 있다는 것보다 더 믿을 수 없는 내용이었음에도 불구하고 그랬다. 나는 그가 5만 년쯤 전부터 살아온 사람처럼 느껴졌다.

도살자는 우리를 높은 곳으로 데리고 갔다. 아버지와 삼촌이 염소를 끌었다. 염소는 끌려가지 않으려고 뒷발에 힘을 주었다. 나는 짐승의 엉덩이를 찼다. 그렇지만 염소의 저항은 멈추지 않았다. 도살자가 염소의 다리를 한 손에 두 개씩 감아 쥐는가 싶더니 누이동생을 들쳐 업듯이 염소의 몸을 순식간에 번쩍 들어올렸다. 염소는 누이동생과 똑같은 포즈로 그의 어깨 위에 누웠다. 그의 손에 붙들린 염소의 다리는 꼼짝도 하지 않았다. 누이동생이 그랬던 것처럼 염소도 의식을 잃어버렸을지 모른다는 생각을 했다.

널찍한 바위가 나타났다. 바위에는 핏자국과 불에 그을린 흔적이 선명했다. 짐승들의 울부짖음이 들렸고 매캐한 냄새가 났다. 바위 아래 움푹 팬 곳에서는 장작불이 타고 있었다. 사람들은 끌고 온 짐승들을 그곳에서 도살했다. 그들은 짐승의 피를 바위 위에 쏟았다. 이미 희생된 짐승들의 피가 바위를 적시고 땅 밑으로 스며들고 있었다. 사람들의 발 밑으로 강처럼 피가 흘렀다. 사람들은 그 피를 밟으며 중얼중얼 알아들을 수 없는 말을 되뇌었다. 저 피가 해를 불러낸단다, 하고 아버지가 내 귀에 대고 속삭였다. 새로운 해는 피를 먹어야 태어난단다. 그래서 해의 색깔이 붉은 거지. 많은 피를 먹으면 더 붉은 해가 뜬단다, 하고 아버지는 내 귀에 대고 속삭였다. 원칙적으로 말하면 사람의 피라야 하지, 하고 이번에는 삼촌이 다른 쪽 귀에 대고 속삭였다. 전에는 실제로 사람의 피였다고 하지, 하지만 그럴 순 없으니까, 그러니까 짐승들을 희생시키는 거지, 하고 삼촌은 내 다른 쪽 귀에 대고 속삭였다. 장작불 속에다 희생된 짐승의 살을 던지는 사람도 있었다. 짐승의 털과 살이 타면서 매캐한 냄새를 풍겼다. 그 불 가운데서 짐승의 익은 살을 꺼내 먹는 사람들도 있었다.

도살자는 능숙했다. 나는 이미 그 점을 인식하고 있었다. 그는 숙련된 기술자고 전문가였다. 그말고도 그곳에는 다른 도살자들이 이미 와 있었지만, 우리의 도살자만큼 믿음이 가는 사람은 없었다. 우선 체격과 눈빛에서 다른 이들을 압도했다. 나는 우리의 도살자가 다른 도살자들에 비해 한 수 위라는 걸 직감했다. 그렇게 생각해서 그랬는지 그곳에 모여 있던 사람들의 시선이 일제히 어깨에 염소를 걸치고 등장한 우리 도살자에게로 집중하는 것 같았다. 연모들을 들고 일을 하고 있거나 돌덩이에 앉아 피 묻은 손으로 땀을 닦고 있던 다른 도살자들은, 좀 쭈뼛거리는 태도를 보였다. 그 순간 나는 그자를 향한 이제까지의 적대감을 망각하고 엉뚱하게도 대견함을 느꼈다. 그가 우리의 도살자라는 사실이 뿌듯하고 자랑스러워졌다. 다른 식구들의 표정에도 그런 기운이 어려 있었다. 나는 그가 우리의 기대를 저버리지 않을 거라고 확신했다. 나의 확신은 들어맞았다. 그는 어깨에 걸치고 있던 염소를 바위 위에 얌전히 내려놓고는 한 손으로 염소의 뿔을 누른 채 가방을 열었다. 우리 식구들더러는 염소의 다리를 하나씩 잡으라고 시켰다. 우리는 그가 시키는 대로 했다. 그의 손에 긴 칼이 들리는가 싶었는데, 온몸을 전류처럼 빠르게 관통하는 아찔한 기운에 못 이겨 잠깐 눈을 떴다 감은 사이에 그의 칼은 염소의 늑골 사이로 깊숙이 찔러넣어져 있었다. 그가 힘을 주는 것 같지도 않았는데 염소의 몸이 두 갈래로 갈라졌다. 그야말로 눈 깜짝할 순간의 일이었다. 조금 전까지도 뻗장대며 반항하던 염소는 비명도 지르지 못하고 목숨을 잃었다. 그는 염소의 내장을 손으로 훑어서 불 속에 던졌다. 그의 목숨의 원천인 뜨거운 피가 바위 위에 뚝뚝 떨어졌다. 짐승의 피는 바위를 적시고 바위 밑으로 떨어지고 바위 밑의 땅으로 스며들었다. 그런데도 그의 옷에는 신기하게도 피 한 방울 묻지 않았다. 온몸을 피로 범벅하고 있는 다른 도살자들과는 사뭇 달랐다. 그는 양복을 벗지 않았고 넥타이도 풀지 않았다. 그

는 피를 다 쏟은 염소를 장작불에다 획 던졌다. 짐작대로 그는 뛰어
난 도살자였다. 사람들이 다투어 자기 짐승을 그에게로 가지고 왔
다. 그는 능숙한 솜씨로 짐승들을 다루었다. 그의 손이 닿기만 하면
짐승들은 신경이 마비된 것처럼 꼼짝을 못했다. 사람들은 신들린 듯
한 그의 손놀림을 경이에 찬 시선으로 바라보았다. 그가 해치운 짐
승들의 피로 그 일대의 땅이 흥건했다. 나는 죽은 짐승들의 피가 땅
속으로 스며들어 절벽 아래 메마른 땅을 적시는 상상을 했다. 사막
이 바다가 되고, 그 바다 위에서 신생의 해가 떠오른다는 말은 어쩌
면 짐승들의 피가 해를 부른다는 말의 은유인지 모른다는 생각이 들
었다. 그러면 짐승들의 피가 해를 부른다는 말은 무엇의 은유지? 희
생 없는 삶은 없다,인가? 새로운 시작은 누군가의, 무엇인가의 희생
을 통해 이루어진다?

　와! 사람들이 함성을 지른 것은 그 순간이었다. 동쪽 하늘에 붉은
기운이 감돌기 시작하고 있었다. 그러나 해가 떠오른 것은 아니었
고, 사막에 물이 들어오고 있는 것은 더욱 아니었다. 누구에 의해 유
발된 것인지는 알 수 없지만 사람들의 기대 심리가 이상 열기를 뿜
어내는 현상이라고 해야 했다. 사람들은 해가 떠오르기를 간절하게
바라고 있었고 또 그러리라고 믿고 있었다. 아주 작은 조짐도 흥분
의 불씨가 되기에 충분했다. 갑자기 사람들이 춤을 추기 시작했다.
누가 먼저 시작했는지 아무도 몰랐고 알려고 하는 사람도 없었다.
그런 것은 중요하지 않았다. 다만 그 시간에 그들을 사로잡은 그 황
홀한 집단의 정서에 순응하는 것만이 필요하고 옳은 일이었다. 사람
들은 팔을 흔들고 다리를 흔들고 허리를 흔들고 머리를 흔들었다.
괴성을 지르고 박수를 치고 아무 사람에게나 달라붙어 자기 몸을 비
볐다. 마치 그렇게 해야 새 해가 떠오르기라도 하는 것처럼, 마치 그

런 몸 동작이 신생의 태양을 불러낸다고 믿는 것처럼 그렇게 열광적으로 몸을 흔들었다. 우리 식구들도 예외는 아니었다. 나는 아버지와 어머니가 서로 붙잡고 춤을 추는 모습을 처음 보았다. 삼촌이 여자들 사이에 끼어들어 부지런히 자기 몸을 비벼대는 모습도 보였다. 나는 삼촌이 그 속에서 어떻게든 마음에 드는 여자를 한 명 건졌으면 좋겠다고 생각했지만, 안타깝게도 내가 여자라면 삼촌 같은 남자에게는 절대로 걸려들지 않겠다는 생각이 뒤따르는 것을 어쩔 수가 없었다. 그리고 나는 누이동생을 보았다. 그녀는 거의 나체나 다름없는 몸을 유연하게 흔들며 춤을 추고 있었다. 볼록한 가슴과 잘록한 허리, 긴 다리가 만든 육체의 곡선이 그녀의 몸 동작에 따라 매혹적으로 흔들렸다. 그녀는 시종 눈을 살며시 내려 감고 있었는데 그 모습이 더할 수 없이 고혹적이었다. 내 눈에만 그렇게 보인 것이 아닌 게 틀림없었다. 그렇지 않다면 그녀 주변에 그렇게 많은 사람들이 몰려들어 그녀를 에워싸고 춤을 출 리가 없었다. 많은 사람들이 그녀에게 달려들어 만지고 비비고 안았다. 사람들이 만든 울타리에 그녀는 갇혀 있었다. 그러나 그 울타리는 자꾸 바뀌었다. 새로운 사람이 허술한 틈을 비집고 들어와 기존의 울타리를 허물었다. 밀려난 사람은 다시 접근을 시도했지만 자기 자리를 탈환하기가 그렇게 쉬운 것은 아니었다. 그녀는 꽃무늬 드레스가 넝마가 되었음에도 불구하고, 아니 넝마가 된 그 꽃무늬 드레스 때문에 더욱 돋보였다. 많은 사람들을 매료시키고 있는 그녀가 내 누이동생이라는 사실이 자부심을 갖게 했다. 그러나 많은 사람들이 그녀의 몸을 만지고 비비고 안으며 수작을 벌이려 하는데도 그녀가 아무런 거부의 표시도 하지 않는 걸 보고 내 마음은 뜨거워졌다. 그 뜨거움은 누이동생에 대한 오빠로서의 염려나 보호하는 마음이 아니라 종잡을 길 없는 질투심이었다. 그녀를 다른 사람들에게 빼앗긴 데 대한, 그리고 다른 사람들처럼 그녀를 맘놓고 차지할 수 없는 데 대한 울화가 치밀어올라서 가만있을 수가 없었다. 그녀가 그러지 않았으면 하고 바랐지만 기대할 수 없는 노릇이었다. 그녀가 내 뜻을 따른 적은 한 번도 없었다. 나는 그녀에 대해 언제나 자신이 없었다. 나는 자리를 피해 다른 곳으로 옮겼다. 기분이 그래서 그런지 동쪽 하늘이 조금 더 붉어진 것 같았다. 정말로 해가 뜰지 모른다는 생각이 들었다. 정말로 사막이 바다로 변할지 모른다는 생각도 뒤를 이었다. 나는 사람들을 따라 소리를 지르고 몸을 흔들면서 누이동생을 주시했다. 그러나 사람들이 만든 울타리가 그녀를 가두고 있었기 때문에 그녀의 모습을 볼 수가 없었다. 사람들 틈으로 흐느적거리는 그녀의 맨다리가 언뜻언뜻 보인 정도였는데 그러나 그것도 착각이었는지 모른다. 나는 어머니와 아버지와 삼촌을 눈으로 찾았다. 그러나 그들의 모습도 보이지 않았다. 시간이 갈수록 사람들의 열기는 더 거세지고, 점점 광적으로 되어갔다. 사람들은 뒤엉켰고, 뒤엉켜서 난무를 벌였고, 뒤엉켜서 난무를 벌이며 울었고, 웃었다. 사람들은 자기들이 무슨 행동을 하는지도 모르는 지경에 이르러 있었다. 해는 떠오르지 않았지만 사람들은 이미 충분히 뜨거웠다. 너무 뜨거워서 그 즉시 폭발하지 않으면, 그 사람들 속에서 해가 하나 만들어질 것도 같았다. 피상적으로 보기에는 동쪽 하늘에서 떠오를 해를 기다리지도 않는 것 같았다. 아니, 새로운 시대를 열 신생의 해는 동쪽 하늘에서 떠오르는 것이 아니라 사람들의 염원과 갈망, 그 한복판에서 태어나는 것임을 확신하고 있는 것 같기도 했다.

다른 사람들과 마찬가지로, 나는 내가 어디에 있는지, 무엇을 하는지, 무엇을 하기를 원하는지도 알 수 없는 혼돈과 광기의 무질서 속에 들어가 있었다. 의식은 아무것도 지배하지 못했다. 눈을 뜨고 있었지만 무엇을 보는지 잘 몰랐고, 귀를 열고 있었지만 무엇을 듣는지 잘 몰랐다. 입을 열고 있었지만 무엇을 말하는지 잘 몰랐고, 몸을 움직이고 있었지만 무엇을 하는지 잘 몰랐다. 떠도는 공기 속에 환각제가 가득 뿌려져 있는 것 같다는 느낌이 그 와중에서 내가 기울일 수 있었던 거의 유일한 감상이었다. 내 느낌이 맞다면 그 환각제는 사람들 속에서 나온 것이 분명했다. 사람들의 열기 속에서 나온 환각제가 사람들을 환각 속으로 몰아넣고 있는 것이었다. 그러나 그 역시 환각에 지나지 않았는지 모른다. 나는 무엇을 보는지 잘 모르고 무엇을 듣는지 잘 모르고, 무엇을 말하는지 잘 모르는 내 부실한 감각으로 사람들이 한 여자를 머리 위로 떠받들고 노래하며 울며 웃으며 걸어가는 모습을 보았다. 그림은 희미해졌다가 선명해지고 멀어졌다가 가까워지고 끊어졌다가 이어졌다. 반듯이 누운 채 공중에 둥둥 뜬 여자는 너덜너덜한 꽃무늬 드레스를 이미 벗어던진, 속옷까지 팽개친 알몸의 누이였다. 누이는 죽은 듯이 누워 있었고, 죽은 듯이 누워 허공을 둥둥 떠다녔고, 그래서 나는 그녀가 깊은 환각 상태에 들어가 있는 것 같다는 생각을 했다. 사실은 나의 그 생각이 깊은 환각에서 나온 것이었는지 모른다. 그녀의 몸은 완벽했다. 무슨 뜻인지도 모른 채 나는 그녀의 몸이 완벽하다고 중얼거렸다. 그녀의 몸은 완벽했고 모든 사람들의 몸과 정신과 영혼을 끌어모을 만했다. 환각이었든 아니든 나는 그녀가 사람들의 몸만 아니라 정신과 영혼까지도 끌어모았다고 느끼고 있었다. 나는 사람들의 머리 위에서 둥둥 떠다니던 그녀의 몸이 어느 순간 짐승들의 피가 흥건히 고인 큰 바위 위에 사뿐히 내려앉는 모습을 보았다. 사람들의 노랫소리는 점점 커지고 사람들의 웃음소리도 점점 커지고 사람들의 울음소리도 점점 커졌다. 희미해졌다가 선명해지고 멀어졌다가 가까워지고 끊어졌다가 이어지는 부실한 내 그림 속에서 나는 누군가 그녀의 벗은 목에 검은 밧줄을 두르는 장면을 목격했다. 그녀의 턱 바로 아래서 매듭이 지어진 그 검은 밧줄은 봉긋 솟아오른 가슴까지 늘어져 있었다. 그녀의 목에 검은 밧줄을 매단 사람이 누구인지 알 것 같았다. 그러나 알 것 같았다는 건 기분일 뿐 실제로는 자신 있게 말할 수 있는 것이 아무것도 없었다. 처음에 나는 도살자의 얼굴을 보았지만, 그러나 삼촌의 얼굴도 본 것 같고 아버지의 얼굴을 본 것도 같았다. 심지어는 내 얼굴도 본 것 같았다. 나는 머리를 세차게 흔들었지만 흔들리는 것은 단지 세상이었다.

4

엄청난 폭우였다. 앞이 보이지 않을 정도였다. 아버지는 천천히 운전을 하며, 지독하게 쏟아붓네, 하고 중얼거렸다. 내 생에 이렇게 엄청난 비는 처음인 것 같아, 하고 운전석 뒤에 앉은 어머니가 창문을 손바닥으로 문지르며 말했다. 내일부터 일자리를 찾아볼까 했더니 꽝이네, 하고 운전석 바로 옆자리에 앉은 삼촌이 투덜거렸다. 삼촌 뒤에 앉은 나는 이러다가 세상이 쓸려나가는 거 아녜요? 하고 맞장구를 쳤다. 첫날부터, 이거, 참, 하고 혀를 찬 사람이 누구였는지 잘 모르겠다. 아버지였던 것 같기도 하고 어머니였던 것 같기도 하고 삼촌이었던 것 같기도 하고 나였던 것 같기도 하다. 아니면 우리 식구 모두였는지도 모르겠다. 그리고는 다들 별이야기를 하지 않았다. 얼마 지나지 않아 한 사람씩 잠속으로 빠져들어갔다. 맨 먼저 눈을 감은 사람은 어머니였지만, 잠속으로 빠져들어간 순서로는 삼촌이 먼저였다. 그 다음은 어머니였고 그 다음은 나였다. 아버지는 내가 잠들 때까지 아직 잠들지 않고 세상을 떠내려보낼 정도로 지독한 폭우 속으로 차를 몰아가고 있었지만, 그러나 그 역시 머지않아 잠속으로 빠져들 거라는 사실을 나는 조금도 의심하지 않았다. ■

한 강

해질녘에 개들은 어떤 기분일까

1970년 광주 출생. 연세대 국문과 졸업.
1994년 『서울신문』 신춘문예에 「붉은 닻」이 당선되어 데뷔.
소설집 『여수의 사랑』 장편소설 『검은 사슴』

해질녘에 개들은 어떤 기분일까

1

해질녘에 개들은 어떤 기분일까. 해질녘에 아이는, 여관방 창 너머로 아스라이 사위는 바다를 향해 걸어가고 싶어진다. 흙펄을 핥는 파도의 거품이 흰빛인지 황금빛인지 가까이서 보고 싶어진다.

그러나 아이는 그렇게 해본 적이 없다. 늦은 겨울의 창백한 햇덩이가 수평선으로 비끼기 시작하면 아이는 베개 두 개를 창틀 밑에 겹쳐놓고 올라선다. 갓 갈아놓은 먹 같은 어둠이 붉은 저녁바다를 흥건히 덮을 때까지, 아이는 짱구진 이마를 창유리에서 떼지 않은 채 눈을 빛내고 있다. 창유리의 아랫부분에는 오래 전 창틀을 칠하면서 묻었을 회청색 페인트 자국이 있고, 아이가 내쉬는 콧김이 그 위로 희부옇게 번져 있다.

아이가 묵는 방은 삼층짜리 슬라브 여관 건물의 이층 복도 끝에 있다. 창으로 고개를 내밀면 여관 앞 이차선도로로 맞은편으로 늘어선 슈퍼마켓이며 철물점 제과점 따위 단층건물들이 내려다보인다. 그 뒤편으로는 야트막한 주황색과 암녹색 기와지붕들이, 더 뒤로는 빈 겨울밭이, 더 멀리 시선을 던지면 거기 연한 복숭아살 빛깔의 흙펄과 바다가 있다. 바다로 통하는 길은 여관 맞은편 골목에서 시작해 밭 가운데로 뻗어가는데, 무슨 까닭인지 중간께에서 시멘트 포장이 끊어져 있다.

이 외진 소읍에 머물기 시작한 지 사흘째 되던 날 오후, 아이는 혼자서 그 밭둑길을 따라 바다까지 걸어가보기로 마음먹었었다. 장판 바닥에 이마를 박고 엎드린 아빠의 등짝을 눈여겨보며 아이는 여관방을 빠져나왔다. 발소리를 죽여 콘크리트 층계를 내려갔다.

여관에서 백 미터쯤 떨어진 약국 앞으로 신호등 없는 횡단보도가 그려져 있긴 하지만 굳이 그리 건너려 애쓰는 사람들은 없었다. 사람들이 아무데로나 건너다니기 때문에 차들도 속력을 내지 않았다. 그러나 아이에게는 급할 것이 없었으므로, 눈에 띈 콜라병 뚜껑 하나를 딸기색 운동화 부리로 굴리며 횡단보도까지 걸어갔다. 횡단보도를 건너기 전에 아이는 그것을 냅다 걷어찼다. 그것은 가냘프게 쟁그랑, 소리를 내며 멀찌감치 두 줄 황색 중앙선 사이에 떨어졌다. 아이는 앞만 보고 길을 건넜다. 맞은편 인도에 이르러서는 마치 길 바닥에 버려진 어린애를 훔쳐보듯 재빨리 뒤돌아봤다. 윤 나는 잿빛 배를 드러내고 누운 병뚜껑을 일별한 뒤 고개를 돌려버렸다.

조악한 기와지붕이 앞쪽에만 모양으로 얹혀진 슬라브 주택 네 채를 지나자 밭둑길이 시작됐다. 오 분쯤 걷자 포장된 구간이 끝났다. 아이는 붉은 흙길을 한참 더 걸어갔다. 여관방 창으로는 볼 수 없었던 이차선도로가 나타났다. 해안을 따라 난 도로였는데, 멀리 만이 끝나는 부근에 포클레인 따위가 보이는 것을 보면 아직 완공되지 않은 모양이었다.

그 도로에서 뛰어내리기만 하면 흙펄이었다. 문제는 바로 그 지점이었다. 묵은 밭이 끝나는 곳에 해안도로변을 따라 허물어져가는 무허가주택들이 들쭉날쭉 늘어서 있었고, 마른 풀들이 웃자란 공터에는 줄에 매이지 않은 커다란 개들 댓 마리가 어슬렁대고 있었다. 아이보다 키가 크고 덩치가 송아지 같은 그것들이 삽시간에 아이의 길을 막아섰다. 고막이 떨어지도록 짖어댔다. 들짐승들처럼.

아이는 뒤돌아섰다. 뛰어선 안 된다는 생각이 본능처럼 아이의 머리를 스쳤다. 아무 일 없었다는 듯 걸음을 내디뎠다. 자꾸만 무릎이 떨리며 내려앉았다. 밭둑길의 포장된 구간에 이르자마자 뛰기 시작했다. 마침 차가 없는 도로를 내처 달려 건넜다. 여관 층계를 단숨에 뛰어올라갔다. 할딱이며 문을 잠갔다. 보조자물쇠까지 채웠다.

방은 고요했고 역한 냄새가 났다. 좀 전에 아이가 빠져나갔던 모습 그대로였다. 아빠는 두 팔을 양 옆으로 뻗은 채 엎어져 있었다. 반나마 비운 소주병과 바닥을 드러낸 고량주병이 아빠의 머리맡에 놓여 있었다. 겨자 냄새 때문에 아이가 질색하는 중국요리가 삼분의 일쯤 남은 일회용 접시는 얼마간 내용물이 엎질러진 채 허리께에 밀쳐져 있었다. 아빠의 황토색 코르덴 바지는 빨지 않아서인지 탈색되어서인지 몇 백년쯤 낡은 것처럼 보였다.

아이는 아빠의 발치에 책상다리를 하고 앉았다. 아직 숨이 골라지지 않은 아이의 어깨가 들먹거렸다. 빨갛고 흰 체크무늬의 깡똥한 치마 사이로 스타킹의 허벅지 안쪽에 뚫린 단풍잎만한 구멍이 드러났다. 아이는 허리를 접어 넓적다리에 두 팔꿈치를 얹은 뒤 양손에 턱을 고였다. 검은색 플라스틱 재떨이 옆의 장판지가 아빠의 담배꽁초에 흉터처럼 우그러든 모양을 골똘히 살폈다.

멀리서 통통배의 모터 소리 같은 것이 들려왔다고 아이는 생각했으나, 잘 들어보니 길 건너편 어디쯤에서 못질하는 소리였다. 비음이 섞인 아빠의 숨소리가 그 사이사이 규칙적으로 교차되고 있었다.

지겨워.

아이는 엄마가 버릇처럼 뱉곤 하던 말을 중얼거렸다. 아이의 음성은 물밑 같은 적요 속으로 흔적 없이 빨려들어갔다.

……지겨워, 진저리가 나.

엄마의 찡그린 이맛살을 흉내내며, 아빠의 대답 없는 등짝을 바라다보며, 아이는 나지막이 그 말을 되풀이했다.

그날 오후 아이는 일몰을 봤다. 먼 하늘로부터 드리워진 붉은빛이 창유리를 환하게 물들였다. 개들에게 놀란 마음이 완전히 가시지 않은 아직 굳은 얼굴로 아이는 창을 향해 다가갔다. 석양을 품은 구름장들은 이 세상의 것 같지 않게 은밀하고 부드러운 몸놀림으로 말없이 살을 포개고 있었다.

아이는 개들의 등뒤로 얼핏 봤던 흙펄을 떠올렸다. 물기를 머금어 마치 곱게 빻은 유릿가루 같던 그 펄에 비칠 황금빛 구름의 무늬를 상상하자, 아이의 가슴은 좀 전까지의 놀람이 아닌 이상한 설렘으로 뛰기 시작했다.

저 하늘 안에 무엇이 있어서 저런 빛이 배어나오는 걸까. 저렇게 잠깐 동안만 빛을 내보내곤 사라져버리는 걸까.

바다까지 걸어가면 그걸 알 수 있을까, 하고 아이는 생각했다. 저 빛이 어디서 나와서 어디로 들어가는지 볼 수 있을까.

그러나 그 뒤 일주일이 지나도록 아이는 바다에 다시 나가보지 못했다. 그저 차가운 유리창에 얼굴을 붙인 채 바깥을 내다보며, 해질녘에 개들의 기분은 어떨까 생각해보곤 했다.

　아이가 개들을 만난 것은 오후 두시경의 일이었다. 하지만 해질녘이 되면 그 개들도 흰 흙펄에 비친 석양을 보고 싶어하지 않을까? 아이를 에워싸고 커다란 이빨을 드러내며 짖어대는 대신 잠자코 아이와 함께 걸어가지 않을까? 일렬로 바다 쪽을 향해 앉아 꼼짝 않고 일몰을 지켜보지 않을까? 이맘때가 되면 언제나 그것이 궁금해지는 것이다.

2

　이곳에 온 뒤 일주일 내내 여관방에 웅크리고 앉아 중국음식을 안주로 술을 들이켜대던 아빠는 그저께부터는 혼자 나가서 늦도록 돌아오지 않았다. 이날도 그랬다. 하오의 햇빛이 여관 앞 동백나무의 마른 가지들 사이로 비스듬히 걸쳐질 즈음, 아빠는 아이에게 배달주문 스티커들이 닥지닥지 붙은 화장대 거울을 가리키며 넉넉히 만원권 지폐 두 장을 쥐어주었고, 문 잠그고 있으라는 한마디를 남기고는 야전점퍼 안주머니에 플라스틱 열쇳대를 찔러넣으며 나가버렸다.

　아이는 지난밤의 아빠 생각을 하며 눈살을 찌푸린다. 아빠는 걸음도 제대로 못 가누며 들어와선 양변기에다 지독한 냄새 나는 걸 잔뜩 토해놓았다. 잠결에도 아이는 아빠가 질색으로 미워져서, 마치 몇 십 년쯤 더 나이를 먹은 여자처럼 지겨워, 지겨워, 하고 아빠의 등을 향해 내뱉었다. 엄마가 떠난 건 모두 아빠 때문이라고, 얼마나 지겨웠으면 엄마가 그랬겠는가고 아이는 생각했다.

그러나 이제 이 고요한 방에 혼자 있자니 아이는 그렇게 지겨운 아빠라도 곁에 있었으면 싶다. 연신 일회용 종잇잔을 비우며 우두커니 앉아 있어도 좋고, 앞이빨로 아랫입술을 짓씹으며 이 연놈들을…… 하고 뇌까려대도 좋다.

아이는 반쯤 문을 열고 층계 쪽을 내다본다. 두시간 전에 내놓았던 돈까스 접시를 분식집 아저씨가 가져갔는지 확인해본다. 올라오는 발소리가 들리지 않았으니 사람이 다녀갔을 리 없다. 서툴게 싼 신문지 틈으로 흰 속살을 드러낸 플라스틱 접시를 아이는 내려다본다. 여러 번 사용한 기름에 튀긴 돈까스의 색깔은 탁했고 고기는 질겼고 마카로니는 너무 차가웠고 얇게 썰어 두 쪽 곁들인 오이는 습기가 말라 종잇장 같았었다.

아이는 소리내어 문을 닫는다.

뒷짐을 졌다가, 지휘자처럼 두 팔을 아래 위로 흔들어보다가, 벽을 손으로 짚으며 방안을 빙글빙글 돌아보다가, 아이는 소형 냉장고에서 생수병을 꺼내 입술을 축여보기도 하고, 단벌 체크무늬 치마를 올리고 보풀이 잔뜩 돋은 진회색 스타킹을 걷어내린 뒤 양변기 위에 앉아 있어보기도 한다. 그때마다 자신이 목도 마르지 않고 오줌도 마렵지 않다는 것을 깨닫는다.

다시 해가 진다.

아이는 겹쳐놓은 베개들 위로 올라간다. 창틀에 팔꿈치를 얹고 턱을 괸다. 세상은 차츰 어두워질 것 같지만, 그렇게 어두워지고 말 것 같지만, 해가 사라지기 직전 마지막 순간에는 깜짝 놀랄 만큼 환해진다. 마치 꿈속같이, 그 순간만큼 세상이 아름다운 때는 없다.

해질녘에 그 커다란 개들은 어디 있을까, 아이는 생각한다. 어두워지고 나면 그것들은 어디로 가나. 어둠 속에서 하얗게 빛나는 들짐승 같은 이빨들을 상상하다가 아이는 숨죽여 진저리를 친다.

3

이곳에 온 첫날 아빠가 아이를 두고 나가버리자 아이는 종일 낯선 방에 혼자 갇혔다. 그날 아이가 먹은 것은 전날 아빠가 고속도로 휴게소에서 사들고 왔던 호두과자의 남은 반 봉지뿐이었다. 조금씩 떼어물어 반달을 만들었다가, 초승달과 그믐달을 만들었다가 하며 아껴 먹었으나 기름 묻은 종이봉지는 이십 분도 안 돼 비워졌다. 그때부터 아이는 창밖만 내다봤다. 아빠와 비슷한 체격을 한 남자가 보이면 창문을 열어젖혔다. 아빠, 하고 냅다 부르기도 했다. 그러나 그때마다 다른 남자인 것을 그들보다 먼저 알아차리곤 했다.

어두워졌을 무렵에야 아빠는 돌아왔다. 생일에도 먹어본 일이 없는 생크림케이크 상자를 들고 왔는데, 열어보니 흰 케이크가 이리저리 쏠려 모서리가 죄다 뭉개졌다.

차 팔았다 태련아.

초저녁부터 아빠는 혀가 꼬부라져 있었다. 벽에 기대 주저앉는 아빠의 입에서 소주 냄새가 역했다. 한데 이상하게도 눈의 초점은 풀리지 않았고 외려 또렷했다.

……차 팔았으니까, 이젠 우리 아무데도 안 가도 된다.

아빠가 팔았다고 한 차는 여름에는 아이스크림통이며 와플 빵틀이며 빙수기계를, 겨울에는 닭꼬치 판, 호떡 판, 붕어빵 틀 따위를 싣고 다니던 소형 트럭이었다. 그 차를 국립공원 앞이나 전철역 근처 번화가 한켠에 세워놓고 아빠와 엄마는 뒤편 짐칸에서 장사를 했다. 주말이면 아이는 오후 내내 운전석 옆자리에 혼자 앉아 숙제를 했다. 지겨워지면 뒤로 나갔다. 엘피지통 옆에 놓인 빨간색 플라스틱 삼발이 의자에 앉아 발끝을 축으로 맴을 돌았다. 일손이 바쁠 때면 아이도 닭꼬치를 뒤집어가며 양념을 발랐다. 〈어서 오세요〉 〈안녕히 가세요〉 목청을 돋워 인사도 했다. 불 속에서 오래 방치돼 거뭇거뭇 지느러미가 타버린 붕어들은 아이 차지였다. 붕어 속의 단팥에 물린 아이는 다른 간식을 먹고 싶다고 엄마를 조르곤 했다.

그 트럭을 팔아버리다니?

아이는 얼굴이 잠시 어두워졌지만, 일단 배가 고팠으므로 케이크에 혀부터 댔다. 흰 크림을 핥는 아이에게 아빠는 버럭 화를 낼 줄 알았는데 웬일인지 가만 앉아서 보고만 있었다.

크림은 혀로, 크림 속의 카스텔라는 손가락으로 양껏 파먹었지만 삼분의 일밖에 먹지 못했다. 끈적끈적한 손가락을 치마에 닦았다. 허기가 달래진 아이는 그제야 좀 전의 트럭 걱정으로 돌아갔다.

엄마가 집을 나간 뒤 아이는 아빠와 함께 그 차를 타고 한 달 가까이 떠돌았다. 아빠는 아이를 앞서 걷다가, 뒤따라오는 아이의 손을 잡아끌었다가, 번쩍 아이의 몸을 들쳐업었다가 해가며 무수한 골목과 낯선 집들을 헤매다녔다. 아빠의 손에는 흰 쪽지가 들려 있었는데, 거기 검정 싸인펜으로 적혔던 주소들은 하나씩 하나씩 지워져나갔다. 종내에는 접은 자리가 닳아 나달나달해졌다. 밤이면 잠을 자고 세 끼니를 컵라면이나 빵 따위로 때우던 그 차는 아이에게 안방이었고 부엌이었다. 그걸 타고 여기까지 왔는데 팔아버리다니, 아이는 막막해졌다. 그럼 어떻게 서울로 돌아가나.

벽에 기대앉아 있던 아빠의 눈은 어느 사이 좀 전의 또렷한 기운이 사라지고 게게 풀리기 시작했다. 조금씩 어깨가 미끄러져 내려오더니 고개가 앞으로 꺾이고 가슴께에서 상반신이 접혔다.

아이는 온힘을 다해 아빠의 윗몸을 벽에서 끌어내렸다. 꺾인 고개를 펴서 바닥에 뉘었다. 개키는 대신 화장대 쪽으로 밀쳐만 뒀던 이불을 끌어다 아빠의 가슴 위로 덮어주며 다시 트럭에 대한 걱정에 잠겼다.

골골 앓는 소리를 하는 형광등을 올려다보다가, 아이는 창틀 밑의 베개 두 개를 양손으로 끌고왔다. 하나를 아빠의 고개 밑에 밀어넣고 다른 하나는 품에 안고 누웠다.

어둠이 싫은 아이는 불을 켜놓은 채 잠을 청했다. 잠이 오지 않을 것 같아 걱정이었는데, 그 걱정하는 마음 때문인지 정말 잠이 오지 않았다. 하나부터 숫자를 세기 시작했지만 이백이 넘어가도 숫자 세기는 끝날 것 같지 않았다. 아이는 다시 하나부터 세기 시작했다. 그 숫자 역시 영원히 멈추지 않을 것 같았다. 트럭에 대한 걱정이 머리를 스칠 때마다 자신이 세고 있는 숫자로 덮으려 애쓰며, 아이는 밤 늦도록 몸을 뒤척였다.

4

서울을 벗어나 고속도로를 달리다가 국도로 접어든 뒤, 생강같이 비비틀린 소로를 따라올라가 그들이 처음 찾았던 곳은 나목으로 가득한 과수원이었다.

여기가 외갓집이야?

진짜 여기가 엄마 살던 데야?

아빠의 무릎에 매달린 채 연신 물어대는 아이의 뺨을, 외할아버지라는 노인은 까끌까끌한 손바닥으로 쓸어내렸다. 저승꽃 무성한 손에서 살비늘 냄새가 났다. 그는 말했다.

　나는 모르네. 자네가 허락도 없이 데리고 살았던 애 아닌가. 나헌 텐 그동안 전화 한 통 없었네.

　외할아버지가 억지로 쥐어준 꼬깃꼬깃한 만 원권 지폐를 만지작 거리며, 아이는 한결같이 하늘을 향해 메마른 팔을 치켜든 나무들을 의심스런 눈으로 올려다봤다. 엄마가 이야기해주던 그곳이 이런 곳 이라고는 믿을 수 없었다.

　봄이면 하얗게 능금꽃이 피고…… 배꽃이 피고…… 천지가 하얗 게, 밤에도 온통 불을 켜놓은 것같이…….

　아빠가 자정 넘도록 돌아오지 않는 밤이면, 아이와 둘이서 트럭을 몰고 돌아온 엄마는 아이의 머리카락을 귀 뒤로 쓸어넘겨주며 그 과 수원 풍경을 자장가처럼 읊조렸다. 그 순간이 행복해 아이는 밤새 그렇게 깨어 있고 싶었다. 하지만 어느 사이 잠들어버리고 말아, 눈 떠보면 희붐한 아침이곤 했다.

　그런 아침이면 나지막이 머리맡에서 다투는 소리가 들려왔다. 아 이는 도로 눈을 감고 계속 자는 시늉을 했다. 간혹 엄마의 음성이 또 렷또렷 높아지다 가늘게 떨렸다. 아빠는 말하는 동안에도 자꾸만 입 술을 악물곤 해서 내용을 알아듣기 어려웠다.

　지겨워…… 지겨워, 정말.

　엄마는 아빠의 불분명한 변명을 토막자르며 내뱉곤 했다.

　아빠가 아이를 운전석 옆에 올려 앉히고는 커다란 소리를 내며 문 을 닫았기 때문에, 멀찌감치 뒷짐을 지고 서 있는 외할아버지에게 손을 흔들기커녕 시선 한 번 주지 않는 눈치였기 때문에, 아이는 침묵을 지켰다. 아빠는 폭발할 것이다. 조그만 옷핀 끝으로만 건드려도 풍선처럼 터져버리고 말 것이다.

침묵 속에서 차가 출발했다. 엄마처럼 키가 훌쩍 크고 이마가 네모진 외할아버지의 깊숙한 눈이 줄곧 심각하게 아이와 눈을 맞추고 있었다. 아이는 아빠 몰래 가슴께까지 끌어올린 손을 작은 동작으로 흔들었다.

차츰 멀어진 외할아버지의 모습이 더 이상 보이지 않았을 때 아이는 엄마가 들려주던 이야기를 곱씹었다. 엄마가 얘기해준 과수원은 다른 곳에 있는 거라고 아이는 생각했다. 내일이라도 거기를 찾아간다면 복사꽃들이 만발하고 햇살이 찬연한 곳에 다다를 수 있을 거라고 생각했다. 아빠가 엄마를 찾아내지 못한 건 그 진짜 과수원에 가지 않았기 때문이라고 생각했다. 엄마는 배꽃 환한 그늘 아래 앉아서 아이를 향해 두 팔을 벌릴 거라고, 그 가슴팍에서 향긋하고 끈끈한 과즙 냄새가 날 거라고 생각했다.

5

나의 살던 고향은 꽃 피는 산골, 복숭아꽃 살구꽃 아기진달래.
다시 수요일인가?
아이는 이불 속에서 몸을 일으킨다. 아빠가 베개를 베고 잠들어 있으므로, 제가 끌어안고 잤던 베개 하나만 창 밑에 놓고 올라선다. 깨금발을 하고 밖을 내다본다.
명랑한 경음악 「고향의 봄」이 고요한 바닷가 소읍을 뒤흔들고 있다.
오늘은 재활용품 수거의 날입니다. 재활용품 수거 차량이 여러분의 집 앞에 와 있습니다.

초록색 대형 트럭이 도로 가장자리를 달팽이처럼 굴러가다가 제과점 앞에 멈춰선다. 한 중년 여자가 신문 뭉치를 노끈으로 묶어 들고 트럭 쪽으로 다가선다. 바람이 몹시 부는 게다. 머리카락이며 옷자락이 세차게 날린다. 주황색 야광옷을 입은 청소부들이 신문 뭉치를 받아든다. 여자는 추워 죽겠다는 듯 점퍼를 여미며 골목 속으로 종종걸음쳐 사라진다.

아이는 베개를 들고 좀 전까지 누웠던 자리로 돌아온다.

흐린 날씨다. 방은 저물녘처럼 어둡다. 나직한 휘파람 같은 바람소리가 창틀 사이로 파고든다. 아이는 모로 눕는다. 잠든 아빠의 등을 바라본다.

이 방의 문은 밖에서 잠긴 게 아닐까, 하고 아이는 문득 생각한다. 모든 사람들이 아이와 아빠가 여기 있는 걸 잊어버리면 어떻게 하나. 아빠가 저렇게 영영 깨어나지 않으면 어떻게 하나.

아이는 마른침을 삼킨다. 정말 죽어버린 것 같은 아빠의 뒷모습이 섬뜩해, 장판 바닥의 온기로 따뜻이 달궈진 베개를 끌어안아본다.

아이는 반듯이 눕는다. 화장대 위에 걸린 벽시계를 올려다본다. 계속 지켜보고 있으면 검은 분침이 움직이는 모습을 볼 수 있지 않을까.

시간은 흐른다. 은색 초침은 쉬지 않고 돌아간다. 아이가 시계를 보는 동안 분명히 분침이 한바퀴를 돌았지만, 결국 아이는 분침의 움직임을 보는 데 실패한다.

정오가 지나서 깨어난 아빠는 점퍼를 걸치고 나간다. 전화를 하러 간다고, 금세 돌아온다고 한다. 아이는 그 말을 믿지 않는다. 기다리기로 마음먹으면 시간의 속력이 더 느려지는 것을 안다.

아이는 흐린 날이 싫다. 아침부터 어둡던 하늘은 석양 없이 저물어버린다. 창가에 서 있던 아이는 심술궂게 베개를 짓이기다가 발끝으로 몰고 벽까지 가본다. 엎치락뒤치락 베개를 안고 뒹굴다가 이불 속으로 몸을 묻는다.

깜박 꿈결에 아이는 트럭을 타고 달리고 있다. 아빠가 사준 카스텔라와 우유를 먹고 있다. 트럭이 급정거하는 바람에 우유를 스웨터에 쏟는다.

놀라 깨어나자 밤이다. 아이는 불 꺼진 방을 둘러본다. 아빠가 아직 돌아오지 않은 것을 확인한다.

아이는 일어서서 형광등 스위치를 올리고 다시 눕는다. 눈을 감지만 잠이 오지 않는다. 도로 일어나 앉는다. 냉장고 문을 열어본다. 비어 있다. 마지막 남은 피자쪽을 먹어버린 게 해지기 전이었다. 화장대 위에 놓인 생수병을 들어본다. 비어 있다.

6

그 건달애랑 같이 없어진 게 확실해요?

붉은빛에 가까운 갈색으로 머리를 염색한 젊은 아줌마는 책상다리를 한 아빠 앞에 커피잔을 내려놓고는 다시 부엌 쪽으로 잰걸음을 걸어갔다. 희고 섬세한 무늬를 그리며 잔에서 김이 피어올랐다. 향이 고소했다. 나한테도 커피를 줬으면, 아이는 생각했다.

조금 차분히 기다려보시지 그래요. 어린 자식이 있는데 언제가 됐든 돌아오지 않겠어요?

커피와 크림통을 씽크대 아래칸에 들여놓으며 조심스럽게 말을 이어가던 아줌마는 아이를 향해 물었다.

애들은 커피 마시면 머리 나빠지는데, 우유 마실래?

아이의 대답을 기다리지도 않고 아줌마는 냉장고에서 기다란 우유팩을 꺼냈다. 냉장고 문을 닫으며 말했다.

그냥 동생같이 친하게 지낸 거겠죠. 괜한 의심을 하신 거 아녜요?

아줌마는 아빠와 눈이 마주치자마자 말끝을 흐렸다.

……어쨌든 전화가 오기만 하면, 꼭 연락처를 알아놓을게요.

그녀의 얼굴은 주근깨인지 기미인지 알 수 없는 거뭇한 점들로 뒤덮여 있었다.

침묵 속에서 성글게 이어지는 어른들의 대화에 지루해진 아이는 주위를 둘러보았다. 냉장고 위에 식탁보로 가려진 바나나 뭉치를 발견했다. 창피해서 다른 데를 보고 싶은데 자꾸만 그리로 눈이 갔다. 아줌마의 시선이 아이를 향하는 듯해 얼른 고개를 수그렸다. 아줌마는 우유잔을 아이 앞에 내려놓은 뒤 한쪽 무릎을 세우고 앉았다. 우유팩을 만져 선득한 손을 뻗어 아이의 귀 뒤로 잔머리털을 넘겼다.

아빠를 닮았나, 엄마를 닮았나?

아줌마는 마치 아이가 가여워 죽겠다는 듯 측은한 웃음을 지었다. 그것이 아이는 싫었다.

딸은 아빨 닮는다는데, 애는 엄말 더 닮았구나.

볼을 만지작거리는 찬 손을 피하려고 아이는 얼굴을 뒤로 뺐다. 그러자 아줌마는 이번에는 아이의 머리핀에 손을 얹으며 물었다.

이거, 누가 사줬니? 엄마가 사줬니? 원, 그렇게 꽃을 좋아하더니 핀이고 블라우스고 다 꽃무늬구나. 누가 과수원집 딸 아니랄까봐?

벌어진 앞니를 드러내며 웃음을 머금는 아줌마의 말을 막은 사람은 그적까지 침묵을 지키고 있던 아빠였다.

정희 씨도 아시겠지만, 나.

아빠는 잠시 말을 끊었다.

나, 그 사람 때문에 마음잡은 사람 아닙니까.

아이는 생각 없이 아빠의 얼굴을 봤다가 숨을 멈췄다. 아빠의 턱 주위가 파르르 경련하고 있었다. 눈에서 파란 불이 이는 것 같았다. 아이는 얼른 아줌마의 눈치를 살폈다. 아줌마도 놀란 것 같았다. 입가에서 웃음기가 가셔 있었다.

이것만은 알아두십시오. 나, 이 세상에서 더 바라는 것 없는 놈입니다. 미련도 없는 놈입니다.

그날 아이를 운전석 옆에 앉힌 뒤 아빠는 시동을 걸려다 말고 아이의 얼굴을 쏘아봤다. 손을 내뻗더니 아이의 양쪽 귀 뒤에 꽂힌 핀들을 뽑아버렸다. 그러잖아도 며칠 빗지 않은 아이의 긴 머리칼이 부세부세 헝클어져 내려왔다. 아이는 처음으로 울음을 터뜨렸다. 엄마가 떠난 뒤에도, 느닷없이 아빠의 손에 끌려 집을 떠나던 아침에도 울지 않았던 아이였다.

시야가 눈물로 흐려진 바람에 아이는 아빠가 그 핀을 어떻게 했는지 보지 못했다. 우는 동안 차가 출발했다. 울다가 맥이 빠진 아이는 저도 모르게 잠들었다.

꿈결에 아이는 엄마를 봤다. 엄마의 모습이 선명해질수록 아이의 잠이 엷어진 걸 보면 아마 실제로 있었던 일이었나 보았다.

국립공원 입구로 장사 가던 눈부신 늦봄 아침이었다. 트럭을 세워놓고 엄마는 주택가 골목 벽돌담으로 흩어져 내려온 라일락꽃 가지를 끊었다. 아이가 다섯 살 즈음이었던 것 같다. 업기에는 무겁고 걸리기에는 성에 안 차는 아이의 엉덩이를 한 손으로 받쳐 업은 채였다. 흰 꽃가지를 귀에 꽂으며 엄마는 아이가 알지 못하는 곡조를 흥얼거렸다. 향긋한 땀냄새가 피어오르는 등판을 타고 엄마의 콧소리

가 아이의 귀로 울려왔다. 맵싸한 꽃향기가 아이의 머리를 먹먹하게
했다.

　아이가 깨어나자 날이 저물어 있었다. 트럭은 고속도로를 세차게
질주하고 있었다. 눈물이 아직 속눈썹에 맺혀, 반대편에서 오는 차
들의 흰 불빛이 저마다 길게 세로로 번져 보였다.
　아이는 아빠의 옆얼굴을 살폈다. 납덩이처럼 차갑고 딱딱한 얼굴
이었다.
　엄마는 어떻게 아빠 같은 남자와 결혼했을까.
　아이는 엄마의 향긋한 목덜미를 생각했고, 머리칼에서 풍겨나오
던 라일락 냄새를 생각했고, 정말이지 엄마를 이해할 수 없다고 생
각했다.
　……어느 날 아빠가 몹시 울었지. 바늘로 찌르면 바늘 자국만 나
는 사람인 줄 알았는데, 그렇게 서럽게 울더라. 그래서 아빠가 좋아
졌단다.
　언제였던가, 아이가 엄마에게 왜 아빠를 좋아하느냐고 물었을 때
엄마는 대답했었다. 그때 아이는 자신이 전날 오후 문지방에서 넘어
져 무릎에 피가 났을 때 악을 쓰고 울어댔던 것을 기억했고, 엄마가
아이의 무릎을 빨아줬던 것을 뒤이어 떠올렸으며, 우는 것과 좋아지
는 건 뭔가 분명한 관계가 있는 거라고 결론 내렸었다.
　배고프냐?
　아빠가 쉰 음성으로 물었다. 옆을 보지도 않는 눈치였는데 아이가
깨어난 걸 어떻게 알아챘을까.
　아이는 말없이 고개를 저었다.
　배 안 고프냐?

아이의 고갯짓을 못 본 아빠는 다시 물었다. 운전대를 쥔 채 앞을 응시하는 아빠의 소매는 팔뚝까지 걷어올려져 있었다.

아빠는 엄마와 살게 된 뒤부터 여름에 반팔 옷을 입지 않게 됐다고 했다. 오른쪽 팔뚝 앞부분에 그려진 저 감청색 용 때문이라고 했다. 엄마가 함께 있었다면 저 소매를 풀어내려 단추를 채워줬을 거다. 아이스크림을 팔던 여름날, 덥다고 아빠가 소매를 걷을 때마다 엄마는 웃으면서 다시 그것을 내려주곤 했었다. 아빠가 무안해할까봐 얼굴을 찡긋할 때, 엄마의 콧잔등에 그어지던 잔주름들이 고왔다고 아이는 기억했다. 미소를 머금은 채 그윽이 아빠를 올려다보던 엄마의 이마에 송글송글한 땀방울이 맺혀 있었다고 기억했다.

배고프냐고?

아이가 여전히 대답 없이 고갯짓만 하자 아빠의 음성이 높아졌다. 아빠가 고개를 돌렸다. 아이는 그의 눈에서 다시 파란 불이 일까봐 겁을 먹었는데, 뜻밖에도 몹시 지친 얼굴이었다. 악물었던 입술은 처졌고 눈빛은 초점 없이 흐렸다.

아빠는 전조등 빛을 반사하는 키 큰 표지판들을 올려다봤다. 이번 휴게소에서 쉬어가자, 하고 무뚝뚝하게 말했다.

안전벨트를 풀고 차문을 열려던 아빠의 눈길이 아이의 헝클어진 머리털에 멎었다. 아빠는 점퍼 안주머니에 손을 넣었다. 그가 내민 두꺼운 손바닥을 보자마자 아이의 눈에서 빛이 났다. 거기 보석처럼 웅크리고 있는 꽃핀들을 향해 아이는 주춤주춤 손을 뻗었다.

7

누군가의 손이 아이를 흔들어 깨운다. 지난밤 늦게까지 아빠를 기다리다 잠들었던 아이는 무거운 눈꺼풀을 벌리려 안간힘을 쓴다.

여기가 어딘가?

아이의 망막에 아빠의 얼굴이 맺힌다. 그 얼굴의 배경으로 갈색 천장 벽지가 시야에 들어온 뒤에야 아이는 제가 있는 곳이 어디인지 안다. 서울의 지하방이 아닌 것을 안다.

읍내에 십일장이 섰단다, 가자.

아직 열시도 되지 않았을 텐데, 언제나 열한시는 지나야 일어나던 아빠는 점퍼까지 차려입고 있다.

십일장이 뭐야?

서울내기인 아이가 잠 덜 깬 음성으로 묻는다. 아빠는 대답 없이 일어서서 바지 호주머니에 두 손을 찌른다.

재차 묻고 싶지만 아이는 참는다. 아빠가 저렇게 얼굴을 수그리고 서 있을 땐 묻는 말을 알아듣지 못한다는 걸 아이는 안다. 응? 뭐라고 그랬니?라고 묻거나, 번들번들한 눈으로 물끄러미 아이를 내려다보고는 그만일 것이다.

아빠는 아빠 자격도 없어,라고 아이는 이불을 밀어내며 생각한다. 어른 자격도 없다고, 엄마라면 그게 뭔지 설명해줬을 거라고 생각한다.

아이는 전날 조무락조무락 빨아서 윗목에 널어놓은 보풀투성이의 스타킹을 신는다. 허벅지의 구멍도 구멍이지만 발뒤꿈치까지 곧 동그랗게 뚫어지려고 가로올이 다 풀어지고 세로올만 가느다랗게 남아 있다.

스타킹을 사야겠구나.

아이를 보고 있는 줄 몰랐는데, 아빠의 퉁명스러운 음성이 들려와 아이는 놀란다. 아빠가 한 말이라는 게 믿기지 않아 올려다본다. 그러잖아도 마른 편인 그의 얼굴은 몇 달 사이 광대뼈가 튀어나온 데다 면도까지 하지 않아, 마치 변장한 것같이 낯설다.

아빠는 아이의 스타킹과 빨간 장화를 산다. 새 스웨터와 치마, 모자 달린 반코트도 산다. 아이더러 인형까지 골라보라고 한다. 일렬로 늘어선 말라깽이 흰 얼굴의 인형들을 제치고, 아이는 머리털이 복실복실하고 통통한 헝겊인형을 고른다.

정말 이게 마음에 드는 거냐?

아빠가 묻는다. 아이가 그 인형을 고른 것은 그것이 안으면 따스할 것 같은 유일한 것이었기 때문이다. 다른 까닭은 없다. 자신의 몸 절반만한 인형을 안고, 아이는 얼마간 어색해진 기분으로 이날따라 이상한 아빠 뒤를 따라 잰걸음을 걷는다.

아빠는 중국집에 들어가더니 메뉴판의 비싼 요리들을 가리키며 골라보라고 한다. 도대체, 차 팔고 난 돈을 다 이런 데다 쓸 생각인가. 아이는 자장면을 먹겠다고 의젓하게 말한다. 금세 고함이라도 지를 듯 험상궂은 아빠의 표정에 고개를 숙인다. 아빠는 쇠고기 탕수육과 양장피를 자장면과 함께 시킨다.

코를 막고 입으로 숨을 내쉬어라.

아이는 아빠가 시키는 대로 후후 입으로 숨을 쉬며 양장피를 먹어본다. 아무 맛 없이 맵기만 하다. 탕수육은 맛이 있다. 살금살금 반나마 먹어 배가 부르다. 문득 아빠를 건너다보니, 또 엉망으로 취해버릴 셈인지 고량주 잔을 단숨에 비워대고 있다. 밉다.

맛있냐?

······또 먹고 싶은 거 없냐?

아이의 시선을 의식한 아빠는 불콰해진 뺨으로 묻는다. 반투명한 고량주 병이 어느새 바닥을 드러낸 걸 아이는 본다. 그게 미워서 아이는 대답하지 않는다. 하지만 자장면은 맛이 있고, 고량주를 더 주문하는 대신 아무 말 없이 아이를 지켜보는 아빠에게 아이는 자꾸만 화가 풀어지려고 한다.

중국집을 나온 아빠는 솜사탕을 파는 중년 남자 옆에 멈춰선다. 요술지갑처럼, 아빠의 까만 가짜 가죽지갑에서는 끝없이 만 원권 지폐가 나온다. 아이는 하늘색 솜사탕을 골라든다. 시장통 중간쯤에 있는 중국식 호떡집을 지날 때 아이는 걸음을 멈춘다. 손님이 뜸할 때면, 뜨거운 흑설탕물에 아이의 입천장이 데지 않도록 후후 입김으로 식혀 엄마가 건네주곤 하던 호떡이다. 막 손을 들어 사달라고 하려는데 아빠의 발걸음이 빨라진다. 아빠의 옆모습은 마치 화난 사람 같다. 보폭이 큰 그를 따라잡기 위해 아이는 거의 뛰다시피 한다. 아빠가 걸음을 멈춘다. 아이더러 기다리라고 하더니 약국 안으로 사라진다.

무슨 약 사게?

아빠, 어디가 아파?

아이의 질문에 아빠는 고개를 두어 번 주억거리는 시늉을 했을 뿐이다.

아빠는 꽤 오래 걸린다. 하얀 가운도 걸치지 않은 늙수그레한 약사와 이야기하고 있는 뒷모습만 보인다.

약국 옆 과일가게의 천막 쇠기둥에 매어진 개 한 마리에게 아이의 시선이 멈춘다. 몸집이 자그마하고 털이 군데군데 동전 모양으로 빠진 똥개다. 대뜸 큰 소리로 짖는 서슬에 물러섰던 아이는 마음을 고쳐먹고 개의 갈색 눈을 들여다본다. 개도 지지 않고 아이의 눈을 올려보며 짖어댄다. 아이는 개의 목을 묶은 줄을 눈여겨보면서, 그것이 팽팽하게 펴지더라도 안심일 만큼 거리를 두고 서서 차분히 개의 얼굴을 관찰한다. 저렇게 짖을 때 개의 기분은 어떤 것인지 알고 싶어서다. 언제까지 저렇게 짖어대는지, 언제 이빨을 드러내고 달려들기 시작하는지 시간을 재볼 생각이다.

목청껏 짖어대던 개의 눈시울이 움찔움찔 경련한다. 아이는 그것이 이상해 더욱 유심히 개의 눈을 들여다본다. 저런 표정을 지을 때 개는 어떤 기분일까?

짖는 소리가 자지러진다. 개의 어깨가 소스라치더니 떨기 시작한다. 다리에 힘이 없는지 무릎이 오그라들며 꼬리가 숨는다. 개의 연한 갈색 눈에 어린 공포를, 잦아드는 울음소리를 아이는 똑똑히 보고 듣는다.

나 때문에?

제 시선의 위력에 아이는 놀란다. 아이는 개가 무서웠다. 그런데 저 개도 날 무서워하나?

까맣게 잊고 있었던 아빠가 약국과는 반대편 방향에서 걸어온다. 오른손에 전화 카드를 사들고 있다. 아이에게 눈짓도 하지 않은 채 과일가게 옆의 공중전화에 카드를 밀어넣는다.

또 사방에 전화질을 해대는 게다. 트럭을 팔지 않았을 때도 그랬다. 휴게소에서 쉬어갈 때마다 공중전화 부스에 들어가 버튼을 눌러댔다. 유리문 밖에서 보면 아빠의 모습은 무언극을 하는 사람처럼 우스꽝스러웠다. 전화 받는 쪽에서 손동작이 보일 리 없는데 열심히 손을 저어 설명을 하고, 언성을 높이는지 목울대가 꿈틀거리고, 이따금은 애원하는 듯 간절한 얼굴이 되었다. 간혹 머리털을 거칠게 쓸어올릴 때 아빠의 얼굴은 무섭도록 지쳐 보였다.

아빠는 수화기를 내려놓는다. 접은 자리가 반쯤 찢어진 낯익은 백지를 주머니에 구겨넣는다. 아빠의 바짓가랑이는 마치 속에 아무것도 들지 않은 것처럼 하느작거린다.

가자.

아빠는 퉁명스러운 한마디를 남기고 앞서 걸어간다. 아이가 몸을 돌리자마자, 그때까지 납작하게 몸을 엎드리고 있던 개가 반짝 살아나 아이의 뒤통수를 향해 짖어대기 시작한다. 아이가 돌아보자 이내 소스라치며 물러선다.

나를 무서워한다.

아빠의 뒤를 따르며, 아이는 개 짖는 소리가 커질 때마다 한번씩 고개를 돌린다. 그때마다 소리가 잦아드는 것을 확인한다.

정말이다. 날 무서워한다.

아이는 속으로 되뇐다. 아이의 입꼬리가 웃는다. 찬바람에 튼 붉은 뺨 위로, 제대로 꽃핀에 꽂히지 않은 잔머리가 흩어져 있다.

8

금박 글씨 〈클럽 와이키키〉가 수놓아진 검은 중절모에 검은 머플러, 검은 자켓과 바지, 검은 롱부츠 차림을 하고 번개는 흰 이를 드러내며 웃었다. 날카로운 휘파람 소리와 함께 오색 종이혀가 튀어나오는 장난감을 불어 행인들을 놀라게 했다. 어떤 날은 알루미늄 풍선을 수십 개 들고서 누님! 누님! 큰 소리로 불러대며 길 가는 여자들에게 건네주기도 했다. 그러지 않은 날은 〈와이키키〉와 〈번개〉가 크게 적히고 〈나이트클럽〉이라는 글씨와 삐삐 번호는 작게 찍힌 명함들을 나눠줬다. 행인들이 걸어가며 즉시 내버린 흰 명함들이 보도블록에 뒹굴며 밟혔다.

누가 시키지 않아도 저녁 무렵이면 번개는 고장난 것 같은 로봇춤을 추곤 했다. 춤추고 나서 귀밑까지 기른 앞머리를 큰 동작으로 쓸어올리는 것까지는 좋은데, 생각났다는 듯 카악, 목구멍을 돋워 전봇대를 향해 가래침을 뱉곤 했다. 말끔하게 차려입은 번개가 뱉어낸 가래침 덩어리가 흉물스러워 그때마다 아이는 이맛살을 찌푸렸다.

어느 날 아빠가 설탕을 사러 간 사이 번개는 붕어빵 기계 앞으로 다가왔다. 아이는 빨간 플라스틱 의자에 앉아 한 발로 트럭 짐칸의 바닥을 찍어가며, 한 손으로 엘피지 통을 짚어가며 맴을 돌던 중이었다. 번개가 뭘 사먹으려나 궁금해 아이는 멈췄다. 돌기를 막 멈춰 아찔해지는 순간이 아이에게 가장 즐거운 때였다.

누님! 하고 부르며 번개가 싱글거렸다.

저희 업소에 공짜로 들어온 표예요.

번개의 손에는 두 장의 영화표가 들려 있었다. 어지럼치는 번개의 두 뺨에 흰 솜털이 돋아 있었다. 가까이서 보니 흰 얼굴에 코와 입술의 선이 섬세하니 곱고 입술 오른쪽으로 거무스름한 점이 박혔다. 잘 닦은 까만 장롱 같은 눈동자가 장난기를 머금고 반짝였다. 엄마는 손사래를 쳤다.

우리가 언제 영화를 보러 가겠어, 노는 날에 여자친구랑 보러 가.

엄마는 아빠가 구워놓고 간 붕어빵들을 봉지에 담아 건넸다.

마음이라두 고마워.

목장갑 낀 엄마의 손이 흰 연미장갑 낀 번개의 손과 허공에서 만났다. 옛날 꽃집 처녀였을 때 그랬을까 싶게 엄마의 얼굴은 발그스름해져 있었다.

　아빠는 엄마 얼굴이 자꾸만 붉어지는 게 좋았다고 했다. 아빠가 주방보조로 있던 레스토랑은 엄마가 일하던 꽃집 위층이었는데, 테이블마다 한 송이씩 꽂아놓을 카네이션을 사기 위해 아빠가 새시문을 열고 들어가자마자 엄마는 대뜸 얼굴부터 붉혔다고 했다.

　스무 살 난 엄마가 아이를 가진 것도 그 꽃집에서였다고 했다. 엄마는 임신중독증이라는 것에 걸려 온몸이 두부같이 부었다고 했다. 손은 고무장갑 낀 것처럼 부풀어, 다른쪽 손가락으로 누르면 그 들어갔던 자리가 다시 나오지 않았다. 그 손으로 엄마는 장미 가시를 자르고 꽃 양동이를 날랐다. 스물일곱 살 난 아빠는 그때 뭘 했냐면, 이 레스토랑 저 레스토랑의 주방보조로 이 주, 삼 주, 길어야 한 달씩 버티고는 싸움 끝에 뛰쳐나오곤 해서 어린 엄마의 속을 썩였다. 아빠와 다툴 때마다 엄마가 눈 언저리를 훔치며 끄집어내는, 그러나 정작 아빠는 듣는지 마는지 딴곳만 보고 있다가 〈그만 하지〉 한마디 하고 마는 얘기였다.

　태련아, 번개 아저씨 뜨거운 국물 한 잔 드릴까?

　엄마의 소프라노 목소리가 아이의 머리 위로 굴러떨어졌다. 아이는 일어섰다. 연두색 플라스틱 그릇에 오뎅 국물을 퍼 번개에게 건넸다. 아이가 두고 마시는 종이컵에도 한 국자 펐다. 두 손으로 컵을 감싸면 그 온기로 온몸이 함께 덥혀지는 것 같은 기분이 아이는 좋았다. 번개는 그런 기분도 모르고, 뜨겁지도 않은지 그릇을 순식간에 비워버렸다. 아아, 시원합니다, 하고는 흰 떡니를 드러내며 또 웃었다. 눈웃음을 짓느라고 까만 장롱 같은 눈동자가 보이지 않았다.

바지 호주머니에 두 주먹을 찌른 채 양쪽 어깨를 번갈아 앞뒤로 돌리며 번개가 말했다.

빨리 봄이나 왔으면 좋겠어요.

종일 서 있으려면 춥지? 우리야 불이 가까이 있으니까 괜찮지만.

추운 것도 추운 거지만, 젠장, 나무에 이파리 한 장이라도 붙어 있으면 숨쉴 맛이 나겠어요. 햇볕이 좀 따뜻해지면 북한산에 올라가서 넓적한 바위 하나 차지하고는 두 다리 뻗고 드러눠서 실컷 잠이나 잤으면 좋겠는데…… 옛날에 쬐끄맸을 때 시골 살았거든요. 그때 봄이면 누나랑 자주 가던 바위가 있었는데.

번개의 유난히 흰 얼굴이 붉어지는가 싶더니 귀밑까지 빨갛게 물들었다. 뭐가 갑자기 창피해서 그럴까?

그런데 누님, 알아요?

뭘?

누님, 우리 누나랑 닮았어요.

닮다니? 내가?

엄마가 하얗게 웃었다.

웃는 모습이 비슷해요.

번개의 얼굴에서 웃음이 걷혔다. 꼭 무슨 자두꽃 같은 게, 하고 들릴 듯 말 듯한 목소리로 덧붙였다. 여전히 귓불을 붉힌 채 그는 정색을 하고 엄마의 얼굴을 바라봤다.

9

아직 해도 지지 않았는데 아이는 형광등을 켜놨다. 욕실의 백열등도 켜고 욕실문을 활짝 열어놓고 그 앞에 두 무릎을 안고 앉았다.

곧 황혼이 내릴 것이다.

왜 하루 중 이맘때가 되면 혼자란 생각이 들곤 하는 걸까 하고 아이는 생각한다. 바다에 나가보고 싶다고, 그러나 그 길이 싫다고, 그 개들이 무섭다고 생각한다. 과일가게 앞에 매어져 있던 작은 개를 생각하자 아이의 마음은 복잡해진다. 그 복잡한 마음 밑바닥에서 똬리를 틀고 있는 감각은 필경 무서움이다. 그 무서움이 왜 자꾸만 부끄러움을 불러일으키는지, 자신의 몸뚱이를 친친 동여매는 것같이 느껴지는지 아이는 모른다.

조금씩 서쪽 하늘이 붉어지기 시작한다.

아이는 별안간 격한 동작으로 일어선다. 창으로 걸어가 색바랜 커튼을 쳐버린다. 가까이 가서 볼 수도 없는 석양을 지켜보는 것도 이젠 지겹다고 생각한다. 방 가운데 드러누워 이불을 뒤집어써버린다.

어둠 속에 아빠가 잠들어 있는 모습이 보인다. 언제 돌아온 걸까. 지금은 몇 시쯤 됐을까.

규칙적인 숨소리에 귀를 기울이자 아이의 마음이 푸근해진다. 아이는 애벌레처럼 배로 바닥을 기어 아빠 쪽으로 다가간다. 가만히 그의 팔을 베어본다.

조금 있다가 아빠의 팔이 꿈틀한다. 으으음, 신음이 코에서 흘러나온다. 별안간 후려치듯 아이의 머리를 밀어낸다.

이…… 연놈들, 이 연놈들, 연놈들…….

아빠의 고개가 좌우로 흔들린다. 흐어엄, 힘, 하고 불분명한 잠꼬대가 이어 나온다.

너 죽고 나 죽는 거야! 씨팔 새끼들.

갑자기 목소리가 또렷해지는가 싶더니 아빠의 몸뚱이가 용수철처럼 튀어오른다. 야전점퍼를 꿰어입는 그의 눈에 언젠가 보았던 파란 불이 고양이처럼 번득인다. 잠이 달아난 아이는 그사이 날쌔게 벽에 바싹 붙어 아빠를 살피고 있다. 무릎을 안고 그 안에 얼굴을 숨긴다. 아이의 눈에서 나오는 빛이 아빠의 눈에 띄지 않을까. 그것이 이 순간 아이의 가장 큰 불안이다.

10

엄마와 아빠가 아이의 머리맡에서 나지막이 싸우는 일이 잦아졌다. 아니, 나지막하던 음성도 차츰 높아져, 더 이상 아이가 자는 시늉을 할 수 없을 만큼 시끄러워졌다.

솔직히 말해. 그 자식이랑 어디까지 갔어?

그게 무슨 말이야?

난 눈이 삔 놈인 줄 알아? 눈칫밥으로 배채워가면서 큰 놈인 거 몰라?

태련이 아빠!

말 못해?

태련 아빠, 정말 날 의심하는 거야?

어서 말 못해?

아이가 일어나 앉았다. 자신이 일어나면 싸움이 그치곤 하는 것을 아이는 알고 있었다. 그러나 이날 그들은 아이의 움직임을 의식 못하는 것 같았다.

정말, 웃겨. 내가 태련일 어떻게 키웠는데? 내 눈물 반으로 키웠는데…… 그동안 그렇게 속썩인 것도 모자라서, 웃겨, 인젠 의처증까지야? 어디까지 가다니? 입이라고 붙었으면 아무 말이나 해도 돼?

엄마의 카랑카랑한, 그러나 뒤로 갈수록 가늘게 떨리는 음성을 막으며 아빠가 외쳤다.

어서, 어서 말 못해!

라디오가 선반에서 내팽개쳐졌다. 아이가 와아 울음을 터뜨렸다. 엄마가 아이를 끌어다 안았다. 탁상시계가, 화장품병들이 연달아 굴러떨어졌다.

그날 아빠는 집을 나가 돌아오지 않았다.

세 식구가 함께 소형 트럭 짐칸에서 장사하고 있으면, 외출했다가 마을버스를 타고 들어가던 주인집 할머니는 풀빵을 팔아주며 〈아유, 비둘기집 같네?〉 하곤 했었다. 그러나 그날 주인집 할머니가 나타났을 때 엄마는 혼자 서서 닭꼬치에 고추장 양념을 바르랴, 호떡 누르랴, 붕어빵 틀을 때맞춰 뒤집어주랴 바삐 손을 움직이고 있었다. 아이는 엄마가 한 짝 벗어준 하얀 목장갑을 끼고 군복 입은 아저씨들에게 오뎅 국물을 퍼주고 있었다.

원, 새벽에 나간 사람이 아직도 안 들어온 게야?

쯔쯔 입맛을 다시던 할머니가 이번에는 아이에게 물었다.

태련이 춥지 않냐?

아이는 못 들은 척 손을 뻗어 다 익은 붕어들을 꺼내기 시작했다. 엄마는 닭꼬치를 은박지로 싸서 무스탕코트 차림의 파마머리 아줌마한테 건네는 참이었다.

꼬챙이로 붕어빵 틀을 들출 때마다 노릇노릇하게 익어 있는 물고기들을 아이는 지느러미 끝을 잡고 끄집어냈다. 아직 희끗한 붕어들의 뚜껑은 도로 덮어놓았다. 태어나려면 그 뜨거운 틀 속에서 더 견뎌야 했다. 옆엣것들과 똑같이 견디지 않고는 그 안에서 빠져나올 수 없었다.

붕어를 다 꺼낸 다음에는 틀들을 세로로 세워둬야 한다. 어느 한쪽으로 눕혀놓으면 그 부분이 너무 달궈져서 반죽과 단팥을 붓고 나면 그쪽만 타버린다.

아이는 동그랗게 열을 지어 세워놓은 빈 틀들을, 그 앞 철망에 누워 있는 붕어들을 골똘히 내려다봤다. 틀의 얼굴 모양이 그렇게 돼 있기 때문에 붕어들은 하나같이 웃는 입꼬리를 하고 있었다. 제가 웃고 싶어서 그런 게 아니라 그렇게 만들어져 있기 때문이다.

태런이, 착하구나. 엄마를 이렇게 잘 도와주고.

엄마가 싸주는 호떡 천 원 어치를 받아드는 할머니를 향해 멋적은 웃음을 지으며, 아이는 제가 붕어들처럼 할 수 없이 웃고 있다고 생각했다. 그렇게 안쓰러운 눈길로 바라보니 얼른 돌아가줬으면 좋겠다고, 여전히 웃음을 머금은 채 생각했다.

11

아빠는 아이의 팔을 끌고 셔터 내려진 제과점 앞 공중전화로 걸어간다. 유리 부스에는 문이 없어 아빠가 외치는 말이 고스란히 들린다.

아버님, 접니다.

접니다! 김서방입니다.

정희 씨, 접니다, 그년한테서 소식…….

아빠가 수화기를 내려놓을 때마다 부서지는 소리가 터져나오는 바람에 아이는 깜짝깜짝 뒤로 물러선다.

전화 카드를 뽑아들다 말고 아빠는 느닷없이 전화기를 주먹으로 친다. 유리 부스의 안쪽 면에 이마를 짓찧는다.

씨발, 씨발 새끼들.

낮게 숨죽인, 그러나 망치질하듯 한 음절 한 음절 또렷한 목소리가 인적 없는 거리의 어둠 위로 대못처럼 박힌다.

다 죽여버릴 거야…… 씨발 새끼들.

그의 쏘는 듯한 시선이 아이의 얼굴에 꽂힌다.

아빠는 미친 걸까. 날 알아보지 못하는 걸까.

내복 위에 노란 누비외투만 걸치고 나온 아이는 턱을 떨며 아빠의 성난 얼굴을 올려다본다. 마치 아이의 등뒤에 다른 사람이 있는 것 같이, 아빠는 아이가 서 있는 쪽을 향해 이를 악물며 중얼거린다.

네가 이럴 수 있니?

아이는 뒷걸음질을 친다.

……어떻게 네가 나한테 이럴 수 있어?

12

엄마가 앓아 누웠다. 어디가 아프냐고 아빠가 물으면 특별히 아픈 데가 없는데 꼼짝을 할 수 없다고 했다. 엄마는 일을 나가지 않았다. 밥도 하지 않았다. 밥하러 부엌에 나가기가 귀찮다고 했다. 아이가 배고프다고 보채면 몸을 일으키는 시늉을 하다 말았다. 일단 방바닥에 손을 올려놓으면 그 자리에서 한 뼘 옮겨 짚기도 귀찮다고 했다.

아빠, 무병이 뭐야?

그러던 어느 날 아침, 쌀을 씻는 아빠에게 아이가 묻자 그의 얼굴이 굳어졌다.

누가 그런 얘길 하든?

주인집 할머니가 철희네 엄마한테 그러던걸, 엄마가 아무래도 그거 같다고.

아빠는 대답 없이 쌀을 소리내어 문질렀다.

응, 무병이 뭐야?

아이의 입을 틀어막듯 아빠는 닫힌 방문을 향해 이봐! 고함을 질렀다. 아이는 흠칫 입술을 다물었다.

오늘도 못 나가?

아빠가 문을 열어젖혔다.

못 나가느냐구?

한낮에도 지하방은 늪 속처럼 어두웠다. 수초 같은 어둠이 탁한 공기 속에서 흐물흐물 흔들리고 있었다. 구겨놓은 신문지 같은 엄마의 몸뚱이가 캄캄한 이불 속에 묻혀 있었다.

아빠가 또 폭발했다. 부엌의 접시들을 깨고 안방으로 들어오더니 창틀에 세워놓은 가족사진을 집어던지고 텔레비전을 걷어찼다.

말해봐!

아빠의 악물었던 입술이 악을 질렀다. 번쩍, 지하방의 어둠이 섬광으로 갈라지는 것 같았다.

그 애새끼 때문에 지금까지 죽상을 하고 있는 거야? 그 애새끼가 거기서 쫓겨난 게 내 탓이다 이거야?

아빠의 입가에 자잘한 흰 거품들이 일었다. 더 부술 물건을 찾는 듯 번쩍이는 눈동자가 불안정하게 흔들렸다.

개새끼…… 그날 운수 좋았어. 거기 종업원놈들이 걸어말리지만 않았어도 대갈통 날아갔어. 나쁜 새끼…… 얻어맞으면서 웃기는 왜 비실비실 웃어!

침을 뱉듯 아빠가 소리쳤다. 구슬 같은 목울대가 아래 위로 흔들렸다. 부르쥔 손아귀 사이로 쇠붙이라도 으스러질 것 같았다.

개새끼, 아니라면 왜 말을 못해! ……아니란 말을 왜 못했느냐구!

……이렇게는 못 살아!

엄마가 악을 쓴 것은 그때였다. 달포 가까이, 목소리 낼 힘도 없다는 듯 고갯짓도 하다 말던 엄마의 몸에서 그렇게 큰 소리가 터져나온 것에 아이는 아빠의 광포에보다 더 놀랐다.

하루이틀도 아니고, 한 달 두 달…… 아니 일 년 이 년도 아니고, 평생을 이렇게 어떻게 살아? ……여태까지 살아온 게 기적이야, 알아? 기적이라구.

엄마의 입술이 떨렸다. 헝클어진 앞머리가 움푹한 눈두덩으로 흘러내렸다.

……이렇게는 못 살아, 정말이지 이가 갈려서 못 살아! 이놈의 집구석도 이젠 지긋지긋해!

아이는 자신의 몸을 구부렸다. 그들의 눈에 띄어서는 안 될 것 같아 좀더 동그랗게 구부렸다. 바람벽에 바싹 붙은 아이의 몸은 아무리 구부려도 더 이상 작아지지 않았다.

13

비가 내린다. 여기는 서울보다 남쪽이라 눈 대신 비가 오는 거라고 아빠가 그랬다. 그렇다면 이때쯤, 아이가 살던 지하방 앞마당에는 한 뼘 눈이 쌓였을까.

여관 앞건물의 슬레이트 지붕으로 비 듣는 소리에 아이가 눈을 떴을 때 아빠는 머리맡에서 돈을 세고 있었다. 차를 팔고 온 다음날 아침 아빠가 점퍼 안주머니에서 꺼냈던 봉투에는 수북이 만 원권 지폐가 가득했는데, 그게 다 없어지고 얄팍해진 봉투를 보니 그러잖아도 빗소리 때문에 울적하던 아이의 마음은 더 어두워졌다.

아빠는 나갔다 오겠다고 한다. 또 자정 넘어야 들어오겠구나 했는데, 조금 있다가 투명한 비닐봉지에 소주팩이며 땅콩, 튀긴 감자 따위를 잔뜩 사들고 들어온다. 아빠가 봉지에서 그것들을 꺼낼 때 아이는 그의 소맷자락 밑에 드러난 용을 본다. 저 푸른 먹은 왜 지워지지 않을까. 성난 듯한 핏줄들이 움직일 때마다 함께 꿈틀거리며 금방이라도 살갗을 뚫고 나올 것 같은 짐승을 아이는 경계의 눈빛으로 쏘아본다.

아빠는 아이를 보지 않는다. 무엇인가 잘 들리지 않는 말을 천천히 웅얼거리기도 하고, 손을 멈추고 생각에 잠기기도 한다. 그러는 동안 뜯다 만 과자봉지가 손에서 툭 굴러떨어진다.

떨어진 과자봉지를 내려다보고 있는 아빠의 얼굴이 검다. 얼핏 보면 햇볕에 그을린 것 같고 자세히 보면 오래 씻지 않은 사람 같다. 사람의 얼굴이 저렇게 가죽처럼 단단해질 수 있을까. 옛날에 유리병을 씹어서 핏물과 함께 뱉어내곤 했다는 그의 얼굴을 아이는 숨죽인 채 살핀다. 이태쯤 전이었던가, 그때 대면 이제는 사람된 거야,라고 아이의 머리맡에서 우물우물 변명하던 그의 목소리를 떠올린다.

그래도 그렇지, 어떻게 술만 마시면 미쳐, 당신은?

미쳐도 그나마 곱게 미치잖어, 인젠 당신 덕에…… 내 피가 끓는 걸 어떡해? 내가 어쩔 수 없는 걸 어떡해?

버럭 고함치던 아빠의 날선 목소리를 아이는 떠올린다.

알어? 인제는 나도 옛날 같지 않어…… 세상천지에 겁날 게 없었던 내가 씨발, 겁쟁이가 됐다구. 공사현장 밑을 지나면 벽돌이 떨어져서 머릴 찍을까봐 찝찝해. 화물차라도 거칠게 끼여들면 등가죽에 식은땀이 나. 그게 왠지 알아? 너 때문이야, 알기나 해? 니가 날 겁쟁이로 만들었다구. 모든 게 변해버렸다구.

14

엄마가 다시 일하러 나갔다. 예전처럼 아빠는 간밤에 토막쳐 썰어놓은 닭을 꼬챙이에 끼웠고 엄마는 호떡을 누르고 풀빵을 뒤집었다. 다만 달라진 것이 있다면 엄마가 아이에게 종종 화를 냈다는 것이다. 한번 화가 나면 허공을 후려치듯 거칠게 손짓을 했다. 금방이라도 아이를 때리거나 아무거나 부숴댈 기세였다.

엄마는 키가 백칠십 센티미터에 허리가 길었다. 낡은 옷을 입고 있어도 몸짓 어딘가에 기계체조 선수처럼 우아한 데가 있었다. 피부가 희어, 립스틱만 살짝 발라도 엄마의 얼굴은 봄나비처럼 화사해졌다. 그러나 이제 엄마는 화장을 하지 않았다. 화를 낼 때 엄마의 몸짓은 무시무시한 마녀 같았다. 아이가 할 수 있는 일은 그때마다 몸을 동그랗게, 가능한 한 가장 조그맣게 구부리곤 하는 것뿐이었다.

지겨워, 지겨워.

엄마는 아이에게 자꾸만 지겹다고 했다. 아이가 호떡을 먹다가 설탕물만 흘려도, 넘어져서 무릎에 흙과 연탄재를 묻혀오기만 해도 지겹다고 했다.

어느 날 밤, 아빠가 세면장에서 닭을 손질하는 동안 엄마는 얼굴에 로션을 바르다 말고 돌아앉아 아이의 눈을 들여다봤다.

……지겨워, 눈은 영락없이 그 화상이네.

아이가 눈을 꿈적꿈적하는 동안 엄마는 아이의 가슴에 서늘한 금이 그어지도록, 그래서 그만 눈물이 날 만큼 매몰차게 아이의 어깨를 떠밀고는 돌아앉아버렸다.

15

소주팩 두 개를 뚝딱 비우고 아빠는 바람 빠진 풍선처럼 납작하게 누워 있다. 튀긴 감자로 아침을 때운 아이는 아빠가 누워 있는 모습을 내려다보며 이불 속에 웅크리고 있다. 간밤에 아빠가 아이의 손을 거칠게 잡아끌고 나가 이리저리 미친 사람처럼 전화를 걸어댔던 일이 떠오른다. 어둠 속에서 아이를 노려보던 아빠의 푸르스름한 검은자위가 떠오르자 아이는 눈을 질끈 감았다 뜬다.

아빠는 이제는 외출을 않고 방안에서만 마시려는 모양이다. 그럴 줄 알았다고, 그동안 얼마나 돈을 써댔길래 벌써 이렇게 된 건가 하고 아이는 생각한다.

아빠의 코고는 소리를 신호로 아이는 내복 바람의 몸뚱어리를 이불 속에서 꺼낸다. 새로 산 스타킹과 원피스는 곱게 화장대 위에 개켜둔 채 낡은 스웨터와 치마를 입는다. 아빠가 사준 분홍색 반코트 대신 헌 누비외투를 걸치고 헌 스타킹을 신고 장날에 산 장화를 신는다. 우산이 없고, 밖에 나가고 싶고, 새옷을 망치기 싫기 때문이다.

꼭 다문 입술로 아이는 여관 골목을 빠져나온다. 추적추적 내리는 비에 머리카락이 금세 젖어 이마에 달라붙는다.

아이는 횡단보도를 향해 걸어간다. 남매로 보이는 애들이 등에 멘 책가방 위로 연보라색 우비를 입고 마주 걸어오다가 아이를 본다. 학교에 다녀오는 모양이다. 벌써 개학을 했나 보다. 아이는 자신도 학교에 가야 한다고 생각한다. 하지만 차가 없으니 어떻게 서울로 돌아가나.

그애들은 아이가 누군지 궁금한 얼굴이지만 아이에게 말을 붙이지 않는다. 우산을 받고 골목에서 걸어나온 아줌마가 애들의 머리 위로 여벌의 우산을 씌워준다. 여자애가 우비에 달린 모자를 벗는다.

아이는 여전히 꼭 다문 입술로 그 앞을 스쳐 지나간다. 아줌마가 아이를 돌아보며 뉘 집 애냐, 눈으로 묻는 것 같은 얼굴을 한다. 그 질문을 듣기 싫어 아이는 걸음을 더욱 빨리한다. 시선을 제 장화 앞에 내리꽂은 채다.

너, 어디 사냐?

뉘 집에 놀러왔냐?

사람들이 물어올 때마다 아이는 고개를 흔들었다. 이름이 뭐냐, 몇 학년이냐, 물어도 대답 없이 뒷걸음질을 치곤 했다.

점심때가 지난 시각이라 약국 옆 분식집에는 손님이 없다. 주말연속극이 재방송되는 텔레비전 앞에 앉아 있던 파마머리 아줌마는 아이에게 물잔을 주며 다행히 아무 말도 묻지 않는다. 며칠 전에 왔을 때 어디서 왔니? 하는 물음에 아이가 아무 대답도 하지 않았던 것을 기억하는지, 호기심 어린 눈매로 아이의 얼굴을 뜯어볼 뿐이다.

여기, 난로 가까운 데 앉지 그러냐?

괜찮아요, 입 속으로 중얼거리며 아이는 얼른 고개를 수그려버린다.

국물 속에 풀어진 계란 덩어리들과 잘게 동강난 라면 가닥들을 마지막까지 추려먹는 데 꽤 오랜 시간이 걸린다. 분식집을 나온 아이는 바다로 통하는 밭둑길을 따라 걸어간다. 따뜻한 라면 국물로 배를 채우니 빗발이 아까만큼 차갑지 않다. 아이는 식당 안에서 움츠리고 있었던 어깨를 조심스럽게 펴본다.

이런 날엔 석양을 볼 수 없다는 것을 아이는 알고 있다. 다만 비가 내리는 날에도 그 개들이 해안을 서성이고 있는지 궁금할 뿐이다.

밭둑길의 포장이 끝나자 찰진 진흙이 아이의 장화 바닥에 엉겨붙기 시작한다. 빗발이 차츰 거세어진다. 멀리 점처럼 보이는 큰 개 한 마리가 빗속에 어슬렁거리고 있다.

아이는 돌아선다. 어깨가 자꾸만 처지려는 게 싫어 걸음을 빨리한다. 푸르게 질린 입술이 떨린다. 다 젖었다. 속옷까지 젖어버렸다.

16

날 보던 눈, 그 눈이 그렇게 똑같이 그 새끼를 보고 있다고 생각하면.

아빠는 취해 있었다. 딴사람처럼 들리는 목쉰 음성으로 외삼촌을 향해 나직이 말했다.

아이는 부르스타 위에서 구워지는 삼겹살을 보고 있었다. 돼지기름이 흘러 프라이팬 구석에 놓인 통무 바닥으로 스며들고 있었다.

살갗에서 기름이 흘러나온다.

문득 아이는 그것이 끔찍해졌다. 외삼촌이 나무젓가락으로 뒤적일 때마다 붉은 핏자국이 거무레해지는 고깃점들이 끔찍해졌다. 그래서 외숙모가 상추에 쌈을 해서 주는 것들을 그때마다 입에 넣었다가 몰래 휴지에 뱉어 노란 누비점퍼 주머니 안에 넣고 넣고 했다.

날 보고 웃던 얼굴, 그 얼굴로 똑같이 그 새끼를 향해 웃고 있다고 생각하면…… 눈, 그 눈을 생각하면, 씨팔, 그 생각만 하면…….

이마까지 새빨개진 아빠의 얼굴이 체머리를 떨고 있었다. 아빠의 손이 소주병을 쥐었다. 그것이 바닥에 내리쳐져 깨지고 말 것 같아, 아빠의 이빨이 짐승처럼 그것을 씹기 시작할 것 같아 아이는 고개를 돌렸다.

다 죽이고 나도 죽어버릴 겁니다. 태련이도 죽고 지도 죽고 나도 죽는 거요, 다, 모조리 다!

외삼촌 집을 떠나던 날 이른 새벽에는 싸락눈이 내렸다.

눈길에, 동도 아직 안 텄는데 괜찮겠어, 매제? 아직 술이 덜 깼을 텐데.

아빠는 다정하지도 기쁘지도 않은 이상한 미소를 외삼촌에게 지어 보이고는 아이의 손을 잡아끌었다.

서민 연립주택 앞의 전봇대에는 붉은 페인트로 〈주차금지〉라고 씌어 있었다. 트럭은 그 앞에 보란 듯이 서 있었다. 엄마와는 달리 키가 자그마한 외삼촌은 아빠가 뿌리치는 차가운 서슬에 팔을 놓았다. 외삼촌보다 더 키가 작은 데다 살이 제법 붙어 눈사람처럼 동글동글한 외숙모가 아이의 손에 억지로 지폐를 쥐어주었다.

왜 어른들은 자꾸만 아이에게 돈을 주는 것인지 아이는 알 수 없었다. 내키지 않는 것을 억지로 쥐어주고, 안 받으려고 달아나면 쫓아와서 호주머니에 찔러넣어버리곤 하는 까닭을 알 수 없었다.

서울로 가게.

외삼촌은 아이를 안아서 트럭 위로 올려주며 아빠에게 소리쳤다.

돌아가서 살아봐야지 않겠나? 태련이 생각도 해야지.

대답을 기다리는 외삼촌의 얼굴을 빤히 내려다보면서도 아빠는 약이라도 올리려는 듯 침묵을 지켰다.

돌아가서 전화하게.

못내 미심쩍은 얼굴로 외삼촌이 차문을 닫았을 때에야, 아빠는 아이에게도 간신히 들릴 만큼 작은 목소리로 내뱉었다.

……어디로 돌아가라는 거야, 씨팔.

아빠가 트럭 앞유리의 와이퍼를 작동시키자 흰 과일껍질 같은 눈이 벗겨지며 세상이 보였다.

고요하게, 희고 조그만 화선지 조각 같은 눈송이들이 분분이 앞유리에 내려앉았다가는 와이퍼에 밀려 사라지곤 했다. 아빠는 전조등을 켰다. 어둠 때문에 보이지 않았던 골목 끝까지, 불빛이 비치는 허공의 길을 따라 자잘한 눈송이들이 눈부시게 반짝이고 있었다.

안전벨트를 매지 않은 채 아빠는 그 눈발을 노려보았다. 그의 눈두덩은 아픈 사람처럼 거무스름한 청색이었다.

손 흔들어, 아빠.

아이는 후락한 현관 앞에 서 있는 외숙모의 얇은 홈드레스를 걱정스레 바라보다 말고 아빠의 옆구리를 질벅거렸다. 아빠는 잠에서 깨어난 사람처럼 어깨를 흠칫했다. 손을 흔드는 대신 외숙모를 향해 까닥 목례를 했다. 아이가 손을 흔드는 동안 아빠는 시동을 걸었다. 조끼 파카 밖으로 드러난 어깨의 살집을 자신의 손으로 문질러대며, 눈사람 같은 외숙모가 눈발 속에서 발을 구르고 있었다.

……태련아.

연립주택 골목을 빠져나와 큰길로 들어섰을 때 아빠는 아이를 불렀다. 아이는 아빠의 음울한 옆얼굴을 보았다. 숭숭 푸르스름한 수염들이 뚫고 올라온 턱을 치켜든 채 아빠는 정면을 응시하고 있었다.

……아빠랑 같이 죽어버릴까?

마치 자신에게 묻는 듯이 그는 응? 하고 거듭 물었다.

씨팔 더러운 세상, 둘이 같이 죽어버릴까?

17

아이는 머리를 감는다. 따뜻한 물을 받아 알몸에 끼얹는다. 구석구석 비누칠을 한 뒤 헹구어내려 한다. 비눗기가 잘 씻기지 않는다. 이가 부딪치게 춥다. 아이는 수건으로 물기와 비눗기를 함께 닦아내버린다.

욕실을 나온 아이는 젖은 헌옷들을 방바닥에 널고 새옷을 입는다. 새옷에서 소독약 냄새가 난다. 아이는 화장대 앞으로 간다.

엄마를 닮았구나.

부산에서 만났던 엄마 친구라는 아줌마의 목소리를 떠올리며 아이는 거울 속의 제 얼굴을 찬찬히 살핀다. 앞짱구 뒤짱구진 아이의 고집 세 보이는 얼굴은 아무래도 엄마와 닮은 것 같지 않다. 그렇다고 아빠를 닮은 것 같지도 않다. 그러자 자신의 얼굴이 낯설게 느껴진다.

아이는 올 굵은 여관 빗으로 빗질을 시작한다. 빗이 긴머리 끝까지 내려갈 때마다 차갑고 굵은 물방울들이 어깨로 떨어진다. 옷과 함께 널어놨던 수건을 집어 머리칼을 다시 꼭 짠다.

아이는 머리를 양갈래로 땋아본다. 잘 땋아지지 않는다. 엄마가 해주던 것처럼 힘있게 되지 않는다. 어차피 젖은 머리다. 젖었을 때 머리를 땋으면 안 된다고 엄마가 그랬다. 아이는 애써 땋은 머리를 도로 풀어버린다.

어느 날 아침 엄마의 얼굴이 환했던 것을 아이는 기억한다. 종일 작은 신경질 한 번 부리지 않았다. 장사 나가기 전 오전 나절에는 아이를 데리고 도매점에 가서 초록색 쓰리쎄븐 책가방을 사줬다. 일학년 때 산 가방이 있긴 했지만 삼학년에 올라가는 아이에게는 좀 작았던 터였다. 엄마는 미소를 지으며 말했다.

개학하면 이걸 메고 다녀.

장사를 마치고 함께 돌아와 아빠가 세면장에서 발을 씻는 동안 엄마는 아이의 머리를 땋아줬다.

금방 잘 건데?

아이의 다정한 물음에 엄마는 〈으응, 그래도 예쁘게 자면 좋지〉 하고 대답했다. 정성스럽게, 대접의 물을 발라가면서 엄마는 아이의 긴머리를 찰지게 땋았다.

다음날 아이가 잠에서 깨었을 때 엄마는 없었다. 아이는 울지 않았다. 엄마가 떠났다는 것에 대한 실감이 없었고, 그렇다고 아주 떠난 게 아니라 곧 돌아올 것이라고도 희망하지 않았다. 언젠가부터 아이는 모든 일을 받아들이는 데 익숙해져 있었다. 그저 생겨난 일대로 숨소리를 크게 내지 않고 견디는 데 익숙해져 있었다.

어둡다.

아빠한테서 멀리 떨어져 누워 아이는 잠을 청한다. 헝겊인형을 가슴에 안은 채다.

혼자 있을 때 아이는 반드시 불을 켜놓고 자곤 했다. 자다 깨어보면 불이 꺼져 있는데 그러면 아빠가 왔다는 것이었다. 어둠 속에 아빠의 등이 보이면 안심이었다. 자정 녘쯤 깨어 형광등이 여전히 켜져 있는 순간이 아이에게 가장 싫은 순간이었다. 자다 일어나 더욱 낯설어 보이는 방안에, 모든 것이 잠들기 전과 똑같이 정적에 잠겨 있는 모습을 확인하는 것이 아이는 싫었다.

그래서 아이에게는 이날 처음으로 아빠가 오후 외출을 하지 않은 것이 더없이 다행스럽고 고맙다. 아이는 어둠을 싫어하지만 그쯤 괜찮다. 어른들은 아이와 반대인 것을 아이는 안다. 어두우면 무섭지 않고 오히려 잠이 빨리 온다는 것을 안다.

아이는 이불을 눈 위까지 끌어올린다. 이불 밖에는 불이 켜져 있다고 상상한다. 이불을 걷으면 을씨년스러운 어둠이 아니라 형광등 불빛이 있다고, 아니, 밝은 햇빛이 가득 들어와 있다고 상상한다.

꿈속에서 아이는 다시 트럭에서 흔들린다. 깨었다가 잠들자 겨울 나목으로 가득한 과수원 뒤뜰에 혼자 있다. 지느러미가 바슬바슬 타버린 붕어들이 흙바닥에 널려 있다. 손을 뻗자 물고기들은 진저리치며 허공으로 떠오른다. 잡으려 한다. 잡히지 않는다. 물고기들이 이히히 입꼬리를 치켜든다. 손을 내젓는다. 잡히지 않는다.

아이는 이상한 소리를 듣고 눈을 뜬다. 누군가가 가쁜 숨을 몰아쉬고 있다. 그것이 아빠가 흐느끼는 소리라는 것을 안 것은 아이가 더 이상 무서움을 견딜 수 없어 이불을 젖혀버렸을 때다. 아빠는 저녁에 잠들었던 대로 자세 한 번 바꾸지 않은 채 모로 누워 있다.

비가 내려서 밤이 더 어두운 모양이다.

숨을 죽여 흐느끼는 소리가 끊길 듯 끊길 듯 이어진다. 아이는 이불 자락을 가만히 끌어 귀를 막는다. 아빠의 울음이 영원히 끊어질 것 같지 않다. 이 어둠이 영원히 없어질 것 같지 않다.

이 방의 문이 밖에서 잠긴 거 아닌가, 하고 아이는 다시 생각한다. 이 어두운 방안에 아빠와 자신이 있는 걸 모든 사람들이 잊어버리는 거 아닌가. 아이가 누운 방바닥이 한없이 아래로 가라앉는 것 같다.

아이는 소리 없이 일어나 앉는다. 어둠 속에 부옇게 드러난 사물들을, 그사이 울음이 그치고 정말로 죽어버린 시체처럼 미동도 없이 누워 있는 아빠의 뒷모습을 본다.

꿈이었나.

아이는 자신이 들은 소리를 의심한다. 찝찔한 엄지손톱을 씹으며 아빠의 등을 유심히 바라본다.

……꿈이었나 보다.

18

왜 그러냐? 왜 그래?

아이는 제가 고개를 힘껏 저으며 소리친 것을 모른다. 금방이라도 울음을 터뜨릴 듯한 얼굴로 아이는 눈을 비빈다.

낮잠을 깊이 잤구나. 꿈을 다 꾸고.

아빠의 가라앉은 목소리가 아이의 이마에 고드름 조각처럼 흩어진다.

비는 오전 나절에 그쳤나 보다. 아랫목을 지나 창 반대편 벽까지 해가 들어와 있다. 아빠는 아이의 머리맡에 앉아 있다. 담배 냄새와 찬바람이 아이의 얼굴에 끼쳐온다. 아빠는 아이가 자는 사이 나갔다 온 모양이다. 오른손께를 보니 밀감과 제과점 빵봉지가 보인다. 땅콩버터통도 보인다. 저것들을 사온 게다. 이제는 저런 것들을 먹을 돈밖에 남지 않은 게다.

개들…….

아이는 중얼거린다. 앓은 것처럼 잦아든 음성이다.

개라니?

아이는 일어나 앉는다.

개들 때문에…….

아빠는 여전히 못 알아듣겠다는 얼굴을 하고 있다. 설명하기를 포기한 아이는 여전히 잠 덜 깬 목소리로 속삭인다.

아빠, 배고파요.

아이는 아빠의 눈이 번들거리고 있는 것을 본다.

아빠, 어디 가?

아빠가 빵봉지와 땅콩버터통을 들고 화장실로 들어가는 것을 보면서 아이가 묻는다. 먹을 걸 들고 화장실에 들어가는 게 이상해서다. 아빠는 아이를 돌아본다. 웃는다고 웃는데 좀 이상하다. 눈 언저리가 실룩실룩 경련하고 있다.

뭐 해, 아빠?

아빠는 대답하지 않고 고개를 돌려버린다.

아이는 깔고 앉았던 베개에서 미끄러져 내려와 바닥에 앉는다. 비닐봉지에 남은 귤을 집어 까기 시작한다. 아빠의 무릎 나온 황토색 코르덴 바지가 보기 흉하다고 아이는 생각한다. 몇 백년쯤 낡은 것 같다고, 그게 엄마 입버릇대로 지겹다고, 진저리가 난다고 생각한다.

19

아빠 손이 떨린다. 모래알이 들어간 것처럼 눈 흰자위가 뻘겋다. 아이는 그 떨리는 손에서 샌드위치를 받아든다. 아이는 그걸 먹어야 할지 말아야 할지 모르겠다. 입맛이 싹 달아났다. 하지만 아빠가 그렇게 노려보고 있으니 안 먹을 수도 없다.

아빠는? 아빠는 안 먹어?

아빠는 등뒤에 쥐고 있던 샌드위치를 내밀어 보이며 아이가 먹은 뒤 먹겠다고 한다. 옥수수식빵을 두 쪽 겹치고 그 사이에 땅콩버터를 바른, 엄마가 만들곤 하던 샌드위치다. 붕어빵과 호떡에 신물이 난 아이가 간식을 졸라댈 때 엄마는 하나는 딸기잼, 하나는 땅콩버터, 하나는 포도잼 하는 식으로 고루고루 식빵에 발라서는 자잘한 세모꼴로 잘라 아이에게 줬었다. 아빠는 아이가 그 중에서 땅콩버터를 가장 싫어했고 늘 딸기잼 바른 것부터 골라먹곤 했던 걸 모르는 게다.

하지만 배가 고프고, 아빠가 모처럼 만들어준 음식이라고 아이는 생각한다. 두 손으로 샌드위치를 쥐고 아빠의 충혈된 눈과 시선을 맞춘다. 미소를 지어본다.

그때다. 아이가 막 한 입을 깨무는데 아빠가 샌드위치를 낚아챈다. 아이의 어깨를 억세게 거머쥐고 화장실로 끌고간다. 아이의 얼굴을 세면대에 처박는다. 수돗물을 튼다.

아빠가 날 죽이려는구나.

아이의 가슴이 내려앉는다. 겁이 나 입술을 깨문다.

입 벌려, 벌려!

반항하는 아이의 코를 막으며 아빠는 악을 쓴다. 아이가 입을 벌리자마자 차가운 수돗물이 밀려들어온다.

먹지 말고, 뱉어. 뱉어 이 멍충아.

뱉어! 뱉어 어서!

그러나 아이는 저도 모르게 물을 삼킨다.

아빠가 손가락을 아이의 목구멍으로 집어넣는다. 아이는 토한다. 좀 전에 까먹은 귤 한 덩이가 주황색 암죽으로 게워져 나온다.

아파서 죽을 것 같다. 달아나지만 몇 발짝 못 가 다시 붙잡힌다. 아빠가 다시 손가락을 입 속에 집어넣는다. 이제 아이는 너무 겁이 나 달아날 힘도 없다. 샛노란 위액까지 꾸역꾸역 토해낸 뒤 기진해서 주저앉는다. 아이의 어깨를 거머쥔 아빠의 손에서 그제야 힘이 빠진다.

아빠는 다리를 떨고 있다. 옷을 입은 채 변기 위에 걸터앉는다. 아이는 그의 얼굴이 젖은 것을 본다. 물일까, 땀일까? 아빠가 쥐었다 놓은 아이의 어깨가 욱신거린다. 아이는 타일 바닥에 주저앉은 채 그를 올려다본다. 그의 얼굴이 낯선 사람처럼 일그러지는 것을, 처음 듣는 목울음이 어흑어흑 터져나오는 것을 본다.

내가 잘못했다 태련아…… 내가 잘못했다!

아이에겐 울 힘이 없다. 그 무시무시한 울음소리를 들으면서 아이는 막연하게 죽고 싶다고 생각한다. 차라리 정신을 잃어버리고 싶다고 생각한다. 꼭 쥐었다 놓은 것처럼 거북한 배, 금세라도 다시 토할 것 같은 위장으로부터, 제 토사물의 역한 냄새로부터, 어둠침침한 욕실 백열등으로부터, 이 외진 소읍의 여관방으로부터 영원히 벗어나고 싶다고 생각한다.

20

아이는 노란 누비외투를 여미며 여관 건물을 빠져나온다. 토사물에 젖은 스웨터를 소매로 문질러 닦는다. 무작정 길을 건너려다 주춤 뒤로 물러선다. 거대한 트럭이 지진처럼 도로를 흔들고 지나간다. 아이는 좌우를 두리번거리며 길 아닌 곳으로 건넌다.

해가 지고 있다. 물든 구름들이 일렁인다. 그 구름들이 에워싼 빛의 가운데를 향해 흙길이 나 있다. 아이는 그 길을 따라 걸어간다.

구름은 전체 모습을 알아볼 수 없는 거대한 황금빛 새의 날개 같다. 광선의 움직임 속에 그 날개가 소리 없이 퍼덕이고 있는 것 같다. 돌아보니 소읍 뒤로 서 있는 산은 평소와 다른 모습을 하고 있다. 등성이의 발가벗은 나무들이 옴죽옴죽 빛을 향해 피어오르는 것 같다. 마른 가지들을 빛 쪽으로 벌리고 서서히 다가오는 것 같다.

얼마만큼 걸어왔는지 아이는 모른다. 시멘트 포장이 끝나는 지점을 언제 지나쳤는지 모른다. 고요한 구름장들이 차츰 가까워진다. 꽃나무들이 남실대는 것 같다. 수천 가지의 과일꽃들이 일제히 대궁째 떨어져내리는 것 같다.

아빠의 손가락이 헤집어놓은 목구멍이 빠근하게 아파온다. 하지만 이상하게도 아이는 아빠가 밉지 않다. 대신 아빠가 목놓아 울던 모습을 생각하자 가슴이 서늘하게 저며온다. 그 낯선 통증이 아이의 발을 자꾸만 땅에 끌리게 한다.

아이는 어느 날 아빠가 많이 울어서 엄마가 그를 좋아했다는 말을 떠올린다. 아이의 상처 난 무릎을 빨아주며 엄마의 얼굴에 어리던 헤아릴 수 없는 근심을 떠올린다.

엄마가 말하려고 했던 것은 그것이었을까, 아이는 생각한다. 어린 애처럼 들먹이는 아빠의 어깨를 올려다보면서 괜찮아요,라고 말해주고 싶던, 그 찢어지는 것 같던 마음이었을까 하고 생각한다. 이 마음을 계속해서 갖고 있는 것이 괴로워서 엄마는 이 마음을 버렸을까, 그래서 우리 둘을 떠나버린 것일까 하고 생각한다. 어쩌면 그동안 아빠는 아이보다도 더 무서워하고 있었는지도 모른다고, 그렇게 줄곧 무서움을 참고 있었기 때문에 혼자서 더욱 무서웠는지도 모른다고 생각한다.

바닷바람이 아이의 옷 속으로 파고든다. 오그라드는 가슴을 펴려 애쓰며 아이는 계속해서 걸어간다. 무허가주택들의 들쭉날쭉한 담벼락들이 흐린 시야 속에서 겹쳐진다. 해질녘의 개들이 어떤 기분일지 아이는 궁금하지 않다. 너무 아팠기 때문에, 오래 외로웠기 때문에, 아이에게는 이 순간 두려운 것이 없다.

까끌까끌한 바람이 아이의 빨갛게 젖은 얼굴을 훑어내린다. 꽃핀 아래 흩어진 머리털이 석양에 물들며 헝클어진다. ▪

한창훈

그대, 저문 바닷가에서 우는

1963년 전남 여수 출생. 한남대 지역개발학과 졸업.
1992년『대전일보』신춘문예에「닻」이 당선되어 데뷔.
소설집『바다가 아름다운 이유』『가던 새 본다』장편소설『홍합』

그대, 저문 바닷가에서 우는

"밝은 달이 먹구름 사이로 숨었어. 아무리 달빛을 받으려고 해도 먹구름이 딱 가로막었어."

도사는 감았던 눈을 반짝 뜨고 단숨에 술술 내뱉었다. 당연히 맞은편 여인의 얼굴에는 흙빛이 번졌다.

"……."

"창공을 날아가던 새가 날개를 다친 형국이고 창해를 헤엄치던 물고기가 우물에 갇힌 판세여. 이름하여 진퇴양난."

"꼭 그럴 것 같습디다. 워째야 쓰까요, 좋은 방법이 없으까요?"

"방법? 있지."

"뭡니까요?"

"바람이 불어 구름을 밀어내야 쓰지. 그래야 새가 다시 날고 물고기가 바다로 나가."

"워치께요?"

"부적을 써."

여인은 순간 무거운 낯빛을 하고 고개를 약간 외로 틀었다. 일이 잔뜩 꼬여 점 보러 오기조차도 버거운데 그깟 종이 쪼가리 가지고 일이 풀릴까, 누가 봐도 그런 얼굴이다. 어쩌면 여인은 동쪽으로 오백 미터 걸어가서 북쪽에서 오는 사람을 만나라든지, 돌아가신 몇 대조 할아버지를 이장하고 성대히 제사를 모시라든지, 집에서 기르는 고양이를 멀리 내보내라든지, 식의 홀로 수고해서 풀릴 수 있는 패를 기다리고 있는지도 몰랐다. 도사는 역시 도사다. 사투리를 빼고 높임말에 진지하고 무거운 기운을 실었다.

"손님. 처음 오셔서 잘 모르시는 모양인데. 우리 인간은 믿음이 지극하여 아무 의심이 없으면 사물을 감동시킬 수가 있어요. 이를테면 높은 곳에서 뛰어내려도 다치지 않고 깊은 물과 뜨거운 불 속에 들어가도 빠지거나 타지를 않는다는 말입니다."

"……"

"믿음에 의해서 사람의 마음이 통일되면 일은 풀립니다. 그래서 지신지인이면 가히 감물야,라 했습니다. 믿으십시오. 그럼 모든 고민이 다 풀립니다. 한번 의심하기 시작하면 아무리 영험한 굿이나 부적도 다 소용이 없어요. 의심하는 사람이 귀신을 움직일 수 있을까요?"

"알았습니다. 얼맙니까요?"

"십만 원."

"좀 비싸네요."

"다른 사람들하고 형세의 경중이 틀려. 보통은 퇴로만 뚫으믄 됐지만 지금은 천지조화가 다 남편을 괴롭히고 있어. 긴말 말고 한 장

써가서 남편 양복 안주머니에다 넣고 바느질을 해버려."

도사는 바로 가느다란 붓에 붉은색 먹물을 묻혀 일필휘지를 휘두르고 여인은 무거운 눈으로 받아 인사하고 나간다. 신 여사 차례다. 그는 연신 마뜩찮다.

신 여사가 〈울고 왔다가 웃고 가는 집〉이라는 부제가 달린 일명 태극철학관씩이나 온 것은 첫번째는 오빠나 올케 덕이고 둘째는 동생인 경애 탓이다.

사실 신 여사가 마뜩찮은 것은 점(占) 때문이 아니다. 그는 집안이 아주 안 풀릴 때, 그러니까 큰아들이 집을 나갔을 때나 가게 하는 남편이 누구에게 빌려준 돈을 떼이게 생겼다거나 하면 간혹 용하다는 곳에 들러 나름대로 미래에 대한 희망을 얻어 나오곤 한다. 정작 한두 달 지나 그럭저럭 문제가 풀려 유야무야 되버리는 것이기는 하지만 앞으로 어떻게 어떻게 하면 어찌어찌 될 수이니 걱정 말라,로 위로를 받는다. 그러니까 딱 그 정도이다. 남들이 교회나 절에 가서 마음의 평온을 얻듯이 그는 가까운 곳에서 간편하게 평온을 얻는다.

그러면서도 이곳이 탐탁찮은 이유는 이 집을 둘러싼 문구들이 너무 현란하다는 데에 있다. 〈울고 왔다가 웃고 가는 집〉이라는 것도 신령기가 짐작되기 전에 유행가 가사를 떠오르게 하는 데다 방 입구에 붙여놓은 〈고장(故障)난 사람(四覽)을 고치는 곳〉이라는 글자도 영 맘에 들지 않는다. 뜻이야 어쨌든 간에 고장난 사람이라니.

그게 고장일까, 오빠가 고장난 것일까, 아니면 올케가? 그것도 아니면 신 여사 자신이나 동생이, 혹은 그 여자가?

올케한테서 전화 온 게 삼일 전이다. 올케는 한마디만 건드려주면 바로 쏟아질 것 같은 목소리였고 아니나다를까 오래지 않아 스스로의 격정에 흔들림을 당해 울기 시작했다. 올케가 운다는 것은 딱 하나이다. 성격이 단단한 시어머니와 사이가 좋지는 않지만 그렇다고 그 하소연을 시누이에게 하지는 않는 법이니까 그건 아니고 그렇다고 말 잘 듣는 딸들 때문에 울 일이 없는 사람이니 그것도 아니다.

"언니 무슨 일이요?"

그는 대충 짐작이 되지만 인사로 물었다.

"고모……."

"누구랑 싸웠소?"

"나가 분해서 못 살겠네."

"울지 말고 말을 차근차근 해보시요."

"글쎄 그것이."

요약하면 이렇다. 오빠에게 여자가 또 생겼다. 둘이 보통 사이가 아닌 것을 확인하고 며칠을 벼르다가, 올케 표현대로 하자면 못된 것 버르장머리를 고쳐놓으려고 쫓아가 한바탕 하다가 본전도 못 찾고 된통 당하고 왔다는 것이다.

몇 년 전에도 한 살림 잘 차렸다가 딸 하나 낳은 것으로 끝맺은 경우가 있었지만 고만고만한 지방 바닷가 도시 중소기업 전무인 오빠는 성격 활달하고 매사 시원시원한 성격이라 여자들과 쉬 가까워지고 어렵지 않게 헤어지곤 했다. 아주 드문 일이 아니라는 뜻이다. 아는 사람 널렸고, 그만큼 아는 여자들도 흔했다. 거기에다 오빠의 외도에는 언제나 여분의 이유가 하나 따라붙어 다녔는데 바로 외아들임에도 아들이 없다는 거였다.

어쨌거나 오빠에게 새로 생긴 애인은 다름아닌 화류계. 화류계 중에서도 쓴맛 단맛 볼 대로 보면서 갈고 닦은 바 있는 베테랑급이었다. 순해빠진 올케는 상대가 못 된다는 것을 깨닫지 못하고 어떻게 한번 해결해보려고 홀로 술집을 찾아갔다. 같은 성질의 사건 때문에 몇 번 시누이들의 도움을 받은 바 있어서 또다시 지원을 요청하기가 미안하기도 했거니와 이젠 요령이 붙어서 자신이 있었다고 올케는 왜 멋도 모르고 혼자서 쳐들어갔냐는 신 여사의 타박에 쿨적이며 대답했다.

올케는 단기필마로 선창가 골목에 위치한, 허름한 요정식 술집의 마담을 불러내어 일단 면대까지는 의연하게 했지만 담판 과정에서 관록 차이를 뼈저리게 느껴야만 했다. 우선 내가 누구누구 부인이라고 딴에는 뱃속에 힘을 심어가며 잽을 날렸더니 저쪽에서 곧바로 스트레이트 카운터가 정면으로 날아온 것이다.

이쪽에서 나는 누구다, 하니 저쪽에서 신 전무님 마나님이시다, 그래서? 뱃심 좋게 눈 정면으로 뜨고 딱부러지게 응대를 하자 순간 올케 심장만 벌떡일 수밖에 없었고 그러면서 이건 잘못되어도 한참이나 잘못된 것이다. 아무래도 새각시란 게 본각시에게 한 수 접히고 들어가야 말이 되지 않는가 말이다. 성님 성님 받들어도 시원찮고 그저 죽여줍쇼 해도 분이 풀리려면 한 석 달 열흘 지나야 하거늘 이쪽저쪽 거꾸로 층진 게 한참이구나, 분통 터져해본들 저쪽에서 눈썹 한 올 꿈쩍할 표정이 아니었다.

올케가 남편에게서 손떼라고, 어쨌든 체면을 갖춰서 이르자 이 아줌마가 아침부터 초치고 있네, 내가 혼자 좋아 연애 붙은 줄 알어, 해봤으면 알 것 아니여, 연애질이 어디 날개로 해져? 마담은 담배 한 대 꼬나물고 연기를 후 내뱉었고 정리 안 하면 가만있지 않겠다고 하자 정리? 누구한테 협박을 해, 한번 썩어볼라고 이래? 야, 그렇게 서방이 아까우면 장롱 속에다가 잘 뫼셔놓지 뭐 하러 내둘려 내둘리기를, 했다.

그 정도까지 나오자 심장 벌떡거리는 기운에 뒷일이야 어떻게 되든 말든 자신도 모르게 벌떡 일어나 달려들었다. 그러나 이쪽은 아랫배 나온 둔한 축이고 저쪽은 강단이 몸에 척척 묻어나는 날렵한 쪽이라 쪽찌어 틀어올린 머리채를 겨냥하고 덤벼들었으나 손도 못 대보고 되려 이쪽이 잡혀가지고 한바탕 되굴림을 당했고 그제야 혼자 몸으로 너무 적진 깊숙이 들어와 있음을 깨달았다. 결국 올케는 마담의 아랫것들에게 동서남북으로 에워싸여 협공을 당하는 판세라 입만 자유로운 대신 제대로 잡도리를 당해 생채기가 나고 머리칼 쥐어뜯긴 채 집 밖으로 내쫓기고 말았다.

야, 너 같은 년 몇 트럭 와봐라, 나가 눈 하나 깜짝하는가. 아무리 술 팔아먹고 사는 팔자라도 느그 같은 것들한테 한 번도 져본 적이 없다. 야, 짐양아, 소금 뿌려라. 물도 팍 찌끌어부러라이.

"고모. 어째야 쓰겄소?"
"많이 다쳤소?"
"썩을 년이 어찌나 머리칼을 쥐어뜯던지 머리가 다 빠진 것처럼 아프고 허리가 삐끗했는지 허리도 아프고 어깨도 쑤시고. 파스를 있는 대로 다 붙였소."

신 여사는 한숨을 길게 내쉬었다. 아들이 없는 오빠의 외도. 그게 딱히 정답 없는 질문처럼 마음을 누르는 데다 예전처럼 시누이들 좌우 포진하고 들이닥쳤을 때 아이고 성님, 내가 잘못했소, 눈물로 빌기만 하던 젊은 여인네처럼 만만하게 보고 쳐들어갔다가 된통 당하고 온 올케가 불쌍하기도 하고 또 좌우 구분 없이 호적만 믿고 덤벼든 게 답답하기도 했다.

고모들이 그냥 있다면 병원 가서 진단서 끊어 고소를 하겠다는 올케를 말로 일러 수건 싸매 이불 속에 눕혀두고 신 여사는 옆 도시에 살고 있는 동생 경애를 불렀다. 이런 경우는 순전히 자매의 몫이었다.

예전하고는 사안이 조금 다르다, 단순히 아들을 보려고 그러는 것만은 아닌 것 같다, 설사 아들을 보련다고 해도 쉰 넘은 나이에 봐서 뭐 하겠느냐, 이제는 다 포기하고 살았지 않았더냐, 아무래도 독한 것에게 오빠가 제대로 물린 것 같다, 집에도 잘 안 들어오고 숫제 요정에서 산다고 하니 그 돈을 어디에서 다 대겠느냐, 아무래도 오빠 퇴직금을 노리는 것 아니겠냐, 오빠네 딸들 줄줄이 학교 다니고 시집 보내려면 층층인데 이 일을 어떡하면 좋겠느냐, 따위가 자매가 나눈 이야기들이었다.

올케가 소기의 목적은커녕 본전마저 날리고 오기도 했지만 한 삼일 동안 그런 곳 출입 잦은 남편 둔 친구들에게 귀동냥을 청해 들어본즉 보통 여간내기가 아니라고 입들을 모아왔다. 하여 당장 쫓아가 드잡이를 할 수 있고 또 그게 자신 없지 않지만 굳이 한 다리 더 짚는 기분으로 그들은 고민에 심사숙고를 더했다.

태극철학관은 아무래도 무조건 쳐들어가면 이득보다는 낭패볼 것 같은 느낌 때문에 고민을 하다가 경애가 제시한 카드였다. 경애 말로 언젠가 삼수하는 아들 운수 보려고 가는 친구 따라 그곳엘 간 적이 있었는데 지금 우리와 비슷한 경우를 당한 어떤 여편네가 도사한테 워치게 하면 그 잡년을 팍 띠불 수 있을까요, 고민을 하소연하니 도사가 이렇게 저렇게 하라고 일러주는 것을 들은 적이 있다는 거였다. 아울러 간 김에 식구들 것을 보았더니 구신같이 잘 보더라며 뒷말을 달았다. 신 여사는 그래도 떼어냈는지 한번 수소문해서 물어보자고 했고 어디서 사는 누군지도 모르는 사람을 어떻게 확인해보냐는 경애가 제 성격답게 그럴 것 없이 밑져봐야 복채뿐이니까 무조건 찾아가보자고 밀어붙였던 것이다.

신 여사와 경애는 고장난 사람이 되어 태극도사 앞에 앉았다.
"오셨소?"
도사답게 구면을 알아본다.
"언니신가 본데, 언니가 보시게?"
"그게 아니고 좀 다른 일로 왔는데요."
"말씀해보시지."
경애가 자초지종을 설명하고 간간이 신 여사가 동생이 빠뜨린 것을 보충하는데 그러거나 말거나 한마디로 요약하면 오빠와 달라붙은 한 여자를 떼어달라는 것이다. 도사란 사람들의 고민을 풀어주는 존재라 못 만나 외로운 홀것들끼리 붙여주기도 하지만 붙여줄 수 있으면 말 안 듣고 잘못 만난 쌍들을 떨어지게 할 수도 있는 이 아니겠는가.
"오빠 되시는 분 사주 좀."
신 여사가 준비해간 사주를 내밀었다. 도사는 갑자을축을 짚고 또 뭔가를 써내려가더니 고개를 끄덕였다. 주는 사람이 늦으면 받을 사람이 급해지는 법.
"뭐가 나왔습니까요?"
"음."
"뭡니까요?"
"독한 것이 하나 붙었어."
"띠지겠습니까?"
"오래 붙어 있을 여자는 아닌데 조심해야 되겠어. 보통 여문 것이 아니구만."

둘은 고개를 끄덕였다.

"떨라고 하면 할수록 더 띠기가 어려워. 더군다나 이 여자하고 맞물려서 오빠가 올해 관재수가 보여."

"……"

"이 여자는 그냥 두어도 걱정이고 띠낼라고 해도 걱정이여. 그러니께 잘 띠야 쓰겄어."

"워떻게 하면 될까요."

신 여사는 그 동안 미덥잖은 기분이 홀랑 사라지고 확실하게 고장난 사람이 되어 있었다.

"올케가 당했는데 고소를 해볼까요?"

"안 돼. 그런 것으로는 넘어갈 여자가 아니여. 오빠 사주에 한 번은 넘어야 될 산이구만. 오빠가 아들이 없지?"

"예."

"그래서 몇몇 여자들을 보았구만, 맞지? 그래도 아들은 없고. 그게 쌓인 거여. 여자한테 한 번은 당하는디 그게 이 여자여."

"아이고."

신 여사 입에서 가느다란 비명이 나왔다.

"섣불리 건들면 집안 망신만 나."

"……"

"줄 만큼 줘서 살 만큼 살게 해버리고 띠는 방법이 우선 있고."

둘은 동시에 고개를 가로저었다.

"빨리 띨라면, 가만 보자."

"……"

"우선 날하고 시를 잘 잡아야 되고. 다소의 노고는 각오를 해야 쓰고."

둘은 목소리를 낮춘 도사 앞으로 다소곳이 고개를 뽑았다.

선창가 위로 갈매기가 난다. 둘은 식당으로 들어가 밥을 시켰다.

아들과 딸. 그 오래된 말이 다시 끈질기게 신 여사의 마음을 묶어 들어오고 있다. 아버지가 일찌감치 세상을 버린 탓에 아들 하나와 두 딸을 데리고 어머니는 평생 시장 좌판에서 여름에는 콩국수, 나머지 세 계절에는 칼국수를 팔아먹고 살았다. 그거 하나로 세 자식을 키웠는데 아무래도 한 명이 벌고 셋이서 쓰는 생계라 먹고 사는 것만도 버거웠다. 아니 먹는 것은 국수가닥이라도 배불리 먹을 수 있어서 다행이긴 했다. 그러나 벌어들이는 돈은 주로 오빠의 뒷바라지로 들어갔고 오빠는 그 덕에 멀리 대도시 큰 고등학교로 유학을 가서 지방 대학까지 마칠 수 있었다. 신 여사와 경애는 대신 일찌감치 기술을 배워 스스로 생활의 기둥을 만들어나가야 했다. 억척스런 어머니를 닮을 수밖에 없었다.

어쨌거나 아버지가 없는 집을 일으켜세워야 할 사람은 오빠였다. 누구도 그걸 의심하지 않았다. 그래서 두 딸은 오빠처럼 공부를 더 해 전문여성이 되어 꿈을 펼쳐보고 싶은 마음을 일찌감치 닫아걸고 생활력 야무진 처녀가 되었고 그럭저럭 결혼하여 살림 잘하는 든든한 아낙으로 변했다. 오빠는 당시의 지방 소도시에서는 그런 대학교 나온 이들도 드문 세상이라 안정된 직장을 잡았다. 집안은 그런대로 모양을 갖춰갔다.

문제는 아들이 없었다. 외아들인 오빠는 아들을 보고자 자식을 내리 셋이나 보았지만 다 딸이었다. 아니 마지막 애가 잘못되어 사산을 했는데 그 애도 딸이었다. 그리고 끝. 손자 없는 것을 어머니가 섭섭해했고 오빠도 섭섭해했으나 무엇보다도 올케가 가장 죽을 맛이었다. 그러나 안 나오는 것을 어쩌겠는가.

신 여사는 참으로 속이 상했다. 자신이나 경애는 내리 아들들을 두었는데 어째 꼭 오빠네만 아들이 없는 것인지. 줄줄이 아들들 뽑아놓으니 내리 사고 치고 난리 피워 해마다 작년에 앓은 골치 올해 똑같이 앓아 죽을 지경인 집도 수두룩한 세상인데 사고뭉치라도 좋으니 꼭 필요한 오빠네는 왜 없단 말인가.

사람들은 대가 끊어진다고 일렀다. 집안의 끈이 떨어진다고 말 많은 친척 노인네들이 반평생 구시렁거렸다. 그게 불만일 때가 많다. 딸자식들이 여럿인데 왜 대가 끊어지고 끈 떨어진다는 말인가.

자신의 아들이 자신의 뿌리를 확인하려고 제 아버지 쪽으로 찾으면 김씨가 나오지만 엄마 쪽으로 찾으면 신씨가 나올 것 아닌가. 그러니까 아들놈은 반은 김씨이고 반은 신씨인 것이다. 그런데 온전히 김씨라니. 언젠가 텔레비전에서 강사로 나온 여성운동가가 가부장제의 부계혈통이 생긴 내력에 대해 설명을 하고 현재의 법률이 모두 남자 중심으로 만들어졌다고 설파할 때 거실 치우던 걸레를 저만치 던져놓고 자리잡고 앉아 고개를 끄덕인 적도 있었다. 그렇게 어렵게 갈 것도 없이 호적계 직원들 일 늘어날까봐, 대통령이 한 번도 여자가 안 나와서, 장관들이나 이하 높은 것들이 다 남자라서 그렇다고 혼자 우스개로 중얼거리기도 했다. 조선시대도 아닌데 말이다. 헌법에 모든 사람이 평등하다고 나와 있는데도 말이다.

자신이 열 달을 품어 생살을 찢으며 자식을 낳아놓으면 꼭 내 몸의 일부가 떨어져나온 것 같은데 자식은 아버지의 성씨를 따른다는 것부터 아귀가 안 맞는 것이다.

그게 지 꺼면 지들이 낳지 왜 우리보고 놔달라고 한다냐?

맞어, 즈그들은 즈그들이 좋아서 한 번 하는 것으로 끝나잖어.

호호. 그래도 같이 입덧하고 같이 산고하는 남편들도 있드라야.

아이고. 몇이나 되겄냐. 나는 우리 큰것 날 때 서방이랍시고 있는 것이 지리산 놀러 가부른 것이 지금도 한이 백혀 죽겄는디. 그때 생각하믄 갈아 마셔도 시원찮타니께.

친구들과 그런 이야기를 하기도 했다.

그런 생각을 하는 신 여사도 정작 오빠네 문제로 눈이 돌아오면 집안이냐, 여자로서의 의리냐,로 고민을 할 수밖에 없었다.

살면서 집안에 남자가 없다는 것이 사실 얼마나 속상한지 모를 때가 한두 번이 아니었다.

저잣거리란 으레 시비가 생기고 곧잘 싸움이 벌어지는 곳이라 국숫집이라 해서 예외가 없었다. 늘상 손님들이 와글거리긴 해도 시비는 주로 옆구리 맞대고 있는 가게나 포장집 주인 여편네들과 일어났는데 이보시요 사람이 경우가 있제 어째 구정물을 여기다가 버리요,로 시작해서 서로 감정이 상하면 아 눈깔이 있으면 보고도 몰라,까지 발전해 곧바로 폭발하여 이년 저년 잡을 년 찢을 년으로 비화하기 일쑤였다. 그러다가 말로 하는 시비는 물러가고 본격적인 싸움이 벌어지는데 그때 꼭 끼는 종류가 상대방집 아들들이었다. 그들은 다짜고짜 덤벼들어 국숫발을 바닥에 팽개치고 국통을 쏟고 술병을 깼다. 모름지기 신 여사 자매의 배짱과 싸움 실력은 그런 사내들과 맞짱을 트는 데서 생긴 것이다. 주먹질하면 술병을 던지고 머리칼을 채면 물어뜯고 씨발년 소리에 꼭꼭 호로 새끼로 대응을 했다. 그러나 밤 깊어 싸움도 끝나 널브러진 그릇 사이로 주위가 조용해지면 어머니는 상처투성이 딸들보다도 일찍 세상 뜬 남편과 멀리 유학 간 아들을 울면서 찾았다. 남자를 찾은 거였다.

꼭 동네싸움에 필요해서라기보다도 어쨌든 아들이 필요하기는 했다. 신 여사가 보기에도 오빠네에 아들이 하나라도 있어 튼튼하게 장성하고 집안 일으켜 나중에 신씨 성을 가진 아이들도 많이 낳았으면 하는 바람도 있다. 어떤 때는 그냥 아무도 모르게 오빠가 아들을 하나 쑥 데리고 들어와버렸으면 싶은 경우도 있었다. 친구들 중에 그런 이도 있다. 키우다 보니 정이 가더라고. 한동안이야 시끄럽겠지만 어쨌든 오빠의 피를 받은 자식이니 남도 아니고, 사람들 떠드는 대로 하면 집안이 끊어지는 것도 막을 수 있고, 또 늙은 어머니의 허전함도 없어질 것이고 오빠도 마음잡고 살 것 아니겠는가. 행복이 별건가, 그런 것이 행복이지.

그래서 오빠가 딴살림 났을 때 올케의 성화로 들이닥치긴 했지만 배가 산봉우리처럼 불쑥한 모습을 보고 그냥 해산까지는 두자고, 지금 내쫓으면 너무 불쌍타고, 올케를 달래기도 했다. 그렇게 해서 아들 하나 보아 어른들 한(恨)이나 씻으면 되겠다고, 독하게 마음먹고 이왕 이렇게 된 거 아들 낳아주면 장리 돈이라도 꾸어다가 여자에게 한 밑천 만들어줘서 보내자고 어머니와 동생 불러 세 모녀 말까지 맞추기도 했다. 그러나 여인네는 딸을 낳았고 그 딸을 안고 쓸쓸하게 떠나갔다. 신 여사는 여인네에게 얼마간 돈을 마련해 주어 보내고 나서 너무 불쌍해 밤새 울었다. 술까지 마셨다. 여자란 이런 것인가. 아들을 못 낳으면 부인이든, 새각시든 다 이런단 말인가.

남 일이 아니었다. 신 여사의 시어머니는 그가 첫딸을 낳자 돌아보지도 않고 방을 나가버렸다. 그 기분. 사람으로, 열 달을 기다려 입덧과 불편함을 이겨내고 몸을 이용해 새로운 생명을 세상에 만들어낸 보답이 싸늘한 눈초리였다니. 사람들이 쉬 이르기를, 아는 것들이 더 무섭고 있는 것들이 더 독하고 겪어본 것들이 더 모지락스럽다더니 정말 그렇구나 싶었다. 아니 멀리 갈 것도 없이 예전에 남편하고 친구들이 술 마시고 떠드는 소리를 종합해보면 군대시절 신참 때 고참병들 때문에 죽도록 고생했으나 높은 계급 되어서는 졸병들을 아주 잘 봐주었다는 이야기만 하는데 그렇다면 대한민국 군인들 중에 고생한 사람 누가 있겠는가. 모름지기 사람이란 저 고생한 것은 부풀리기 십상이고 저가 못되게 구는 것은 금방 잊어버리기 쉽다는 것이 맞기는 맞는 것 같았다.

며느리 늙은 것이 시엄씨라 시어머니 또한 오전에 자식 낳고 아랫도리 추스른 다음 오후에는 마늘밭 맸다면서 어쩌면 그렇게 며느리에게 독살맞게 굴었는지. 당해본 사람만이 안다는 말도 있는데 시어머니는 그 고생을 다 잊었단 말인가. 아니 잊지는 않았을 것이다. 자신만 피해자로 남는 게 두려워서 그랬던 것일지도 모를 일이다. 그게 어쩌면 단지 아들이냐 딸이냐로 천국과 지옥이 갈리는 천형 같은 여자의 운명에 대한 동질감보다 더 컸던 것인지도 모를 일이다.

여자라는 굴레가 그렇게 슬픈 것이다. 아니다. 억울한 것이다. 아니다 기분 나쁜 것이다. 더러운 것이다.

"우리 술 한잔 하자."

"좋지."

밥그릇을 밀어두고 술을 시킨 자매는 소주 한 잔씩을 쭈욱 마시고 몸서리를 친다. 경애는 곧잘 한 잔씩 하는 편인데 신 여사는 싸늘한 술기운이 무거운 그 무엇 같아 더욱 몸이 떨렸다. 그러나 전의를 다지기 위해서라도 술 한잔 해야 하기는 했다.

오후 세시. 결전의 시간이다. 도사는 꼼꼼히 짚어보더니 멀리 갈게 아니라 오늘이 거사를 치르기에 마땅한 날이며 그 여자의 기운이 가장 약해지는 세시 정도에 쳐들어가서 절단을 내되 다소의 노고를 들여야 한다고 일러주었다. 드잡이야 당장 붙기만 하면 못할 것 없지만 그 다소의 노고가 좀 걸렸다. 한 대 맞고 두 대 쥐어박을 자신은 있지만 도사가 일러준 것을 그대로 하게 될지는 의문이다.

더군다나 마담 혼자 있는 것도 아니고 같은 패들이 여럿 자리잡고 있을 게 뻔한데 말이다. 참 망측하기도 하지. 그러나 어쩌겠는가, 백번 천번 난리를 내도 다 소용없고 딱 그 것만 성공하면 뚝 떨어진다는데. 믿고 따르자니 남 우세스럽고 무시하자니 마음 무거워진다.

요정 위치를 물으려 전화를 하자 여태껏 머리 싸매고 드러누운 올케는 나는 그저 고모들만 믿소,였다. 하긴 동작 느리고 사람 순한 올케는 차라리 없는 편이 나았다. 자매는 마지막 작전 점검을 하고 나섰다. 돌풍처럼 밀어닥쳐 한바탕 잡도리를 하고 후닥닥 그 다소의 노고라는 걸 해치우고 쏙 빠지는, 이른바 속전속결, 기습작전이었다.

작전대로, 또 사실 그 방법말고는 없었으므로, 꼭 누가 뒤에서 밀어붙인 듯 자매는 화살처럼 요정 안마당으로 들어섰다. 요정이라 하면 그래도 정원도 있고 그곳에서 비단잉어도 노닐고 저쪽에서는 장구 소리도 나고 하는 곳이어야 맞지만 이건 숫제 간판도 없고 좁은 마당에 키 작은 동백 두 그루 야위어가고 주방 옆 창고 입구에 쌓여 있는 맥주 박스만이 술집임을 보여주는, 쇠락한 풍취가 바로 돋보이는 곳이었다. 어찌 보면 이제 술만 팔아서는 벌어먹고 살기 힘들어 만만한 사내 등 빨아먹는 독기밖에 남지 않은 분위기이기도 하다.

"마담 방이 어딘가?"

때마침 화장실에서 부스스한 퍼머머리 하나가 나오자 들이밀듯 신 여사가 물었다. 퍼머머리는 깜짝 놀라

"왜 그러는데요?"

되묻는데 얼른 머리를 굴려 왜 찾을까 궁리를 해보는 눈치였다.

"마담 방이 어디냐니까?"

곧바로 대답 안 하면 한 싸대기 쥐어박을 폼으로 경애가 바싹 다가가자 퍼머머리는 한 발짝 뒤로 빼며 고개를 돌려 언니, 불안한 목소리로 마담을 불렀다. 그걸로 충분했다. 퍼머머리 눈이 가는 가운데 방으로 자매가 들이닥치는 것과 문이 열리며 마담이 나오는 것이 동시에 일어났다. 불쑥 문이 열리며 나타난 마담을 두 여인네는 앞뒤 볼 것 없이 머리채를 채며 방안으로 밀고 들어갔다. 경애가 마담 치마를 밟아 둘이 우당탕 쓰러지고 신 여사는 잽싸게 문을 닫아걸었다.

으악, 비명은 밖에 서 있는 퍼머머리에게서 나왔다.

"이것들이 지금 뭐여."

"니가 여기 마담이냐?"

"이 쌍년아 니가 사람을 어떻게 보고."

자매는 반사적으로 일어서려는 마담 위로 올라타 각자 양쪽에서 머리칼을 쥐어뽑으며 남은 손으로 모가지를 눌렀다. 이런 경우에는 생각이고 뭐고 없는 것이다. 한번 시작한 전투는 상황이 종결될 때까지 동물적인 적개심만 쌓이고 또 그것은 그것대로 가속도가 붙는 법이다. 두 사람이 야무지게 제압을 하는데도 역시 마담은 관록의 마담이었다.

이 돌발적인 상황의 원인이 무엇인지 알 필요도 없이 마담은 제압당해 있는 상태에서 손을 위로 뻗어 각단지게 두 머리채를 잡고 일어서려고 용을 썼다. 서로 잡고 잡힌 상태에서 셋은 반쯤 일어서다가 한쪽으로 쏠리는 기운에 넘어지며 한바탕 물레방아를 돌았다. 음료수 병이 넘어지고 신 여사 머리가 텔레비전 받침대에 통, 부딪혔다.

"야이 쌍년들아, 이 문 안 열어? 언니, 언니."

문 밖은 문 밖대로 쿵쿵, 문을 주먹으로 두드리며 시끄럽다. 역시 패들이 있어 그 소리에 무슨 일이여, 하며 두엇 더 모여들고 있는 중이었다.

"이 씨발년아. 니가 사람을 어떻게 보고."

"이 쌍년아 이것 못 봐?"

"너 오늘 한번 죽어봐라."

누구 입에서 나왔는지 구분도 안 되는 (굳이 구분할 필요가 없는 상황이다) 욕을 주고받느라 입과 귀가 바쁘고 손과 발은 잡고 뽑고 채고 차고 할퀴느라 정신이 없다. 드디어 텔레비전이 넘어졌다. 행어도 같은 운명이 되어 옷가지가 싸구려 할인판매장 상품처럼 무너져내렸다. 쾅쾅, 밖에서는 문을 두드리느라 난리다. 곧 문이 깨지든지 통째로 찌그러지든지 결판이 날 태세이다.

"언니 얼른."

경애가 마담 얼굴을 타고 올라 누르며 소리를 질렀다. 도사가 말한 다소의 노고를 수행할 시간인 것이다. 신 여사는 왼쪽 오른쪽으로 요동을 치는 마담의 다리를 찍어누르며 손을 치마 속으로 넣었다.

"뭐야. 이 쌍년아 너 뭐 해."

"입 다물어 이 잡것아."

힘으로 누르고 있던 경애가 그 소리를 끝맺음과 동시에 아악, 비명을 질렀다. 마담이 경애 손을 물어뜯은 것이다.

"야, 너 왜 이래."

경애가 손을 붙잡고 잠시 떨어져나갔고 마담은 선불 맞은 이리처럼 발악을 하며 신 여사 팔목을 손톱으로 긁으면서 낚아챘다. 퍽. 경애가 마담의 아귀에 물린 분풀이로 주먹을 휘둘렀다. 충격을 받고한 일 초간 멍하던 마담은 다시 발악을 했다. 두 손으로 아랫도리를 막으며 남는 입으로는 경애의 몸 어디든 물려고 으르렁거렸다. 주먹으로 얼굴 얻어맞은 것보다 가랑이 사이로 손이 들어온 것이 더 괴로운 모습이라 정신이 아래쪽으로 쏠려 경애가 비교적 쉽게 이빨을 피해서 얼굴을 쥐어잡고 한쪽으로 꺾으며 외쳤다.

"언니 빨리."

신 여사는 위는 동생에게 맡겨놓고 아랫도리로 깊숙이 달려들었다. 마담은 야, 이, 표독스럽게 저항을 하며 있는 힘 없는 힘 다 동원해서 몸을 비틀었다. 그래서 신 여사의 동작이 제대로 들어맞지가 않는다.

드디어 팬티에 손이 닿았다. 언뜻 공간이 생기는 옆구리 쪽으로 손가락을 집어넣어 아래로 당겼다.

"왜 이래, 이것들이. 크억, 죽을래?"

"그래 오늘 한번 죽어보자."

마담이 한쪽으로 용심을 쓰는 탓에 팬티는 45도 각도로만 길게 늘어났다.

"저쪽으로 돌려봐."

경애가 레슬링 자유형 자세로 마담의 몸을 비트느라 안간힘을 썼다. 마담은 마담대로 팬티 한 장이 수억짜리 집문서보다도 더 중히 여겨지는 듯 있는 비명 없는 소리 다 내뱉으며 포악을 떨었다. 그러다가 힘에 밀려 몸이 틀어졌다. 신 여사가 재빨리 반대쪽을 끌어내렸다. 팬티가 허벅지까지 내려왔다. 그때다. 문 한쪽이 찌그러지며 여자들 셋이서 쏟아져 들어온 게. 이제 상황은 난리를 넘어서 아수라장의 혼전 상태이다. 쏟아져 들어온 것들이 자매를 덮쳤다.

거의 다 된 판국에 변수가 생긴 것이다. 덮치는 서슬에 머리를 얻어맞은 신 여사가 벽 쪽으로 퉁겨졌다. 경애도 두 명에게 새로이 머리채를 잡혀 이번에는 역으로 깔리는 판이었다. 비로소 몸이 놓여난 마담이 씩씩대며 산발한 머리칼을 곤두세우고 일어서서 팬티를 고쳐입기 시작했다.

"이 씨발년들이 왜 놈의 빤스를."

순간 벽으로 퉁겨났던 신 여사가 달려드는 여자 하나를 밀치고 마담에게로 몸을 날렸다. 마담은 채 팬티를 올리기 전이라 다리가 묶인 덕에 바로 넘어진다. 악. 몸이 화장대에 부딪히며 화장품 병들이 와르르 쏟아졌다. 깔려 있던 경애가 웅심을 쓰며 바득바득 일어나 두 여자를 죽어라, 밀쳐냈다. 밀렸던 여자들이 전열을 가다듬음과 동시에 다시 달려들자 경애는 마침 눈에 잡힌 물주전자를 집어 뿌렸다.

"이 씨발것들아, 뒈지기 싫으믄 가만히 있어."

그리고 손에 잡히는 대로 화장품 병들을 집어 던졌다. 어깨에도 맞고 배에도 맞고 큰 것 서너 개는 벽에 부딪히며 파삭, 깨졌다. 여자들이 서슬에 눌려 한구석으로 몰렸다. 틈을 타 자매는 다시 마담 아랫도리로 덤벼들었다. 경애가 가슴을 찍어누르고 치마를 걷어올린 다음 재빨리 엉덩이를 받쳐들자 신 여사가 팬티를 벗기는 데 성공한다. 순간 패거리들이 몸을 날려 덮친다.

이제 도망만 남았다. 자매는 머리카락과 옷자락을 잡고 늘어진 것들을 질질 끌고 부서진 문 쪽으로 나왔다. 부북, 옷이 찢어졌다. 옷 잡았던 이는 반작용으로 문 안으로 다시 나가떨어지고 나머지는 통째로 와르르 마루 밑으로 굴러 쏟아졌다. 그 서슬에 잡았던 손이 풀어진다.

자매는 그대로 몸을 날려 죽자살자 도망쳤다. 마당을 가로질러 골목을 빠져나왔다. 패들이 와르르 쫓아왔다. 깜짝 놀란 사람들이 구경을 하는지 어쩐지 구분도 할 수 없이 그대로 어선들이 줄을 지어 매달려 있는 방파제 끝으로 뛰어갔다.

"언니 돌."

경애가 집어준 자갈돌에 팬티를 싸서 묶었다. 연분홍색 꽃팬티이다. 신 여사는 돌 실은 팬티를 들고 방파제 끝, 길게 기름띠가 퍼져 있는 바다 앞에 섰다. 헉헉, 둘다 숨이 가쁘다.

"언니 얼릉."

방파제 양쪽에 묶여 있는 어선 사이, 널찍한 바다 한가운데를 겨냥하고 힘껏 멀리 던졌다. 팬티 끝이 파르르 날갯짓을 하다가 풍덩 빠진다.

"짚이 짚이 가라앉아부러라."

갈매기가 근처에서 날다가 끼욱, 놀라며 멀어졌다. 배들이 오고 가는 것이 서서히 눈에 보였다. 뒤돌아서니 다 쫓아온 여자들 뒤로 그새 사람들이 잔뜩 모여 이쪽을 바라보고 있다. 그제야 자매는 자신들이 맨발인 걸 알았다. 경찰도 온다.

일행은 파출소 안에서 이쪽저쪽으로 앉아 서로 쌍년 소리를 주고받았다. 하나같이 가관이다. 쥐어뜯겨 산발한 머리는 기본이고 다들 각단지게 상처 하나씩을 달고 있다. 신 여사는 이마에서 피가 흐르고 경애는 물린 손등이 시퍼렇게 솟아 있다. 마담도 눈가에 파란 멍이 들었다.

신 여사와 경애가 서서히 입을 다문 것은 경찰이 계속 욕만 서로 하면 똑같이 유치장에 처넣어버리겠다는 위협 때문이 아니었다. 어쨌든 소기의 목적은 달성된 것이다.

입고 있는 빤스를 벗겨서 바다에다 던져 가라앉히든 뚝 떨어집니다.

도사의 말대로 될지 안 될지는 모를 일이나 어쨌든 다소 정도가 아니라 대단한 노고를 들여서 목적은 달성했기 때문이고 이제는 파출소에 잡혀 들어온 이 상황을 어떻게 풀어갈 것인가로 궁리해야 했기 때문이다. 조용해지기는 마담도 마찬가지다. 서로가 서로에게 질린 탓이다. 신 여사나 경애나 장바닥 시절부터 드잡이판이 드물지는 않았지만 이처럼 야무지게 덤벼드는 여자는 처음 겪었고 마담은 마담대로, 상대가 자신의 애인인 신 전무의 누이동생들이라는 것을 (물론 짐작은 했지만) 듣고 나서, 또 호되게 당한 끝이라 파란 물 든 눈자위나 만지며 허참, 허참, 소리만 냈다. 시끄러운 것은 마담이 데리고 있는 여자들이었다.

그들은 자기 쪽 사람 수 많은 것을 믿고 입을 다물지 않았다.

"이 순경님, 저것들을 폭행으로 고소할라요."

"약값에 찢어진 옷값 물어내"

"저런 것들은 징역을 살려부러야 돼."

"빨리 고소장 접수해주시요. 우리가."

"조용히 못하요."

순경이 듣다 말고 소리를 꽥 질렀다. 퍼머머리만이 아직 끝말을 맺지 못해 중얼중얼했고 나머지는 일순 조용해졌다.

"그런데 하나 물어봅시다. 장 마담 팬티는 왜 벗긴 거요?"

저만치서 반은 심각해하고, 반은 재미있어하는 표정의 소장이 웃음을 머금고 다가와 물었다. 물으면서 마담의 아랫도리로 눈이 한번 슬쩍 갔다왔다. 아닌게아니라 마담은 곧바로 쫓아나왔고 방파제 끝에서 자매를 붙잡음과 동시에 한데 모아져 경찰에게 잡혀왔기 때문에 치마 속에다 천조각이라도 하나 붙여보지 못했던 것이다.

"정말 내가 기가 막혀서. 아니 왜 팬티는 벗기고 지랄이야?"

신 여사는 간단히 내막을 설명했다. 마담이 입을 딱 벌렸다.

"아니 점쟁이 말 믿고 그랬단 말이야?"

"어찌 됐든 저것이 오빠한테서 떨어지기만 하면 되니까요."

"참 나. 이건 뭐냐, 간통으로 처리를 해야 되는 거야, 폭행으로 해야 돼? 아니면 성추행으로 해? 참말로."

순경은 주변을 돌아보며 난감한 표정을 했다.

"간통은 무슨. 마누라 고소도 없고 증거도 없는데. 아, 당연히 폭행으로 해야죠. 저년들이 무조건 달려들어 우리를 이렇게 해놨는데. 아이고 허리야. 아퍼 죽겠구만."

무리로 앉아 있는 것들 중 가장 많이 당했다는 표정의 단발머리가 탁, 튀어나왔다가 순경의 제지를 받고 다시 앉았다.

신 여사와 경애는 저녁 7시가 넘어서야 나왔다. 한동안 옥신각신하다가 시간이 흐르면서 성질들도 누그러졌고 굳이 진단서 끊을 정도도 아니고 또 폭행으로 처리하겠다면 먼저 당했던 올케가 있으므로 진단서를 끊어 같이 맞고소를 하겠다고 하고 마담 입장에서는 켕기기도 해서 그럭저럭 쌍방 합의를 보고 나왔다.

마담과 오빠 양쪽 다 안면이 충분히 있다며 이런 경우에는 법률상으로 처리하려면 아주 복잡해지고 서로 원수 같겠지만 사실 따지고 보면 꼭 남이라고 말할 수 있는 것이 아닌 것은 물론 대물파손도 가서 보니 쓰러진 티브이나 옷걸이는 다시 세우면 되고 화장품 병이야 공짜 샘플 흔한 세상이니 별로 큰 손실도 아닌 데다 서로 치료해준 셈치고 각자 연고 하나씩 사서 바르면 되겠다고 소장이 중재에 나서 본 타협이다. 이러거나 저러거나 영업시간이 시작되는 관계로 다시 씻고 찍어 바르기 위해 여인네들은 아이고 데이고, 하며 서로를 표시 나게 부축하며 요정으로 돌아들 갔다.

올라가자는 경애를 제치고 신 여사는 어둡고 사람 없는 곳을 찾아 방파제 끝으로 걸어나갔다. 주변이 컴컴해져서 다행이다. 바다 색은 이미 검게 변해 있고 지나가는 배들의 등불이 길게 은색 꼬리를 늘어뜨리고 있다. 그곳에서 그는 길게 숨을 내쉬었다. 다리가 후들거리고 가슴속에서 서러운 그 무언가가 복받쳐오르기 시작했다.

마담이 입었던 팬티 하나가 저 바다 속으로 장소를 옮긴 것 외에는 무엇이 있다는 말인가. 과연 잘한 것인가. 점쟁이 말대로 한 게 정말 잘한 것인가. 배 등불이 눈가에서 길게 늘어나기 시작했다. 도대체 이게 무슨 짓이란 말인가, 어린애들도 아니고. 그는 털썩 주저앉아 울기 시작했다.

"언니."

경애가 다가왔다.

"왜 이래야 되냐. 우리가."

"언니 울지 마. 나도 눈물 나는 거 간신히 참고 있어."

"경애야. 따지고 보면 누가 뭐 잘못했냐. 일찍 돌아가신 아버지가 잘못이냐, 재가 안 한 엄마가 잘못이냐, 아들 못 낳은 올케가 잘못이냐, 응? 경애야. 그렇다고 바람피운 오빠가 죽을 죄를 지은 것도 아니고 그렇다고 저 마담이 죽을 죄를 지은 것 같지도 않고 솔직히. 근데 왜 이리 화가 나고 눈물이 나냐?"

"언니. 그렇다고 우리가 잘못한 건 또 아니잖어."

"모르겠다, 경애야 나는 모르겠다. 허웅."

"흑, 언니."

신 여사는 눈물샘의 꼭지가 풀려 걷잡을 수 없이 흐느끼기 시작했고 경애도 따라서 울기 시작했다. 말없이 나왔던 관계로 집에서 찾고 있을 게 뻔하지만 전화할 생각도 잊어버리고 신 여사는 그냥 쪼그려앉아 하염없이 울고 경애는 경애대로 언니의 등을 껴안고 흐느꼈다.

"다 밉고 싫어."

말릴 사람도 없다. 그걸 다행으로 여겨 자매는 하염없이 운다.

밤에 출항하는 어선들이 들고나는 그곳에서 만들어진 파도가 팬티가 가라앉은 곳을 지나 자매가 서로 붙잡고 우는 방파제 아래에서 철썩 철썩 은가루를 날리며 부서진다. ▪

역대◆상작가 최근작

독충
이 제 하

•

1988년, 로코코의 겨울
이 순 원

•

사진관 살인사건
김 영 하

이제하

독충

1937년 경남 밀양 출생. 홍익대 조소과 수학.
1958년 『신태양』에 「황색 강아지」를 발표하여 데뷔.
소설집 『초식』 『용』 장편소설 『광화사』 『소녀 유자』 『열망』 등.

독충(毒蟲)

　기념물의 제막을 맡은 탓이려니 나중에서야 그런 짐작이 가긴 했
어도, 생전 없던 그녀의 전화가 새벽서껀 걸려왔을 때는 아닌게아니
라 황당스럽기까지 했다. 영결식 때는 두어 번씩이나 맞닥뜨리고도
안색 한 번 바꾸지 않고 시침을 뗐던 사람이 아닌가. 아닌 말로 여자
들의 심성이란 원래가 그렇게 변화무쌍한 모습이라고 치부를 하고
들어가더라도, 다리미질이라도 된 듯이 안면을 몰수하고 들어오던
해 전의 그 얼굴이 제풀에 눈앞에 어른거리는 것을 또 어쩔 수가 없
다.

　"……오늘 오실 거죠?"

　예의 그녀 특유의 단정을 내리는 어투가 들려오더니 대답을 듣고
서야 입을 떼겠다는 식의 끈덕진 침묵이 이어졌다. 그것도 천성적인
그녀의 조바심 탓이라는 걸 몰랐더라면, 울컥하는 기분에까지 떨어

졌을지 모른다. 근 30년이나 되어가는 옛일이라 기억조차 흐릿해졌다지만, 만나서 헤어지던 그 3년 내내 손톱 깨무는 버릇을 못 고치던 여자다. 어머니 쪽 내림이라고 했으나 그것만도 아니었을 것이다.

"……혜순 씨?"

이죽일 심사로 씨자가 따라나왔던 건 아니다. 제 길 바로 찾아들어 지금은 그 어떤 회오리에도 안온하게 끄떡없을 연치들이라고 해도, 이런 식의 응답이 그쪽에서도 어색하기는 마찬가지였을 것이다. 귀에 익은 그 졸갑증의 어감에서 벌써 나는 어렴풋한 위구감 같은 것을 느끼고 있었다는 것일까.

"……팸플릿이랑 받으셨죠? 오실 거죠?"

기어이 그래야 한다면 그럼 작년의 그 철면피한 태도는 뭐요 하려다, 애 같은 투정도 유분수지 싶어 나는 계속 우물거릴 수밖에 없었다.

"……애들은 잘 자라고?"

"……그럼요. 제멋대루죠. 이젠 부모들 손이 미치지두 못해요."

"줄리아드라고 했던가 큰아이……?"

"그걸 어떻게 아셨어요? 클라리넷을 불죠. 작은놈은 쬐그만 회사 채리고 있고……."

서울 바닥에서 무슨 소문인들 못 들을까 뛰어야 벼룩…… 뭐라고 웅얼거리려다 아차 싶어 또 겸연쩍어지는 기분이었다.

"……자랑스럽겠네요."

"……오빠답지 않게 말투가 왜 그래요?"

비로소 그녀다운 호칭을 새삼 듣는가 싶었으나 그런 애잔한 어감 역시 뜻밖에도 생소한 느낌이기는 마찬가지여서, 언필칭 그 세월의 힘이라는 것을 깨닫지 않을 도리가 없다.

"열한시 개막이니 서두르세요. 지금 일어나요!"

일방적인 그런 명령투를 끝으로 그녀의 전화가 끊어졌다.

그 어이없는 말발에 요량 없이 휘말려들어서……가 아니라, 까닭 모르게 덩달아 허둥거려지는 심사로 터미널로 나가 원주행 버스에 몸을 앉힐 수밖에 없었다. 시리얼 몇 숟갈을 떠넣는 둥 만 둥하고 나온 속이 그제야 사뭇 허전했다. 그쪽 캠퍼스에서는 묘원으로 가는 셔틀버스가 줄지어 기다리고 있었으나 낯익은 얼굴이 하나도 없었다.

해천(解泉) 유정례(劉貞禮) 총장의 유덕을 기리는 그 일주기 추모식이라지만, 당신이 후학들에게 남긴 공덕은 눈에 보이는 그런 것들만이 아니었을 것이다. 셔틀버스 속의 낯살깨나 먹은 그 낯선 사람들은 규모 있게 정돈돼 지방도시로까지 괄목할 정도로 확장이 된 캠퍼스와 톱 수준으로 질이 높아진 대학을 여담 삼아 띄엄띄엄 입에 올리고 있었으나 저절로 이쪽의 눈길이 머문 것은, 일군의 젊은이들이 진을 치고 앉은 버스 뒷좌석 쪽이었다. 필시 재학 중인 합창부원들인 모양으로, 남녀 학생 구별 없이 좌석에 비비대듯 엉겨앉아 거리낌없이 시시덕거리고 있다. 그렇다고는 해도 눈살을 찌푸릴 정도의 것은 아니고, 소란스럽다고나 해야 할 그 중구난방의 방담들도 기묘하게 목소리의 톤들이 조절이라도 된 듯한 느낌이다. 방약무인하게 제멋대로 굴기는 하지만 꼰대들의 삿대질을 받을 정도여서는 안 된다…… 마치 그런 비밀 약속들이라도 한 것 같다. 떠들썩한 외침들이 갑자기 합창하는 노래들로 바뀌고, 그러다 저들끼리 무슨 와이담이라도 나왔는지 킥킥대며 여학생의 목을 몰래 꼬집고 등을 때리기도 한다. 당한 여학생은 눈매라도 흘기는 시늉이지만 마냥 재미있어 죽겠다는 얼굴에는 변함이 없다. 도리 없이 멀어져간 청춘……

운운하고 억지 미소를 짓고 고개를 기울여봤자, 누가 그들을 탓할 배짱이나 지녔겠는가.

횡성 쪽을 향하고 20여 분쯤을 올라가다 이차선 샛길 도로를 다시 십여 분이나 지그재그로 꼬부라져서야 나타난 대학 묘원은 울창한 숲으로 에워싸여 있었다. 만여 평쯤이나 돼 보이는 단지가 기우는 오전 햇살 속에 선연한 연두잔디 일색으로 펼쳐져, 찍소리 하나 없다. 이쪽의 착각이었을까. 연이어 들어선 셔틀버스에서 내린 사람들로 주위가 조만간 어수선해지고는 있었으나 그 적요감은 계속 눈에 달라붙어 있었다. 단지 조성을 손수 지휘하고 그것이 끝나자 반년이 채 안 돼 타계해 첫번째로 묻히게 된 당신의 얼굴이 새삼 떠올라서였을지 모른다. 같은 대학에 한 번이라도 적을 둔 적이 있는 교수나 그 가족은 원하기만 하면 조건 없이 거의 무상으로 혜택을 받도록 배려가 되어 있다는 묘원의 그런 제도 같은 것도 영결식 때야 알게 된 일이긴 했으나, 그때는 이곳까지 따라올 엄두가 안 났다. 이런 추모 행렬과는 비교가 안 될 그 분당 본교 영결식 때의 구름 같은 조문 인파에 질려서……라고 할밖에는 없다. 쇼크랄 것까지는 없었지만, 당신의 종언의 모습까지 전해듣자 왠지 전신에서 맥이 빠지고 있었던 것이다. 정양 중이던 이쪽 캠퍼스 뒤켠의 사저에서 당신은 아침 일찍 홀로 빠져나와 해가 질 무렵까지 쉬엄쉬엄 걷고 또 걸어 단지까지 당도하고서, 잔디가 시작되는 그 어느 일각에 한숨 돌리듯이 비스듬히 주저앉은 채 종언을 맞았던 것이다. 온전한 몸이었다면 또 모른다. 치명적으로 깊어진 병을 뿌리치고 마치 야생동물이 마지막 누울 곳을 찾듯 필사적인 강행군을 해 당신은 왜 여기를 그 종언의 장소로 택했던 것일까. 염소 꼴을 먹이러 나왔던 인군 주민에게 당신의 시신이 발견된 것은 이튿날 아침이었다. 여든 할망구가 거기까

지 어떻게 걸어서 갔을꼬 갔을꼬…… 하고 영결식에서는 필시 당신
의 친구분인 듯한 다른 할머니 한 분이 분향을 끝내고도 계속 영정
을 바라보며 울먹이고 있었다…….

추모식이 진행되는 동안에도 보이지 않던 그녀가 기념상의 제막
을 알리자 앞쪽 어디선가 몸을 일으켜세웠다. 3백여 명쯤은 실히 돼
보이는 추모객들이 단지 중앙으로 짬없이 늘어섰어도 잔디 빛깔과
주변의 녹음 탓인지 어쩐지 성글고 허전하다는 인상을 지울 수 없었
는데, 그녀가 왜 금방 눈에 띄지 않았는지 이상한 생각이 들었다. 요
로 인사들의 추모사와 또 무슨 그런저런 절차가 끝나고 사회자가 기
념상을 건립하게 된 경위를 간략히 설명했다. 거드는 사람들과 함께
봉분 앞 두어 계단을 또박또박 걸어올라가 포장 로프를 잡는 그녀의
팔이 보였다. 상석과 비석 곁으로 열 걸음쯤이나 돼 보이는 자리에
기념상은 세워져 있었다. 울려퍼지는 합창 속에 착지하는 낙하산처
럼 바람을 머금고 이지러지며 포장이 떨어졌다. 높이 10미터의 강철
원주(圓柱) 위에 연꽃 형상의 대리석 석반(石盤)이 놓이고 거기 담기
는 직경 각 4미터 3미터의 거대한 오석(烏石) 타원구(楕圓球)라는 포
럼이다. 조형물을 맡은 M이 후배이기도 해서 제작 중간에 보여준
도면으로 그 규모는 미리 알고 있었으나, 실제 환경에서 볼 때는 느
낌이 언제나 조금씩 다르다.

"유 총장 상(像)을 세운 줄 알았는데 엉뚱한 물건이네?"

"기념상이라도 요샌 그렇게 안 만들어. 세종대왕 상이고 무슨 대
빡 상이고 얼굴 사실대로 만들어 세운 거 시커멓고 꼬질꼬질하고 가
관 아니던감? 차라리 저게 낫구먼."

"커다란 새가 커다란 알을 낳아놓은 것 같네그랴?"

"새는 무슨…… 저런 것이 현대조각이여."

"타조알 같아…… 유 총장 끝내 독신으로 갔으니 타조알이여."

"예끼 순……."

주위에 서 있던 원로 석학쯤으로 보이는 두어 사람이 짐짓 야잡한 체 주고받는 그런 낮은 객담과 웃음소리가 들려 나는 실소를 머금었다.

잔디밭 위로 다시 한번 퍼져나간 합창과 묵념으로 식이 끝나자, 숲 속에 삼삼오오 흩어져서 점심 삼아 지급된 호화판 도시락들을 풀 때도 선생에 관한 언사들은 계속 이어졌다. 김활란, 김옥길 버금가는 여걸…… 운운하는 소리도 들렸고, 선생이 남긴 모르던 일화 같은 것도 이따금 귀에 들어왔다. 당신이 몸담고 살아온 학교들이 한두 곳도 아닌 담에야 그런 소식을 전하는 이들도 저마다 다른 대학의 후학들이었을 것이다. 수제자니 오른팔이니 하는 캠퍼스 내의 그런 소리나 이미지가 아무리 우스꽝스럽다고는 해도, 혜순은 당신이 처음으로 학장에 부임했던 대학의 수제자였고 이쪽과 엇갈리던 그 3년 남짓 이후에 다시 가까워져 죽 오른팔 노릇을 해왔다는 걸 알고 있다. 그림자처럼 따라다니고 도우면서 승승장구 지금의 대학 재단 설립에도 관여했다고 하지만, 그런 이력들이 그녀를 바라보는 이쪽 감정에 무슨 무늬를 어리고 있었다는 것은 아니다. 내게는 초등학교 담임선생이기도 했던 당신이 수제자로서 소개하고 맺어주려 했던 인연이 어째서 그처럼 기묘하게 어긋나버렸던 것일까.

"제 차로 함께 내려가요."

커피까지 얻어마시고 마악 엉덩이를 털 참에서야 숲 저쪽에서 모습을 드러낸 혜순은, 그러면서 숙숙 다가오더니 잡담 제하고 이쪽의 팔짱을 꼈다.

"밴드 동원 안 한 거 잘한 일 같아. 추모식에서 울려퍼지는 밴드

소리 어색하단 생각 해본 적 없었어요? 그냥 합창만 나오니까 한결 분위기가 숙연하더군…….”

요량 없이 이쪽으로 쏠리는 주위의 눈길도 그렇고, 겸연쩍은 심사를 때우느라 얼떨결에 그런 흰소리를 밀어내며 이끄는 대로 숲을 빠져나왔으나, 미간 한쪽에서 진땀이 솟고 있었다. 이제서야 알은척을 해오는 주제에 그녀는 왜 이렇게 도도해졌는가.

“함께 가는 거예요.”

“아이들 아버지는 어쩌고? 최 사장 아까 앞자리 쪽에서 보이던데…….”

“친구들과 골프장 들렀다 온대요.”

“…….”

학교 재단 이사진이면서 제약회사를 하고 있는 그녀의 남편은 우연한 소개로 오래 전부터 익히 알고 있었고 무슨 모임 같은 데서도 두어 번 함께 어울렸던 적이 있다. 무관한 사이로 발전했다는 것은 아니지만, 신뢰가 가는 사람이었다.

“어쩌면 그렇게 무정할 수 있어요?”

단지를 벗어나 조그만 늪이 나타난 길을 휘돌아 올라가며 핸들 앞쪽으로 무덤덤하게 눈길을 던진 채 그녀가 밑도끝도없는 그런 소리를 불쑥 했다.

“4억짜리 일을 일언지하에 내치다니…….”

무정 운운하는 그녀답지 않은 어감도 그랬지만, 무슨 얘긴가 싶어 멍청히 돌린 이쪽 고개를 흘끗 맞받는 눈길이 어쩐지 심상치 않다.

“기념상 말예요…… 맡아달라고 사람 거기 갔었잖아요? 총장님 계실 때…….”

아직도 감이 안 간다고 제 입으로 해명까지 해야 해요? 하듯이 볼

멘소리가 다시 나왔다. 으음 하고 그제야 번개같이 짐작이라도 짚이는 느낌이기는 했으나, 석연치 않기는 마찬가지다.

"그 일 혜순 씨가 타진하러 보냈던 건가? 그럼 그렇다고 알려주기라도 했어야지…… 그랬어도 마찬가지긴 했겠지만……."

"뭐가 마찬가지예요?"

"나 기념상 같은 것 못 만들어. 작은 물건 하나도 힘들어하는 주제에……."

"거 보세요. 사람 무시하는 그 자존심 옹고집…… 제 돈이 반이나 들어갔단 말예요."

"학교 기념물 만드는 데 왜 사재를 보태? 여유가 많은 모양이로군."

뚫어질 듯이 앞쪽만 지키던 눈길이 찌푸려지는가 싶더니 홱 고개가 꺾였다. 액셀러레이터를 밟는 거친 소리가 들렸다. 듣고 보니 총장 기념상의 건립은 순전히 그녀의 입안과 기획으로 진척이라도 되고 있었던 모양이다. 아마도 해천 선생 종언 몇 달쯤 전의 일이었을 것이다. 당신의 노환이 차도를 보이지 않자 그녀는 사후사업의 일환으로 그 준비를 서두르고 있었을지도 모른다. 처음 학교 쪽에서 그 의뢰가 왔을 때 그녀의 이름이나 모습이 전혀 염두에 떠오르지 않았다는 건 아니지만, 그런 기념상과의 관련이 상상조차 안 갔을 뿐이다. 아이들이 앉아 있는 강의실과 함께야 노상 떠오르곤 하던 그녀의 모습은 차라리 거절을 부추기는 쪽에 걸려 있었다는 것이 옳다. 제 눈의 안경이겠지만, 이런 애매한 심리적 음영을 무어라 설명할 길은 없다. 이쪽이 간직하고 있는 해천 선생의 이미지도 그렇지 않고, 능력까지도 미치지 않는 일이어서 대신 M을 추천했던 것뿐인데 그러고 보니 영결식에서의 그 상식을 넘어서던 그녀의 태도 같은 것도 찌꺼기로 남아 있던 그런 감정 때문이었던 모양이다. 옛 애인의 4억짜리 호의를 그렇게 무정하게 묵살하다니…….

중부고속도로 쪽으로 빠지려니 싶었던 차가 북쪽으로 길을 잡고 있었다. 불혹의 나이들을 지난 지가 아무리 고래 적 일이라고 해도, 허허벌판을 남자와 여자만 오두마니 달리게 되면 별의별 망상이 다 스며든다는 것일까. 홍천 쪽 길에서 가평 쪽으로 꺾어지던 그 반 시간 남짓 되는 어간에 둘을 옭아매버린 침묵은, 짜장 거북하고 해괴스럽기까지 한 것이었다. 차창 밖으로 무연히 스쳐가는 산야들을 나는 물끄러미 내다보았다. 작은 개울과 석교 옆으로 콘도 건물이 건너다보이는 지점에서 차가 멈췄다.

"우리 오늘 여기서 지내고 가요."

"……."

"하룻밤 자고 가자니까요."

"간통이라도 저지르자는 거야?"

"요새 간통 안 저지르는 남녀 간첩이래요. 우리가 굳이 간첩 될 필요 없잖아요?"

"기가 막혀서…… 혜순 씨 그 짓 할 나이 지났잖아?"

"폐경기 지난 지가 옛날이죠. 반드시 그 짓 저질러야 간통인가요?"

"추모식 다녀오면서 이 무슨 소리야."

오십 줄 넘어서면 무서울 게 없는 게 여자들이라더니, 대책이 서지 않아 나는 입을 다물었다.

"……무난히 풀렸는 줄 알았는데 다 살아놓고 보니 뭔가 길을 잘못 든 것 같아요."

"제대로 풀린 거야. 풍족한 집에 아이들에 학교에…… 돌아가신

분이 뭐라실지 모르겠어."

말은 그렇게 내뱉었으나 어쩐지 비죽비죽 웃음부터 나오는 심사
가 생뚱스럽기만 하다. 같이 빙긋거리며 웃고 있던 그녀가 짐짓 진
지한 표정을 만들며 대들었다.

"정말로 말해봐요. 정례 총장님 어떻게 생각해요?"

"어떻게 생각하다니…… 초등학교 담임선생님이라고 했었잖아?"

"……일생 독신으로도 당당하셨던 거 말예요."

"보는 사람 나름이겠지. 타조알을 남기고 가셨다고도 그러더
군…… 아까 기념식에서 옆에 섰던 꼰대들이 말야."

"타조알이오?"

"기념상 말이야. 그만하면 대과 없는 작품이야. 주위 경관하고도
맞아들고…… 혜순 씨 같은 창창한 타조알 남기신 것만 해도 그게
어딘가……."

"빈정거리시는 거예요? 그런 뜻 아니라니깐!"

"……."

"전력투구를 해봤자 나는 정례 총장님 발끝에도 못 미쳐요. 그동
안 나…… 두어 번 비틀거렸어요."

"탈선했었다는 얘긴가."

"오빠 같은 사내만 보면 짓뭉개고 싶었죠. 세상 돌아가는 일 쥐뿔
도 모르면서 제 일에나 취해 오만방자한 사람들…… 그렇다고 아이
아버지는 말조차 통하지를 않고……."

그래서 이렇게 억지를 부리는 거예요 싶던 표정이 갑자기 풀어지
면서, 그녀가 작게 중얼거렸다.

"오빠네 가족한테 내가 몹쓸 짓 하는 거죠?"

"……."

어디라 꼬집어낼 건덕지 없이 맞물리지 못하던 그녀와의 옛날 일들이 제풀에 떠오르다 스러졌다. 가족까지 들먹이며 딴에는 이쪽을 생각해온 척하고 있지만, 한마디로 가난뱅이 딴따라 따위가 어느 구석에서도 그녀에겐 맞지 않았던 것이다. 여기저기 뻥뻥 구멍을 뚫으며 앞을 가로막는 현실을 감당하느라 피투성이가 되는 시늉을 하면서도 결국은 그 결과를 근간으로 삼고 있던 그녀의 현실 감각과 성격을 나는 떠올렸다. 땅에다 뿌리를 박아야만 안심하는 여자 일반의 속성 운운하고 떠벌릴 것까지도 없다. 그것마저 부정하면서 함께 버틸 생각을 했더라면, 벌써 찢어발겨져 우리는 이렇게 여기 있지도 못했으리라.

"……재작년인가, 어떤 젊은 여자 하나가 이복언니 아니냐면서 찾아온 일이 있어요. 우연히 호적 뒤지다 아버지가 같은 이름에다 동성동본이란 걸 알았다면서요. 내 아이가 없어서…… 그 땜에 일 주일씩이나 집을 나갔어요. 설명을 해도 안 통하겠길래 아이 아버지한테는 알리지도 않고…… 돌아왔더니 따지고 묻지도 않더군요."

"……"

"제주도로 헤맸었죠. 그쪽으로 끌려갔다는 소문만 그랬지 그게 어디 믿을 만한 소리나 돼요? 그런데도 확인 않고는 못 배길 심사가 돼 내려갔어요. 말짱 헛일로 드러나긴 했지만……."

"……"

동란 직전엔가 밤중에 어디론가 불려나가 행방이 묘연해진 그녀 아버지 일은, 그럼 여태 이쪽이나 알고 있던 사정인가 싶어 새삼스러운 느낌이었으나, 남편에게조차 얘기를 안 하고 있었다는 사실은 어쩐지 어이없는 어불성설같이만 여겨졌다. 이해를 하든 돌덩이처럼 통하지 않았든 말이다. 빨갱이 자식 운운하는 소리가 하릴없는 의미가 거의 돼가고 있는 지금이라 해서 그녀 마음속의 그늘까지가 말끔히 걷혀졌다는 것도 아닐 것이다. 낯 모르는 여자가 어느 날 불쑥 찾아와 자기 아버지와 당신 아버지가 사실은 같은 사람이라고 우기기라도 했다면, 여직껏 모른 체 시침떼고 있던 그 심사 한구석의 그늘이 얼마만한 파장을 일으키며 밑도끝도없이 흔들렸을 것인가. 한밤중에 어딘가로 끌려가다 구사일생으로 거기서 벗어난 아버지가 어느 어촌 같은 데라도 숨어살면서 배다른 아이까지 낳아 키워놓고 타계했다…… 긴가민가 싶어 시골 사람들을 붙잡고 물으며 허겁지겁 물가를 헤매고 다녔을 그녀의 모습이 손에 잡힐 듯이 떠올라왔다. 우리가 만나던 무렵에, 손톱 밑에 고문 자국을 잔뜩 지닌 채 장염으로 타계한 그녀의 어머니를 나는 생각했다.

"그냥은 못 돌아가겠군, 좋을 대로……" 뭐라고 중얼대면서 그 눈 앞의 콘도로 비죽비죽 앞장서 걸어들어간 것은 그런 감상 때문만은 아니었을 것이다. 아이들이 한두 번 왔던 콘도라고 해놓고도 그녀는 회원이 아니라고 시침을 뗐다. 회원이나 일반 손님이나 그 요금이 그 요금이라고 그녀가 이쪽을 돌아보며 웃었다. 발을 닦고 찬거리와 쌀을 사러 나서는 그녀를 따라 석교 주위 작은 가게를 한바퀴 돌고 들어왔을 때는 저녁때가 되어 있었다.

"작업실에서 주말에나 집에 들어간다는 거 나…… 알아요 오빠."

엄두가 나지 않는 일을 저지르고 있다는 기색이 노골적으로 얼굴에 나타나기라도 했는지 아니면 피차 무연하기만 한 심사가 어떻게라도 생각됐던지, 그녀가 생글거리며 그런 소리를 또 했다. 이럴 작심을 새벽부터 했더라면 잠옷까지 준비를 해오지 않았을까 싶어 나는 가방을 푸는 그녀의 손을 지켜보았다. 두어 개 화장품만 꺼내놓고 그녀가 아구리를 닫았다. 밥을 짓고 찬을 만들고 하면서 짬없이 혼자소리로 무언가를 묻고 혼자서 무언가를 대답하는 그녀 소리가 들렸다. 이십칠팔 년 전의 그 막막한 일상이 일거에 상기가 되었다면 바로 그것이었을지 모른다. 맥주병을 얹은 밥상을 들고 오며 그녀가 말했다.

"억지 부리지 말아요 우리…… 정말로 그럴 충동이 일어난다면 또 모를까."

"섹스 말인가. 가망없어…… 옛날부터 그랬었잖아? 충동 일어난다면 기적이지."

어쩌다 교섭이 있을 때마다 아버지를 찾으며 울던 그녀를 나는 생각했다. 그런 일의 누적도 결국은 우리를 엇갈리게 만든 요인이 되었을 것이다.

"어쩌다 그렇게 꼰대가 다 돼버렸어요? 어이가 없어……."

"혜순이를 너무 사랑해서 그리 된 거 아닐까."

"가락 한번 잘 넘어간다……."

염병할 그런 충동이라도 어딘가 찌꺼기 같은 것이 남아 있을 법 여겨져 실은 그녀를 따라 들어왔던 것인데, 포옹을 하고 뽀뽀를 해보고 해도 거짓말처럼 아무 일도 일어나지 않고 있었다. 상을 치우고, 번갈아 드나들며 샤워를 하고, 내복을 다시 꿰고, 그리고 뜨뜻해진 얼굴을 한 그녀가 이부자리 곁에 누웠다.

잊어버리고 있던 피로가 몰려들었다.

우리 손이나 잡고 자요…… 그런 소리를 아득히 들으면서 곯아떨어졌다가 술이 깨는 기미에 소스라치게 눈을 떴으나, 곁에서 그녀는 아직도 고른 숨소리를 내고 있었다.

어디선가 천둥과 번개가 울고 이 벌레만도 못한 대역 간부 연놈들, 칼을 받아라 하는 그녀 남편의 고함소리가 들렸다. 그것은 꿈속에서의 일이었을 것이다. 부옇게 흐려 보이는 창 쪽으로 고개를 돌리자 볼때기 쪽으로 미지근한 물기 같은 것이 느껴졌다……

　한기철(韓基徹) 선생이 하얀 돼지새끼 한 마리를 안고 학교로 찾아온 것은 그해 봄이었다. 운동장 곁의 버드나무에 그놈을 묶어놓고 교장실로 들어갔기 때문에 모든 아이들이 창문에 달라붙어 그것을 봤다. 꽥꽥대는 소리가 하도 요란해 수업을 받을 수가 없었던 것이다. 학교 뒤뜰 쪽에 축사를 짓겠다, 모든 아이들이 돼지를 한 마리씩 기르도록 하겠다, 그 정도가 아니라 동네 집집마다 적어도 씨돼지 서너 마리씩은 지니도록 하겠다…… 기철 선생은 그렇게 교장과 담판을 지었다고 한다. 그러니 이 학교 교사로 나를 채용해줄 텐가 말 텐가. 그것은 실제로 학교 뒤뜰 쪽에 고랑들을 파고 우리가 돼지 축사를 짓기 시작한 한참이나 뒤에서야 알려졌던 사실이기도 하다.
　유정례 선생은 그를 〈창조적인 선생님〉이라고 했다. 상급반에 그 무렵 한두 명씩 반드시 끼여 있던 〈영감〉이란 별명을 듣는 나이 많은 아이들도 〈창조적〉이란 소리가 무슨 뜻인지 잘 설명을 못했다. 어쨌든 등사판 글씨가 너무 멋있고 평행봉 위에서 잔나비처럼 마음대로 재주를 부릴 줄 알고 배구까지 잘하는 사람이 그 〈창조적 선생님〉임에는 틀림이 없었다.
　학교 숙직실이 방이자 거처였던 기철 선생은 늘 바쁘게 뛰어다녔다. 돼지들이 늘어나서 6학년 아이들의 이름이 그 한 마리 한 마리에 붙기 시작할 무렵까지도 그랬을 것이다. 교장과 정례 선생과 다른 선생들의 이름이 제일 먼저 축사 울타리에 팻말로 붙었다. 정례 선생은 그를 〈로만티스트〉라고도 불렀다. 이 역시 아무도 그 뜻을 몰랐으나 돼지를 기르는 선생을 그렇게 부른다고는 아무도 생각지 않았던 것 같다. 어느 가을날, 5학년 계집애 하나가 수업 중인 교실 문을 느닷없이 벌컥 열고 들어와서 "정례 선생님예, 우리 로만트 선생님하고 뚝방에서 맷돌걸이 한 일이 있습니껴?"라고 물어온 사건이 일어났던 것이다. 정례 선생은 손짓으로 우리들을 조용하게 해놓고,

"들어와 자세히 말해봐"라고 했다.

"너 그게 무슨 소린지 알고나 있니?"

"모르겠어예, 우리 언니가 그랬어예." 울먹울먹하면서 계집애가 말했다.

정례 선생과 기철 선생이 달밤에 산보를 하더라는 둥, 뚝방이 아니라 절운사(節雲寺) 뒷골에서 맷돌걸이를 했다는 둥 하는 소문이 퍼지기 시작한 것도 그 뒤의 일이었을 것이다.

경찰서로 정례 선생이 불려갔다는 소문은 그 한참 뒤에서야 나왔다.

공중 나는 까마귀야, 시체 보고 울지 마라
몸은 비록 죽어져도, 혁명정신 살아 있다

누가 먼저 선창을 한 것인지 교실에 노래가 퍼졌다.

"조용히 못하겠니!"

얼굴이 하얘져서 교실로 들어선 정례 선생이 난생 처음으로 내지르는 성난 호통을 우리는 들었다.

"그건 남로당 프락치들 노래야. 너희들 왜 이러니?"

한밤중에 총소리 같은 것이 들리고 뚝방 저수지 저쪽으로 달아나던 기철 선생의 시체가 산기슭에서 발견된 것이 그 며칠 뒤의 일이다. 배당받은 축사에서 돼지 밥통 청소를 하면서 우리는 그 소식을

쑤군거렸다.

다음날 방과후에도 우리는 축사 청소를 해야 했다.

"선생님 지네가 나왔어예" 하고 한 아이가 소리쳤다. 그쪽으로 다가간 정례 선생이 괭이를 고쳐잡았다. 우리들은 교미 중인 지네를 에워쌌다.

그 달아난 벌레 하나에게 정례 선생이 다리를 물렸다는 소식을 어디선가 전해듣고 그날 밤 예닐곱 아이가 삼식이네 집으로 모여들었다. 정례 선생은 세 든 방 쪽마루에 걸터앉아 있었다.

"어디를 물었어예?"

"그럴 것 없다. 석유 발랐으니까 괜찮을 거야……."

정례 선생은 쪽마루 기둥에 걸린 남폿불을 올려다보고, 그렇게 물은 아이의 머리를 한번 쓰다듬고, 치마 말미 쪽 발을 슥슥 문지르는 시늉을 해보였다.

"오늘 밤은 예서 자고들 가. 집에 가서 허락들 받고…… 올 수 있는 애들만 와. 글피쯤 선생님 떠난다……."

선생님이 떠난다는 주문에 걸려선지 그날 밤 나는 좀처럼 잠을 이룰 수가 없었다. 두어 평 남짓 되는 방에 정례 선생을 가운데로 여섯 아이가 비비대듯이 나란히 누웠던 것이었으나, 잠들지 못하는 것은 선생님도 마찬가지라는 사실이 어쩐지 안심이 되었다.

"왜 안 자구 부스럭거리니?"

어둠 속에서 속삭이듯 한 그런 소리가 들렸다.

"잠이 안 옵니더."

"그럼 억지로 청하지 말고 기다려봐…… 그놈이 또 올 거다."

그놈이 누군가…… 하고 오싹해지려는데 선생님의 낮은 소리가 다시 들렸다.

"한번 냄새를 맡은 놈은 죽을 때까지 따라와."

그렇지…… 그래요……라고 생각하면서 조만간 스르르 잠으로 떨어졌던 것 같은데 몇 점이나 지났는지 다시 요량 없이 눈이 떠졌다. 사각사각하는 소리가 어디선지 들려오고 있었다.

일어나보니 새로 켜진 남포등 불빛 속에서 정례 선생은 방문께에 쪼그리고 앉아, 천장 쪽의 벽을 올려다보고 있었다. 쉿하고 선생님이 입으로 손을 가져갔다. 작은 괘종 위에 징그러운 허리를 걸치고 늘어져 있던 벌레가, 지루해서 소리라도 치고 싶을 정도로 조금씩 아래쪽으로 기어내려왔다. 30분 이상쯤이나 걸린 것 같았다. 바람벽을 엇비스듬히 가로질로 문설주 근처까지 내려온 벌레는 그러나 무슨 눈치라도 챘는지 한동안 꼼짝도 안 했다.

정례 선생이 미소를 띠더니 조심스럽게 발을 내밀고 허벅지 쪽으로 치마를 걷어올렸다. 벌레가 다시 움직이기 시작했다. 붉은 실토막들이 엇갈리듯이 다리를 움직이면서 선생님의 발치까지 다가온 벌레가 갑자기 납작 엎드렸다. 선생님의 손수건이 잽싸게 그 위에 덮였다.

"난 이제 아무하고도 결혼하지 않을 거다…… 네가 컸을 때는 더 큰 학교의 선생님이 되어 있겠지……."

석유를 끼얹은 손수건매듭에 불을 붙이는 모습을 바라보고 있는 마당귀에서 선생님이 조그만 소리로 그렇게 말했다. ■

이순원

1988년, 로코코의 겨울

1957년 강원 강릉 출생. 강원대 경영학과 졸업.
1988년 『문학사상』 신인상에 「낮달」이 당선되어 데뷔.
소설집 『그 여름의 꽃게』 『얼굴』 『말을 찾아서』
장편소설 『압구정동엔 비상구가 없다』 『독약 같은 사랑』 『19세』 등.

1988년, 로코코의 겨울

 그날 눈은 오후 다섯시부터 내렸다. 나는 사무실에 김과 함께 남
아 있었다. 처음엔 저마다 책상에 앉아 있다가 김이 복도로 나가 커
피를 뽑아온 다음엔 창가 쪽 소파로 자리를 옮겨 별로 내키지도 않
는 잡담을 나누기 시작했다. 다른 직원들은 책이 나오기 전 마지막
필름 교정을 보기 위해 인쇄소로 나가 있었다. 그러니까 두 명은 사
무실에 남고, 세 명은 인쇄소에 나가 있는 것이었다.
 창 밖은 이미 어둑어둑 어둠이 몰려오고 있었다. 그 사이로 우리
가 앉은 창 쪽으로만 한달음에 달려들듯 희끗희끗 눈발이 몰려들었
다. 바람이 불지 않는데도 눈발이 자기 쪽을 향해서만 밀려들듯 달
려든다면 그건 쉽게 그칠 눈이 아니라는 얘기였다. 아마 길 건너편
같은 높이의 창가에 앉은 사람도 지금 눈이 그쪽으로만 향해서 달
려든다고 생각할 것이었다. 어려서부터 겨울이면 눈만 보고 자라 다

른 건 몰라도 눈에 대해서만큼은 누구보다 잘 알고 있었다. 이게 시 늉만 내다 그칠 눈인지 아니면 발목만이라도 기어이 덮고 말 눈인 지.

나는 김과 이야기를 하던 중 문득 생각난 듯이 시계를 보았다. 다 섯시 반이 지나가고 있었다. 기숙이와의 약속은 아홉시에 있었다. 며칠 전에 그녀한테서 사무실로 전화가 왔다. 나는 아직도 그녀가 일본에 있을 거라고 생각했다. 그런데 서울에 와 있다는 것이었다. 그것도 들어온 지 2년 가까이 된다고 했다. 10년 전 오늘처럼 이렇게 눈이 내리던 날, 일본 남자를 따라 일본으로 떠나기 전 마지막으로 내가 근무하는 부대로까지 면회를 왔던 그 아이. 그때 스물네 살이 었던 기숙이도 지금은 서른네 살이 되었을 것이다. 그날도 참으로 많은 눈이 왔었다. 그리고 10년이 지나 오늘 다시 그녀를 만나기로 한 날, 이렇게 눈이 내리고 있는 것이었다. 10년 전과 비교해 나도 많 이 변했을 테고 기숙이도 몰라볼 만큼 변해 있을 것이다. 눈 오는 날, 원통의 한 작은 여관에서 뜬눈으로 밤을 새우다시피 하룻밤을 함께 보낸 바로 그 기숙이였다.

그러나 그런 기숙이에 대한 내 생각을 방해하기라도 하듯 창문으 로 달려드는 눈발만큼이나 어지럽게 김의 말이 귓속으로 달려들고 있었다. 이럴 땐 어느 한 사람 더 사무실에 있었으면 싶을 만큼 그는 최근 시국에 대해 무언가 끊임없이 이야기를 했고, 나는 건성으로 그것을 듣고 있었다. 꼭 시국 이야기 때문이라거나 기숙이에 대한 생각 때문이어서가 아니라 평소에도 나는 그와 업무 외의 이야기를 하는 걸 좋아하지 않았다. 많이 알고 있고, 제대로 알고 있는 것은 분명한데 막상 행동하는 걸 보면 도무지 그를 신뢰할 수가 없는 것 이었다. 밖에 내리고 있는 눈도 눈이지만 나도 모르게 자꾸만 시선이 창 밖으로 옮겨지는 것도 눈처럼 쏟아지고 달려드는 그의 말을 피하고 싶어서였는지도 몰랐다.

"못 들어오겠는데요."

내가 창 밖을 바라보자 김도 함께 창 밖을 바라보며 먼저 하던 얘기를 끊고 말했다. 인쇄소로 나간 사람들 얘기였다. 그러나 속뜻은 밖에 나간 사람들이 들어오지 않고 거기서 바로 퇴근할 텐데 우리도 일찍 일어서지요, 하는 얘기였다.

한 달에 한 번씩 나오는 100여 쪽의 은행 사보를 만드는 일에 다섯 사람이 매달려 있다면 누가 봐도 그건 휴양소지 일하는 부서가 아니었다. 사보 외에 한 가지 더 대외 기관용 월보가 있긴 하지만, 그거야 다른 부서에서 주는 원고를 그대로 받아 인쇄만 의뢰하는 일이어서 사실 홍보부 간행물팀의 일이라고 할 수도 없었다. 그런데도 일은 늘 더디고 바빴다. 월말이면 이미 다음 달 치 책이 나와야 하는데 한 번도 그것을 제 날짜에 내본 적이 없었다. 빨라야 그 달 5일이거나 7일쯤이었다. 내년 치 달력을 납품 받는 일과 겹치는 이번 달도 그렇게 될 모양이었다. 사람 수만 많지 제대로 일을 할 수 있는 사람이 없기 때문이었다.

팀장이란 이름으로 실무 책임을 맡고 있는 나부터도 그랬다. 그런 일일수록 그런 자리의 전문가가 필요한 법인데, 5년 동안 늘 일선 지점에서만 근무하던 사람을 이태 전 어느 신문의 신춘문예 당선 이후 너야말로 이 일의 적임자이다, 하는 식으로 다음 인사 때 갑자기 이 자리에 끌어다놓은 것이었다. 윗사람들 눈엔 글을 쓰는 일이 곧 책을 만드는 일이고, 한 은행의 대내외 간행물을 담당하는 일인 것이었다. 그러나 이 자리로 오기 전까지 나는 편집 실무는커녕 책이 어떤 절차와 과정을 거쳐 나오는 것인지조차 잘 알지 못했다. 다섯 명의 직원 중 그나마 자기가 맡은 일을 제대로 해내고 있는 사람은 편집 디자인을 맡고 있는 박뿐이었다. 그는 3년 전 홍보부에서 간행물 팀이 작은 방 한 칸으로 독립해나올 때 은행의 일반 업무가 아니라 오직 그 일만을 하기 위해 특채한 사람이었다.

"이러다가는 차도 못 끌고 가겠는데요."

다시 창 밖을 내다보며 김이 말했다. 그러기 전에 이쪽에서 먼저 인쇄소에 나가 있는 사람들에게 전화를 하고 퇴근을 하자는 얘기였다.

"그러면 놔두고 가면 되지. 뭐, 바쁜 일이 있어?"

"아뇨. 그런 건 아니지만……."

"그러면 기다려보지. 일 끝났다고 전화 올 때까지만이라도. 무슨 일이 있을지도 모르니까."

중간에 가끔 그런 식으로 전화가 올 때도 있었다. 제 책상 두번째 서랍을 열면 뭐가 있는데요. 그걸 좀 찾아봐주실래요? 원고를 담당하는 여직원들보다는 디자인을 맡고 있는 박이 그런 전화를 할 때가 많았다. 그러나 김은 내가 그런 일 때문이 아니라 이렇게 눈이 오는 날까지 윗사람의 눈치를 보느라 할 일도 없이 시간을 죽이며 우두커니 앉아 있는 거라고 생각했다. 전에도 한 번 그런 적이 있었다. 다른 직원들이 인쇄소로 나간 다음 왜 일 없이도 저쪽 일이 끝날 때까지 자리를 지키고 있어야 하는가를 설명했을 때, 김은 말은 그렇게 하지만 속사정은 따로 있는 것 아니냐는 얼굴로 마치 그런 일에 어떤 용기와 소신을 가지고 있는 사람처럼(그러니까 나는 당신처럼 그런 눈치를 보지 않는다 하는 식으로) 그럼 팀장님 혼자 계셔도 되겠네요. 다섯시 반 법정 퇴근시간도 지났는데 저는 먼저 일어서겠습니다, 했다. 그가 이곳으로 자리를 옮겨온 지 얼마 되지 않았을 때의 일이었다. 그때 나는 처음으로 그에게 한 사무실의 다른 직원들이 밖에 나가서 일하고 있는데 안에서 시간됐다고 먼저 일어서는 게 이 은행 노조 간부들이 꿈꾸던 직장문화였던 거냐고 싫은 소리를 했다. 김은 작년까지 노조 상근위원인 선전부장직을 맡고 있다가 그가 속한 집행부가 다시 나온 선거에서 재신임을 얻는 데 실패하면서 현업(?)으로 복귀한 사람이었다. 그가 자청해서 온 자리이기도 하겠지만 회사 입장에서 볼 때에도 이곳은 아무나 갖다놓아도 되는 한직 중의 한직인 것이었다. 그도 어떻게 여기를 선택하게 되었느냐고 물었을 때 여기야말로 우리 은행 휴양소가 아니냐고 말했다.

그리고 박과 함께 인쇄소에 나가 있는 나머지 두 명의 여직원도 나와 사정이 비슷했다. 남편이 본점의 다른 부서에서 근무하고 있는 조는 몇 년 전 전국금융노련 문예공모에서 산문부문 우수상을 받았다는 것 때문에 일선 창구에서 일하다가 다음 인사 때 바로 이곳으로 오고(물론 남편이 있는 서울로 올라오기 위해 본인도 운동을 했겠지만), 정은 단지 그녀가 나온 학과가 국문학과며 학교를 다니는 동안 문예활동을 하며 몇 권의 동인지를 만들어봤다는 것 때문에 처음 입행 때부터 홍보부에 들어와 5년째 같은 일을 하고 있는 것이었다.

그러니까 말로는 내가 데스크를 맡고, 김이 원고료 정산이나 인쇄 전반의 행정 업무를, 두 명의 여직원이 원고 청탁과 취재를, 그리고 박이 그걸 취합해 제대로 된 모양의 책을 내고 있는 것이었다. 다른 사무실에서 보자면 네 명의 직원이 내가 하는 일을 돕고 있는 것이지만 사실은 나를 포함한 다른 네 명이 박이 하는 일을 돕고 있는 실정이었다. 정말로 제대로 하자면 이미 어떤 은행에서 그렇게 하고 있는 것처럼 홍보부 직원 중 담당자 한 명을 정해 사내의 원고를 수

발하고 나머지 일은 외부 편집 대행사에 맡기는 것이 일의 효율도 높이고 비용도 훨씬 덜 들 것이었다. 밖에서 보면 별로 하는 일도 없이 사람만 많이 앉아 있는 휴양소지만, 그 휴양소 안을 들여다보면 박을 빼곤 적성도 맞지 않은 일에 그쪽 분야와는 전혀 상관도 없는 네 사람이 한 달 내내 골머리를 썩이고 있는 것이었다.

"그런데 말이죠."

다시 김이 창 밖에서 눈을 돌려 아까 하던 말을 이었다. 눈 이야기를 하기 전 그는 얼마 전에 끝난 올림픽과 또 그것이 끝난 다음 두 주일 만에 터져나온 〈유전무죄 무전유죄〉의 탈주범에 대한 이야기를 했다.

"그동안 입만 뻥긋하면 올림픽, 올림픽, 얼마나 지긋지긋하던지 우리 사보도 당장 지난 달부터 그 표어가 빠지니 한결 들춰보기가 낫더라니까요."

아마 내가 이 자리로 온 지난 3년 동안 거의 매달 그랬을 것이다. 처음엔 '86아시안게임의 성공적 준비가 '88올림픽의 성공적 개최로 이어진다는 식의 표어로부터 시작해 〈서울은 세계로, 세계는 서울로〉 하는 올림픽 표어가 지난 10월까지 100여 쪽밖에 되지 않는 사보에 매달 다섯 개씩은 들어갔다. 그냥 빈 자리를 찾아 싣는 것이 아니라 어떤 때는 〈다섯 개 이상〉이라고 정해진 숫자를 채우기 위해 일부러 본문을 줄이기도 하고, 멀쩡한 삽화의 크기를 줄이기도 했다. 모르는 사람들은 꼭 그렇게까지 할 필요가 있느냐고 말할지도 모르겠다. 나도 처음 이곳으로 발령받아 와 첫 책을 만들며 그렇게 물었고, 김도 자리를 옮겨온 다음 같은 질문을 한 적이 있었다. 그런 표어를 넣을 자리가 있으면 사진이나 삽화를 더 키우든가 아니면 아예 작은 박스 기사 하나를 만들어 넣는 게 낫지 않느냐고. 그때 이 일을 가장 오래 한 정이 명언 한마디를 남겼다. 이제까지는 그런 일이 없었지만 어디 한번 빼보세요. 사소한 것에 목숨 걸고 달려드는 사람들이 얼마나 많은지. 그러면서 정은 사소하거나 유치하다고 느껴지는 일일수록 목숨 걸고 달려드는 데가 꼭 있는 법이라고 말했다.

실제로 지난핸가 지지난해 어느 달 원고의 빈 자리가 많지 않아 표어를 두 개만 넣었던 적이 있었다. 일부러 그랬던 것이 아니라 정말 어떻게 하다 보니 그렇게 된 것인데, 책이 나오고 나서 얼마 후 홍보 담당 이사로부터 당장 책을 들고 자기 사무실로 올라오라는 전화가 걸려왔다. 공공기관이 발행하는 모든 간행물에 매달 다섯 개 이상 표어를 넣으라고 공문으로까지 지시를 내렸는데, 왜 그걸 제대로 넣지 않아 싫은 소리를 듣게 하느냐는 것이었다. 그도 어디론가로부터 같은 내용의 전화를 받은 모양이었다. 위에서 넣으라고 했으면 넣어. 넣어도 되는지 안 되는지 당신들 마음대로 판단하지 말고. 다 나라를 위하자고 하는 일이니까.

그때 우리는 처음으로 모든 공공기관의 간행물을 한 자리에 모아 놓고 그런 것이나 세어보고 앉아 있는 한심한 기관이 있다는 것을 알았고, 구체적으로 어딘지(체육부인지 올림픽 조직위원회인지, 아니면 그런 것들과 성격이 전혀 다른 또 다른 어느 곳인지) 모를 그 기관을 〈사소한 일에 목숨을 거는 기관〉이라고 불렀다. 아마 그 기관의 어느 한 사람의 보직은 그런 거겠지요. 공공기관의 모든 간행물마다 표어를 다섯 개씩 실었나 안 실었나 살펴보는 거 말이에요. 그리고 마음속으로는 우리한테 정말 고마워했겠지요. 그 사람도 그 일을 하면서 자기가 하고 있는 일이 한심하다고 느꼈을 거 아니에요. 그러던 차에 우리가 그 사람에게 자기 일에 대한 보람을 느끼게 해주었으니까 말이죠. 완장 의식도 새롭게 느끼게 해주고. 우리 나라 사람한텐 그게 최고라면서요. 완장요. 그건 정은숙 씨가 한 말이었고, 씨팔, 그렇게 셀 게 없으면 즈 마누라 거기 털이나 세고 자빠졌지, 하는 건 여직원들이 없는 자리에서 박이 한 말이었다. 그 표어들도 올림픽 표어라고 부르지 않고 〈나라 위한 표어〉라고 불렀다. 그러니까, 어이, 이번에 나라 위한 표어 다섯 개 다 채워넣었어? 하는 식으로. 예전 같으면 나도 그것을 쉽게 받아들이지 않았을 것이다. 그때 이사에게 불려갔다 온 다음 내가 한 일은 다음 달 치 사보에 일부러 마주 펼쳐지는 두 쪽의 지면을 할애해 한 면엔 열 몇 개 가까이 되는 올림픽 표어를, 또 한 면엔 그 지면이 꽉 차도록 〈113 간첩 신고〉로부터 시작해 이른바 사회 안정 표어라는 것을 〈올림픽 표어 모음〉 〈사회 안정 표어 모음〉이란 제목을 달고 넣는 것이었다. 그 사보가 나간 다음 회사 내 직원들의 전화도 많이 걸려왔다. 그때에도 사람들은 경찰 잡지도 아닌 은행 사보에 그동안 중간중간 한두 개 넣은 것들도 보기 싫던데, 왜 그런 표어들을 한꺼번에 그렇게 많이 실었느냐고 물었다. 그러니까 우리 은행의 이미지가 떨어져 보인다고 말하는 사람도 있었고, 또 어디서 그렇게 실으라고 하던가요? 하고 묻는 사람들도 있었다. 나도 그런 전화를 받고 직원들도 그런 전화를 받았다. 저마다 받은 전화 내용은 달랐지만 그때 우리의 대답은 한결같았다. 다 나라를 위하자는 일 아닙니까? 다시 한번 전화가 걸려올 줄 알았던 이사실에선 아무 소리가 없었다. 만약 그럴 때를 대비해 나름대로 대답도 준비해두었다. 이제까지 못 실었던 것을 보충해 〈표어 특집〉으로 실은 것이라고. 그 지면을 준비하며 정은 표어만 봐도 그 사회를 볼 수 있다는 말을 했고, 김은 그런 표어들이 담고 있는 일방적 구호들의 폭력성에 대해서 말했다. 한두 개씩 따로따로 실은 걸 볼 때는 잘 몰랐는데, 한꺼번에 모아놓고 보니 이 말들도 참 무시무시하네요. 반은 협박이고, 반은 공갈이고. 그래서 〈표어 묶음〉이라는 제목 아래 〈표어를 보면 그 사회가 보이고, 그 사회가 나가야 할 길이 보입니다〉 하는 편집자 주까지 달았다. 이쪽에선 엿먹어라, 하고 준비한 것이었지만 어디서도 그걸 트집 잡는 데는 없었다. 누가 물으면 앞으로 좋은 쪽으로 나가자고 한 일입니다, 하면 그만인 것이었다.

그래서 그 일로 그때 사무실에서 이제까지 자기가 본 표어 중 가장 무시무시하거나 〈골때리는〉 표어는 어떤 것이었는가 하는 내기까지 하기도 했다. 장원으로 뽑힌 표어는 〈오랜만에 온 삼촌도 의심나면 다시 보자〉 하는 것이었다. 정말 그런 표어가 있었느냐고 묻자 박은 자신이 초등학교 때 분명 그런 표어를 보았다고 말했다. 다른 집보다 삼촌들이 많기 때문에(8형제라고 했다) 그 표어를 본 다음 우리 삼촌들은 정말 간첩이 아닐까 올 때마다 유심히 살펴보았다는 것이었다. 표어를 보면 그 사회가 보인다는 정의 말대로라면 그건 60년대 우리 사회의 한 얼굴일 것이었다.

그런 표어가 올림픽이 끝난 지난 달부터 들어가지 않아도 되었다. 그것이 끝난 날짜가 정확하게 10월 2일이니까 지지난 달부터 넣지 않아도 되었지만, 책을 만드는 기간이 9월이었고 또 올림픽 기간이 10월 2일까지라는 것 때문에 5일에나 나온 10월호 사보에도 어김없이 〈서울은 세계로 세계는 서울로〉 하는 것이 다섯 개나 들어갔다.

"이제 정말 우리 나라 사람들 무슨 재미로 살지 모르겠어요. 해가 떠도 올림픽, 달이 떠도 올림픽 하고 몇 년 동안 지치지도 않고 그 타령만 하더니."

다시 김이 말했다.

"그건 우리가 걱정할 일이 아니지. 앞으로 몇 년은 더 두고두고 우려먹을 테니까."

"아마 그렇지도 못할걸요."

"왜? 그러자고 치른 게 아니던가?"

"처음이야 그랬겠지요. 그렇지만 보세요. 그게 끝난 지 얼마나 되었다고 벌써 까마득하게 느껴지기 시작하잖습니까? 이제 두 달밖에 지나지 않은 일이 말이지요. 아까 얘기한 탈주범들 말이에요. 저는 그게 이번 올림픽에 대한 가장 상징적인 피날레처럼 느껴진단 말입니다. 그러니까 이런 거요. 일부러 그걸 겨냥하고 벌인 인질극은 아니지만 자, 봐라, 축제의 뒤끝은 이런 거다, 하고 찬물을 쫙 끼얹은 거죠. 우리가 서 있는 자리가 어딘지 다들 다시 한번 둘러보게 하고 말이죠."

"글쎄."

"그런데, 팀장님. 팀장님 생각엔 만약 그 사건이 올림픽이 끝나고 나서 보름 후가 아니라 올림픽 기간 중이었다면 어떻게 되었을 것 같습니까?"

"그랬다면 더 난리가 났겠지. 전에 뮌헨 올림픽 때 있었던 검은 구월단 사건도 굉장했었으니까."

"에이, 그거하고는 다르죠. 그때 검은 구월단 사건은 그 사건을 벌인 게릴라들이 다른 정치적 목적을 가지고 이스라엘 선수단을 겨냥하고 저지른 테러였지만 이건 말 그대로 우리 사회의 유전무죄 병리 현상을 드러내보인 것 아닙니까? 우리한테는 일면 절실하기도 하고 또 큰일이기도 하지만 외국 언론한테는 해외 토픽 수준도 안 되는 거지요. 자기들과는 사실 상관도 없는 일이고요."

"그런가."

"그리고 또 하나 있습니다."

대체 이 친구는 한번 입을 열면 도무지 끝을 낼 줄 몰랐다. 나는 다시 시계를 보았다. 다섯시 오십분이었다. 늦어도 여섯시까지는 전화가 올 것이었다. 일이 다 끝났다든가, 아니면 필름이 나오지 않은 것이 있어 아직도 진행 중이라든가. 창 밖의 눈은 여전히 그 기세로 퍼붓고 있었다. 이 눈길에 기숙이를 만나러 명동에서 강남으로 나가는 것도 쉬운 일이 아니었다.

　"그게 뭐냐면 말이죠. 만약 그 인질극이 올림픽 기간 중에 있었다고 해보세요. 그러면 그걸 방송국마다 지난번처럼 생중계를 했겠습니까? 물론 방송국이야 생중계를 하고 싶겠지요. 올림픽의 어느 장면보다 더 충격적이고 쇼킹하니까. 방송국 입장으로 본다면 올림픽이 아니라 월드컵 결승전과 택일하라고 해도 아마 이쪽을 선택할 거라는 얘기죠. 스포츠 중계처럼 인질극 중계 중간중간 광고만 때릴 수 있다면 말이지요. 그렇지만 올림픽 기간 중인데 위에서 그걸 가만히 놔두겠습니까? 각국 선수단과 보도진이 다 보고 있는 화면에 그게 나온다면 말이죠. 아마 그게 정말로 올림픽 중에 터졌다면 뉴스에만 잠깐 보도되고 말았을 거라는 얘기지요. 지금처럼 반향도 불러일으키지 못하고. 그런 점에서 본다면 타이밍을 기가 막히게 잡은 거죠. 호송 중에 탈주한 거니까 타이밍을 맞추고 말고 할 것도 없는 일이지만, 일주일 전에 올림픽이 끝나고 어쨌거나 사람들도 그 뒤끝에 대해 뭔가 조금은 허망해하고 있을 때였거든요. 올림픽으로 몰아댄 집단 최면 효과도 뭔가 게임 셋되는 듯한 느낌이 들 때였고요. 그때 올림픽 경기보다 더 자극적인 게 텔레비전 화면에 그대로 나타난 거 아닙니까? 영어식으로 말하면 어느것도 이보다 더 자극적일 수는 없다, 하는 식으로 말이지요. 유전무죄니 무전유죄니 하는 말도 그걸 지강헌인가 뭔가 하는 탈주범이 아니라 그보다 백 배 천 배는 더 흉악한 범죄를 저지른 놈이 말했다 해도 그 메시지만은 지금 우리 현실의 정곡을 찌르는 말이고요."

"그래서?"

"그래서는요. 올림픽이 끝나고도 아직 그것 때문에 붕 떠 있어 어디가 땅인지 어디가 하늘인지 모르는 사람들한테 그놈이 그 한마디로 모든 걸 다 정리해주었다는 거지요. 이게 하늘엔 조각구름이 떠 있고, 강물엔 유람선이 떠 있는 우리 대한민국의 현실이라는 걸 말이지요."

"비약 아니야? 아니면 자네가 거기에 너무 많은 의미를 두고 있거나."

"비약은요. 사실이 그런 거지요. 팀장님은 올림픽이 끝난 다음 우리 사회가 올림픽 전과 어떻게 달라져갈 것 같습니까?"

"글쎄. 경제는 확실히 전보다 좀더 어려워질 것 같기는 한데…… 뭐 다 아는 얘기지만 지난해도 그렇고 올해 얻어지는 무역 흑자라는 것도 우리가 잘해서라기보다 순전히 3저 호황 덕분에 생긴 거니까. 그게 하반기부터는 메리트를 잃고 있는 게 이미 눈에 보이고 있고 말이지."

"그러고 보면 일본 애들 참 대단하다는 생각이 들어요."

김도 이젠 스스로 퇴근을 늦출 모양이었다. 창 밖에 내리는 눈을 보고 자동차를 끌고 가는 것을 포기하고 있는 것인지도 몰랐다. 올림픽 기간 동안에도 그는 자동차의 홀ㆍ짝수 운행제를 단 하루도 지키지 않은 사람이었다. 아니, 운행 자제일이면 자기는 절대 거기에 동참 못한다는 식으로 더 기를 쓰고 자동차를 끌고 나와 그것을 회사 뒤편 사설 주차장에 맡겨놓곤 했다. 사무실에서 다른 사람들이 중간중간 올림픽 중계를 볼 때에도 그는 우리 나라 경기의 승패에 대해서만 관심을 보였고, 이겼다고 하면 오히려 실망스러운 얼굴로 예선에서 모두 박살나야 하는데, 하는 식으로 말했다. 누군가 굳이 그럴 게 뭐가 있느냐고 묻자 그는 이태 전 6·10항쟁 때를 못 봤습니까, 하고 반문했다. 그거하고 이거하고 무슨 상관이냐고 묻자 그는 다시 이렇게 말했다. 그때 서울뿐만 아니라 지방 대도시에서도 매일 시위가 일어나고 하지 않았습니까? 그 시위 중에 프로야구도 하고요. 그런데 홈팀이 이겼을 때와 졌을 때 시위 양상이 확 다르더라는 거지요. 지면 더 독해진다는 얘기가 아니라, 어느 일면 그런 것도 있겠지만 쓸데없이 붕 떠 있지는 않는다는 거지요. 며칠 갈지는 모르지만 저게 하나하나 지금 우리 마음을 띄우는 마약 같은 것들 아닙니까. 깨어나면 허망한 건 우리뿐이라는 얘기지요. 그러자 다시 누군가 스포츠를 그런 쪽으로 이용하는 사람들도 문제지만 그것을 그것 자체로 바라보지 못하고 다른 쪽으로 자꾸 연결시켜 생각하는 것도 문제가 아니냐고 말했다. 그때에도 그는 웬만하면 내가 이러겠습니까, 그게 너무 환히 들여다보이니 하는 얘기지요, 나도 올림픽이든 다른 스포츠든 그걸 그것 자체로 즐길 수 있는 날이 오면 이러지 않을 겁니다, 하고 대답했다.

"갑자기 일본 애들은 왜?"

잠시 전 그가 했던 말을 받으면서 나는 다시 일본에서 돌아온 기숙이를 생각했다. 말로는 잠시가 아니라 아주 돌아왔다는데, 그렇다면 그때 기숙이를 데리고 일본으로 간 남자와는 어떤 식으로 정리를 끝낸 것일까. 그것도 궁금하고, 지금 기숙이가 하고 있다는 가게도 궁금했다. 지난번 전화로 기숙이는 나 여기 와서 새로 가게 하나 냈어,라고 말했다. 어떤 가게냐고 묻자 그날 와보면 알아, 하고 〈엠파이어 클럽〉이라는 가게 이름과 위치, 전화번호만 알려주었다. 카페이름 같기도 하고 술집 이름 같기도 했다.

"바로 지난해 이맘때쯤이네요. 우리 나라 주가가 1,000포인트대를 막 진입할 때였으니까. 그때 우리 나라 주식시장에선 올림픽이 끝나는 1년쯤 후면 2,000포인트대로 진입할 거라고 말했거든요. 아무리 못 가도 1,800포인트는 넘을 거라면서 너도나도 집 팔아서까지 주식에 뛰어들고 말이죠. 그런데 그때 노무라 증권에서 올해 세계 경제를 전망하면서 일 년 후 우리 나라 주가를 550에서 600 사이로 팍 낮춰 잡았거든요. 그때 사람들이 뭐라고 했습니까? 역시 일본놈들은 일본놈들이다, 했지요. 올림픽 앞둔 남의 잔칫집에 재 뿌린다면서요. 그런데 보세요. 지금 몇 포인트인지. 2,000은커녕 800에서 왔다갔다하잖습니까? 이러다가 언제 아래로 더 곤두박질 칠지도 모르는 상황이고요."

"그렇다고 올림픽 때문에 그런 건 아니잖아. 세계 경제가 그런 거지. 예전 멕시코처럼 올림픽이 나라 경제에 주름을 주는 것도 아니고."

"그렇지만 올림픽을 기점으로 그 전과 그 후가 분명 달라질 거라는 거지요. 경제도 그렇고, 사회도 그렇고. 팀장님은 지금 우리 사회가 정상이라고 보십니까? 지금 흘러가고 있는 분위기가요."

"그렇게 말하면 너무 막연하지. 어느 사회나 문제가 없는 사회는 없는 거고."

"그러면 범위를 좁혀 가장 쉽게 눈에 보이는 걸로 향락산업이든지 향락문화에 대해서만 말한다 할 때 말이죠."

그때 인쇄소에 나가 있는 박한테서 전화가 걸려왔다. 그쪽도 연말이라 다른 데와 일이 겹쳐 제판실에서 필름이 늦게 나와 앞으로 한 시간은 더 일을 해야 할 것 같다면서 눈도 오는데 사무실에 있는 사람들 먼저 퇴근을 하라고 말했다. 나는 그래도 혹시 중간에 무슨 일이 있을지 모르니까 거기 일이 끝날 때까지 기다리겠다고 말하고 나서 전화를 끊은 다음 김에게 먼저 퇴근을 하라고 말했다.

"그럼 저도 기다리죠, 뭐. 거기 일 끝날 때까지."

"왜 아까는 바빠 보이더니."

"그거야 그때 눈이 내리기 시작하니까 그랬지요. 일찍 나가면 자동차를 끌고 갈 수 있나 해서요."

그는 다시 복도로 나가 커피 두 잔을 뽑아왔다.

"그러고 보니 할 얘기가 많은 모양이네. 오늘……."

"날 잡았다 아닙니까? 어차피 자동차 못 가지고 갈 건데."

그러면서 그는 다시 아까 하다가 만 사회 얘기를 했다.

"어떤 사람은 지금 서울의 모습을 소돔과 고모라로 비유하던데, 저는 그 이상이라고 봅니다. 향락산업과 향락문화로만 국한해서 본다면 이 이상의 자유가 없는 거지요. 며칠 전 어쩌다 우리도 그런 데 한 번 갔다 왔습니다만, 이건 가는 데마다 여자들이 벗고 춤추고…… 〈성인 나이트〉라고 이름을 단 데치고 그러지 않은 데가 없는 거예요. 가게 규모 관계없이 넓든 좁든 스테이지 다 만들어놓고. 이태 전 '86아시안게임 때만 해도 그렇게까지는 하지 않았거든요. 그런데 지금은 가는 데마다 여자들 쇼뿐인 겁니다. 그것도 가릴 데를 가리고나 합니까. 몇 년 전엔 그랬지요. 춤을 추면서 조명을 어둡게 했다가 밝게 불을 넣는 순간 잠깐 짧게 가슴을 드러내 보이는 걸 깜짝 쇼라고 했을 만큼요. 그런데 지금은 그런 깜짝 쇼를 하는 데가 한 군데도 없습니다. 무대 위에서 환하게 조명을 때린 상태에서 아예 다 벗어버리는 거죠. 지난번 우리가 갔던 데처럼 좀 심한 데는 신은 신발말고는 실오라기 하나 걸치지 않아 거기 털까지 그대로 드러나 보이는 상태로 이 좌석 저 좌석 돌아다니기도 하고요. 그게 지금 올림

픽을 치르는 동안 누렸던 대한민국의 자유라는 거지요. 그런 쪽으로
는 모든 걸 다 허용할 테니 나라일 방해하는 쓸데없는 짓 같은 건 하
지 마라, 그런 식으로 말이죠."

꼭 김의 말이 아니더라도 그 얘기는 전부터도 여러 번 있어왔다.
스포츠를 앞세운 국가 대사를 위하여, 또 그것으로 이끌어낼 정권
홍보를 위하여 지금은 향락산업과 향락문화를 무제한적으로 허용하
고 나아가 그것을 오히려 조장하고 부추기고 있는 시대라고. 스포
츠, 스크린, 섹스 하는 3S 얘기도 이미 옛말이 된 것이었다. 그러나
김에 대해 도대체 믿음이 가지 않는다는 게 또한 그 부분이기도 했
다. 그는 며칠 전 우리도 어쩌다 그런 데 한 번 갔다 왔지만이라고
했지만, 그건 어쩌다가 간 것이 아니었다.

바로 기숙이의 전화가 오던 그날이었다. 인쇄소의 영업 차장이 우
리 직원들과 저녁식사 한 끼 같이 하자고 했다. 전에도 가끔 그렇게
점심이거나 저녁을 함께 먹은 적이 있었다. 물론 그쪽이 사는 음식
이었다. 매월 만 부 가까운 사보와 5천 부 가까운 월보가 나왔다. 거
기다 일 년에 한 번 연말이면 20만 부가 넘는 달력을 인쇄했다. 그렇
다고 이쪽의 어떤 당연한 권리처럼 따라가 밥을 얻어먹었던 것은 아
니었다. 오히려 피할 때가 더 많았고, 저쪽의 섭섭한 기색 때문에 어
쩔 수 없이 응할 때에도 밥 한 끼에 소주 몇 병으로 그것을 한정했
다. 직원들이 인쇄소로 필름 교정을 보러 나갈 때에도 절대 그쪽에
대해 민폐를 끼치지 못하게 했다. 내가 새삼 정한 원칙이 아니라 간
행물팀이 홍보부 소속으로 같은 사무실을 쓰던 시절부터 자연스럽
게 내려온 전통이 그랬다. 그래서 그날도 회사 뒤편 식당에서 저녁
을 먹었다. 거기까지는 다른 때와 다르지 않았다. 그러다 연말도 다
가오는데 어디 가서 맥주 한잔만 더 하고 들어가자는 얘기가 나왔

고, 밖에 나와 어물어물하는 사이 택시 두 대를 잡은 인쇄소 영업 차장이 직원들을 끌고 간 데가 바로 그런 곳이었던 것이다. 그리고 다음날에야 우리는 그게 고등학교 선후배 사이인 저쪽 영업 차장과 이쪽의 김이 사전에 입을 맞춘 얘기라는 것을 알았다. 그러니 어떻게 합니까? 선배가 꼭 한 번 그런 자리를 만들어달라고 하는데. 그 일을 심하게 나무라자 김이 말했다. 그쪽에 끼친 민폐도 민폐지만 그런 곳에 같은 사무실의 여직원들을 데리고 갔다는 게 더 마음에 걸렸다. 그래서 더 김을 나무라곤 했는데, 의외로 여직원들이 그 문제를 아무렇지 않게 받아들였다. 어떻게 보면 팀장님도 참 순진한 데가 있네요. 요즘 서울 성인 나이트라는 데가 다 그렇죠, 뭐. 우리 때문이라면 걱정하지 마세요, 하고 결혼한 조가 말했고, 팀장님 빼고 우리들끼리는 전에도 가끔 회비 걷어 그런 데 갔어요. 그렇다고 애들 가는 나이트 갈 수도 없는 일이고요, 하고 정이 말해 그날 그 자리에서 그걸 완강하게 저지하지 않은 내가 오히려 겉 다르고 속 다른 사람처럼 되고 말았다.

"팀장님 혹시 로코코 시대라고 아십니까?"

다시 김이 물었다.

"로코코?"

"예."

"잘 모르겠는데."

"그럼 바로크는요?"

"설명은 잘 못해도 그건 대충 알 것 같기도 한데. 웅장하고, 장려하고, 그러면서도 감각적으로도 풍요롭고, 뭐 그런 시대의 예술 얘기가 아닌가?"

"예. 16세기 말부터 시작해 17세기 유럽 전반을 지배한 예술양식이라는데 거기에 대해서는 저도 잘 모릅니다."

"그런데 갑자기 그건 왜?"

"로코코가 바로 바로크 다음 시대거든요. 예술적으로는 어떻게 구분되는지 모르지만 유럽 사회에서 이제까지 감추어져만 왔던 성적 쾌락과 부도덕이 공개적으로 허용된 시대랍니다. 궁정 연회도 알몸을 즐기고, 요즘 기쁨조 같은 극락조라는 것도 있었고요. 루이 15세 때인데, 루이 15세가 직접 그런 것은 아니고 왕이 아직 어려 루이 14세의 조카인 오를레앙이 섭정을 할 때였는데 매일매일이 광연이었답니다. 친목 도모를 위해 야외에서도 그러고요."

"좋은 시대였구만 뭐."

"그렇죠. 궁정 정식 만찬을 하다가도 옷을 벗고, 요즘 성인 나이트에서처럼 극락조들이 섹스쇼 시연하고, 그 상류사회의 놀이가 자연스럽게 아래로 퍼지고…… 그런데 그게 프랑스가 중상주의를 도입한 바로 그 직후라는 거죠. 처음으로 일반 은행이라는 게 설립되고, 주식과 어음이 왔다갔다하다 보니 경제적으로 거품도 일겠다. 그 거품이 곧 붕괴되고 말기는 했지만 프랑스 전체가 돈에 취해 흥청망청 비틀거렸던 거구요. 지금 서울처럼 매일이 축제고 매일이 섹스쇼의 만찬이고…… 요즘 포르노처럼 음화들이 공공연하게 돌아다니고, 또 요즘 같은 포르노 소설도 범람하고, 그걸 집에서뿐 아니라 교회에 가서까지 성경책 사이에 끼워 남녀가 함께 서로 어루만지면서 보고요."

"그러니까 지금이 바로 우리한테는 로코코 시대라는 얘긴가."

"사회 전반에 걸쳐 향락산업과 향락문화를 정책적으로 허용하고 또 나아가서 부추기고 조장한다는 점에서는 틀림없이 그렇지요. 어느 시대나 정권적 차원에서 축제를 준비하고 또 그 축제를 잡음 없이 치러나가자면 무엇보다 대중의 의식부터 마비시켜야 하거든요. 그래야 찍소리를 줄일 수 있는 거니까. 이건 그냥 제 생각인데 앞으로 10년이 흘러가든 20년이 흘러가든 향락산업을 지금처럼 이렇게 공개적으로 허용하고 지원하고 부추기는 시대는 다시 오지 않을 겁니다. 길거리에 한 건물 건너 하나씩 있는 성인 나이트클럽들과 지금 동네 비디오 가게마다 아무 단속 없이 공공연하게 빌려주고 빌려 보는 포르노 테이프들까지요. 따지고 보면 그게 이번 올림픽의 일등 공신들이나 마찬가지니까. 그래서 정부도 요 몇 년 사이 은행들한테 그런 업소들 사업자금 지원해주라고 줄줄이 공문 내려보내고 그러지 않았습니까? 말이 좋고 구분이 좋아 관광업소지, 그게 바로 지난번 우리가 갔던 데들인데. 모르지요. 앞으로 그런 게 또 필요한 정권이 다시 들어선다면 어떻게 될지."

"재미있구만. 로코코 시대라."

"그 시대 때 재미있는 얘기 하나 더 해드릴까요?"

"뭔데?"

"얼마 안 있으면 크리스마스가 다가오잖습니까. 그런데 그 시대 귀족들이 그런 쪽으로만 관심이 얼마나 열려 있었던지 달력도 그런 식으로 바꾸어 만드는 게 유행이었답니다. 그러니까 11월은 〈남들의 섹스를 훔쳐보며 오르가슴을 느끼는 남녀의 계절〉이고 12월 25일 크리스마스를 〈아내를 빼앗긴 남자들의 축제〉 하는 식으로요."

그러고도 그는 인쇄소에서 전화가 올 때까지 쉬지 않고 입을 열었다. 인쇄소에서 전화가 온 건 일곱시가 거의 다 되어서였다. 일을 모두 끝냈다는 전화를 받고 우리도 자리에서 일어섰다. 밖으로 나와 여전히 내리는 눈 속에 김은 여의도로 가기 위해 버스 정류장 쪽으로 갔고, 나는 전철역 쪽으로 향해 걸었다.

대체 기숙이는 무슨 일 때문에 다시 들어오게 된 것일까. 10년 전이 땅을 떠나기 전까지 구로공단의 어느 섬유회사에서 광목을 짜고, 호청을 짜고, 옷감을 짜던 아이였다. 그러다 그 회사로 드나들던 일본의 한 나이 든 바이어의 눈에 들었고, 몇 해 전에 상처한 그 바이어의 후취로 이 땅을 떠난, 어릴 때 거의 한 마당에서 자라다시피 한 시골 옆집의 내 초등학교 동창이었다. 그 아이가 떠났던 10년 전 그때와 다시 돌아와 내게 연락한 지금 세상은 얼마나 달라져 있는 것일까. 무엇이 바뀌고 무엇이 바뀌지 않은 것일까. 그리고 그 아이는 또 지금 그때와 얼마나 달라진 모습을 하고 있을까. 변해도 참 많은 것이 그 짧은 시간 안에 모두 이루어졌다는 생각이 들었다.

　일본으로 떠나기 몇 해 전 추석 때 집으로 내려와 그때 막 큰손자를 본 어머니에게 자신이 직접 짠 호청을 내밀며 아기 기저귀감을 하라고 부끄럽게 말하던 그 아름답고도 슬픈 직녀가 지금은 이 땅으로 다시 돌아와 서울 로코코 시대의 새로운 귀족들만 드나드는 한 클럽의 마담이 되어 날 부르는 것은 아닌지. 전철역으로 나가는 짧은 거리에도 눈은 여전히 내가 고개를 숙이고 걷는 이쪽으로 향해서만 밀려들듯 달려들었다. 그 눈발 속에 나는 왠지 방향감각을 잃은 사람처럼 자꾸만 허둥대고 있는 것이었다. ■

김영하

사진관 살인사건

1968년 경북 고령 출생. 연세대 경영학과 졸업.
1995년 『리뷰』에 「거울에 대한 명상」을 발표하여 데뷔.
소설집 『호출』 『엘리베이터에 낀 그 남자는 어떻게 되었나』
장편소설 『나는 나를 파괴할 권리가 있다』

사진관 살인사건

살인사건은 왜 일요일에 자주 발생하는 것일까. 글쎄 정확한 통계야 알 수 없지만 적어도 내 경우엔 그랬다. 일요일. 그것도 비번인 날에 자주 터진다. 집에서 쉬고 있다가 불려나가서 더 그런 느낌이 드는 건지도 모르겠다. 어쨌든 그 사건도 일요일에 터졌다. 아내와 함께 교회에 나가 지루한 설교를 듣고 있는데 삐삐가 왔다. 빌어먹을. 과장이었다. 호출기에는 과장의 고유번호 3143과 살인사건 코드 01이 함께 찍혀 있었다. 과장은 그런 식으로 삐삐의 집단 호출 기능을 이용해 수사관들을 불러들인다. 강도는 02, 강간은 03. 그 외의 사건은 모두 04다.

"들어가봐야겠어. 사건이야."

아내는 돌아보지 않았다. 찬송가가 시작되었고 모두들 한껏 엄숙한 표정으로 입을 모아 노래했다. 나는 아내의 어깨를 한 번 잡아주고는 교회를 빠져나왔다. 아내와 나 사이엔 예수라는 남자가 가로막고 서 있었다. 그때부터다. 아내의 몸에서 뭔가가 빠져나간 뒤의 일이다. 어쩔 수 없는 일이다. 예수라는 남자가 너무 매력적이기 때문이다. 그는 끊임없이 죄를 고백하게 만든다. 울고 웃게도 한다. 그건 내가 아내에게 해줄 수 없는 일이다. 게다가 예수는 내가 권총으로 위협할 수도 없는 자이다. 물론 내가 총을 겨눈다고 오줌을 지리거나 하지도 않겠지만.

교회 주차장은 만원이었다. 그곳에서 차를 빼내는 건 거의 불가능에 가까웠다. 경비원에게 5천 원을 집어주자 그가 핸드브레이크가 풀린 차들을 이리저리 밀어 길을 내주었다. 그 비좁은 길을 곡예하듯 빠져나와 구십 도로 절하는 경비를 뒤로 한 채 달렸다. 경광등을 올려 달고 액셀러레이터를 냅다 밟았다. 현장 상황이 급한 건 아니었다(사람이야 이미 죽지 않았는가). 급한 일은 따로 있었다. 살인사건이 발생하면 보고서만 수십 장을 날려야 한다. 우선 시체를 검안하고 간단한 증거를 수집한 후에 재빨리 서로 돌아와 청 상황실로 속보를 보내야 한다. 검찰에도 보내야 하고 국과수로 협조 의뢰도 해야 한다. 여하튼 피곤한 일이다. 그저 한 명만 죽어 있기를 바랄 뿐이다. 사람이 두 명이면 보고서도 두 배가 되니까.

과장은 사우나라도 하다 왔는지 얼굴이 벌겋게 상기되어 있다. 비번인데 불러내서 미안하다는 의례적 인사 따위는 서로 잊은 지 오래다.

"빨리 왔네. 현장엔 조 형사가 나가 있는데, 살인사건 처음이잖아. 자네 오는 대로 보낸다고 했으니까 우선 현장 나가봐. 별건 아닌 거 같더군. 쿵. 사진관에서 주인 남자가 피살됐다나봐. 거기 관할 파출소에서 현장 통제하고 있다니까 소장한테 인수인계 받을 거 받고."

주소와 전화번호가 적힌 메모지를 받고 돌아서는데 과장의 말.

"상황 파악되는 대로 일단 들어와서 보고서부터 쓰는 거 알지?"

현장에 도착하니 구경꾼들이 파리떼처럼 몰려 있었다. 인원 통제 중이던 파출소의 순경이 그를 보더니 경례를 했다. 가끔 신기했다. 내 어디가 경찰 같아 보이는 걸까. 어떻게 저렇게 단박에 알아보는 걸까.

"우리 조 형사 어딨나?"

"안에 계십니다."

사진관은 평범했다. 입구 간판에는 〈17분 완성, EXPRESS〉라고 노란 바탕에 검은 글씨로 쓰여 있었고 코닥 사의 마크가 왼쪽에 붙어 있었다. 시내 어디서나 쉽게 볼 수 있는 작은 사진관이었다. 대형 가족사진 같은 건 찍을 수 없겠지만 증명 사진 정도는 가능해 보였다. 입구에 길게 놓여져 있는 유리 진열장엔 필름과 카메라 렌즈, 부속품 등이 구색을 갖추고 있었고 진열장과 평행하게 인조가죽 소파가 한 자리 차지하고 있었다. 사진이 인화되는 동안 고객들이 기다리는 곳. 벽에는 양산을 들고 비키니를 입은 한 여자가 5×7, 8×10 등의 여러 사이즈로 인화된 채 웃고 있었다.

조금 더 안으로 들어가자 조명기구가 있는 넓은 공간이 나왔고 한쪽엔 원탁과 간이의자가 덩그러니 배치돼 있었다. 조 형사는 그곳에서 감식반과 함께 지문을 뜨고 있었다.

"잘돼가?"

"지문은 많은데요. 쓸 만한 게 있을지는 모르겠어요."

"흉기는?"

"없습니다."

"근처는 수색해봤어?"

"아까 파출소 애들하고 둘러봤는데 별게 없어요."

시체는 바닥에 엎어져 있었다. 뒤통수 쪽에 둔기로 얻어맞은 듯한 상처가 있었다. 상처 주위엔 피가 머리카락과 엉겨붙어 있었다. 나이는 40대 초반 정도.

"둔기는 들고 가는 일이 별로 없는데."

나는 중얼거리며 주위를 살폈다. 둔기가 될 만한 물건은 없었다. 굳이 있다면 카메라 정도? 그러나 피 묻은 카메라는 없었다. 의자가 두 개쯤 쓰러져 있었고 피살자가 저항한 흔적이 약간 남아 있었다.

조 형사는 지문 채취용 파우더를 손에 잔뜩 묻힌 채로 일어서더니 한쪽 구석을 손가락으로 가리켰다. 한 여자가 잔뜩 웅크린 채 간이의자에 앉아 있었다.

"저 여자가 피살자 부인이랍니다."

"뭐 좀 물어봤어?"

"아뇨. 그럴 짬이 없었습니다."

사건 현장의 목격자 혹은 용의자의 최초 진술이 중요하다. 그때는 경황이 없기 때문에 자기도 모르게 진실이 나오는 수가 많다.

"아주머니. 저 좀 봅시다."

여자는 아주머니라고 부르기엔 젊었다. 갓 삼십대가 되었거나 많이 보아야 삼십대 중반쯤이었다. 퍼머기가 없는 단발머리에 곱상한 외모였다. 치정인가?

"어떻게 된 겁니까?"

담배를 피워 물며 다짜고짜 질러들어갔다. 여자는 부들부들 떨고 있었다.

"모르겠어요. 시장 갔다 와보니까."

"들어왔을 때, 저렇게 엎어져 있었다는 거예요?"

"예."

"아줌마. 거짓말하면 큰일 나요. 내 말 알아요? 무슨 뜻인지."

여자는 고개를 끄덕였다.

"아줌마 시장 갔다 온 거 본 사람 있어요?"

여자는 고개를 저었다.

"그럼 아줌마 말을 어떻게 믿어요? 뭐 시장에서 물건 사고 받은 영수증 같은 것도 없어요?"

여자는 절망적인 표정으로 고개를 저었다.

"좋아요. 그럼 들어왔을 때, 뭐 이상한 낌새 없었어요? 누군가 여기서 나왔다던가. 뭐 그런 거요."

여자는 입을 꾹 다물고 말하지 않았다. 뭔가 깊이 생각하는 낌새였다. 옆으로 다가온 조 형사가 책상을 내리치며 큰 소리로 윽박질렀다.

"이 아줌마가 바쁜 사람 붙잡고 장난하나? 아무 거나 본 거 있으면 다 얘기하라니까요!"

여자는 쭈뼛거리며 진열장 쪽으로 걸어갔다. 조와 나는 그녀를 따라갔다. 여자는 진열장 위에 놓여진 사진 봉투 하나를 집어들었다.

"들어왔을 때, 이게 있었어요."

"이게 어쨌다는 거요?"

여자는 박스를 가리켰다.

"원래 여기 있어야 하는 건데, 이렇게 밖에 나와 있다는 거예요. 그러니까 이 사진 맡긴 사람이 왔다 간 거죠. 들어오면서 이상하다 했어요. 사진을 꺼내놨으면 맡긴 사람이 온 거고 그럼 그 사람이 돈 내고 가져갔을 텐데, 그냥 덩그러니 여기 있는 거예요. 그래서 그걸 물어보려고 안에 들어갔더니 그이가 저렇게."

여자는 끔찍하다는 듯이 얼굴을 가렸다. 나는 장갑을 끼고 봉투

속에서 사진을 꺼내 보았다. 꽤 잘 찍은 사진이었다. 아마 수동사진기로 전문가가 찍었음 직한 것들이었다.

"이 사진들도 지문 채취해."

나는 사진 봉투를 증거 수집용 비닐봉투에 집어넣고 봉했다.

"아주머니, 어쨌든 최초 목격자니까 일단 서까지 가셔야 되겠네요. 자, 감식팀 일 다 끝났으면 앰뷸런스 불러서 시체 싣고 현장 폐쇄하고 출발합시다. 조 형사, 현장 사진은 다 박았지?"

조 형사가 자동카메라를 들어 보였다. 감식팀이 먼저 승합차로 출발했다. 나는 주변을 잠시 살펴본 후, 서로 향했다. 여자는 뒷자리에 조 형사와 함께 태웠다. 뭐랄까. 특이한 느낌을 주는 여자였다. 조 형사야 신참이니까 알 수 없을 테지만 내 코엔 그 냄새가 난다. 그것은 청결한 화장실과 비슷하다. 물기 하나 없이 깨끗한 바닥, 미미한 방향제 내음, 개방된 은밀함, 금세 씻겨나간 더러움 같은 것들.

간단한 보도자료 만들어 출입 기자들한테 뿌리고 상황실로 1차 수사보고 날리고 검찰하고 통화하고. 분주한 시간들이 흘러갔다.

"나머진 나한테 맡기고 저 여자 조서부터 받아."

과장의 지시가 떨어졌다.

"피의자로 받을까요? 참고인으로 받을까요?"

과장이 멀끔 내 얼굴을 바라본다. 그도 판단을 내리지 못한 표정이었다.

"일단 참고인으로 받지. 지문 감식 결과, 사망 추정 시간 나오면 그때 가서 피신* 받고. 오케이?"

---

* 피의자 신문조서의 준말

여자를 앉히고 노트북을 부팅시켰다. 윙윙. 하드디스크 돌아가는 소리. 저 노트북 속에 아름다운 이야기는 없다. 죽이고 강간하고 훔치고 사기 치고. 그런 내용들만 가득하다. 한때는 저 노트북으로 소설을 쓰고 싶던 적이 있기도 했었다. 아주 아름다운 사랑 이야기 말이다. 사치스러운 생각이었다. 이젠 모든 것에 무뎌졌다. 치정 살인에도 윤간에도 아무런 느낌이 없다. 그저 하나의 일일뿐이다. 세탁소 주인이 모피 코트를 볼 때나 논술 강사가 학생들의 답안을 볼 때와 비슷한, 그저 그런 일상이다.

아내와의 이야기를 쓸 수 있었을까? 글쎄. 이젠 그럴 수 없을 것이다. 글로 쓰기엔 너무 많은 시간이 지나갔다. 그리고 그 이야기를 누가 읽어줄지도 의문이다. 내겐 삶의 전 무게가 걸린 일이었지만 다른 사람에게는 그저 뻔하디뻔한 치정일 뿐이다. 이곳은 세상의 밑바닥이다. 쓰레기 하치장이다. 이곳에 들어오면 모든 것이 쓰레기로 변한다. 나는 그 쓰레기들을 치우며 산다. 쓰레기를 치우다 보면 모든 게 쓰레기로 보인다. 아름다운 사랑? 그런 건 없다. 정액으로 칠갑한 치정 사건이거나 그도 아니면 여고생의 일기장에나 들어 있을 치기 어린 감상이다.

여자의 주소와 주민등록번호, 직업, 전과 사실을 묻고 신문에 들어간다. 이름은 지경희. 직업은 주부, 전과 사실은 없다고 한다. 여자는 무엇엔가 불안해하고 있다. 계속 내 질문을 못 알아듣고 있다. 시장에 갔다는 시각도 혼란스럽다. 물론 돌아온 시각도 마찬가지. 이 여자가 범인인가? 그렇지만 이 여자가 흉기도 아닌 둔기로 자기보다 머리통 하나가 더 큰 남편을 살해하기는 좀 어려워보인다. 다른 남자가 있는 걸까? 그게 가장 설득력 있는 시나리오다.

"혹시 아주머니 애인 있어요?"

여자가 고개를 번쩍 든다. 나는 다시 질문을 해본다

"애인 있냐구요?"

여자는 천천히 고개를 젓는다.

"거짓말하면 안 되는 거 알죠? 이거 위증죄로 걸려요. 그럼 콩밥이에요."

물론 거짓말이다. 경찰에서 진술한 것에는 위증죄가 성립하지 않는다.

"이거 보세요. 아주머니. 알리바이가 없어요. 무슨 말인지 알아요? 시장에 갔다 왔다면서 영수증 하나도 안 챙겨오는 주부가 어딨어요? 갔다 왔다는 시간도 명확하지 않잖아요. 이러면 아주머니가 범인이라는 얘기밖에 안 나와요. 아주머니가 죽였어요?"

여자는 손을 내저으며 강력하게 항변했다. 제가 안 죽였어요. 제가 왜 죽여요. 죽일 이유가 없어요. 난감한 노릇이었다 현장에서 둔기도 발견하지 못했으니 설령 알리바이가 없다 해도 기소하는 데는 무리가 있었다. 결정적 증거가 없었다. 몰아붙이는 수밖엔 없었다. 그렇지 않으면 남자의 돈 관계나 주변 인물 수사로 범위를 넓혀가야 했다.

"그럼 아주머니가 안 죽였다 칩시다. 혹시 짐작 가는 사람 없어요? 돈 문제로 원한관계가 있다던가, 평소 사이가 나빴던 사람이 있던가."

여자는 손톱을 물어뜯기 시작했다. 이런 식이면 조서 꾸미다가 밤새기 십상이었다. 한참을 묵묵히 앉아 있던 여자가 고작 한 말은 이거였다.

"배고파요."

힘이 쭉 빠졌다.

"이 상황에서 배가 고픕니까?"

여자는 힘없이 고개를 주억거렸다. 그러고 보니 나도 배가 고팠다. 시간을 보니 벌써 오후 여섯시가 훌쩍 넘어 있었다. 할 수 없었다. 밥은 먹여야 했다. 나가면서 조 형사를 불러 현장 주변에서 여자에 대한 평판과 소문을 수집하도록 지시했다.

여자는 묵묵히 국밥을 입 속으로 떠넣었다. 그러다가 문득, 결연한 표정으로 고개를 들었다.

"형사님. 아까 그 사진 말씀인데요."

여자의 입에서 국밥 국물이 조금 흘러내렸다.

"진열장 위에 있던, 안 찾아간 사진 말이오?"

"예."

"그게 뭐요?"

"그 사람 같아요."

나는 숟가락을 내려놓았다.

"남잡니까?"

"예."

"자주 오는 남자예요?"

"예. 아주 자주."

"뭐 하는 사람인데요?"

"그건 몰라요. 일주일에 한 번은 꼭 와요. 사진을 많이 찍어요."

"그런데요?"

여자의 볼이 붉어졌다.

"절, 그러니까 저를, 좋아하는 것 같았어요."

육개장이 식어가고 있었다. 나는 한 숟가락을 입 속으로 퍼넣은

후, 그녀를 채근했다. 계속 말해봐요. 여자는 더 이상 국밥을 먹지 않았다. 대신 멍한 표정으로 그 남자에 관한 이야기를 주절주절 말하기 시작했다.

여자는 한때 작은 건설 회사의 경리였다고 했다. 여상을 나와 처음으로 취직한 직장이었으나 별로 흥미는 없었다고 했다. 그럭저럭 삼 년쯤, 그 직장에서 뒹굴다 다른 직장으로 옮겨봤지만 별반 다르지 않았다고 했다. 그러다 직장을 그만두었고 연애도 했다. 그렇지만 남자가 사 년 만에 자기를 차버리고 다른 여자와 결혼을 해버렸다. 그 무렵 유일한 혈육이었던 아버지가 죽었고 여자는 그야말로 홀로 남겨졌다. 그때 지금의 남편을 우연히 사진관에서 만나 그것이 인연이 돼 함께 살게 되었다고 했다. 남편은 결혼에 한 번 실패한 경력이 있었지만 여자에게는 잘 대해주는 편이었고 간단한 사진 현상 기술도 가르쳐주었다고 했다. 결혼생활은 별탈이 없었지만(여자는 여기에서 잠시 주저했다. 그러다가 모든 걸 포기했다는 표정으로), 그 별탈 없음이 문제였다고 말했다. 남편과의 사이에는 아무런 일도 일어나지 않았다. 아이도 생기지 않았고 (그것이 어느쪽의 문제 때문인지는 말하지 않았다) 사진관의 일이라는 것도 하루 종일 네 평짜리 공간에서 다른 사람들이 찍어온 사진을 현상하고 인화해서 찾으러 오면 돌려주는 게 전부였으니 그녀가 무료했던 것도 이해가 갈 만했다.

처음에야 다른 사람들이 찍은 사진을 보는 재미라도 있었다. 그러나 그것도 한두 번이지, 손님들 사진이라 봐야 어디 여행 가서 찍은 증명 사진형 기념 사진이거나 졸업 사진, 입학식 광경, 어린애들 노는 사진 따위가 전부였다. 모두가 비슷비슷했고 그녀는 곧 지루해졌다. 작품 사진을 찍는 사람들이야 흑백은 자기가 직접 현상하고 컬

러도 충무로 같은 곳에 맡기니까 그녀 손에 들어올 리가 만무했다.

"그래서요? 그게 어쨌다는 겁니까?"

그게 이 사건과 무슨 관계가 있다는 건지 도통 알 수 없었다. 여자는 숟가락을 놓고 휴지로 입가를 닦았다. 그녀는 작고 도톰한 입술을 가졌다. 얼굴 선도 갸름했다. 매력이 있었다. 살인 현장이나 취조실에서 볼 때와는 또 느낌이 달랐다. 이런 여자와 연애를 할 수 있을까. 나는 뜬금없이 그런 생각을 하고 있었다. 여관방에서 하루를 보내고 아침이면 아무 일 없이 일어나 해장국을 먹고 그리곤 헤어져서로를 그리워하고, 그렇게 살 수 있을까. 여자의 얘기는 계속되었다.

"그런데 그 남자가 왔어요. 처음엔 그저 무심히 필름 받고 이름 적고 태그 떼어서 건네주고 그랬어요. 그런데 인화를 해보니까 사진이 좋더라구요. 풍경 사진이었는데 어디 제주도쯤 되는 것 같았어요. 참 잘 찍었다 싶어서 유심히 보는데 이상한 사진이 한 장 끼여 있는 거예요. 풍경 사진이 계속 이어지다가 갑자기 난데없이 사람의 맨발이 하나 찍혀 있는 거예요. 그리곤 다시 그 풍경 사진들이 계속되죠. 그러니까 풍경을 계속 찍다가 발을 찍고 그리곤 다시 풍경을 찍었다는 거 아니겠어요?"

여자의 얼굴엔 홍조가 떠올랐다. 그녀의 남편은 오늘 죽었다. 그녀는 다른 남자의 얘기를 하면서 얼굴을 붉힌다. 이것 봐라.

"그래서 사진을 찾으러 왔을 때, 넌지시 물었어요. 발을 뭐 하러 찍으셨어요? 남자가 웃더군요. 보셨군요, 하면서. 그리곤 묻더군요. 가끔 발을 찍고 싶을 때 없어요? 제가 대답했죠. 하긴 누가 발 같은 걸 찍겠어요. 인물 사진 수백 장 찍어봐야 발 나온 사진은 거의 없을 걸요. 실수라면 몰라도."

그건 그랬다. 그런데 그 발이 어쨌단 말인가?

"그게 시작이었어요. 어쩌면 그 사람, 그런 식으로 사진관의 여자들에게 접근하는지도 모르겠어요. 그렇게 슬쩍 눈길을 끄는 사진을 섞어두는 거죠."

"그럴 수도 있겠군요."

여자는 엽차를 한 잔 마셨다. 그때 내 휴대폰이 요란한 소리를 냈다. 과장이었다. 무슨 밥을 그렇게 오래 먹냐는 질책이었고 나는 곧 돌아가겠다고 말했다.

"들어가야겠네요. 위에서 난리군요."

여자는 휴우, 하고 한숨을 쉬었고 주섬주섬 옷가지를 챙겨 일어났다.

"정말 저를 범인으로 생각하고 계신 거예요?"

나는 부인했다.

"아뇨. 그건 조사해봐야 알죠."

이미 어둠이 짙게 깔려 있었다. 우리는 터덜터덜 걸었다. 여자의 뒷모습, 어딘가 쓸쓸해 보였다. 오늘 그녀는 남편을 잃었고 (애정이 있었는지는 모르겠지만) 혹시 사진관에 찾아온 남자와 연애를 했었다면 그 남자도 버렸다. 내일 지문 감식 결과가 나오면, 그리고 여자의 알리바이가 계속 증명되지 못한다면 여자는 구속 기소될지도 모른다. 그 후엔 청주 여자 교도소에서 평생을 보내게 될 게고.

과장에게 다가가 여자가 말해준 남자 얘기를 간략하게 요약해 보고했다. 과장은 일단 그 남자도 수사선상에 올리라고 말했고 우선 여자의 조서를 빨리 꾸미라고 했다. 남자는 곧 불려올 것이었다. 신병이 확보된다면.

"조서 다 꾸미면 귀가시킵니까?"

"그래야지. 아직 참고인인데. 쿵. 일단 귀가시키고 애들 붙여. 귀가 전에 감식반에서 뭐 건지면 잡아두고."

여자는 취조실 의자에 힘없이 앉아 있었다.

"계속하죠."

여자는 깊은 숨을 내뱉고 침을 한 번 삼킨 다음 진술을 시작했다.

"아까도 말씀드렸듯이, 남자는 자주 찾아왔어요. 올 때마다 필름을 맡겼죠. 남자의 필름에는 점점 더 이상한 것들이 담겼어요. 발 다음엔 배꼽이 있었구요. 아, 이걸 말씀드려야 하나."

"말씀하세요."

"엉덩이요. 엉덩이도 있었어요. 남자 거요. 사진 잘 찍는 사람이니까 그렇게 추하진 않았어요. 맑은 날 밤의 반달처럼, 그렇게 찍었더라구요."

"그래서 그걸 보고 그 사람한테 뭐라고 말을 하신 적이 있습니까?"

"예."

당돌한 여자였다. 설령 엉덩이가 찍혔더라도 조용히 건네주면 그만 아닌가.

"글쎄, 뭐랄까요. 꼭 저한테 말을 거는 느낌이었어요. 형사님은 모르실 거예요. 하루 종일 거기 앉아 있노라면 정말 지루하거든요. 남편은 무뚝뚝한 편이었고 게다가 사진관에 붙어 있는 날이 거의 없었어요."

"어딜 다녔는데요?"

"자기 말로는 기원에 간다고 해요. 바둑을 좋아하긴 하거든요. 그렇지만 기원에 가는 거 같지만은 않았어요. 알 수 없죠. 그 인간이 어딜 돌아다니는지. 어쨌든 전 혼자일 때가 많았어요. 그렇게 앉아서 계속 현상기에 필름이나 밀어넣고 있자니, 정말이지 심심했어요. 그런데 그 남자가 그렇게 말을 걸어오니까, 이런 말 드리기 뭐하지만, 반가웠어요. 고마웠구요. 그래요. 그건 사실이에요. 남편 죽은 날에 이런 얘기나 주절거리다니, 제가 미친년 같죠?"

나는 노트북을 한쪽으로 밀쳐놓고 커피를 마셨다.

"아닙니다. 계속하세요."

"우린 많은 얘기를 했어요."

"엉덩이 얘기요?"

무심결에 말을 내뱉고 나서 나는 아차 싶었다. 여자는 원망스런 눈길로 나를 쏘아보고 있었다.

"하긴 경찰서에서 이런 얘기나 하다니, 헤픈 여자 소리 듣기 딱 좋지요."

"아, 미안해요. 계속하세요."

"좋아요. 계속하죠. 남자는 어느 전문 대학교 강사라고 했어요. 취미로 사진을 배웠다더군요. 부인이 있지만 사진은 돈 많이 드는 취미라고 싫어 한댔어요. 어쨌든 남자는 계속 필름을 맡겼어요. 그러더니 하루는 자기 전신 누드를 찍어왔더라구요. 괜찮은 몸이었어요. 나는 물끄러미 그 사진을 한참 동안이나 바라봤죠. 이 남자는 무슨 말을 하고 싶은 걸까. 궁금하더라구요. 사실 저하고 자고 싶다면 이렇게까지 할 필요는 없는데 싶은 생각도, 아, 세상에 제가 무슨 말을 하고 있는 거죠. 그냥 생각이 그랬다는 거예요. 그 누드는 뭐 노골적인 건 아니었어요. 몸을 공처럼 웅크린 자세였어요. 그러니 중요한 부분이 보인 건 아니구요. 근데 그걸 보니까 문득 저도 그런 사진을 찍고 싶다는 생각이 드는 거예요. 그런 느낌 있잖아요. 공범이 된 것 같았어요. 남편 몰래 연애 편지 교환하는 것 같기도 하고, 그런 거요. 그래서 그 사람 왔을 때 물어봤죠. 누드 찍을 땐 기분이 어떠냐 구요. 남자는 웃더군요. 그 사람 웃는 모습이 참 괜찮았어요. 그러면 서 말해주더군요. 어릴 적으로 돌아간 느낌도 든다면서. 아주 상쾌 하다구요. 찍고 싶으면 말하라더군요. 저는 손을 내저으면서 말도 안 된다고 했죠. 그러자 그 남자는 바이바이하고 가버렸어요."

나는 조금 짜증이 나기 시작했다.

"요점만 말해주세요."

여자는 꿈에서 깨어나는 사람처럼 흠칫 놀라는 기색이었다.

"죄송해요. 제가 너무 주저리주저리 늘어놓지요?"

"아주머니도 빨리 끝내고 가야잖아요."

나는 시계를 보았다. 일곱시 삼십분이었다. 여자는 숨을 한 번 크 게 들이쉬더니 말을 시작했다.

"그런데 그 남자가 남편과 마주쳤어요. 그 남자는 언제나 남편 없 을 때만 골라서 왔었는데 그날은 남편이 어디 나갔다가 들어오는 길 이었어요. 이상하죠. 남자들은 아나 봐요. 남편은 그 남자를 유심히 봤어요. 느낌이 있었나 봐요. 나는 서둘러 사진 봉투를 그 남자에게 건네줬죠. 나중에 남자가 묻더군요. 그 늙은 남자는 누구냐고. 나는 둘러댔죠. 친척이라고. 남자는 반신반의하는 표정이었어요. 그런데 어느 날, 남편이 알게 됐어요. 그 남자가 맡긴 필름을 현상하고 있는 데 남편이 들어왔어요. 가서 쉬어. 남편이 저를 밀어내더군요. 제가 하겠다고 앉아 버텼지만 그날따라 남편은 완강했어요. 그날의 필름 에 담겨 있던 건."

"뭐였나요?"

"그건, 저였어요."

"아주머니 누드 말입니까?"

여자는 여고생처럼 부끄러워하며 웃었다.

"아아뇨. 그냥, 제 스냅 사진이었어요. 제가 사진관에 있는 모습, 슈퍼마켓에 다녀오는 거, 자전거 타는 거. 뭐 그딴 거요."

"그걸 남편이 봤군요."

"예."

"남편이 화를 냈나요?"

"아뇨. 남편은 우울해 보였어요. 술을 퍼마셨고 밤에 잠을 자지 못하더군요. 저는 좀 미안했어요. 어떤 사이냐. 남편이 묻더군요. 아무 사이도 아니라고 했죠. 그냥 나를 짝사랑하는 남자다, 그랬죠."

"그게 전부입니까?"

"그 뒤로도 그 남자는 사진관 주위에서 계속 얼쩡거렸지만 안으로 들어오지는 않았어요. 남편이 늘 사진관에서 절 감시하고 있었고 설령 자리를 비워도 불시에 돌아오는 일이 많았으니까요."

"답답했겠군요."

여자는 고개를 숙였다.

"솔직히, 그랬어요. 남편이 밉긴 했어요. 아, 그렇지만 그렇다고 죽이고 싶을 정도는 아니었어요."

"그럼 아까 그 압수한 그 사진은 뭡니까?"

"아, 그거 말씀이세요? 그날 아침, 한동안 발을 끊었던 그 남자가 다시 왔어요. 남편이 자리를 비운 사이에 말이에요. 저는 반가우면서도 좀 불안했어요. 남편이 언제 올지 몰랐으니까요. 남자는 필름을 맡기면서 말했어요. 그게 마지막이라구요. 저는 서둘러 필름을 현상기에 밀어넣었죠."

"뭐가 있었나요?"

"한 장이 있었어요. 나머진 역시 풍경 사진. 아마 서울역 근처를 찍은 것 같았어요. 그 중 한 장은 칠판에다가 저를 사랑한다고 분필로 적어놓은 걸 찍은 거였어요. 그런데 그걸 보려는 순간 남편이 들어왔어요. 남편은 제 손에서 그걸 빼앗았어요. 그리고 화를 내더군요. 그렇게 화내는 건 첨 봤어요. 저는 변명했지만 남편은 믿지 않았어요. 남편이 너무 화를 내길래 사진관을 나온 거였어요. 그러니까 사실 시장에 간 건 아니었지요. 그냥 동네를 이리저리 돌다가 돌아온 거예요. 그랬더니 그 사이 남편이 그렇게."

여자는 코를 훌쩍였다. 나는 감식반에 전화를 걸어 압수한 사진을 보내달라고 했다. 의경 하나가 사진 봉투를 들고 뛰어왔다. 나는 한 장 한 장 사진을 꺼내보았다. 비둘기가 떼를 지어 고가 위를 날아가는 사진. 술 마시는 노숙자들, 연기를 뿜으며 출발하는 기차 바퀴 등이 찍혀 있었고 그 중 한 장에는 그녀가 말한 대로 돌연 〈경희, 사랑해〉라고 적힌 칠판이 찍혀 있었다.

"그 남자 이름 알아요?"

여자가 봉투를 청색 매니큐어의 흔적이 남아 있는 손가락으로 가리켰다. 거기엔 그 남자의 이름, 정명식과 전화번호가 적혀 있었다. 과장에게 갔다.

"과장님. 이 친구 좀 불러야 되겠는데요."

"그래? 뭐 용의점이 있어?"

"사건 직전에 피살자가 이 사람 사진을 가지고 부인과 다퉜답니다. 이자가 이상한 사진으로 이 아주머니에게 접근했고 최근엔 이 아주머니 사진을 자주 찍기도 했다는데요."

"일단 신병 확보해. 임의동행으로."

과장의 지시에 따라 형사 셋이 남자의 집으로 급파되었다. 여자는 어딘가 넋이 나간 표정이었다. 그런 여자를 채근해 조서의 나머지

부분을 채웠다. 그리고는 조서를 여자에게 읽힌 후에 매니큐어 칠한 손에 빨간 인주를 발라 조서에 간인을 하게 했다. 여자는 무기력하게 손을 내게 맡기고 있었다.

"귀가해도 좋습니다. 그렇지만 멀리 가시면 안 됩니다. 가능하면 집에만 계시는 게 좋을 거예요."

여자는 일어나서 나와 과장에게 꾸벅 절을 하더니 밖으로 또각또각 걸어나갔다. 과장은 턱짓으로 김 형사에게 지시를 내렸다. 그가 여자를 따라나섰다.

휴식이다. 그 남자가 올 때까지는. 나는 민원실 쪽 벤치로 나가 담배를 피웠다. 어느 경찰서나 민원실은 교통과와 가까이 있다. 자동차로 누군가를 친 사람들과 그의 가족들, 피해자들이 한데 엉겨 초조하게 담배를 피우거나 나름의 법률 상식을 자랑스럽게 떠들고 있다. 백이니 천이니 하는 액수들이 껌값처럼 불려진다. 그래도 이곳에 오면 어쩐지 마음이 편하다. 여기서는 형사가 아닌 익명의 한 개인으로 존재할 수 있어서인지도 모르겠다.

누가 죽였을까? 청결한 화장실을 닮은 그 여자? 아니면 그 여자를 짝사랑했다는 남자? 아니면 제삼의 인물?

삐리릭. 휴대폰이었다. 여자 주변을 탐문하라고 내보낸 조 형사였다.

"아, 계장님. 접니다. 조민기."

"뭐 잡히는 거 있어?"

"없습니다. 주변 사람들 말로는 그저 조용하게 사진관이나 지키고 있던 여자랍니다."

"남편은?"

"남편은 좀 문제가 있는데요. 근처 다방에 자주 출입했구요. 안마시술소도 심심찮게 들렀구요."

"젊은 마누라 두고 왜 그런 데를 다니지? 그래, 첩이 있는 건 아니고?"

"글쎄. 사진관 해서 그럴 능력이 있었겠어요?"

"보험 관계 조사해봤어? 보험협회에 전화하면 다 나오잖아."

"깨끗해요. 교통상해보험, 연금보험말고는 없어요."

나는 머리를 긁었다.

"뭐야 이거."

"저 들어갈까요?"

"일단 들어와서 그 여자 카드 관계 뒤져봐."

깨끗하다. 남자는 가끔 성욕을 다른 곳에서 해소하는 정도. 보험에도 들지 않았다. 강도로 위장하지도 않았고 원한 살 일도 없다. 그 조그만 사진관 운영해서 사채놀이를 할 수 있는 것도 아니고 또 남의 돈 크게 빌릴 일도 없을 것이다. 그렇다면 남는 가능성은 여자의 남자관계뿐이다. 만약 그렇다 해도 공모한 것 같지는 않다. 그랬다면 여자가 저렇게 순순히 다 불어버릴 리가 없지 않은가.

삐리릭. 과장의 호출이었다. 담배를 던져 끄고 뚜벅뚜벅 사무실로 걸어들어간다. 이렇게 걸어들어갈 때면 어쩐지 내가 피의자가 된 느낌이다. 최근엔 유치장에 창살을 없앴기 때문에 더더욱 그렇다. 오랫동안 그곳에서 지내다 보면 갇혀 있는 게 그들이 아니라 나라는 생각까지 든다.

"저 남자야."

과장이 소파에 앉혀놓은 남자를 가리키며 말했다.

"저 남자까지만 맡아."

남자를 내 책상으로 데리고 왔다. 이름, 주민등록번호, 주소, 직업 적고 신문에 들어갔다. 남자는 말쑥한 회색 수트에 목까지 올라오는 터틀넥 스웨터를 입고 있었다. 전체적으로 단정한 지식인 스타일이 었다. 악수를 하며 팔힘을 재어보았지만 그리 강해 보이지는 않았 다. 평생 운동과는 별관련 없이 살아왔을 사람이었다.

남자는 항의한다.

"전 아무 짓도 안 했습니다. 제가 왜 여기서 신문을 받아야 됩니 까?"

"밤늦게 오시라고 해서 죄송합니다. 몇 가지만 확인하면 끝납니 다. 참, 본격적으로 참고인 조서 작성하기 전에 몇 가지만 물어보고 시작합시다. 영신 포토라고 알지요?"

"예."

"거기 사장 죽은 것도 알지요?"

"예. 오면서 들었어요. 그런데 그게 저와 무슨 상관입니까?"

"여주인이 있었죠?"

"예."

"잘 안다고 하던데?"

"잘 알기는요. 그냥 사진 뽑으러 갈 때 말 몇 마디 나눈 죄밖엔 없 어요."

"그래요? 여자 말로는 선생이 이상한 사진을 찍어서 자기에게 줬 다던데."

"이상한 사진이라뇨?"

"예를 들면 선생 누드라던가, 뭐 그런 거요."

남자의 얼굴이 일그러졌다.

"자기 누드를 찍는 게 불법인가요?"

"아니죠."

"그런데 뭐가 문제죠?"

"그 여자 사진도 찍었다고 하던데?"

"그건 그 여자가 찍어달라면서 필름을 주길래 몇 장 찍어준 거뿐이에요. 그것도 잘못인가요?"

나는 책상 서랍 속에서 사진 봉투를 꺼냈다. 그 중에서 〈경희, 사랑해〉를 찍은 사진을 꺼내 남자에게 제시했다

"이 사진 당신이 찍은 거죠? 아, 만지지는 말고 그냥 보세요."

남자는 엉거주춤한 자세로 사진을 들여다보더니 픽, 웃음을 터뜨렸다.

"이건 제 아들놈 거예요. 초등학교 1학년 아들놈이 지 짝을 좋아해요. 하루는 절 데리고 학교에 가더니 그걸 쓰고는 찍어달라는 거예요. 찍어서 여자애 주겠다는 거였죠. 글씨 보세요. 영락없는 어린애 글씨잖아요."

듣고 보니 그런 것도 같았다.

"사진관 여자 이름이 경희인 건 알고 계셨어요?"

"예?"

남자는 놀란, 아니 그보다는 혼란스런 기색이었다. 잠시 그러더니 힘차게 머리를 저어댔다.

"아뇨. 알 리가 있나요. 알 필요도 없구요. 그 여자야 제 이름을 알겠지만 저야 알 필요가 없죠. 그냥 사진 맡기고 찾아가고, 그러면 되는 거죠."

나는 책상 고무판 위에 던져져 있는, 〈경희, 사랑해〉라는 하얀 글자를 한동안 바라보았다.

"잘 보세요. 명색이 아마추어 사진가인 제가, 그것도 나이가 서른

이 넘어서 이런 유치한 짓을 하겠습니까? 사랑을 고백할 사진이라면 이런 식으로는 안 찍습니다."

이걸 조서로 꾸며야 하나. 난감했다. 이자의 아들을 불러 대질이라도 시켜야 하나. 이 얼마나 우스꽝스런 짓인가. 너 이거 네 짝꿍 주려고 아빠보고 찍어달라고 한 거니? 이런 질문을 던져야 한단 말인가. 또 설령 그 애의 진술을 받는다 해도 증거 능력이 없지 않은가. 아니면 그 애 담임한테 전화해서 경희라는 애가 있냐고 물어야 하나. 만약 이 남자 말이 사실이라면, 그럼 그 여자가 거짓말을 하고 있다는 건데.

"사진관 주인 남자 본 적 있어요?"

"있습니다."

"둘이 싸운 적 있어요?"

"아, 그 여자 찍어준 것 때문에 남편이 절 좀 꺼려 한다는 얘기는 들었습니다. 괜히 오해 살 것 같아서 그 뒤론 그 가게에 잘 가지 않았어요. 그것말고 직접 부딪힌 적은 없습니다."

나는 노트북을 내 앞으로 가져다놓았다. 남자의 얼굴에 긴장의 빛이 떠올랐다. 피조사자들의 일관된 반응이다. 나에게만 보이고 상대방에게는 보이지 않는 것들은 사람을 불편하게 만든다. 이것이 형사의 노트북과 사진기의 공통점이다. 어쩌면 나도 이렇게 사진을 찍는 건지도 모른다. 증명 사진 찍듯이 앞에 사람 앉혀놓고, 팍!

조서엔 인간들의 다양한 표정이 담겨 있다. 그들은 무심히 흘려보낸 삶의 한 단면을 드러내야 한다. 그날 당신은 뭘 했습니까? 누구와 술을 마셨습니까? 왜 마셨습니까? 몇 시까지 마셨습니까? 술값은 누가 냈습니까? 사람들은 기억해야 한다. 기억하지 못하면 끝장이다. 그리하여, 찰칵.

"자 시작합시다."

나는 조서에 필수적인 몇 가지 사항을 쳐넣기 시작했다. 그리고 남자의 알리바이를 집중적으로 추궁한다. 남자는 사망 추정 시간에 학교에 있었다고 했다. 강의는 없었지만 도서관에서 자료를 찾았다고 했다.

"전자 출입증인가요?"

"예. 아마 도서관에 조회해보시면 제 출입 기록이 나올 거예요."

"그것만으로는 충분한 알리바이가 안 됩니다. 다른 사람에게 빌려줬을 수도 있으니까요. 혹시 도서관에서 만난 사람 없어요?"

"아, 있습니다."

남자의 표정이 밝아졌다.

"거기서 조교를 만났고 선배 강사들도 봤습니다. 함께 흡연실로 내려가 커피를 마셨거든요."

그 사람들의 이름과 과를 적었다.

"그럼 사건 당일에는 그 사진관에 간 적이 없다는 말이죠?"

"예. 그렇다니까요."

일단 이걸로 끝이다. 남자의 무인을 받았다. 남자는 홀가분한 표정으로 자리에서 일어났다.

"아, 잠깐요."

남자는 나가려다가 흠칫 놀라 뒤를 돌아다보았다. 나는 과장에게 신문조서를 넘겨주고 남자를 따라나섰다.

"커피 한잔 하시죠."

남자는 떨떠름한 표정으로 나를 따라 민원실 쪽으로 나왔다.

"앉으세요."

남자는 내가 뽑아다준 자판기 커피를 받아들었다.

"그 여자, 지경희 말인데요."

나는 뜨거운 커피를 후후 불어 식히다가 남자 쪽으로 시선을 주지 않고 질문을 던졌다.

"그 여자 어때요?"

"어떠냐니요?"

"그냥 느낌 말입니다."

남자는 좀 골똘히 생각하더니 종이컵에서 입을 뗐다.

"그건 왜 물으시죠?"

남자를 쩔러보기로 했다.

"여자는 당신을 의심하고 있어요. 그래서 당신이 불려온 겁니다. 여자는 당신이 자기를 좋아해서 남편과 다퉜고 그래서 죽였다고 생각하고 있거든요."

커피를 목으로 넘기며 남자의 눈치를 슬쩍 살폈다. 당황하는 기색이 역력했다.

"이제서야 말씀드리는 거지만, 그 여자야말로 좀 이상했어요. 사실 아까는 조사받느라 말씀드리기가 뭐했는데요. 이제 알리바이도 증명되고 했으니 솔직히 말씀드릴게요. 처음에 그 가게 다닐 때는 여자 혼자 있었어요. 그 여자 얼굴 반반하잖아요? 분위기도 있었어요. 어딘가 외로워보이기도 했구요. 그 여자가 제 사진을 좋아해서 몇 번 이야기를 나눈 적도 있었어요. 여자는 사진에 대해선 잘 모르는 눈치였어요. 그냥 속성 인화 기술만 남편한테 배워서 하는 것 같았어요. 가끔 제가 찍은 셀프 누드에 관심을 보이기도 했어요. 이런 건 어떻게 찍는 거예요? 하면서요. 글쎄. 형사님도 아시겠지만 남자들은 그럴 때, 좀 흔들리잖아요. 뭐 기분이 나쁘진 않았어요. 거기까진 좋았죠. 그런데 날이 갈수록 그 여자가 점점 심해졌어요. 나중엔 노골적으로 자기를 찍어달라는 거였어요."

남자는 그 순간 조금 망설였다.

"계속하세요."

나는 남은 커피를 홀짝 들이켰다.

"어느 날, 그 여자가 이러는 거예요. 남편은 제사가 있어서 지방에 내려갔다면서 자기를 찍어달래요. 이건 좀 노골적이잖아요. 전 안 된다고 했죠. 여자는 막무가내였어요. 사진관 셔터를 내리고 문을 걸어 잠갔어요. 글쎄, 그렇게까지 하니까 좀 욕심이 생기더라구요. 사실 가끔 동호인들끼리 돈을 모아서 모델을 사기도 하지만 그건 드문 일이고. 여자가 살집도 적당히 있는 게 광선 잘 받게 생겼더라구요. 그래서 에라 모르겠다 싶어서, 거기 증명 사진 찍는 데 있죠? 거기서 조명 때리고 찍었죠. 많이는 못 찍었어요. 한 통쯤 찍었을라나. 여자가 자기가 직접 현상하겠다면서 필름은 가져갔어요."

"그 필름 가지고 있어요?"

"아뇨. 그 여자가 가지고 있어요. 그게 내심 불안하긴 했어요. 그래서 언젠가는 그 여자 만나서 그 필름 달라고 하려고 했거든요. 아니면 없애버리던가."

남자는 머리를 감싸쥐었다.

"누드라 이거죠?"

"예."

"흠."

남자는 멍하니 앉아 있었다.

"혹시 다른 일은 없었어요?"

"다른 일이라뇨?"

"잤다든지."

남자는 펄쩍 뛰었다.

"왜 이러십니까. 저도 가정이 있는데요. 그냥 그게 끝이었어요. 사진 찍고 나니까 여자가 한참을 멍하니 앉아 있긴 했어요. 그러더니, 더 찍어줘요, 하더군요. 그래서 제가 안 된다고 했죠. 동네가 빤해서 사실 불안했거든요."

어디까지가 사실일까. 교통사고 처리를 마친 팀들이 승합차를 타고 교통과로 들어가고 있었다. 피로한 모습들. 그들은 날이면 날마다 감자처럼 으깨진 자동차와 사람들을 만나며 산다. 스키드 마크의 길이를 재고 악다구니를 질러대는 당사자들의 변명을 들어야 한다. 그런 일에 비한다면 살인사건은 깔끔하다. 일단 한쪽 당사자만큼은 조용하니까.

남자는 종이컵을 쓰레기통에 던지고 꾸벅 인사를 한 후, 경찰서 밖을 향해 걸어갔다. 남자의 뒷모습엔 숨길 수 없는 뭔가가 있다. 어쩌면 저 남자는 안도하고 있을 것이다. 그 여자와 몸을 섞지 않은 것에 대해. 아니면 후회하고 있을 것이다. 그때 왜 그렇게 쉽게 그 여자의 유혹에 넘어갔던가를. 그런 것들이 뒤섞여 남자의 뒷모습은 황량했다. 하긴 그러는 내 뒷모습은 얼마나 다를 것인가.

집으로 전화를 했다. 아내는 자고 있었다.

"오늘도 늦어요?"

"다 끝났어."

"종결됐어요?"

경찰관 마누라 생활 10년에 아내도 경찰이 다 되었다.

"아니, 내일 감식 결과 나와봐야지 내가 맡은 조서는 다 꾸몄어."

"어서 들어와요."

아내의 남자. 그에게 권총을 들이대고 죽여버리겠다고 위협을 했었지. 그 남자는 오줌을 쌌다. 흥건하게. 그리고 내 무릎을 잡고 빌었다. 아내는 넋이 나갔는지 태연했다. 장롱 구석에 틀어박혀 내가 하는 짓을 물끄러미 바라보고 있었다. 그때 뭔가가 아내에게서 이탈했다. 그 뒤론 다른 사람이다. 아내는 남자가 오줌을 지린 이불을 욕조에 넣고 발로 밟아 빨았다. 갖다 버려. 내가 소리를 질렀지만 아내는 대꾸하지 않았다. 아내는 이십 분이나 그 이불을 밟고 있었다. 이불을 다 빨아 널고 나서 아내는 병원으로 가서 아이를 지웠다. 내 아이가 아니라는 걸 아내는 알고 있었던 것이다. 그게 아내에게는 유일한 임신 경험이 되었다. 그 후 나는 무정자증이라는 진단을 받았다. 아내는 그 뒤 예수를 사랑하기 시작했다.

다 젊을 때 얘기다. 이제는 혹여 아내에게 다른 남자가 생겨도 그렇게 날뛸 수는 없을 것 같다. 그렇다고 그냥 보내버릴 수 있을까. 알 수 없다. 어쨌든 권총 들고 러시안 룰렛을 하자고 설치지는 않을 것이다. 그건 확실하다.

다음날, 정명식의 알리바이를 확인했다. 그의 선배와 조교들은 그가 도서관에 있었음을 증명해주었다. 지경희를 다시 불렀다. 여자는 전날보다 훨씬 초조한 기색이었다.

"정명식이가 아주머니 누드를 찍었다면서요?"

여자는 얼굴을 붉혔다. 그러더니 어깨를 들썩이기 시작했다.

"아주머니, 울지 말고 묻는 말에만 대답하세요."

잔인한가. 그렇지 않다. 개인적인 삶이란 없다. 우리의 모든 은밀한 욕망들은 늘 공적인 영역으로 튀어나올 준비가 되어 있다. 호리병에 갇힌 요괴처럼, 마개만 따주면 모든 것을 해줄 것처럼 속삭여대지만 일단 세상 밖으로 나오면 거대한 괴물이 되어 우리를 덮치는

것이다. 그들이 묻는다. 이봐. 누가 나를 이 호리병에 넣었지? 그건
바로 인간이야. 나를 꺼내준 너도 인간. 그러니까 나는 너를 잡아먹
어야 되겠어.

여자는 고개를 끄덕인다.

"어젠 왜 그 얘기 안 했어요? 그냥 스냅이라고 했잖아요."

"그걸 꼭 말해야 하는 건가요?"

여자는 물기에 젖은 눈으로 나를 쏘아보았다. 나는 조금 움찔했
다. 눈물에 젖은, 그러면서 도발하는 여자는 아름다웠다. 나는 욕정
이 솟구치는 것을 느꼈다. 그리고 그녀와 나 사이에 가로놓인 가상
의 카메라를 통해 그녀의 나체가 들여다보였다. 둥근 어깨, 아직 처
지지 않은 가슴. 가는 목선.

나는 조금 더 몰아붙이기로 한다.

"이거 보세요. 어제 아주머니 남편이 죽었어요. 뒤통수가 깨져서
요. 그러니까 관련이 있든 없든 남편과 관계될 수 있는 건 다 말씀하
시라구요."

여자는 입술을 깨물었다.

"찍었어요. 네, 아주 많이 찍었어요. 찍고 찍고 또 찍었어요. 엎드
려서도 찍고 가랑이를 벌리고도 찍었어요. 그래요. 이제 됐어요?"

여자가 갑자기 소리를 쳤다. 강력계 안이 일순 조용해졌다. 모두
들 하던 일을 멈추고 나와 여자를 바라보았다.

"어이, 일들 해. 신경 끄고."

나는 회전의자를 돌려 일갈하고는 다시 여자 쪽으로 돌아앉았다.

"좋아요. 〈경희, 사랑해〉라는 사진 말인데요. 그 남자 말로는 그게
자기 아들이 찍어달라고 해서 그 학교에 가서 찍은 거라더군요. 그
리고 아주머니 스냅 사진도 아주머니가 찍어달라고 했다면서요?"

여자가 고개를 들었다.

"정 선생님이 그래요?"

여자의 어깨가 쑥 내려갔다.

"예."

"그분이 그렇다면 그런 거겠죠."

여자는 고개를 숙였고 더 이상 말이 없었다.

"그게 무슨 말이에요? 이봐요. 아주머니, 어떻게 된 거냐니까요?"

"어떻게 된 거냐니요? 그냥 그런 거예요. 형사님. 생각해보세요. 형사님이 어떤 여자에게서 꽃을 받았어요. 그럼 형사님은 그 여자가 자기를 좋아한다고 생각하는 게 당연하지 않아요? 그런데 그 여자가 와서는, 꽃이 잘못 배달됐다고 하는 거예요. 아니면 돈이 남아돌아서, 심심해서, 그도 아니면 꽃집을 하는데 꽃이 남아서, 두면 상해버릴 것 같아 보냈노라고 한다면, 그냥 그런 거예요. 그게 진실인 거예요. 꽃 받은 형사님만 바보 되는 거죠. 안 그래요?"

"좋아요. 다른 얘기합시다. 그날 정명식이는 사진관에 온 적이 없다더군요. 아침에 확인해보니 알리바이도 확실하고."

여자는 한숨을 쉬었다.

"다행이네요."

"뭐가 다행이에요?"

"정 선생님이 안 죽였다니 다행이죠."

말은 그렇게 했지만 여자의 얼굴 한구석엔 쓸쓸한 기색이 스쳐지나갔다. 여자는 안도하면서 동시에 서운해하는 것 같았다. 여자들은 한번쯤은 바라는 것일까. 어떤 남자가 자기를 위해 남편을 죽여주기를, 목숨을 걸어주기를.

아서라, 그런 일은 일어나지 않는다. 일어난다 해도 그건 추문이다. 그 흔하디흔한 치정 살인. 신문의 사회면을 장식하는 추잡한 거래로 환원될 뿐이다. 인간의 삶이란 그렇게 드라마틱하게 설계되어 있지 않은 것이다.

과장의 책상 위로 전화 서너 개가 동시에 요란하게 울려댄다. 과장은 그 모두를 몇 초 간격으로 집어들고 동시에 통화할 수 있는 능력이 있다. 뭔가를 조용하게 속삭이던 과장이 내게로 다가왔다.

"어이, 나 좀 봐. 쿵"

과장은 창가로 나를 데려갔다.

"저 여자, 귀가 시켜."

"왜요?"

"오늘 아침에 사진관 근처에 차 대놓고 자던 놈, 불심검문을 했는데, 우리 조 형사가 말이야. 트렁크에서 피 묻은 야구 방망이가 나왔어. 혈액형도 일치해. 감식 결과 나왔는데 사진관 진열장에서 그놈 지문도 나왔대. 폭력전과 4범이라더군. 자백만 받으면 돼. 조 형사가 데리고 들어올 거야. 지금 출발했대."

"왜 죽였답니까?"

"조사해봐야지."

나는 내 자리로 돌아와 노트북을 접고 손깍지를 낀 채로 여자를 물끄러미 바라보았다. 여자 역시 물기가 채 마르지 않은 눈으로 나를 빤히 바라보았다.

"용의자가 잡혔습니다."

여자는 표정의 변화가 없었다.

"정 선생님은 아니죠?"

"아닙니다."

여자는 핸드백에서 거울을 꺼내 자기의 얼굴을 들여다보았다.

"가셔도 좋습니다."

여자는 화장을 고친 후, 자리에서 일어났다. 약간 휘청거리더니 입구를 찾아 두리번거렸다. 나는 자리에서 일어나 그녀를 안내해주었다. 들어온 길을 찾지 못하는 여자. 그녀의 습관인지도 몰라. 내가 왜 여기에 있는 거지. 도대체 어디로 들어온 거지. 어떻게 나가야 하는 거지. 그녀는 늘 그렇게 물으며 살아왔는지 모른다. 현관 앞에서 그녀를 배웅했다. 뭔가 말을 해주어야 하는 건 아니었을까. 내 잘못이 아니었다고. 그 얘기를 먼저 꺼낸 건 당신이었다고. 당신의 누드와 관련한 어떤 얘기도 내 관심 사항이 아니었노라고. 여자는 말할 틈을 주지 않고 떠났다. 하지만 다행인지도 몰랐다. 그런 변명은 피차 피곤하니까.

용의자가 수갑을 찬 채로 끌려왔고 조 형사가 신문을 맡았다. 과장과 내가 번갈아가며 함께 신문했고 용의자는 약간 저항했지만 증거들이 쏟아져나오자 쉽게 자백했다. 그는 사진관 남자가 자주 가던 다방 레지의 기둥이었다. 출감한 후, 둘의 관계를 알게 되었고 기회를 엿보다가 사진관 여자가 자리를 비운 사이 사진관에 들어가 겁을 주려던 것이 흥분하여 그만 죽이게 되었노라고 말했다.

겨우 이런 거였나. 나는 미궁에 들어갔다 나온 것처럼 혼란스러웠다. 나는 과장에게 집에 들어가 쉬겠노라고 말했다. 천천히 집으로 차를 몰아 오다가 횡단보도 앞에 정차하게 되었다. 그곳에서 갑자기 충동적으로 차를 유턴시켜 사건 현장으로 향했다. 사진관은 셔터가 올라가 있었고 희미하게 여자의 윤곽이 드러났다. 나는 한참 동안을 차 안에서 사진관의 동정을 살펴보았다. 한 시간 후, 정명식이 나타났다. 그는 주춤주춤 사진관 안으로 들어갔다. 그를 보자 여자가 풀썩 자리에 주저앉았고 우는 것 같았다. 정명식이 그녀의 어깨를 감

썼다. 잠시 후, 그가 사진관 밖으로 나와 갈고리로 셔터를 끌어내렸다. 그리고는 상가 쪽 뒷문으로 돌아 사진관 안으로 들어갔다. 나는 담배를 피워 물었다. 그리고는 휴대폰으로 정명식의 아이가 다니고 있다는 학교에 전화를 걸어 담임을 찾았다. 한참 후에야 전화가 연결되었다.

담임선생님은 여자였다. 나는 물었다. 그 반에 혹시 경희라는 여자아이가 있습니까? 담임은 의아한 목소리로 그런 아이는 없다고 말해주었다. 요즘엔 그런 이름 잘 안 써요. 새롬이, 하나, 한별이, 초롱이. 이런 이름이 많아요. 나는 알았다, 고맙다고 말하고 전화를 끊었다. 차를 몰아 집으로 향했다. 아내가 힘없는 목소리로 나의 귀가를 반겨주었다. 자리에 누웠다. 아내가 옆에 앉아 과일을 깎았다. 나는 아내의 발을 잡았다. 붙어먹던 놈의 오줌, 그 오줌에 젖은 이불, 그 이불을 죽어라 밟아 빨아대던 그녀의 발, 그 발을 꼭 잡았다. 아내는 내 손아귀에 붙잡힌 발을 빼내려 애썼다. 아이, 좀. 그렇게 버둥거리다가 그만 아내 손에 들린 과도가 내 팔뚝을 스쳤다. 금세 뻘건 줄이 가면서 피가 흘렀다. 아내는 눈을 흘기며 소독약을 가져다 내 팔에 발라주었다. 그러는 사이 나는 잠이 들었다. 꿈속의 나는 과일이 되어 아내에게 껍질이 벗겨지고 있었다. 행복한 꿈이었다. ■

심사평

김인숙의 「개교기념일」에 부쳐
김 윤 식(서울대 교수)

●

투명 무늬의 모습
김 화 영(고려대 교수)

●

성숙함과 넉넉함
오 정 희(소설가)

수상소감

끝이 없는 골목길
김 인 숙

김인숙의 「개교기념일」에 부쳐

김윤식

기묘년 김인숙 씨의 창작 활동이 눈부시다. 지속적이자 동시에 문제적이었다. 지속적이란 창작 활동의 축적을 가리킴이고, 문제적이란 그 충동의 과격함을 뜻하는 것이다. 그럴 경우 그것들은 작품의 완성도랄까 밀도 쪽의 과제에 소홀해지기 쉽다. 이러한 난점도 점점 극복되어감이 한눈에 들어온다.

「개교기념일」은 「길」에 이어지고, 또 「브라스 밴드를 기다리며」에로 향하는 길목에 놓인 작품이다. 이들 작품의 경향성은 무엇인가. 이렇게 물을 때, 꼭 적절하다고 할 수 없으나, 심리주의적 과제라 할 수 없을까.

이런저런 이유로 사람은 삶의 덫에 걸리게 마련이다. 사회가 놓은 덫일 수도 있고, 핏줄의 덫이거나 또는 물고기가 아니기에 치러야 하는 존재론의 덫도 있다. 이러한 덫에 걸려 짐승처럼 울부짖으며 고통당하는 인간들을 위로하거나 구출하는 길은 없는가. 이 점에서, 작가 김인숙 씨는 휴머니스트이지만 그 고통을 드러내는 방식에 있어서는 리얼리스트이다.

그러나 중요한 것은 따로 있는데, 작품의 완성도가 그것이다. 「개교기념일」이 이 점에서 돋보인다. 컴퓨터 파일을 가운데 둔 남녀의 비대칭 구조를 잇는 매개항의 설정이 그것. 그것은 〈사라짐〉으로 요약되는 것. 그것은 어떤 매개항으로도 초극되지 않는 그 무엇이다. 그 실체는 무엇인가. 죄의식으로서의 외로움이다. 이를 보여주는 소설적 밀도는 아름답다. ■

투명 무늬의 모습

김화영

결국 풍년은 오지 않고 말았다. 대부분의 작품들이 불필요하게 길어진 나머지 긴장과 탄력을 상실하고 있다. 말과 정보의 홍수 속에서 힘을 잃고 수다스러워진 소설들이 세기말의 황혼빛 속에 질펀하다.

문학상의 심사는 상대적인 관계의 제한을 받는 것이어서 작품을 발표한 시기, 작품집을 묶어내는 시점, 상의 심사 시기 등 극히 외적인 이유 때문에 수상의 기회가 상당한 역량을 갖춘 작가들을 비켜가 버리는 경우가 종종 있다. 김인숙의 경우가 그러했다. 그래서 마침내 이 작가가 수상하게 된 것은 다행한 일이다.

김인숙의 작품이 일견 산만하다는 인상을 주는 것은 어느 면 약점일 수도 있지만 그것은 오히려 이 작가의 진정성을 드러내는 우회적 방식이기도 하다. 삶 자체가 지리멸렬한 것이므로 작가는 삶의 모순을 인위적으로 추슬러 가시적인 형식 속에 가두기보다는 그 느슨한 이완과 틈에 주목하려는 것 같다. 한 편의 소설은 무수한 가능성들 가운데서 오직 한 가지 단어, 문맥, 인물, 이미지만을 선택, 구성한 결과이긴 하지만 어떤 작가들의 경우에는 그때 제외되고 유산된 다른 수많은 작품들이 완전히 지워지지 않은 채 그 배후에 남아서 실제로 씌어진 작품에 주저와 꿈과 그리움의 빛을 던지는 경우가 있다. 김인숙의 단편소설들은 바로 그 배후의 빛을 받으며 씌어지고 있다는 느낌을 준다.

수상작 「개교기념일」은 김인숙이 최근 수년 동안 집요하게 매달려 있는 사회적 실존적 정체성의 문제를 속옷, 인터넷 속에 떠 있는 여자, 연애소설, 모니터 속의 일기, 몽타주, 흔적 등 실체가 없는 삶의 휘발성 풍경 속에 그 역시 지워져가는 투명 무늬의 모습으로 새겨놓고 있다. 〈자신이 대적해야 하리라고 믿었던 적들이 세상에 존재하지 않게 된〉 허공 속으로 문득 튕겨져나온 자아의 버릴 수 없는 그리움의 저 끝에 빛나는 〈몸〉으로의 존재는 비극적이고 아름답고 덧없다. 〈고통〉을 통해서 〈몸〉을 찾아가는 그 길에 부디 뜨거운 피가 통하기를 바란다. ■

성숙함과 넉넉함

오정희

여러 작품들 중 김인숙의 「개교기념일」, 공선옥의 「홀로어멈」, 민경현의 「평실이 익을 무렵」이 특히 인상 깊었다.

공선옥의 소설들은 아프다. 「홀로어멈」 역시 신산하고 막막한 삶의 모습이 알몸뚱이로 드러나는 기왕의 〈공선옥적〉 소설의 범주에서 벗어나지 않는다. 그가 써온 여타의 소설에서 뚜렷이 드러나는 미덕과 약점을 이 작품 또한 여일하게 갖추고 있다는 점에서도 그렇다. 복잡한 켯속을 표출하는 솜씨가 섬세하고 심리가 선명함에도 불구하고 소설이라는 장치, 형식으로 여과되지 않은 날냄새가 강하다. 이 작가만의 독특한 개성이 여지없이 드러나 있으나 전체적으로 소설적 긴장과 응축이 이루어지지 않았다는 느낌이 들었다.

「평실이 익을 무렵」은 공을 들인 소설이다. 문장이 정성스럽고 말맛과 글맛이 찰지고 옹골차다. 무리 없이 잘 읽히고 잔잔한 감동이 남는데 내용이 어느 정도 도식적이다라는 느낌을 떨치기 어려웠다.

「개교기념일」은 텅 빈 학교 운동장을 달리는 아름답고 힘찬 육체와 그것을 바라보는 여인 그리고 그 여인을 바라보는 또 하나의 숨은 시선이 얽혀 만들어낸, 어둡게 빛나는 도형이다.

존재감을 잃어버린, 살아서 유령이 되어버린 사람들의, 내면 일기라 할 수 있는 이 소설은 불투명한 막 저편의 풍경처럼 농밀하고 암울한 분위기와 가위눌림과도 같은, 소리가 되어 나오지 않는 안타까운 부르짖음으로 시종하지만 심연을 보아버린 깊은 시선이 우리가 살아서, 눈뜨고 영위하는 일상생활의 이면을 투시하며 곧바로 삶의 비의, 존재와 비존재란 과연 무엇인가라는 근본적인 물음에 가 닿아 있다. 자기 상실 혹은 유폐 속에서 눈먼 벌레의 배밀이처럼 안타까운 소통을 향해 움직여가는 이 소설에는, 도저하게 비극적이지만 이 작가가 시종 견지해온 인간에 대한 침착하고 따뜻한 시선, 생의 모순과 불합리를 껴안는 성숙함과 넉넉함이 있다. ■

끝이 없는 골목길

김인숙

수상 소식을 듣고 일주일째 수상소감 쓰는 것을 미루었습니다. 뭐라고 쓰나, 하면서 자꾸 옛날 생각이 나는데 오래 전 신춘문예 당선소감을 쓰던 때의 기억이었습니다. 응모작에 마침표를 찍던 날 밤, 나는 내친김에 당선소감까지 써버렸습니다. 당연히 당선되리라고 믿어서가 아니라, 그것이 무슨 부적처럼 내게 행운을 가져다주리라 기대했기 때문이었습니다. 기대했던 것처럼 미리 쓴 당선소감이 내게 행운을 가져다준 것은 사실이지만, 그 후 오랫동안 그것이 행운이었을까, 불운이었을까를 두고두고 생각하게 된 것도 사실입니다. 그날 이후로 나는, 소설 쓰는 일 이외에는 아무것도 할 줄 아는 게 없는 사람이 되어버렸습니다.

네 살인가 다섯 살쯤에 길을 잃었던 적이 있습니다. 길을 헤매고 다니던 기억이 생생한 것은 아닙니다. 다만, 어느 순간 내가 길을 잃었구나,를 더 의심해볼 여지도 없이 깨닫게 되던 때의 그 까마득한 공포를 기억할 뿐입니다. 네 살인가 다섯 살 어린아이가 느꼈던 공포는 그 후 삼십 년이 지나도록까지도 내 꿈속을 쫓아다닙니다. 악몽은, 가도 가도 끝이 없는 골목길로 나타납니다. 저기가 끝이다 싶으면 또다시 굽이져 나타나는 좁은 골목길, 절대로 내 집으로는 닿지 않는 그 길고 좁은 골목길들.

내게 소설 쓰는 일은, 그 골목길들을 헤매어 다니는 것과 같은 것일지도 모르겠습니다. 아무리 기를 써도, 큰길은 나타나지 않고 또 하나의 골목길이 이어질 뿐입니다. 때로는 갔던 길을 되짚어 걷고 있고, 때로는 막다른 길에도 부닥칩니다. 내 걸음은 자꾸 느려지고, 아무데에나 주저앉아버리고 싶다는 생각만 들기도 합니다. 누군가 내 손을 잡아주어 어디로든 데려가주었으면 좋으련만……

그러나 결국, 또 걸어야겠지요. 한없이 느린 걸음으로라도, 저 굽이진 골목길을 또 한 굽이 돌아야겠지요. 상을 받는다고 하니, 골목길이 더욱 아득하게만 여겨집니다. 그래도, 내 무더진 걸음에 힘이 보태지는 것만은 분명한 모양입니다. 채찍을 등에 지고, 열심히 걷겠습니다. ■